夏の砦

Kunio tsUji

辻邦生

P+D BOOKS
小学館

目次

風は己が好むところに吹く、
汝その声を聞けども、
何処より来り何処へ往くを知らず。

——ヨハネ伝

序章

私はながいこと、この屋敷以外の世界を知らなかったし、学校にゆくようになり、新しい友だちができても、私の世界は格別に拡がったようにも思われなかった。学校で私がぼんやり放心することが多いと、最初の父兄会で母が注意され、それを父と母が話しあっていたのを、私はひどく心外な気持できいていた。私の気持では、学校で自分が放心していたのではなく、この古い沼に似た広い家の細々した出来事が、睡ったあと夢のなかまで侵入してきたように、学校にいるあいだにも私のこころを奪いさっていて、若い、顔色のわるい、痩せた女の先生の言葉など耳に入らなかったにすぎないのだ。しかし、それを私が放心しているといって非難するとは、なんという間違いだろうと、小さかった私は、ひどく腹立たしい気持で考えたものだった。私が教室の窓の外の大木やその梢の上を流れてゆく雲を見ていたのは、ただぼんやりそうしていたのではなかった。池の隅に暮している亀（この亀は兄のと一緒に若い叔父が買ってきてくれたのだが、兄のは、どこかへ逃げていったため、兄は私の亀を自分のだと言いはったので、私は、それを水槽から奥の築山のある庭の池に移して、そこでひそかに飼っていたのだ）や、池の橋の下に沈めた絆創膏の空罐のなかの秘密の宝や、前の晩、時やが読みさしのまま置いていった本――あの蒼黒い顔をした靴屋の話などのことを気にするなといっても、それはまったく無理なことだった。教室で若い痩せた女の先生の話をきくことができるのは、亀のヒューロイや池の中の空罐の冷蔵庫を持ったことのない生徒たちだけなのだ。私には、ヒューロイがいま岩の上を這いだして、石橋の上で日なたぼっこをしていて、兄に見つかりはしまいか、気が気ではなかったし（もちろん私の方が先にかえるのだから、そんなことはなかったが、それでも時おり気まぐれから兄は早退することもあったのだ）それに先生がどんなに面白い話をしてくれたって、ミカエルの靴屋の話ほどに面白いものがあるだろうか。ミカエルは、いったいあんな蒼い顔をして倒れていたんだろうか。ほんとにこのミカエルの靴屋の話は、それまで読んだどの話よりも面白かった。馬車の喇叭《ラッパ》がひとりでに歌いだす法螺《ほら》男爵の話だって、それは面白かったけれど、ミカエルの頭の上でざわざわゆれた大木はうちの樟《くすのき》のようだわ、と私はつぶやいた。

それに私には友だちというものがまるでなかったし、なくても、あの広すぎる屋敷のなかには、幾日かかっても遊びつくせないものが、庭と言わず、土蔵と言わず、奥の書院と言わず、かくされているのに、先生は、私のことをぼんやりしているというなんて。もう明日からは絶対に学校などに行ってやるものか、と私はミカエルの靴屋の本をかかえて、父母の話している父の書斎の前の廊下をぬき足さし足で通っていったのだった。

果してその翌日、私が学校にゆくのを渋ったかどうか、私にはまったく記憶はないのだけれど、それから何年かたって、卒業するまで、私は学校にも学校友達にもさして強い関心が生れなかった。それだけ、私には、この屋敷のなかにこもっている重い、よどんださまざまな匂い――土蔵の湿《し》っけた黴《かび》の匂い、誰も使わないままに障子の閉めきってある書院の匂い、五月の終り、築山のある奥の庭にこもる松の花粉の匂い、渡り廊下の雨の日の匂い、西日のあたる女中部屋の匂いなど――が、それなしには呼吸さえできないような、ある離れがたい存在として感じられていたのだ。

いったい私がこの広い屋敷のなかで誰か他の子供と遊んだことがあったのだろうか。私の家で「お裏」と呼んでいた裏庭には、私たち兄妹の遊び場があって、普通の鉄棒とならんで低鉄棒(これは、私がまだ高い鉄棒にとびつけなかったために、そこにつくられたのだ)と砂場があり、太い綱のぶらんこがさがっていて、日がな一日、私は男の子のように鉄棒で飛行とび(それは鉄棒の上から身体を後転させ、その反動で前へと飛びだす遊びだった)をしたり、のちには大車輪までできるようになったのに、それは不思議と私ひとりの遊びであって、誰かがそれを見ていたとか、誰かと競争でやったとかいうことはまるでないのだった。綱のぶらんこには鉄の鉤がついていて、それが厚い船板のような腰掛板を吊っていた。鉄鉤は雨にうたれて赤く錆びていて、ぶらんこから飛びっくらをしたあと、きまってスカートに赤錆がついて、婆やから小言を言われるのだった。ぶらんこから飛ぶと、ちょうど砂場に足がつくようになっていたが、それでも時どき飛びそこねると、砂場の木枠の上に落ち、しばらく口もきけないほど足を強く打つのだった。

あれはもう私が学校へゆくようになってからのことだったろうか。私はぶらんこに熱中した一時期があったのだ。私は一日ぶらんこを気の遠くなるまで漕いで遊んだ。そんなとき、前へ後ろへとゆれていた鉄棒や花壇や土蔵はだんだんと激しく傾きだし、最後には、身体が一瞬とびあがるように宙に浮き、それから、がくんと落ち、中心を失ったような恰好で、ふたたびしなやかな半円運動にのって、大風のようにゆれてゆく。土蔵の屋根が近づいたかと思うと、すでに盛りをすぎた藤棚が足のしたを走りぬける。こうして私は太綱にかじりつき、気のちがったような冷たい快感と緊張のなかで、いつまでも、ゆれつづけていた。

いま考えても、あの独り遊びのあいだに、どのようにして私のこのような性向が生みだされていったのか、よくわからないけれど、私のぶらんこの気狂いじみた漕ぎ方を見つけた婆やが悲鳴をあげて奥へかけこんでいったこと、母が婆やと裏庭までやってきたこと、そして母がひどく真面目な顔をして、ほどほどに漕がないと、ぶらんこが一回転して綱がまきついて降りられなくなるわ、と言ったので、私は思わず笑いだし、婆やはあきれたように、まあ奥さま、と言ったことなどを憶えている。もちろん婆やの小言や非難がましい言葉で私がそうした遊びをやめるわけもなく、後には、犬小屋から土塀の屋根づたいに母屋の屋根にとりつく道も見つけたし、屋根から屋根にわたって、無花果《いちじく》の枝をつたわっておりてくるようなこともやったのだ。無花果の枝からは、私は何度かすべり落ちて、手や足に擦り傷をつくった。そんなとき、婆やは、もう口もきけないという表情で、傷口を消毒したり、赤チンを塗ったりした。私が「包帯してよ」と言うと、「お嬢さまにはそんなもの要りません」と、ひどく無愛想に答えた。私は下唇をかんで、いつか包帯を手にぐるぐる巻きにして見せてやろうと誓ったり、婆やに何か仕返しをしてやろうと知恵をしぼったりするのだった。(もっとも仕返しといったところで、せいぜい婆やの使う火掻き棒の先を、風呂が焚きつけられているとき、真っ赤に焼いておいて、まっすぐに叩きのばしてしまうとか、あるいは、別のところからくの字に折りまげてしまうとか、兄に手伝ってもらって、婆やの座蒲団を台所の天窓から吊りさげるという程度のものではあったけれど……)

今から憶《おも》えば、こうした私の性向のなかには、ある激しい感覚の焼尽といったものと同時に、自分のなかの自我が、何かじっとしていられないほど拡がり、大きくなり、無辺際となって、もうこれ以上我慢できないという、気の遠くなる涯の涯までゆかなければいられないような衝動がたえずつきまとっていたのであろうか。おそらく、そうしたある激しさが私のなかにいつの間にか巣喰い、それが私を駆って、自分でも思いもしなかった事柄にまで赴かせたのではなかったであろうか。それが私のひとりぼっちの生活の不自然さから生れたのだといえば、たしかにそうには違いなかったが、私はこのような閉じこめられたひとり遊びを依怙地《いこじ》にまもっていたのではなかった。私は、ある時期には何人かの友だちと親しくなろうと努めたし、また、そのうちの一人には、私なりの強い愛着さえ感じたのだ。しかし最初のそうした愛情（もちろん、この稚い友情をそう呼んでよければの話であるが）は、私に、なにか説明しがたい複雑な感情の行きちがいや、反撥や、絡みあいを示しこそしたが、私が無意識のうちに望んでいる愛らしさ、静けさ、充ちたりた甘美さといったものは何一つもたらさなかった。いわば私は、はじめての友情のなかに、単に愛着する心の悩みを味わったばかりでなく、そうした心の裏側にひそむ陰湿な猜疑心、自尊心、我儘、利己心、支配欲が、薄暗く、蛇のようにうごめくのをすでに知らなければならなかったのだ。

それは私が小学校に入って、二年か三年たったある初夏のことだったと思う。ぶらんこのある裏庭のつづきに木塀でへだてて私たちの家の借家があり、そこに、そのころ、ある仲買人の一家が引越してきていて、婆やたちが「裏のお嬢ちゃん」と呼んでいる顔色のわるい娘が一人いた。私がぶらんこを漕いで、土蔵の屋根にすれすれになるくらいになると、その裏の家の狭い庭と、いつも障子の閉まった日のあたらない座敷と、庭木のかげにのぞいている便所の小窓を見ることができた。私はながいことその「裏のお嬢ちゃん」がどんな子であるのか、私と同じ歳なのか、もっと下なのか、あるいは年上なのか、わからなかった。ただ時どき、私が鉄棒で飛行とびをやっている午後など、まだ小さな女の子の声で、「おかあちゃん、うんち、すんだ。紙。」と、いかにも癇性に苛らだった調子で叫ぶのを聞くぐらいだった。

　その女の子とどんなきっかけで口をきくようになったのか、はっきりとは憶いだせない。おそらく私が激しくぶらんこを漕いでいるうち、日のあたらない廊下からこちらをこわそうに見ている顔色のわるい女の子と眼があったにちがいない。そして、行ったり来たりするぶらんこから私は大きな声で遊びにくるように叫んだにちがいない。ぶらんこはすぐ後に戻ってしまうので、私は、いいたいことを幾つかに分けて、ぶらんこが前に高々とあがった瞬間に、早口で、たとえば「あなた、うちに」――「遊びに来ない」――「うちに珍しい」――「お人形があるわ」――「青い眼が動いて」――「ねじをまくと」――「歩くのよォ」――「見にこない、すぐに」――といった調子で叫んだのだ。そのとき、女の子がすぐ遊びにきたかどうか、確かではないけれど、私がこの子と友だちになりたいと突然、何の理由もなく、思ったのは事実だった。

この子が半ば不安げに、半ば好奇心にみちて、私と広い屋敷のなかを歩きまわった細部をここにくりかえして述べるにはあたらない。私は自分がそれまでひとりで楽しんでいた秘密の場所を――もちろん全部ではなく、あの石橋の下の池に沈めた絆創膏の空罐などは除いて――見せてまわった。私がその子からある種の体臭を感じたとしても、もちろんそれは、乾いた日なたの草ほどの匂いであって、果して体臭などと言えるものだったかどうかわからない。あるいは子供特有の何かそうした匂いだったのかもしれない。しかし私は何よりもまずその匂いに女の子の髪や肌や洋服を感じた。私は女の子と会うとまず眼をつぶって、その髪や肌の匂いを嗅いだ。その乾草のような匂いは、ある異質の、どことなく馴染みにくい不透明な抵抗となって、私にさからった。それはちょうど夏の海で泳いでいるうち、突然、冷たい潮の流れにぶつかるようなものだった。表面を見ただけでは同じものに見えながら、そこには異なった二つのものが相接しているという感じ――驚きと好奇心と嫌悪とを含みながら、同時に、その異なったもののおかげで、自分というものが逆にはっきりと浮かびあがってくる感じ――いわば油のなかに混った水滴が、周囲の黄色く澱んだ油質を感じるゆえに、かえって自らの透明な水の特質を自覚するという感じ――そうした感じを、私は、この女の子の乾草に似た匂いのなかに感じたのだった。

このような自分以外の人たちがいるという事実――祖母や両親や兄などが自分と一つのもの

であるとすれば、はっきりそれと異なった感じの人々がいるという事実——の発見は、内玄関から中《なか》の土蔵へゆく途中の広い女中部屋に、ある特別な臭いを感じるようになったとき、はじまっていたと言ってよかった。この臭いを私がいつごろから自覚しはじめたものかわからない。しかし中のお蔵の前の大部屋が、私たちとは違った人たちの住むところ、私たちの家の中に設けられた特別の領域だという気持は、このなじめない、異種の臭いから生れていたように思う。今でも女中部屋のことを思いだすと、その汗臭い、すえた、甘ずっぱい匂いとともに、西日のさしこむ格子戸や、縁のない赤茶けた畳や、部屋の隅にある小さな鏡台や、壁にかかっていた着物や、家では決して見たことのない婦人雑誌や娯楽雑誌（それも表紙がめくれたり、破れたり、とれたりして、口絵には、色刷の天皇一家の写真や名士令嬢のグラビア写真などがむきだしになっていた）が鮮やかに眼の前に浮かびあがるが、この装飾もなにもない、貧しい裸の壁だけの部屋には、また、何か私の感覚を異常に刺戟するものがあったのも事実なのだった。それが、その当時の私に快感をあたえたのか、嫌悪をあたえたのか、それはわからないけれど、私は、ただこうした奇妙な異質感を味わうためにだけ、よくその女中部屋に入ったことを憶えている。私は、そこに何か後ろ暗いような、自分では知ってはならぬような、説明のつかぬものが隠されているような気がして、そのすえた甘ずっぱい匂いを、小さな鼻孔をふくらませて、深々と吸いこんだものであった。そこには浅黒い脂肌の若い女中たちの体臭とともに、乾いて埃りっぽい老人じみた婆やの臭いもまじっているような気がした。足のうらにはりつく畳の冷たく平たい感触、細格子のはまった硝子窓に書かれた落書（これは若い叔母たちがまだ子供だったころに書いた落書で、鉛筆や色鉛筆で、自分の名前、兄妹、友だちの悪口、親戚じゅうの名前、いたずら書き、へのへのもへじ、などが、あたりかまわず書きこんであったのだ）、小さな鏡台の引出しの中のすり切れたブラシ、かけた櫛、使い古した化粧道具、夕方になるとつくニクロム線の赤くW形に光る暗い電球、土蔵から細い黒い流れになって吹きすぎてゆく隙間風、土間につづく板の間の滑らかな冷たい一段と低まった感じ――こうしたものを、私は、なんという不思議な陶酔感をもって味わっていたのであろう。もちろん今でも説明のできかねることであるが、私をそこから追いだすことは、婆やのたびたびの苦情によっても、できなかったのである。その陶酔感のなかには、たしかにある種の苦痛や反撥が隠されてはいたが、しかしそれ以上に、こうした異質のものに対する本能的な好奇心、愛着が、自我の地殻の深層の亀裂にそって、おのずと噴出する熔岩のように、焰《ほのお》となって私を焼いていたにちがいない。私が女中部屋の匂いに深くのめりこみ、時おり恍惚とする自分を感じたのは、別の言い方をすると、あの飛行とびをしている最中の感覚の痛いような燃焼と同じ、自分という領域のおのずからなる緩慢な目ざめの過程にほかならなかった。なるほど、その二つの異なった溶液は、相互にまじりあうことなく、一枚の障壁にも似た境界と相接してゆれうごいていたが、この異質の溶液のあいだの障壁（ほとんど断絶と呼んでもいい障壁）をいまだ確実に認めるまでに到ってけいなかった。しかし、その溶液は次第に自らの濃度を濃くすることによって、この障壁、この断絶を明確にしていったのだ。

　おそらくこのような断絶感を刻々と深くしていったのが、西日の赤く照らす女中部屋の匂いだったとすれば、それを、あたかも地殻に生れる亀裂のような残酷なまでの明瞭な線で指し示してみせたのが、この裏の女の子、私がはじめて愛着をもった乾草の匂いのする女の子だったと言ってよかった。

　それは無口で、陰気で、蒼い顔をした、髪の毛の薄い女の子だった。私がするような高鉄棒からの飛行とびなどは、むろんやろうとするどころか、見ていることさえできなかった。私は、その子が足をふるわせて、もうやめて、もうやめて、と叫ぶのが面白く、かえって何度も低鉄棒から高鉄棒へよじのぼっては、飛行とびを繰りかえしたものだ。しかし、こうした振舞いには悪意などまるでなかったのだ。私は、青桐の幹で見つけた油蟬の殻を粉にして、蟬のふりかけをつくっては、この表情のない無口の子とままごとをしたり、花壇の花で環を編んで、赤毛の薄い髪の上にのせてやったり、兄がくれたビー玉の箱から、幾らか惜しくはあったが、半透明の煙入りの赤玉や青玉をえらんでわけてやったり、ビーズの指輪をその細い痩せた指にはめてやったりした。この女の子が、私の一方的な押しつけがましい友情をどう感じたかわからないが、すくなくとも私を心から好きになるようなことがなかったのは確かだった。記憶に残るところでも、この子は私と一緒にいて笑ったということがなく、たえず何かにおびえるように、そわそわしていた。奥の築山のある庭で遊んでいる折りなど、笹ががさっと鳴ったり、家で誰かが不意に戸を閉めたりすると、びくっとして、病的に驚くのだった。それでなくても、底なしの沼のように、あてどもなく拡がっていたこの屋敷の人気のない広さに、この子はおびえつづけていたのであろうが、それにしても、私の示した好意に対して、何ひとつ嬉しい表情、親しそうな表情を示さなかったのはどうしてだったのであろう。その後、私が多くの人たちに注意もされ、そのため疎遠にもなった私のある種の冷たさ、無関心といったものが、もうこの時生れていたのであろうか。それがすでに私の生来の性格となっていて、顔色のわるい、おとなしいこの子に、何らかの畏怖をあたえていたのであろうか。

それはともあれ、私はこのころ自分ひとりで遊ぶのに退屈しきっていて、この子に対して冷淡だったり無関心だったりすることは到底できなかった。私は子供らしい直感で、この子が古い屋敷にも私にもなじめず、いずれは私を見すてて逃げだすにちがいないとはっきり感じていたし、それも決して遠いことではないと、じりじり予感していたのであってみれば、私が内心でこの子をどんなに、すこしでもながく引きとめようと（私自身そういう思いに屈してゆくことを腹立たしく思いながら）あれこれ心を悩ましていたか、今でも容易に想像できるのである。

それに、その頃はむろん無意識ではあったろうが、私はこの子の乾草のような体臭が好きだったのだ。それは私がしばしば女中部屋に感じたあの陶酔を、もっと強く、もっと身近かに感じさせてくれた。私はよくその子の背中に顔をつけて、その汗ばんだ匂いを深く深く吸いこんだ。その子は私が何をしているのか理解できなかった。私が、百数えるまでこうしていさせて、と頼むと、はじめのうち、じっと私のするままに数をかぞえてゆくが、しまいに、急に不安になってくるらしく、ね、何しているの、もうやめてよ、と半ば嘆願するような調子で言って、身をもがくのだった。

それは夏休みも間近かったある午後のことだが、私はその子と二人で、中《なか》のお蔵の二階へのぼったことがある。母屋に近い中の土蔵の二階は、主として父の書庫になっていて、幾列もの本棚に夥しい書籍がならび、長持ちのなかにはノート類、書類がつまっていた。幾つかの箱や箪笥、古家具が、金網張りの窓から忍びこむ光のすじを浴びて、その光の部分だけが白く、まぶしく薄闇のなかから切りぬかれていた。そのとき土蔵の扉がどうして開いていたのか、私は憶えていない。あるいは私が自分で、古い鉤手型の鉤を使って扉をあけたのかもしれない。冷たい床の上の薄縁《うすべり》の感触を足に感じながら、日にあたっていない地下室の匂いに似た冷えびえした空気のなかを、私たちは歩きまわり、あの書棚、この書棚という風に見ていった。私たちに読めるような表題の本があると（そんなのはごく稀だったし、読むことは読んでも意味はわからなかった）それを本棚からひきだして、めいめいで声をだして読みあげた。そして顔を見合せて笑うと、父にみつかるのをおそれるように、そっと元の場所へもどした。

私の鼻先へ、ふと、その子の汗ばんだ、乾いた日なたの草のような匂いがかすめていったのは、二人が背のびをしてやっと届く窓から、裏の借家の屋根を見ていたときだった。女の子は家が見えたので急にはしゃぎはじめた。「おかあちゃんが見える。おかあちゃんが見える。」彼女は窓の鉄格子につかまり、足をばたつかせた。私は鼻孔が開くのを感じ、その赤毛の薄い髪が私の頬に触れるほど顔を近づけた。窓の鉄格子につかまっているその子の背後から、私もまた両手をのばして、まるで背中におぶさるような恰好に背のびをしながら、その鉄格子をつかんだのだ。「何が見えるの？」私はそんなことを囁いたのであろう。もちろん私の場所からは夏らしい雲の浮かんでいる空のほかは何ひとつ見えなかった。もしなにかが見えたとしても、見るつもりもなかったろう。私は自分の顔をその髪のなかに埋めて、深々と埃りっぽい汗の臭いを吸いこんだ。甘ずっぱい、乾いた、乾草の匂いが私を甘美な気持にさそった。私は女の子の背中におぶさるようなその恰好を変えまいと、鉄格子をつかんだ両手に力をいれた。女の子は私の両腕と窓のあいだに締めつけられて、身体をもがこうとした。

「横にきて、並んで見れば、もっとよく見えるよ。」女の子は苦しそうにいった。

「こうしてた方がよく見えるわ。」私はそう答えて、髪の匂いを嗅いだ。

「だって、あたい、痛いよ、手が痛いよ。」

「でも、我慢してね。とてもよく見えるんだから。」

「じゃ、あたい、もう見なくていい。ここ、かわってあげる。」

「そのままの方がいいのよ。そのままでいてね。」

「だって、手が痛いもの。肩だって痛いよ。離してよ。ね、離してよ。」

「そのままでいてね。我慢してね。」

「どいて。どいてよ。手が痛い。本当に痛い。手が痛いのよォ。」

私は、どこうとはしなかった。かえって逆に、私の力のかぎりその子の身体を腕のあいだに締めつけてやった。それまで感じたことのなかった陶酔感が、その女の子の悲鳴のなかに感じられるような気がした。しかし、その子が最後に本当に泣きだしたとき、私は、はっとして我にかえり、思わず手をはなした。女の子はおびえきっていた。その泣き声は土蔵の壁に反響して、気狂いじみてきこえた。私は冷たい怒りが自分のなかを蛇のようにのぼってくるのを感じた。私は唇をかみ、ほとんど舌打ちをするような気持で、意気地なし、と心のなかで叫んだ。しかし同時に、この子がもう二度と私のところへ遊びにくるまいという、悩ましい絶望的な気持も感じた。顔から血の気のひいてゆくような気持だった。私は、はじめて自分の思うようにならないものを持った苛らだたしさ、もどかしさを感じた。

しかし婆やが二階にのぼってきたとき、私は平静な自分をとりもどしていた。婆やが訝《いぶか》しそうにたずねる問いに対して、私はただこう答えただけだった。

「この子ったら、窓から外を見ようとして、すべって、落っこちたのよ。」

女の子は必死になって私に反対しようとした。泣きじゃくりながら、何かをわめきつづけた。しかし私は、それを押しつぶすようにして言った。

「私がここで見ていたのよ。この子は窓の格子から手をはなして、落ちたのよ。そうよ、私は見ていたんだから。」

私はこうした思い出のなかにある自分の暗い性格を、なにも人に誇らしげに見せようという気持はないが、だからといって、それを自分にもかくしておきたいなどという気にもなれない。私が冷たく無関心な女であり、それが本当にみんなの言う通り、打ち消しえない事実であるとするならば、私はよろこんでそういう人間であることを引きうけたいと思う。その名称はどうであれ、私は自分自身にしたがうほかないのだし、所詮、私についてとかく批評するのは、他の人にまかせられた役割であるのかもしれないのだ。しかし私は、それがどんなものであれ、自分のありのままの姿は、能うかぎり見つづけてゆきたい。眼をつぶらなければ人間としての均衡を失うようなときでさえ、私は自分をはっきりと見つめたいと思う。たしかに私たちは、いかに自分を悪く考えようと、自分でも気づかぬ善良さが心の隅にうずくまっているものである。よしんばその逆が真理であるとしても、ただ悪徳だけを数えあげていっても、何になるのであろう。悪と言い善と言うけれど、私たちの心のなかに、いかにそれらが一つのものとして、わかちがたく絡まりあっていることか。私はそれをすでに裏の女の子との友情のなかに感じたが、それは何も単に善意という区別をつけられないばかりでなく、もともと善であると同時に悪であるようなものだったのだ。たとえば私は、夏の夜、ヴェランダのガラス戸に群がる蛾の群れの、あの眼を赤く青く光らせた不気味な舞踏を、時おり眺めたものだ。その蛾のあるものは、激しい勢いでガラス戸に頭をぶつけては、また踊りくるって、夜のなかに舞いあがるのだったが、その何度も何度も頭をぶつける鈍い音が、私に一種の快感を感じさせた。そしてきっと蛾もそうやって頭をかたいガラスにぶつけて、気持がよいにちがいないと思っているのだ。私はこうした感じ方のなかに、何か人間のエゴイズムのどうすることもできない悪性の結節のようなものがあって、それが人間を次第にむしばんでゆくように思われてならない。それなのに私はこのことを決して悪いことだとは実感できないでいるのだ。

だから同じ理由で、私が女中部屋の匂いに時おり異常な陶酔を覚えたとしても、ここで働いている人たちを愛していたり、親しみを感じていたことにはならない。いや、私はこれだけは言っておかなければならないけれど（そして物を考える年ごろになってそれについて何度か悩みもしたことだったが）これらの匂いの異なる人たちをどうしても好きになれなかったのだ。それどころか、子供の我儘から、私は発作的によく彼女たちに嫌悪の気持を示したりした。時や――この女中は色の白い、眼のはっきり澄んだ美しい娘だった――が私の茶碗のふちに指をかけたからといって、御飯を盛ってさしだされたその茶碗を、時やに投げつけたことがあり、時やは私が学校へ出てゆくまで廊下の外でしくしく泣いていた。私は裏木戸を出てから、なぜかそこからきっぱり出かけられず、思いきりわるく、石けりをしたり、木戸の鎖を鳴らしたりしていた。早朝の蒼ざめた日が冠木門《かぶきもん》をこえて淡いかげを霜に荒れた竹の植込みのあいだに投げていた。いまだったら時やに何かひとこと声をかけるということもできたろうが、当時の私には、なぜ自分が鬱屈した気持になって、裏木戸から離れることができないのか、わからなかった。そのうち私は急に時やが憎らしくなって、足をとんと踏みたいほどにじれったい、腹立たしい気持になり、身を引きはなすようにして、いきなり裏木戸をとびだした。大通りに出ると、店々は雨戸をくって、硝子ケースや商品を外に並べはじめるところで、薄い冬らしい朝日がそこにも淡々と差しこんでいた。私は店の人たちの働くのに気をとられて、いつか時やのことを忘れていた。それは子供が物を忘れさるあの残酷な、徹底した忘れ方で、一度忘れたら、もう二度と戻ってこないような完全な記憶の抹殺なのだった。といって、私は時やが嫌いだったのではない。折り紙もうまく、鋏を巧みにつかって、ひなびた千代紙で姉さま人形をつくってくれるこの色白の女中を、私は、自分なりに好きだったのだ。にもかかわらず、私は、故意にそれを破いたり、無花果の枝にかけて雨にさらしたりした。そういうとき、時やの黒い、綺麗な、大きい眼は、みるみる涙でうるんでくるのだった。私は時やから後退りにさがりながら、じっとその顔をみつめた。まるで自分の心に、時やに可哀そうなことをしたという反省の生れるのをおそれるかのように、わざと残酷な冷たさで、時やの眼から、一すじ二すじ溢れた涙が頬をつたわるのをながめた。すると時やは「お嬢ちゃま、なんでもありませんわ。時やがまた、もっといいのをつくって差しあげますわ。きっと気にいるのをつくって差しあげますわ。」と言って、涙を浮かべたまま、笑ってみせるのだった。しかし時やがそんな風に自分を抑えるのを見ると、私は私で、急に、気持のやり場がなくなって、「いらない。そんなもの、いらない。いらない。」と叫びながら、まるで、こわいものに追われるように、長い廊下を走りぬけて、裏庭の鉄棒の下までくるのだった。そこで私はまた飛行とびを二、三回やり、それでも足らず、犬小屋から土塀の屋根にとりつき、そこから母屋の屋根にのぼった。屋根の一部は樟の古木の黒ずんだ重い葉の繁りで覆われていた。渡り廊下の屋根ののびた先に見える離屋《はなれ》は、広い西空を背景にして立つ、葉を落した銀杏の大木の下に、ひっそりと陰気にうずくまっていた。

私たちの家は高台の端にあって、下からみると、石垣に築かれた地壇が樹木に覆われて低地の方へせりだしているように見えた。その低地へ細い急な坂をおりてゆくと、暗い水の色をした運河があり、運河の両側は材木問屋の並びで、木の強い香りや製材の機械鋸の音や湿《し》っけた土の匂いがみちていた。運河には材木が浮かび、木屑やごみが材木とコンクリートの河岸のあいだで一塊りになって揺れていた。時おり材木置場から馬が首をふりながら材木を積みあげた荷車を牽《ひ》いて出ていった。荷台の車輪に鋼鉄の輪がはまっていて、それが運河の縁にそって敷いてある軌道の上を、きしんだ音をたてて通った。時にはその軌道をトロッコが幾抱えもある大木をのせて気動車に牽かれてゆくことがあった。夕方になると、近くの水門の向うの操車場から、蒸気の音や汽笛の音が聞えたが、私には、それが、いかにも、気動車に牽かれていった材木の群れが本線の貨車につみこまれた合図のように思えた。

もちろん母屋の屋根からそうしたものは見えなかったが、製材所の機械鋸のしびれるような音は、たえず樟の繁みのむこう側から聞えていた。風向きによっては、木材の強い香りは私の家を包んで流れた。私が時やのそばを避けて母屋の屋根にのぼったのは、必ずしも夕方とは限らなかったはずだが、記憶のなかの西空は、いつも寒い夕焼け色に彩られている。また逆に、そうした寒い日の夕暮れ、靄のなかで赤く染まる夕焼けを見ると、あの色の白い、眼の黒く澄んだ時やのことを憶いだす。どういう事情が、その前後にあったのか知らないが、私は一度、時やの家に連れてゆかれたことがあった。それは、ある細長い半島部の尖端に近い漁村で、私は、バスケットを膝に置き、いつもより娘らしく浮きうきしている時やと一緒に、二輛しか連結していない電鉄にゆられて、その村までいったのだ。時やは窓の外に見える小さな集落の名前や、工場や倉庫を私に教えた。時やが通っていた学校が見えるようになると、その色の白い頬は上気して真っ赤になった。「時やは毎日この道を歩いて通ったんですよ。お嬢ちゃまぐらいのとき、この道は大きな道に見えましたわ。」時やは眼をきらきらさせてそう言った。

しかし時やの家はその漁村のなかでもはずれにあって、私が想像できるどんな家より小さく暗かった。家のなかは清潔に片づいていて、縁側から見ると、海の側に低い石垣が築かれ、その切れたところに、蒼く海が見えた。私はその海の表面に白い波が刻まれているのを見ると、なにか恐ろしいような気がしたが、そばに時やの家の船があり、時やの兄弟たちが漁師だというので、それをきくと、すっかり安心した。それに、不思議と私は時やに意地悪や我儘をする気持が消えていた。時やが、母さん、兄さんと、呼びながら、家のなかで働いているのを見ると、あの樟の家で、他の女中たちのあいだにいる時やとは、まるで違って見えた。

そこには、いつも黙って網をつくろっている老婆がひとりいた。小さく、黒く、皺だらけで、口をもぐもぐ動かしながら、網を手から離したことがなかった。私には、その老婆が網と一つになり、まるで、ぼろ布の塊りのように見えることがあった。時やがおばあちゃんと呼んでいたので、ここのお祖母《ばあ》さんであることがわかったが、家の誰とも何一つ口をきかなかった。私は時やに、「なぜ、おばあさんは黙っているの？」と訊くと、私を裏の砂浜まで連れていって、

「それはね、お嬢ちゃま、時やのお父さんが海で溺れたとき（時やのお父さんはあのお祖母さんの子供なんですよ）、おばあさんはもう口がきけなくなってしまって、それから誰とも口をきかないんですよ。」と説明した。「時やのお父さんは、では、死んでしまったの。」と私は訊いた。「ええ、この沖の方で、嵐にあって、溺れちゃったんですよ。」私は時やが眼をやっている沖の方を眺めた。そこには白い波が押しよせていて、鷗が、上になり、下になりして舞っていた。私はそのとき、ふと、時やが泣き虫なのはこのためなのだと思った。

私は暗いランプをつけた時やの貧しい小さな家で、夜、風がごうごうと鳴るのをききながら、その風のなかに、あの沖の方で、時やの父が手をあげて、助けてくれ、と叫んでいる声がまじっているような気がした。

「時やは漁師のところにはお嫁にゆきませんわ。時はお屋敷で見習いをすませましたら、お店をもっている人のところへお嫁にゆきますわ。」時やは砂を手のあいだでもてあそびながら、海の方へ、黒い澄んだ眼をむけて、そう言った。私は時やの坐っているそばで貝殼をひろっていた。時やが果してそういう私にこんな話をしようとしたのかどうか、それはわからない。おそらく時やは誰に向うともなくそう話していたのであろう。あるいは遠い沖に眠っている自分の父に語りかけていたのかもしれない。

その時やは後になって望みどおりある小間物店に嫁いだが、三年目に、お産がもとで亡くなった。私は時やのことを考えると、今でも、かすかではあるが、ある種の悔恨に似た痛みを感じる。では、私は時やが好きだったのであろうか。少くとも、私は、当時、時やが私を愛してくれていたのを知っていた。時やはただ女中として私に従ってくれたのではなかった。私が浜で紅色の貝殻を集めているとき、時やは、何を思ったのか、不意に立ちどまって、私の顔をじっと見て、「お嬢ちゃま、時やのことを、いつまでも憶えていて下さいます?」と訊いたことがある。「もちろんよ。私、時やが好きだもの。」私がそう言うと、「時やが死んでも憶えていて下さいます?」と訊いた。「もちろんよ。」私は答えた。すると、時やは、「私もお嬢ちゃまのこと忘れませんわ。」と言った。それからまた黙って私たちは貝殻をひろいつづけた。だが果して、時やが私を愛していたように、私が時やを愛したかどうか、それはわからない。私は時やに近づけば近づくほど、何かが私をさえぎるのを感じた。あの海辺の時やの家にいったときを除けば、私が素直に時やの気持を受けとろうとしたことはなかったように思う。そしてそれは、ほかならぬこの異なった匂いのためだったのである。あれほど私を甘美に陶酔させた匂い、その黄色い油質のような粘っこい匂いは、私がそれと一つになろうとするとき、私に、異質感となり、抵抗感となって、私を押しかえした。私はいやでも、そこに一つの障壁、断絶、拒否があるのを感じないではいられなかった。

私が裏の女の子に感じた愛着のなかには、どこかこれに似た感情がまじっていた。土蔵での出来事があってしばらく、女の子がもう遊びにこないのではあるまいかと内心私はおそれていた。もちろん自分でそんな気持になることを私は決してゆるさなかったから、それから何日かは相変らず何もなかったように、鉄棒で遊んだり、ぶらんこを土蔵の二階の高さまで漕いだり、築山のある庭でヒューロイに餌をやったり、蟬のふりかけを何人前もつくったりして遊んだ。しかし正直のところ、それから四、五日たったある午後、私がぶらんこにのっているとき、裏木戸をあけて、その子が顔をだしたのを見て感じたのは、ほっとした安堵の思いであった。私はどんなにかこの子の歓心を買うことに努めたことか。私は持っているかぎりの宝物を全部女の子に見せようとした。その日はもう飛行とびでこの子をおびやかしはしなかった。それどころか、彼女の好きなままごと遊びを大がかりでやりさえした。私たちは青桐の下を丹念にさがして、油蟬のぬけ殻を集め、木皿にいっぱいの蟬のふりかけをつくったし、婆やから焜炉に炭火をもらい、泥のお団子や玉子焼をそこで焼きもした。婆やの花壇の松葉牡丹の花びらをその泥の御馳走のうえに飾って、私はどうぞと女の子にすすめ、女の子はどうもごちそうさまと言うのだった。私は部屋からビー玉やビーズ玉の腕輪や折り紙やガラスの破片（これは太陽をみるための特殊な曇りガラスだった）などを持ってきてみせた。私は女の子の欲しいものは何でもやりたかったし、何をやっても惜しいとは思えなかった。

裏の子はおそるおそるビーズ玉の腕輪が欲しいと言った。私はそう言われると、それが幾らか惜しくなったが、それでもビーズの腕輪を痩せた細い手くびにつけてやった。私は、それをつけおわると、その腕を力いっぱいしめつけた。女の子はおどろいて、手くびをふり切ろうとした。

「こうやると、腕輪がいつまでも手からとれないのよ。」私は言った。

「本当?」と彼女は不安な眼でこたえた。

「本当よ。」私はそう言って、その細い腕を力いっぱい締めつけた。女の子は最後に悲鳴をあげた。私が手をほどくと、そこにビーズ玉のあとが子供の歯型のように残っていた。

「ごめんなさいね。」私はまた、この子が逃げてゆくような恐怖にとりつかれて言った。

「いいのよ。もう痛かないから。」

「それじゃ明日もきっと遊びにくる?」

「うん、きっと遊びにくる。」

「何をして遊ぶ?」

「ままごとをしようよ。」

「それから?」

「それから?　それからね、もう痛いことしないでね。」

「うん、もうしないわよ。」

「それなら、何でもして遊ぶよ。」

私たちが裏の木戸のところまでいって、指きりをして、わかれてから、なおいつまでも暮れない夏の夕空を、私は、まるで深い池のなかを覗きこむように眺めた。家の屋根も、樟の大木も、土蔵も、雲の浮かぶその青味がかった空へ、逆さになって映っているような気がした。そのうち、まるでそうやっていると、家も土蔵も木立も本当に逆さまになってしまうような気がしてきて、ひとりで、きゃあっ、と声をあげながら、中の土蔵のそばをぬけ、女中部屋の脇から台所へかけこんでゆくのだった。

こうして何日すぎたことであろう。それが一週間だったか、あるいはもっと短かかったのか、長かったのか、今では何一つ憶えていない。しかし私は翌日一日その子が来るのを待ちつづけたことは疑いえない。おそらくもう夏休みに入っていたのであろうか。海にゆくまでのしばらくの間、私は午前の勉強時間が蟬しぐれの中でのろのろと過ぎてゆくのを感じた。午後になって、裏の子が遊びにくると、私たちは、毎日の同じ遊びが何か新しい遊びででもあるかのように、そのなかに没入してゆくのだった。たしかに、あの自分を忘れ、時のたつのを忘れた、ながい夏の午後の幾時間かほどに、私を充実させた時があったであろうか。せっせと油蟬の殻を粉にする裏の子の汗ばんだ乾草の匂いのなかで、私は松葉牡丹を切りきざんで泥の玉子焼にならべていた。私の小さな鼻孔に匂っていたのは、ただその子の赤茶けた薄い髪の汗の匂いだけであったろうか。私たちは一緒になってヒューロイに餌をやった。兄が家にいるとき、それはどんなに困難なことだったろう。私は亀の子が池のなかに戻ってゆくまでは、大きな声を出すこともできなかった。私たちはまるで冒険物語に出てくる主人公たちのように、蔦の覆った大きな庭石のかげで、ヒューロイにごはん粒や煮ぼしをたべさせた。私たちは一緒になって車寄せの背の高い火鉢を見たり、玄関までの竹の植込みのあいだの砂利道を駈けたり、玄関の黒いスレートの上でゴルフ・ボールで毬つきをしたりした。築山のある奥の庭では、その築山の頂きにある織部の太鼓状の腰かけに坐って、土塀をこえて、製材所のうえにひろがる空を眺めた。電車の音が遠くに聞えた。その電車の音は、皆が言っているように、ボギー、ボギー、と鳴っているように感じた。（そのころ私たちはその電車のことをボギー電車と呼んでいたのだ。そしてそれは、その音から名づけた名前だと私は思っていた……）そのあいだにも製材所の鋸がたえず小さな音で鳴りつづけ、屋敷を覆う木立の深さを示す蟬しぐれが、それを圧して降りそそいでいた。時おり、祖母か母が渡り廊下を伝って離屋にゆく姿が、池ごしに見えることがあった。池は渡り廊下の下をぬけて、瓢簞形に、書院のある反対側の庭へつづいていた。しんとした午後、空を渡る雲を鏡のように映しているその池に、鯉がはね、波紋が水面をゆらすことがあったが、そんなことでもなければ、この水の下に魚が住んでいるように思えなかった。夕暮れ、樟の大枝の一部を黒く映すその池に、夕焼け雲が赤く染まって流れるのが見えていて、あたりの薄闇が濃くなるにつれて、深く、冴えかえる水面の美しさに、私は、よく恍惚として眺めいったものだ。

私は、こうした一瞬がすこしでも長くつづくよう祈らずにいられなかったし、また、こうした日々はいつまでもつづかなければならないものであるのだろう。もちろん、心でそう願ったのは、すでに絶えず感じられた怖れ——裏の女の子がいつ私を嫌って家に遊びにこなくなるのだろうかという、あの、時どき針のように鋭く、胸のなかをさしつらぬいて過ぎる怖れ——が働きつづけたからである。たしかに私たちの遊びのなかには、私のこうした気ちがいじみた焦躁や不安が、不意にあらわれることがあったのだ。私はなんども繰りかえして、「ねえ、本当に、あたしが好き？　きっと明日も遊びにきてくれる？」ときくのだった。青桐のしたで蟬の殻を集めているときも、玄関前の黒いスレート石のうえでゴルフ・ボールで毬つきをしているときも、築山のうえからボギー電車が走ってゆく音をきくときも、私は、何の理由もなく、遊びをやめて、その子に抱きつくことがあった。そういうとき、血色のわるい、不安そうな女の子の顔はこわばって、今にも泣きそうになった。私はどぎまぎして、「これ、おまじないよ。あなたが明日来てくれるようにっていう、おまじないよ。」と叫ぶのだった。それから私たちは気ちがいじみた大声で笑ったり、ぐるぐる庭じゅうを駈けまわったり、庭木のあいだで隠れん坊をしたりした。私は夜になってから裏の子の乾草の匂いを思いだし、明日ほんとうに遊びにきてくれるだろうか、と不安にかられた。こんな晩、その不安はいろいろな形の夢となって私を苦しめた。私は閉めだされた戸外に裸足で立たされたり、途中で切れた糸を夢中になってつないでいたりした。

それは、こうした日のある午後おそくのことだ。私は例によって不意に説明のしようのない不安にとらわれた。

「ねえ、私ね、あなたに本当の秘密を教えてあげる。」私は女の子の手をとってそう言った。

「青い眼の、うごく、お人形、でしょう。」と女の子は汗ばんだ薄い髪をかきあげて言った。

「もっと、もっと秘密なものよ。」

「じゃ、木彫りのおひなさま。」

「もっと、もっと、もっと、ずーっと秘密なもの。」

「じゃ、わかんない。」

「絶対に誰にも言っちゃいけないわよ。指きりよ。」

そこで私は裏の子をつれて築山のある奥の庭にまわった。そこまでゆくと、築山の下の小さな石造の五重の塔から、細長い、藻が沈んでいる光った池の面が、渡り廊下の下を、書院の庭につづいているのが見えた。離屋《はなれ》も奥の書院も、障子が白く閉めきってあって、庭を覆う木立から蟬の声が降るように鳴きしきっていた。亀のヒューロイのいる蔦で覆われた大きな岩のかげは、もう冷んやりと暗かった。私たちは、岩からどうだんの植込みへ渡っている一枚石の平らな自然石の橋のうえに立っていた。

「私の秘密ってね、この下にあるの。」

私は裏の子をふりかえった。それから、自然石の橋の上に膝をつき、腹ばいになり、まくりあげた腕を、そろそろと池のなかに沈めていった。橋からさがった頭に血が重くたまってくるのを感じながら、私の手は、冷たい、よどんだ池水のなかをさぐっていた。池の底のぬるぬるした玉石にさわり、玉石のうえを二、三度あちらこちらと捜した。そのとき私は指先が玉石とは別のかたい箱にさわるのを感じ、それをしっかりつかんだ。「あったわ。」私はそうつぶやいて、そろそろ手を水から引きあげた。それは小さな絆創膏の空罐だった。水の中に何日も沈んでいて、ところどころ錆がつき、泥にまみれていた。私はそれを池の水で洗いなおし、よく拭ってから、ふたをあけた。

よしんばそれが一枚の葉、一個の石ころであったにせよ、愚かしい幼い頭で考えつかれた至上の宝にかえうるものを、人は、二度と、その同じ生涯で見いだせないことを今の私は知っている。私は、夜風が樟をざわざわと鳴らすたびに、また飛行とびに熱中しているあいだにさえ、その宝のことを思いつづけていたのだ。愚かしく、夢中になって、まるで何か貴いものを崇拝するように、私はそれ——その小さな絆創膏の罐を、池の底にかくしておいたのだ。その罐には水の洩れている形跡はなかった。罐のなかに、さらに何枚かの油紙がまるまっていた。私はそれを一枚一枚ひらいていった。最後の一枚をひらくと、そこに、小さな、小指の先ほどの、白っぽい卵が入っていた。女の子は気味わるそうに、それを見つめた。

「なあに、これ?」

「これはね」と私はほとんどうやうやしい調子で言った。「蛇の卵なのよ。」

「蛇の卵?」

「そうよ、樟に棲んでいる蛇の卵なの。」

女の子の顔はこわそうにこわばった。

「どうして蛇の卵をこんなところにかくしておくの?」

「このお池のなかで、橋の下がいちばん冷たいからよ。うちの冷蔵庫と同じくらい冷たいのよ。だから、ここは蛇の卵の冷蔵庫なの。」

「どうして冷蔵庫に入れておくの?」

「だって、あたたかいと、孵《かえ》って、すぐ、蛇になっちゃうじゃない?」

「どうして蛇にしないの?」

「好きなとき、蛇にするように、とってあるのよ。」

「好きなときって、どんなとき?」

「ヒューロイが大きくなったとき。」

「ヒューロイって、もっと大きくなるの？」

「ええ、もっと大人になるのよ。そして一人前になって、蛇の子をいじめなくなったら、蛇の卵を孵して、兄弟にして飼うの。」

「どうして兄弟にして飼うの？」

「だって、お兄さまは蛇が嫌いでしょ？　だから、蛇と一緒にいると、ヒューロイをお兄さまにとられないですむもの。」

「でも、どうしてこんなもの好きなの？　ヒューロイだって、蛇だって、みんな、男の子のものだって、お母ちゃんが言ったわ。」

「うそよ。ヒューロイは可愛いわ。」

「でも、くさいもの。生ぐさいわよ。気味がわるいわよ。」

「気味なんかわるくないわ。」

「蛇の卵なんて、気味がわるい。」

「気味わるくないわ。もうすぐ、あたためると、蛇が生れてくるわ。」

「蛇なんて、もっと気味がわるいわよ。」

「気味なんかわるくないわ。」

「気味わるいから、あたし、かえる。」

私たちは橋の上で、帰る、帰らせない、で争った。私は手に蛇の卵をもっていた。裏の子は私のそばをすりぬけようとした。

「いやよ、かえる。気味わるいから、かえる。」女の子は泣きそうになって叫んだ。

「じゃあ、どうすれば、帰らないでいい？」私は機嫌をとるように女の子から離れて言った。

「蛇の卵なんか、すてて。」

「すてたら、残ってくれる？」

「うん。」裏の子は首をふった。

私は一瞬迷った。蛇の卵、あんなにながいこと大事にした蛇の卵を、どうすべきか、私はまよった。しかし次の瞬間、それは私の手を離れて、池のなかに、小さな波紋をえがいて、沈んでいった。しかし裏の子はそれを見ると、また、急に、私のわきをすりぬけて帰ろうとした。

「蛇の卵はすてたわ。」

私は女の子の前に立ちはだかって声を荒くした。

「でも、もう夕方だもの。かえる。」

「だって、帰らないって、いま、言ったじゃない？」

「でも、夕方だもの。かえる。」

「うそつき！」私は前後を忘れた。

「だって夕方だもの。」女の子は私の身体を押しのけようとした。私たちの身体はもつれあった。私のなかに激しい憤怒がこみあげた。私は自分ではその赤黒く光る炎が過ぎていったのを見た以外、何をしたのか、覚えていなかった。しかし次の瞬間、私は池に落ちた裏の子が悲鳴をあげてもがくのを、なにか遠い、ゆっくりと動くもののように眺めていた。

女中たちが集まってきて裏の子が連れてゆかれ、私のまわりにふたたび静寂と孤独が戻ったとき、はじめて私の眼から涙があふれた。私は泣きながら橋の上に散乱している油紙と絆創膏の罐を集めた。そして前のように錘りの石を入れ、空のまま池のなかに沈めた。私は橋のうえからその罐が沈んでゆくのを見まもり、いつまでもそれを憶えておこうと思った。しかし、その空罐はいつか私の頭から忘れさられた。ただ裏の女の子とこのようにして別れた苦痛は後までよく憶いだされた。そして、そのたびに私はあの樟のざわめきや、女中部屋の匂いや、池水の冷たい反映をふと憶いうかべるのであった。

第一章

支倉《はせくら》冬子がスエーデンに近いS＊＊諸島のフリース島で消息を絶ってから、もう三年の歳月がたっている。彼女が失踪の当時、この地方の名家であるギュルデンクローネ男爵の末娘エルスが同行していたため、コペンハーゲンやハンブルグあたりの週刊誌はじめパリの夕刊紙などにも、あからさまに一種のスキャンダルの清算のための自殺だなどと書きたてたものがあったりして、関係者だけではなく、若い日本人留学生のあいだにも、かなり動揺をよびおこしたように記憶している。私は、その当初から、こうしたセンセーショナルな記事に対して怒りを感じこそすれ、支倉冬子やエルス・ギュルデンクローネの友情や生活にいささかの疑惑を抱かなかったし、現在、彼女に関する能うかぎりの記録を集めて、その最後の頃の生活や考え方が明らかになりはじめてみると、私は私なりに、多少の感慨とともに、自分の確信の正しかったことに対するいささかのよろこびを禁じえないのである。

そもそも私のように、織物工芸などになんの関係もない一介のエンジニアにすぎぬ人間が、支倉冬子に関する記録を集めるようになったのは、まず第一に、彼女が蒙ったこうした汚名をそそいでやりたいという単純な動機からであった。当時の私なりの考えから言うと、どこか見知らぬ国の夕食後の雑談に、アフリカのテロ事件やハリウッドの醜聞などと取りまぜてそれが話されるのならまだしも、彼女の事件が、そうした間違った形で、日本に報じられ(事実、二、三の週刊誌に同じ調子で取りあげられたのである)その真相が永遠に隠されたままだとしたら、彼女自身死んでも死にきれないばかりではなく、私たちまでが何かやりきれない気持を持ちつづけるにちがいないと思われたのだ。

しかしもちろん動機はそれだけではない。おそらく第一の動機より、なおいっそう強い動機は、あの失踪の直前までの彼女の、奇妙にこちらに迫ってくるような緊張した、息苦しいほどの生活の姿勢だったように思う。それは、私など芸術にまったく無縁の人間にも、芸術家という存在の特異な性格を感じさせるような、一つのものを追い求めている、悩ましい、切迫した態度であった。いまでもよく憶《おも》いだすが、噴水のある広場のアーケードの下に店を出しているカフェで、私が冬子を待ち合せているようなとき、自転車や自動車をやりすごすために立ちどまったり、急ぎ足に歩いたりして、広場を横切ってくる彼女の姿には、どこか周囲から切りはなされたような、自分のなかに沈みきったような、そんな風の孤独な感じがにじんでいて、私は言い知れぬ心の痛みを感じたものである。事実、冬子は私のそばに近づくまで、こちらには気がつかず、暗い思いつめた表情のまま歩いてくる。そしてふと私に気がつくと、薄暗い窓に灯がついたように、急に表情が一変して、明るい人懐っこい笑いがみるみる顔いちめんにひろがってゆくのである。

「まあ、前から見ていらっしゃったんですの？　私ったら、すこしも気がつきませんでしたわ。そんなに見てらしたなんて、私、こまりますわ。きっと、おこったような顔をしていましたでしょう。私、昔から、母によくそう言われましたの。」

冬子はちょっと眩しそうな表情をして、そんな言いわけをしながら、私を見つめた……。

私はもともとこの都会《まち》の外港にあたるV＊＊に輸出機械のアフター・サーヴィスと市場調査のため、約二カ年の予定で駐在を命じられている出張エンジニアだった。私の仕事は本社の幹部が考えているより幾分容易であって、機械そのものに関するクレームはほとんど出なかった。私は現地のエンジニアや操業員が機械に慣れてくるにつれて急速に暇になっていった。とは言っても、問題はいつ起るともかぎらず、このケースをのがすと、後続の輸出は大きな困難を伴わなければならない。私は直接さし迫った仕事は持たないものの、V＊＊を遠くはなれるというわけにはいかなかった。しかしV＊＊は単なる港町として発達したにすぎず、倉庫の列や引込み線や商社のほかに繁華な商店街一つあるわけではなく、仕事でもなければ、一週間と暮せる町ではなかった。人々は多く都会《まち》から通ってくるので、夜になると、工場付属の、病院のように清潔な寄宿舎の窓からは、港の船の信号燈と、防波堤の先の廻転燈台の刺すような光のほか、なに一つ見えず、まるで管制下の町のように暗く、ひっそりと静まりかえっていて、時おり、夜出航する船の底ごもった汽笛か、倉庫の先の岸壁にぶつかる波の音が聞えるぐらいだった。こうしたわけで、私は着任して半年ほどたった夏の終り、工場の寄宿舎を引きはらって、この都会のホテルに落ちつくことになったのだった。もちろん口実は幾らもあったし、それに機械に対する信用が高まっていて、むしろ会社側から好意的な賛成を得ていたのである。

文倉冬子と知り合ったのは、市場調査の資料を借りだすため、市立図書館に通いだしたころで、いずれ詳しく後で触れなければならないが、冬子とともに消息を絶ったエルスの姉、マリー・ギュルデンクローネがこの図書館に勤めていて、そのマリーが私と口をきくようになり、マリーから冬子を紹介されることになったのだ……。

あのころのことは、まるで昨日のことのように私の眼の前にある。図書館で私に本の貸出方法を教えてくれたマリー・ギュルデンクローネはもう三十に近い、静かな、端正な感じの女性だった。栗色の髪を編んで、頭のうしろにまきつけ、動作はひどく正確な印象をあたえ、喋り方もどちらかというと控え目で、私は、彼女の全体の印象を、なぜか悲劇的だという風に感じていた。どういう根拠からだったか、いまではもう憶えていないが、しかしあの事件の前後を通じてみて、この印象は変っていないし、変える必要はないように思う。マリー・ギュルデンクローネの端正な冷たい美しさのなかには、もともとこの北の風土にふさわしい悲劇的な感じがあったのかもしれない。このマリーがある日私に、この都会《まち》に織物工芸の勉強にきている日本人の留学生がいるが、知っているか、と訊ねたのである。私は自分の事情をかいつまんで話し、この都会に来てまだ何日にもならないのだ、と言ってやった。そのとき私はすぐ付け加えて、もしその日本人と知り合いになれれば、私としては大へん幸せである、なぜなら私は目下きわめて孤独な状態にいるのだから、と言ったのである。もちろんそのとき私が支倉冬子を知っていて、そのうえ彼女が味わっていた孤独な感情を知っていたとすれば、私の孤独感など、所詮、出張社員の不馴れから生れる一時的な気分であって、とても彼女のそれと較べられるものではなく、私とて、こんな言葉は口にしなかったであろう。それに、外国語（私はこの国の言葉はわからないので、もっぱら英語とドイツ語で用を足していた）で話すとき、母国語では言えぬような内心の事柄に関して、ひどく実感のともなわぬ無責任な感じで、喋ることができるものである。

マリー・ギュルデンクローネは私の言葉をどのように受けとったか、知る由はないが、その次に彼女と会ったとき、彼女の家に、当の日本人の女性と、彼女の妹（それがエルス・ギュルデンクローネだったわけだ）とを呼んであるが、あなたもよかったら来ていただけないだろうか、と控え目な調子で、私に言ったのである。私はむろんよろこんでお邪魔させていただきたい。こんなに早く私の希望を実現していただいて、なんとも感謝の申しようもない、と答えた。

こうしてそれから数日後のある晩、私はマリーの家を訪れたのだが、それはこの都会の北寄りの静かな住宅街にあって、彼女の部屋の窓から小さな公園が街燈の光に照らされて見えていた。

私が着いたとき、冬子もエルスもすでに来ていて、たのしげな笑い声が玄関のドア越しに聞きとれた。それはいかにも若い女性らしい、押さえることのできない笑い方であって、つい思わずこちらもそうした明るい幸福な気分に引き込まれてしまいそうな、そんな罪のない解放感がその響きのなかに感じられた。が、私がベルを鳴らすと、その声はぴたりとやんで、やがてマリー・ギュルデンクローネがドアをあけて私を中に導きいれると、そこには、妙に気づまりな、重苦しい気分さえ感じられた。一瞬、私は、自分が招かれざる客なのではあるまいか、という軽い危惧が心をかすめたのを憶えている。

客間には、小柄な、ひどくかたくなった感じの日本人の女性と、マリーよりはずっと年の若い、ほとんど二十になるかならない年恰好の、浅黒い肌の、濃い睫毛のせいで仄暗く見える眼の少女とが立っていた。支倉冬子は灰色の洋服をきていて、首にぴったりついた紫水晶のネックレスをしていた。エルスのほうは黒い、背中のくれた洋服を着て、小さな珊瑚のブローチのようなものが胸を飾っているほか、装身具らしいものはなかった。冬子のほうは、真面目で、ぎこちなく、どこか脆そうなところがあったが、色の浅黒い少女のほうは、熱でもあるようなぐったりした感じで、頭をいくらか前へ突き出す癖があった。

その夜の集まりでは、私が冬子と交わす日本語をエルスが面白がって、いま何と言ったのかとか、私たちの言葉の真似をして、それはどんな意味なのかとか、すっかり上機嫌にはしゃいでいて、ゆっくり話し合うことはできなかったが、それでも冬子がこの都会に来て一年になること、都会《まち》の美術館付属の工芸研究所で織物工芸の勉強をしていること、ギュルデンクローネ姉妹と知り合ったのは妹のエルスのほうが先であって、一年前まで彼女は郊外の修道院付属の寄宿学校に入れられていて、そのころ知り合ったということ、また冬子がここの工芸研究所をえらんだのは、この地方特有の織物に心をひかれたためだったが、それ以上に工芸美術館にある「グスターフ侯のタピスリ」と呼ばれる壁飾りに日本にいるころから魅惑されたためであること、などを知りえたのだった。

私はその後支倉冬子と何回も会い、時には首府で開かれる音楽会へ一緒に出かけたこともある。そういう晩はほとんどいつもギュルデンクローネ姉妹と一緒で、私の車で（それ以前はマリーの車で行っていたということだった）出かけた。冬子と会うのは、大体昼食のときか、でなければ夕食前のカフェでの休息のときであった。彼女の言うところによれば、夜は急に疲れてくるので、あまり人と話したりする気分になれないということだった。そういえば、首府で開かれる音楽会の晩など、眼を閉じて車席《バック・シート》に坐っている冬子の顔を見ると、昼とは打ってかわった窶《やつ》れが眼のまわりや頰のあたりに黒ずんだ感じに澱んでいた。

私は午前中、図書館で主としてドイツの業界関係の資料を集めた。時によってはそれを私自身でコピーしたり、また場合によっては資料の全体をマイクロフィルムに写して本社への報告書にそえた。こうした仕事はかなり神経を緊張させるので、工場で機械音の中の生活に慣れていた私は、久々に、学生時代に逆戻りしたような感じがした。仕事のあとの二時間の昼休みが、自分のほかに誰も監督者がいないのに、妙に明るい解放感を与えたのは、おそらくそのためだろうと思う。まして冬子が時間の都合をつけて（というのは、彼女が研究所のアトリエで仕事にかかっているときは、ほとんど一息に、区切りのつくところまで織ってゆく習慣があったからだ）私と昼食をするときなど、正午近くなるにつれて、我知らず心が弾むような気持になっているのに気づくと、私は、苦笑とも狼狽ともつかぬ気持に陥った。

私のように一生を機械や数字を相手に過ごすような人間にとって、若い、物静かな女性と昼食をともにするなどということは、例外中の例外であって、なにか人生の贅沢というような気がした。いつだったか、多少冗談めいた口調で、私がこうしたことを冬子に話すと、彼女は一瞬驚いたように私を見て、すこし悲しそうな顔になり、「私って、そんなにもったいぶった感じがするんでしょうか」と言った。私はあわてて自分の言い方の軽率さを詫びたが、たしかに冬子のなかには、つねに相手のことに気を配っている、眼に見えない糸のような一種のやさしさが漂っていて、おそらくそのために、彼女のそばにいると、心のくつろいだ、落着いた気分にさそわれたのかもしれない。しかしそれは、ふだん彼女がひとりいるときの雰囲気なのかどうか、それは今でも私は疑問に思う。彼女は、私と言わず、誰でも彼女の身近かにいる人に対して、本能的にか、意識的にか、こうしたやさしさを保とうと努めていたのではあるまいか――私はそう思うのである。というのは、私は一度ならず、彼女が一人きりでいて、誰か人のいるのに気がつかないような場面に出会ったが、そういうときの彼女は、暗く思いつめたような感じであり、近寄り難い、突きはなすような冷淡さが感じられて、あるときなど、私は工芸研究所のアトリエの入口まで行きながら、こういう彼女の姿を見て、引きかえしたことがあったからである。

いったい支倉冬子はそうした二重の性格をなぜ持っているのであろうか、とその頃私はよく冬子と別れたあと考えたものである。むろん人間は誰しもこのような二重性は持っているのが普通だし、なかにはさらに複雑な性格の混淆が見られることも稀ではないのだ。にもかかわらず冬子の場合に、とくに私がそうした変化の著しさを感じたのは、あまりに彼女の静かな雰囲気に私自身甘えたところがあって、それが、不意に、どこかある一点で厳しく拒まれたという印象を受けたからではあるまいか。しかしこうした印象は、私が彼女の残した記録や手紙を集めたり読んだりしてゆくうち、弱まるどころか、むしろ強められていったと言っていい。冬子が厳しく拒むものがあったとすれば、それは彼女自身だったのではあるまいか、という私なりの仮定をゆるすとすれば、彼女のこうした二重性は私なりに説明がつけられるように思う。そして私が今も冬子のなかに深く感動するものがあるとすれば、それはまさしくこうした彼女の厳しさだと言っていいかもしれないのだ。

私は不明にも、自分のたのしさや冬子の示してくれるこうした物静かなやさしさに安易に寄りかかっていて、彼女がその当時感じていた困難な思いや、考えあぐんでいた問題（私がまったくの門外漢であるのにこんな言い方をするのは気がひけるが、ほかにうまい言い方もないのでしばらく許していただきたいと思う）をまるで感知することができなかった。それはこれを書いている現在、なお私の胸を悔恨の痛みとなって貫くのであるが、彼女はそうしたことを最後まで私に直接の形では話さなかった。したがって私のような単純な人間には、冬子のような女性こそ才能もあり、好運にもめぐまれ、そのうえ富裕でさえあって、現代における一つの理想的な形《タイプ》にちがいないと思われたのである。たしかに冬子は私にあの「グスターフ侯のタピスリ」と呼ばれる四聯一組の壁飾りを見るようにすすめたし、また、芸術が現在陥っている困難さという問題にしても、パリやミュンヘンのいろいろの画家たち（その多くは私などにははじめて聞く名ばかりであった）のエピソードをまじえて話してくれたし、後になって彼女のノートや手紙と引きあわせて考えると、彼女はまったくそうした話題に触れなかったというのではない。しかし当時の私は、そんな芸術家などはどこかパリの薄暗い屋根裏で自殺をとげたり、発狂したりする奇矯な人物にすぎないと思っていたし、冬子のように研究所でも優れた学生と思われ、奨学金を受けているような女性とは、まるで縁のない事柄と思っていたのだ。

それに、何よりも彼女が自分の作品や仕事のことを話すときのさりげない様子、それが私に彼女の真意を見誤らせた。私は冬子にたのんで工芸研究所のアトリエの仕事を見せてもらったり（そういうときの彼女は、たとえ真剣な表情で機《はた》に向かっていても、あの思いつめたような暗さは感じさせなかった）また彼女の部屋で、東京で織った作品から、この都会《まち》で制作した作品まで見せてもらったりしたが、そんなとき、私は冬子の並々ならぬ才能を感じ、容易にこうした美しい模様を織りだす力に羨望に似た思いを感じたものの、その内側にひそんでいた問題については何一つ感知しなかった。私の単純な賞讃の言葉を彼女がどう受けとっていたかと思うと、いまでも私は恥ずかしい感じがする。自分が大いに不甲斐ない人間に思えてくる。あのころ私はよく冗談に、私が彼女の騎士になって（それはたしかギュルデンクローネ家が古い貴族の家系で、騎士として宮廷で仕えていたという話が出たときだったと思う）もろもろの龍や怪物から救ってあげるのだなどと言っていたが、彼女にしてみれば、まさにその瞬間に、形こそ見えないが、地底よりのぼる龍や悪鬼が彼女を責めさいなんでいると感じていたのかもしれない。

私が彼女の失踪後、残していったノートや手紙などの整理を引きうけ、その結果、こうした彼女の内面の問題がわかってくるにつれて、無責任なジャーナリズムに対する怒りは、こんどは自分に対する憤懣と悔恨にかわっていった。私がこの都会《まち》にいて得られる余暇のすべてを彼女の書き残したものに読みふけってすごしたというのも、いなくなった冬子をなつかしむというより、むしろこうした自分の不明への謝罪や悔恨のためだったように思う。そして彼女の兄や二、三の友達に連絡をとって、彼女に関係のある記録を送ってもらったり、彼女の逸話などを聞いたりしたのも、同じような気持からだったと言っていい。私としては、支倉冬子の姿を何から何まで知りたかった。そしてそのために文字通り断簡零墨にいたるまで眼を通し、そこに落された彼女のかげを集めてゆくのが、せめてもの私の不明に対する償いだという気がした。

私はいまでも彼女がフリース島で消息を絶ったことを決して自殺とは思っていない。またある種の人たちのように（それは最近評判になったある映画に同じような状況を取りあつかったものがあったためと思われるが）その失踪は自殺でも事故でもなく、意図された逃避であり、どこかに名前をかえて生きているのではないかという推測にも同意することはできない。しかしそれが不幸な偶発事であるとしても、冬子がフリース島で死んだに違いないことは、彼女たちのヨットの船具の一部が回収されているところからほぼ確実となっている。この死が冬子にとって避け得ないものであったにしても、なぜか私は、それに対して私自身責任のようなものを感じないではいられないのである。これはなにも私が直接にS＊＊諸島へのヨット周航をやめさせられたろうとか、またなんらかの危険防止の助言を与ええたろうとかいう意味ではない。それはもっと複雑な説明しがたい感情であって、いわば、理由なく「彼女はひょっとしたらその偶発の死をよろこんで受けいれたのではあるまいか」という気持が、鋭く心のなかを刺しつらぬいて過ぎてゆくような感じ――とでも言おうか。決して自殺をしたのではないが、それでもなにかこの世のことへ執着がもてなくなっていて、そうした気持が自然とあのような事故を招きよせていたのではないか。西欧のある哲学者は、どのような死もすべて自殺であると書いているそうだが、私のように機械の正確さを信条とする人間にとっても、冬子のことを考えあわせると、たしかに人間は、なんらかの意味で生への愛着なり、期待なり、望みなりを放棄したとき、死がおのずと訪れるのだという気持にならざるをえないのである。

こんな風に考えると、冬子に最後のころ出会う機会をもっていた私が、もう少し彼女の内面に入ってやることができ、その困難さをともに語ることはできないまでも、せめてそのたびに襲ったであろう暗い気分をまぎらわせ、幾分かでも期待とか希望とかをよびおこしえたら、と思わないわけにゆかない。むろんそれは私の自惚《うぬぼれ》であるかもしれず、もしそんなことを冬子が聞いたら、いくらか憂鬱な寂しそうな顔をかしげるようにして笑ったかもしれない。それでも私はこうしたもろもろの物思いを通して、かすかな自己呵責の痛みを感じることを告白しないわけにゆかないのである。しかし現在となってみれば、彼女が消息を絶つ寸前まで心に抱き、彼女とともに生きていた世界を、能うかぎり正確に、私なりに理解してゆくのが、こうした負い目を果してゆく唯一の仕事であるように思えた。そしてただその目的のためだけに、エンジニアの偏執をもって、彼女の書きのこしたノート、日記、手紙を、あの当事の日付の順に並べて、丹念に繰りかえし読んだのである。たしかにそこから私は、かつて知っていた冬子とは違った、彼女の内側の世界が現われてくるのを感じた。しかしそれは私を意外な思いに誘うというよりは、かつて自分の気づかなかったいかに多くの事柄を、彼女が私に示そうと努めていたか、そして同時に私がいかにそうした彼女の訴えに気づかぬまま過ぎてしまったか、という事実に驚かされたと言った方がいい。しばしば私は自分でも呆然とした気持にとらわれさえしたのだ。しかしそうした形で私は冬子の考えや感じ方を知るようになると、いつか、何度も繰りかえすように、芸術には縁のない私みたいな人間にとっても、それが全く無縁だとは言いきれない事柄であるように感じられだしたのだ。これは、いまここで、はっきりと文章の形にして示すには、あまりに複雑な要素が入りくんでいるような気がするし、事実、私自身にも、それが体験として感じられはするものの、その正体は実は明確につかんでいないのかもしれないのである。

こういうわけで、支倉冬子の書き残したものを読んでゆくうち、これを基にしながら、自分が見た最後のころの印象を加えて、彼女の世界をなんとか再現したならば、あるいは自分が感じているこの漠然とした気分（それは不安な気分とも言えたし、またひどく重苦しい気分とも言えたのだ）の由来を明らかにできはしまいかと考えたのである。

たしかに私がこのような形で支倉冬子の短かい生涯をえがきだそうと試みた心のなかには互いに矛盾するような動機がひそんでいる。にもかかわらず一貫して私を動かしつづけたのは、やはり冬子に対するある種の愛情のようなものだと言えるかもしれない。


彼女の記録を取りあつかうについて、私は私なりに、あれこれと計画や編集の方法について考えてみたつもりである。そして最終的に、私がその内容やノートの順序などから時間的前後を判定しえたかぎり、それに従うことに決めた。さらに冬子が自らの過去について別個に黒レザーの学生用ノートに書きつけた回想は、なるべく時代順に配列しながら、適当な時期に、他の記録のあいだにまとめて挿入することにした。これは内容の関連から見て、そのほうが一段と、冬子の関心の向けられていた対象を明らかにできると思ったからである。

最後まで問題となったのは、この都会《まち》に来てから書かれた反省や自己観察や芸術論などをどのように取りあつかうべきか、ということだった。その数はノート六冊に及び、内容的には、大体それぞれ独立したものが多く、そのうえその時々に書かれたので、かなり重複する部分も多く、また（別の眼で読み通してみると）矛盾もあり、繰りかえしも目立ち、論旨が同じところをぐるぐる廻っている場合もかなり見いだされるのである。もちろんできることならそれをそのまま再現するのが最良の方法なのであろうが、しかし彼女の内面の世界を明確にするためには、それはいささか余分な要素を盛りすぎるきらいがあり、さらに、なんの注釈も説明もないとすれば、それはかえって見通しを悪くする結果ともなりかねない。したがってこの点についてだけ私は冬子の書き残したノートを自由に選択し切りすてるところは切りすてることにし、そのかわり、できるかぎり私自身の説明でその欠陥を補おうと試みた。この点に関してはひたすら所期の目的と背馳《はいち》しないことを願うばかりである。

*

支倉冬子と会った当時、彼女が何度も私に繰りかえして訊いたことは「グスターフ侯のタピスリ」と呼ばれる壁飾りを私がどう思うか、どのように感じるか、ということだった。それはここの市立美術館の宝物であるばかりではなく、十三世紀の北欧の工芸作品のなかでも屈指の名品に数えられているものである。だから私がガイド・ブックに書いてある記事や評価をそのまま受けとって「とくにどうって言うことは分りませんが、でもいいものじゃありませんか。本に書いてあるように立派な作品だと思いますが。」と答えると、彼女は「今度、ガイド・ブックのことなんか忘れて、どう感じるか、ご自分で試して下さいませんか。実は、私、日本にいるころ、よくカラー写真なんかで、この作品を見ていたんです。そのころはとても好きだったのに、今になって、実物を見るようになると、なんだか、あまり好きになれないんですの。自分だけがそうなのか、それとも他の人もそうなのか、それが知りたいんです。でも可笑しいですわね。こんなことお願いするの。」と言って、弱々しい微笑をもらした。

私には冬子の真意はわからなかったけれど、ふだんなら一度見て忘れてしまっただろうその壁飾りの前に、その後、何度か立って、じっと眺めいったものであった。それは冬子と共にした昼食のあとのこともあったし、また夕方冬子と会う前の数刻のこともあった。しかし白状すると、何度見ても、冬子の言う意味はよくわからなかった。それに回数を重ねたからと言って、とくに前の印象が急激に変わると言う事柄でもなかったのだ。

私にとってその「グスターフ侯のタピスリ」は四枚つづきの立派な壁飾りというほかなかった。その四枚はそれぞれ四季の農民の労働と生活をあらわしていて、解説によると、図柄はゴシック様式初期の、ぎこちない、稚拙とさえみえる、かたい線で描かれているが、その素朴な味わいはこの時期の作品に共通する敬虔な感情に根ざしているということだった。ただ私などにも驚嘆させられたことは、この四季の農耕図の人物や背景をとりかこんでいる唐草文の複雑さであって、ちょうど森の繁みに蔓草が絡み、その蔓草のつくる自然の籠のなかに、赤い実をついばみに来た小鳥が捉えられているとでも言った趣きがあり、事実、よく見ると、唐草文の渦のなかに、横になったり、逆さまになったりした小鳥が織りこまれているのであった。地は厚い重い感じで、色調は濃い紺（もちろんかなり褪せていると見なければならない）であり、注意してみると、たとえば蔓草の先に紺地が織りこまれたり、小鳥の形が不揃いだったりして、技術的には、まだ初期の素朴さをとどめているが、それがかえって仕上がりのよい作品と異なる野生的な、荒削りの力を与えていた。このことは解説書にも書いてあったし、私自身もそう感じることができた。（私が冬子にそのことを言うと、「そうね、たしかにそうね、様式のあるものは、やはり強味をもっているわね。」と、ほとんど口のなかでつぶやいたのを憶いだす。）

この作品に関しては後にも何回か触れなければならないと思うので、解説書の記述を参考にしながら、その図柄を説明してみると、ほぼ次のようになると思う。まずはじめの一聯は春をあらわしていて、前景に身体をそらし気味に振りかえる姿勢で、集まってくる鶏たちに餌を与えている若い農婦がえがかれ、その奥、中景には畑が拡がり、牛につけた鋤《すき》を動かしている農夫と、手を同じ角度に振って種をまいている何人かの男女とが織りだされている。そして背景には村の屋根と教会の塔らしいものが見えているが、そのほとんどは、唐草文様に渦巻き絡みあった蔓のなかに隠れている。というのは、農耕図をとりまく唐草は、その枠をこえて、遠い地平線の上へも、若い農婦の足もとへも、また中景の人物たちの傍へも、細枝をのばしていて、小鳥と同じく農民たちも、蔓草の網目に捉えられているような印象をあたえるのである。ただ農耕図の空間に絡みあう蔓草の模様は幻想的な花を小枝の先ごとにつけているので、あたかも岸の水車や土手に立つ人影が水面に浮かぶ蔓草の花と重なって、映っているような非現実な感じをあたえた。農耕生活がそのままどこか空中に浮かんで停止してしまったような、不思議に甘美な調和感がそこに漂っていた。織りだされた人物は、眼も大きく、表情もどこか驚いたような単純さをそなえ、動きはギニョール人形のようにぎこちなかった。（支倉冬子の記録を読み、私なりに織物などを知りたいと思って、帰国の途中、パリのクリュニー美術館、史料博物館で、もっと後代の精緻なゴブラン織を幾つか見てまわったが、こうした作品の農耕図は、いわば糸で織ったリアリズムの絵画のようなものであり、その技巧や精密な技術は驚くほかなかった。たしかに迫真力をもって織りだされた葡萄収穫図などには、女たちの抱えた籠の編み目の一つ一つ、指先に摘まれる房の葡萄の一粒一粒までが正確にえがかれていて、談笑したり、ふざけ合ったりする声が聞え、汗の臭いや、野卑な方言まで感じられるほどであった。にもかかわらず、この素朴な、幻想的な農耕図に感じられる甘美な調和感はそこにはまるで見いだせなかった。）解説書にもあるように、ここには別個の制作態度が支配している、と言えるかもしれなかった。後になって、冬子が消息を絶つ直前のころであったが、「グスターフ侯のタピスリ」を織った工匠は、作品をつくる以前から、農耕生活や市民生活を信仰にみちた敬虔なものと受けとっていて、そうした調和感や内的な律動を、あの空間を埋める蔓草の花の幻想で表現したのではあるまいか、と話していたのを今もはっきりと憶いだす。

ところで、夏、秋、冬の三聯であるが、夏は羊毛の刈りこみ、秋は葡萄の収穫、冬は狩猟を主題としている。いずれも蔓草の花がその空間に漂い、眼の大きい、ギニョールの人形のような人物たちが、あるいは杖をもって立ち、あるいは鋏をもって蹲《うずくま》っていて、どこか現実ばなれのした停止感のなかにとじこめられていたが、その停止感には典雅な幸福とでも言いたいようなものが感じられた。そして四聯一組にして見てゆくうちに、私たちのほうがいつか幻想の花の群れのなかに漂っていて、四季の循環《めぐり》の律動を健康な脈搏のように感じてゆくようになる。私自身、果してそこまで感じられたかどうか、自信はないが、冬子が後になって（というのは、彼女は、かなりながいこと「グスターフ侯のタピスリ」を見にゆかなかったし、その評価も否定的だったが、その失踪の直前、彼女はふたたびこの作品を見なおし、以前にまして陶酔したような調子で話すようになったからだ）言った言葉から察しても、私がここに書いた事実には間違いないものと信じている。

いったいなぜ支倉冬子はそんなにもながい間「グスターフ侯のタピスリ」に対して否定的な

考え方を持っていたのか、私にはどうしても解らなかったし、それは、彼女のノートを読むときの、最大の関心事の一つともなったが、ここでは彼女が、兄に宛てて書いた手紙を引用してみたいと思う。そのなかで彼女はタピスリとの出会いやその意味や最初の幻滅などを詳しく書いているのである。

〝……こんなことを書くと、お兄さまはいつものように、興味のなさそうな顔をして、横を向いてしまわれそうですけれど、冬子にとっては、それは本当に生死に係わるほどに大切なことなんです。それはたしかにお兄さまのおっしゃるように、この織物の美しさを写真などで見て想像していたのが間違いだったかもしれません。でも想像していたものが、いつも実物に出会うと、幻滅しなければならないとしたら、ずいぶんこの世の中ってつまらないものになるとお思いになりません？　もうあれから一カ月ほどになりますけれど、あの日のことは、どうしても忘れられません。その日は雨でした。お兄さまのことだから、雨なんか何の関係があるのだ、とおっしゃりそうですわね。でも関係は大ありだと思います。雨のなかを、工芸美術館まで行ったのです。日本から、それを見たいためにだけ来たのだというような、思いつめた、胸の痛くなるほどの気持で、冬子は「グスターフ侯のタピスリ」を見に出かけたのです。お兄さまはお笑いになるでしょうけれど、冬子の足はふるえました。美術館の大きな正面階段をのぼってゆくとき、なんだか試験でも受けにゆく感じだったんです。前の日に工芸研究所のユール先生とお目にかかったときも、冬子がながいことタピスリをどんなに見たいと思いつめていたかを話しました。先生は微笑されて、ゆっくり落着いて見にいってごらん、と言われました。でも冬子にはとても落着いてなんかいられませんでした。そのときだけ、飛行機で行くほうがいいとおっしゃったお兄さまの言葉が正しかったような気がしました。冬子はながい船旅や乗り換えなどで、ずいぶん思いもかけなかった都会や港や旧蹟などを見ることができましたけれど、旅がながびくにつれて、一日一日と「グスターフ侯のタピスリ」が遠ざかってゆくような気になってきて、妙な焦躁感を覚えたりしました。とくに船が地中海に入って、紅海の灼けつくような暑熱が、わずか一晩のうちに、肌寒い霧雨の降る陰気な海のうねりに変ってしまうと、冬子自身もはるばる旅をしてきたという気が致しましたけれど、それだけいっそうこの都会《まち》までの距離がながく感じられたのでした。そして目的地に着いたとき、そうした期待があまり大きくなり、これ以上待たされたら、自分で自分が支えられないほどになっていました。前に、このタピスリのことをお兄さまにお話ししたことがありましたかしら。面とむかって冬子が真面目なお話をしようとすると、お兄さまはすぐ困ったような、恥ずかしそうな顔をなさって、冬子をからかったりするのが癖ですから、きっと今までこのことはお話ししたことがないと思います。でも今は冬子はお兄さまに、このタピスリがどんなに冬子の気持のなかで大切なものだったか、知っていただきたいと存じます。冬子がこのタピスリを知ったのは美術学校の工芸科に入ってからでした。お母さまが残して下さった織物の見本や写真、図版などのなかには、この種類のタピスリとしては、クリュニー美術館の一角獣のタピスリとかメトロポリタン美術館のアラスのゴブラン織とかアンジェの黙示録タピスリとかが含まれていましたけれど、この「グスターフ侯のタピスリ」はありませんでした。お兄さまが子供のとき持ちだして、叱られたりなさったコプト織の裂地《きれじ》などは、お母さまのお集めになったものの中でも宝物の一つだったのですね。冬子が美術学校に入る前に好きだった辻ケ花染なども、優雅で、華やかなくせに、どこか線や染が細く寂しげで、あれなどもお母さまはずいぶん大事にしていらっしゃいました。冬子はお母さまのコレクションのおかげで、工芸科にいってからも、ずいぶんと裂地の知識があって、制作のときのヒントなど、ほとんどそうした知識をもとにしたのですけれど、家と一緒にそれも焼けてしまったのですから、冬子のなかにはお母さまのコレクションの様々な裂地の記憶の形で十年も十五年も生きのこっていたわけですのね。ですから、学校の図書室で、はじめてここの工芸美術館のカタログ図版をめくっていて「グスターフ侯のタピスリ」にぶつかったとき、なぜか前からそうした作品をよく知っているような気がしたのでした。たしかにクリュニーの一角獣やアラスのゴブラン織のような、繊細な優美さというものは見当りませんでしたけれど、それとは違った、素朴な、強い感じがあるように思いました。図版の一枚はカラーで印刷してありましたので、あの濃い紺地に花の散っている農耕図は、どこか海の底にゆらいでいる風景とも、この世ならぬ虚空のなかに漂っている労働の姿とも見えるのでした。冬子はコプト織の強い色彩の、粘着力のある質朴な感じも好きでしたが、北欧のこのゴシック初期の作品のもつ、どこか憂鬱で、甘美な、静謐な世界に憧れのようなものを感じました。いつか学校でも終って機会があるなら、パリやリールなどではなく、北の、雲が暗く垂れこめたこの古い小都会にいって、自分の気持にふさわしい作品の主題なり雰囲気なりをつかみたいものと思うようになったのは、その頃からのことでした。このことは冬子は前にもお兄さまには何度もお話ししたんです。憶えていらっしゃらないでしょうけれど。もちろん冬子がこの都会を留学先に選ぶことになったのは、それだけではありません。工芸科の武林先生や先輩の何人かが、ここの工芸研究所のユール先生について学ばれたことや、ユール先生が東京に来られたとき、何度かお目にかかれたということなども大きな理由だったのですけれど、でも、もし「グスターフ侯のタピスリ」が冬子を魅惑することがなければ、とくにこの都会をえらんだかどうか疑問です。こんな風に中上げれば、島にとじこもって、お花の栽培しか興味がなく、冬子のことなんか少しも構《かま》ってくださらないお兄さまにも、このタピスリが冬子にどんな関係をもっているか解っていただけることと思います。でもそんなに思いつめ、足をふるわせながら当のそのタピスリの前に歩いていったとき、冬子が感じたのはどんなものだったでしょうか。その日、雨が降っていたと申上げました。美術館のなかは、そのせいか、ひっそりとしていて、黒い制服をきた屈託した守衛が、陳列室の隅や廊下の奥を、こつこつ靴音をたてながら、行ったり来たりしているだけでした。冬子は息をのんで、タピスリの展示されてある部屋に入りました。そしてその前に立ちました。その前にくるまで眼をあげませんでした。で、その正面に立ったとき、思いきって、四聯の農耕図全体が眼に入るようにして顔をあげたのです。はじめに感じたのは、身体じゅうの皮膚が痛いように鳥肌の立つ感じでした。まるで理由もなく、磁気嵐でも通過しているような感覚でした。でも、それはある種の痛みの感覚を残して通りすぎると、それなりもう戻ってきませんでした。冬子は一瞬音のなくなったような感じのなかで立っていました。そのとき反射的に、ずいぶん紺地が褪せているという失望感に似た気持を味わいました。それから後は、ちょうど高まりきった潮が刻々と引いてゆくような感じで、身体じゅうの力が急に抜けてゆきました。冬子にはどうしても眼の前にある四聯の農耕図のタピスリを「グスターフ侯のタピスリ」だというように感じられないのでした。よく似てはいるけれど、ながいこと思いえがいていたタピスリは、もっと深い憂鬱や静謐さをたたえているはずです。ところが冬子の見ているのは、厚地の、全体に色の褪せた、糸のほつれや補修の目立つ、ひどく物質的な素材感の強い織物なのでした。ただそれだけのものにすぎませんでした。冬子はどう考えていいのか解らないままに、ただその前でぼんやり立っているほかありませんでした。その日は他のものなど見る気力もなく、雨のなかを帰りました。それは手の中に捉えていたものが急になくなったときのような、からっぽな悲しい気持でした。部屋に帰ってから、激しくなった雨を見ていますと、今までの旅行の緊張や疲れが急に襲いかかってくるようで、ひとりでに涙が出てきました。雨の音が激しくて、町じゅうの物音が掻き消されて、あたりに誰も住んでいない廃墟に自分が迷いこんだような気持になりました。もちろんそれから後、何回も美術館には出かけました。晴れた気持のいい日を選んでいってみたこともあります。でも、最初の印象は変りませんでした。あの古い織物のみすぼらしい厚手な物質感には、なんの愛情も感じられません。もうあれ以来一カ月になりますけれど、今では美術館にゆくのは苦痛になりました。もちろん工芸研究所には毎日通っています。ユール先生は、いずれまた別の気持で見られるようになる、と言って下さいます。本当にそうなれたらどんなに嬉しいかと思うのですけれど。〃

私が冬子のノートを調べているころ、彼女の兄から提供を受けたこの手紙によって、問題点の一つがつかめたように思ったのだが、しかしなぜ彼女が「グスターフ侯のタピスリ」をこのような気持で〈憧れ〉、それを求めてはるばるこの都会まで来なければならなかったのか、その辺の事情になるとこれだけでは十分に納得できなかった。私はその点に留意しながらノートの前後を読みかえしたり、読みついだりしたが、ちょうど書かれた順から言うと二冊目のノートに「グスターフ侯のタピスリ」を図版ではじめて見た頃の回想を中心として、かなり突っこんだ形でこの都会を留学先に選んだ理由に触れている。おそらく支倉冬子の問題の主要な部分であると思われるので、少し長いが次に引用してみたい。

〝母は自分の制作にどれほど自信をもっていたのだろうか。私が母と同じように染色や織物を自分の仕事と決めたとき、心のどこかで、亡くなった母を正当化したいという気持が動いていたことは否めない。母の死は、兄や私にとって、言い知れぬ重みとなっていた。兄はいっそう陰気な子供になっていったし、私は私で、いくらか片意地になったと思う。後になってから(というのは、ながいこと母の死に触れることは家では暗黙のタブーになっていたし、私たちとしてもそれから眼をそらしていたい気持が強かったからだ)父が、母の自殺は自分の仕事に対する自信を失ったからで、私たちは母のそうした純粋な気持に対しても、ひとりで先に逝ったことを許してあげるようにならなければいけない、と言ったとき、本能的に、父の言葉を拒もうとしている自分を感じた。母は絶対に仕事に対して自信を失ったのではない。母はもっと他の理由で死を選んだのだ。母をこの世に結びつけていたのは、むしろ染織の仕事であり、それがなければ、もっと早くになくなっていたかもしれないのだ。口には出さなかったが、私は強くそう信じていたし、それをいつか必ず証拠立てようと決心していた。母が兄や私を愛してくれたことに対しては、なんの疑いも持たなかった。それに子供だった私たちが、そうした子供への愛情が母の死を思いとどまらせうるなどということは考えも及ばなかった。母の死が自殺であると聞かされたのは、事件があってから何年も後のことだが、そのときでさえ、私は自殺と母とを実感として結びつけることはできなかった。私にとって大切なことは、母が病気と同じように自然となくなっていったということであった。私たちや仕事を、両手にかかえ、愛しながら、惜別しながら、なくなったということであった。そういう映像をこわそうとするものは、なんであれ、私は頑なに反抗したし、絶対に許すことはしなかった。母が染織を愛し、最後まで自らの仕事としてそれに打ちこんだように、私もそれを生涯の仕事とし、母の仕上げたかった作品の世界を私なりに完成させようと思った。母から忌わしい汚点を払拭するためにも、私もこの道を遠くまで歩いてゆこうと決心したのだ。

こうした思いは工芸科を出て、専攻科にいる頃までは、疑いようのない事実として心のなかに生きていた。私の作品がはじめて入選したあの時代が、思えば何も考えず、何も疑わず、ただひたすらに制作できた唯一の時機だったと言える。私は母のコレクションの中にある裂地の模様や、織糸の触感を実になまなましく思いだすことができたし、そのなかで私に迫ってくるような感じの作品を思いえがくことは決して困難なことではなかった。クッションにしても、マフラーにしても、カーテン地、壁飾り、大小のテーブル・クロスにしても、私はただ作ることが面白くて、毎晩おそくまで学校のアトリエに残って、機を踏み、杼《ひ》をとばし、一棹《さお》一棹織りこんでいったのだ。

私たち工芸科の学生にとって、工芸とは半ば化学薬品の処理のうえに立つ芸術だったから、たとえば染色のための調剤のカードは、その仕上がりの色見本の糸束とともに、半ば自働的な、正確な作業の基礎となっていた。偶然の配合から予期しない色彩が得られると、それはカードに書きこまれて、一つの既定の事実となり、確実に繰りかえすことのできる処方となったのだ。このことから私は同じようにして、自分の記憶のなかにある織図柄をカードによって分類してみた。それを幾つかの文様様式に分けて系統づけてみると、まったく別個の模様と思っていたものが、同系統の文様の別様の組合せだったり、裏返しの変形だったりして、それは自分の制作のヒントともなりうるのだった。私は織図柄を図版や博物館の織見本に当ってこのカードを増やし、それを整理して、小さな論文を学校の紀要にのせた。武林先生の教室で勉強するようになったのはこの論文が機縁だった。

あの当時、私は単純にこれだけのカードを組合せることによって無限に豊かな織地がつくりだされるものと信じていた。事実、初入選の作品も、特別審査員賞を受けた「夜の橋」と名づけた菖蒲と流水模様の帯地も、このカードの組合せの結果に生れたものだった。「夜の橋」についでは、美術雑誌にカラー写真まで出て、何人かの評論家が抒情性や構図の現代性について論じていたけれど、本当は、この様式の組合せの技術からだけ考案されたものだった。私はたしかにそうした自分の成功に幾らか得意だったかもしれない。しかし他方その頃はなお、私を駆りたてる情熱や野心も同時に生きていた。それがカードの組合せに熱っぽい生命感を吹きこんでいたし、配色や染色の技巧に個性の律動を与えていた。少くとも私にはそう見えたのだ。

だからこそ後になって「夜の橋」の頃の作品をふり返ってみても、半ば機械的に仕上げていったにもかかわらず、そこにはやはり私自身の情感のようなものが染めこまれていて、たとえば「夜の橋」には、暮色に包まれた水面から菖蒲の花が重く傾いている物憂い気分が感じられるのは事実だった。

もちろんこうしたモチーフさえあれば私は制作に打ちこめたし、制作に工夫をこらせばこらしただけ、それだけ作品の密度は高くなりうると信じていた。だから、何年か先になって、私が制作に行きづまりを感じるにちがいないと言われたとしても、到底そんなことを本気にはしなかったろう。しかし最初の頃の制作の熱気のようなものが過ぎ、例年の展覧会のための制作を中心にして、いくらか全体を見渡すようにして制作プランを考えてゆくようになると、私はいつか自分の作品のモチーフを機械的に組合せることに、軽い倦怠を感じているのに気がついた。はじめのうち、機《はた》に向うことのたのしみが、そうした倦怠や空虚感を乗りこえさせたが、それでさえ果実の心《しん》が蝕まれたときのように、内側から徐々に崩れてゆくのをくいとめることはできなかった。かつて私の眼に無限の組合せと映っていた様々のモチーフ、様式、図柄は、なぜか急に煩雑な、意味のない存在に見えはじめた。そうした図柄を組合せること自体、無意味な、単なる繰りかえしとしてしか感じられなかった。それはいつからそうなったと明確に記憶されてはいないけれど、私の感じでは、風船の空気が抜けるように、なにか突然に、空虚になったという気持だった。

私は京都や奈良に出かけてみたり、野花や木立を写生してみたり、時には無定形の布地を織ってみたり、また図柄の組合せに専念してみたり、あらゆる試みを手がけ、この空虚感からのがれようとした。しかし私がその試みの一つ一つに何の成果も見えないことが、空虚感のうえに焦躁感を加える結果となった。そしてこの焦躁感がたえず私に早急な成果を求めるように駆りたてるので、何一つ落着いて追求することができなかった。

もちろんこのような事態が生じることを私は前もって知るわけもなかったし、そんな兆候すら感じなかったが、あとから考えると、私が染織工芸を選んだという動機のなかに、あるいはその遠因が隠されていたのではないかという気もした。母が染織を生涯の仕事としていたという事実は、私の場合、他のひとたちよりも、志望の決定に大きな影響力をもっていたことは疑いえなかったが、もっと厳密に自分のなかに踏みこんで、芸術家気質とでも言うべきものの成り立ちを眺めていってみると、母という外的な影響のほかに、私自身の内面の要求が動いていたことも見逃せなかった。

それをはっきり意識するようになったのは、私が工芸科の学生となってしばらくしたある初夏の頃で、その頃互いに知りあった油絵科の本庄玲子と話をかわしたのがそのきっかけになったのだった。

玲子は髪をポニーテールにした、耳のとび出た、痩せた女子学生で、いつも男の子のだぶだぶのセーターを着て、スラックスには絵具が乾いてこびりついていた。練馬の先の、麦畑の見える農家の離屋《はなれ》に、子供のような顔をした画家と同棲していて、昼前に起きるということは滅多になかった。煙草で黄色くなった指には、絵具がしみになっていた。身なりを構う様子はなかったが、どこか謎みたいな美しさがあって、私は本庄玲子と歩いているとき、よく新聞記者風の男が彼女のほうを独特の眼で眺めるのに気がついた。

私たちが知り合ったのは、デッサンか学科かの共通科目の時間だったように記憶している。玲子は同級生にはひどく乱暴な男言葉で話す癖に、私に対しては妙に生真面目な喋り方をした。私がそのことをいつだったか言ってやると「ふん、そうかな。気がつかなかった。私って、あなたに惚れちゃったのかな。そうかも知れない。そうよ。あなたに惚れちゃったのよ。」などと本庄玲子にしては幾らかどぎまぎした調子で答えたことを憶いだす。その真偽はともかく、私たちは専攻が違うにもかかわらず、よく往き来した。午後、顔色の悪い玲子が学校のアトリエで仕事をしている傍で、私は暗くなるまで坐っていたこともあるし、赤煉瓦の校庭に降る雨を図書室の窓から一緒に眺めていたこともあるし、玲子に連れられて彼女の友達が働いているバーに出かけたこともある。玲子はそんなときよく紀州にある彼女の家で鳥や動物や家畜と一緒に育った不思議な生い立ちを話した。しかし私たちが最後に落着く話題は画学生らしい芸術論だったし、とくに私たちの場合、その表現媒体が違っている点が、いつも議論の対象になった。

いまでもよく憶えているが、私がはじめて学校の図書室で「グスタ一フ侯のタピスリ」を見つけたとき、誰よりも先にその感動をうちあけたのは本庄玲子だった。

私は図版に加えられていた英文の解説で読んだグスタ一フ侯の伝説を玲子に話した。十字軍に加わって聖地に赴こうとしていたグスタ一フ侯の城館に一人の年老いた織匠があらわれて、軍に参加して聖十字の旗のもとで戦うことができないかわりに、四季の農耕図を織って聖務を果したいと申しでたこと、そしてその農耕図は侯の帰還まで工房の奥に隠されて誰一人それを見た者がなかったこと、聖地の戦いに幻滅し、深い絶望に陥った侯の前にその農耕図が示されたとき、神を遠くへ求めていった侯は、かえって身近かに神を認めたように思ったことなどについて私は話したのである。

「でも、それはまるで文学ね。文学そのものね。あなたは、そのタピスリに文学を感じているのね。」

本庄玲子はそう言ってポニーテールの髪をゆすぶった。彼女は注意深い表情で私を見つめていた。

私はその言葉で自分が考えていた作品の世界が急に照らしだされたような気がした。ながいこと私は図書室の机の前に坐って考えこんでいたように思う。本庄玲子が言ったことの内容は、ちょうどトンネルの中で叫ぶときのように、妙に歪んだ響きとなって、私の心のなかにこだましていた。〈文学――文学――文・学――ぶん・がく――ぶ・ん・が・く――〉そんなふうに音は次第に割れてゆき、最後にそれらは入りまじり、遠のき、そして消えていった。

たしかにこの油絵をかいているポニーテールの痩せた娘のように、私は、色彩や形態や材質感だけで自分の世界ができるとは考えていなかった。私が彼女と意見がわかれるのは、第一に、この点なのだった。その後、玲子は繰りかえして、芸術作品は宗教や政治や実用などへの従属を脱して自分自身の目的（「それを美と呼んでも、精神性と呼んでもいいわ。」と彼女は言った）を追求するようになってから、はじめて〈芸術〉となりえたと主張した。「パルテノンの神殿はトルコ軍の火薬庫だったのよ。その前はいくらか淫靡な多神教の神殿よ。あの建造物に高貴な美を見いだして、その美のためにだけ跪《ひざまず》くようになったのは近代人なのよ。」玲子は議論になると、いつも不機嫌な調子で、そう言うのだった。玲子が〈文学〉という言葉であらわそうとしたものは、このように他の要素から離脱して、純粋の高みに達した芸術に、ふたたび芸術外の要素を導入するということに他ならなかった。本庄玲子は画面のなかに生ぬるい人間臭い情緒の混入を嫌悪していた。だから、私が図柄を組合せただけの布地を織りあげると、彼女は眼を輝かして、ここには絵画的なものだけが緊張して引きあう独立した世界があるわ、とつぶやくように言っていつまでもそれに見入るのがつねだった。しかしその布地がたとえばカーテンだったり着物地だったりマフラーを想定したりすると、ほとんど憤ったような表情で私を睨んだ。そんなときの玲子は私の説明も弁解も一切受けつけなかった。「実用的な芸術なんて、言葉の矛盾もはなはだしいわ。芸術の世界と実用の世界は、火と水、天と地、月とすっぽんよ。昼と夜よりも違っているわ。実用の絆を脱したからこそ、それが芸術になれたのよ。昔は芸術家なんていなかったのよ。ただ信仰の対象となる偶像を彫る職人はいたかもしれないわ。祭りで踊り歌う音楽や詩をつくる職人はいたかもしれないわ。あるいは記録のため、飾りのため、功労の顕彰のために、音や色や言葉で何か形あるものがつくられたかもしれないわ。しかしそんな人たちは芸術家じゃないし、そんなものは芸術作品じゃない。芸術はそうした一切から脱却して、感覚を通して精神に至る道を見いだしたとき、言いかえると美を自己目的としたとき、はじめて〈芸術〉となりえたのよ。この芸術を意識することのできた人々が、古代の偶像神のなかに〈美〉を発見したのよ。ねえ、発見したのは神じゃなくて、美なのよ。」

本庄玲子は一息にそう喋ると、急にぐったり肩を落してしまい、あとはひとことも口をきかなかった。いつも喋るとき、焰のように燃え輝き、突然燃えつきたように暗い顔になった。私がどんなに反論しても、ただ「芸術と実用なんて、昼と夜よりも違っているわ。」と低く繰りかえすだけだった。

しかし本庄玲子が〈文学〉という言葉で言いあらわし、しばしば燃えるようにして喋った、その点にこそ私が染職工芸を選んだ動機がかくれていたことに、あらためて私は気がついたのだ。玲子は芸術が神を棄て、顕彰の役割を棄て、記録を棄てて、はじめて〈芸術〉となり、〈美〉の表現者になりえたと主張する。しかし私は逆に、芸術がこのように神や顕彰する英雄や数々の記録すべき内容を喪ったために、空疎な、単なる形態だけのものになった、と考えるのだ。私は黙りこくった本庄玲子にこう言いたかった。

「なるほど〈芸術〉とはあなたの言うように〈美〉の自律的な世界かもしれないわ。でも古代にヴェスタの女神が火になって燃え、中世にグスターフ侯が足音のよく響く城館の硬い敷石を歩いていた時代には、芸術作品はこの実生活、この実用の世界と一つになって生きていて、もっと豊かな感情をその生活から汲みあげていたのではないの? 芸術から生活を追放し、信仰も讃美も追憶も怖れもみな殺しにしてしまって、その揚句に手に入れた〈美〉の自律性なんて、所詮は人間的感情と無縁な、感覚だけのものではないの？　感覚を通して精神に到るというけれど、感覚だけで閉じてしまった世界に、どうして人間のものである精神が表現できると思うの？　純粋と言えば響きはよく聞えるわ。でもそれは人間という根を失った形骸だけを指すのではなくて？　意味を失った形骸だけの言葉って何なの？　表現する内容もない形骸だけの絵画って何なの？　私はそんなものに荷担できない。そんなものの未来が枯渇でしかないのは眼に見えている。芸術家が力を汲みあげるのは生活よ。生活に、どんな形であれ、密着しなければいけないのよ。なぜって感動を汲みとるのは生きた場以外には不可能だからよ。もしそれを実用性と呼ぶのなら、この実用性のほうが芸術に確乎とした方向を与えるわ。美の自律性という言葉のなかで、無目的、無秩序へと拡散し、風化してゆく芸術に、もう一度、健康な血を送りこんでくれるわ。」

言いかえると、私は心のなかでこう叫びながら、実は自分自身がひそかに本庄玲子のいう絵画の自律性、純粋性に気がついていて、意識しないままに、それを怖れ、それから脱却しようとしていたことに思い当ったのである。それはちょうど風の吹きすさぶ暗い虚空に一人で浮かんでいるような感じだった。そしてどの方向にも歩くことが許されていたが、どの方向が正しい方向であるのか、暗い虚空のなかでは、目じるしにするものはないのだった。私はただ風の音を聞き、こうした不安から脱れるために実は油絵ではなく染織をえらんでいたことにあらためて思い当ったのだ。

自覚しないままに、こうした不安を感じたのは、美術学校に入るよりもずっと前のことだった。今、憶いだせるのは中学の最後の修学旅行で京都と奈良にまわって、博物館に入ったときの印象だ。伽藍や寺院から博物館の展示室に運ばれてきた仏像や仏画が、ガラスのケースのなかで明るく照明されているのを見たとき、私は、突然、理由のない不快な感じに襲われた。千年の歳月と読経と燈明《とうみよう》の煙のなかで黒ずんだ豊艶な仏体が、衣のひだや手足の窪みに銀色の埃りをこびりつかせて、いまはただ陳列番号と解説によって人々に関係を持つだけで、互いに何の血縁もない広い陳列室のなかで他の仏像群と並んで立っているのを見ると、私はそういう仏像たちが生命の最後の焔――それでさえすでに何百年も前から乏しくなっていたのだろうが――も消え、冷たい固い骸となって、そこに集められているような気がした。どの仏像の前に立っても、寺院の燈明の仄暗い光で仰ぎみる神秘感もなければ畏怖感もなかった。そこには、なるほど本庄玲子が〈美〉と呼ぶものはあったかもしれないが、堂宇の暗さと豪華な装飾、仏具の沈んだ輝きのなかに描きだされた涅槃《ねはん》の柔和な微笑が、人々を阿鼻地獄から救いあげていた時代に持っていた本来の力は失われている。私はもちろん仏教に帰依していたわけでもなく、またその当時これだけの意味がはっきり理解できたのでもない。ただ私はその明るいガラス・ケースのなかの仏像に、ある痛ましさを感じた。そしてそうした傷痕や残骸をむきだしのまま照明している陳列室というものに、激しい嫌悪を感じた。「なぜ生命の焔も力もなくなった仏像たちを、不具な奇怪な姿のままに人眼にさらさなければならないのだろう。それはかつて人々の慈悲に呼びかけていた浄土への窓ではなかったのか。とすれば、そうした慈悲の断片さえ感じられない陳列室の無機質の光のなかに仏像を置くことは許されないはずだ。信仰が終ったとき、それは焔のなかで消滅してしかるべきものではなかったのか。」私は後になって、こうした極端な考え方に傾くようになったが、それは奈良での最初の嫌悪に由来する。また、そうした嫌悪も抵抗感もなく、仏像をガラスのなかに閉じこめる社会通念に対し不安を感じたのも同じ理由からなのだ。

こうした嫌悪や不安が、知らぬうちに、美術館や博物館に保存された〈美〉に不信を抱くよう教えたことは当然だった。母の持っていた裂地の美しさや、その美しさを生活のなかに生かそうとする母の態度などが、当時の私に大きな影響を与えないはずがない。いつか私は、美がこうした生命や生活の実体から離れ形骸になるようなとき、そのような美からは手を切らなければならないと考えるようになっていた。あくまで生命を表現しているもの、生活の哀歓や魂の律動を語ろうとしているもの、そういうものを求めなければならないと考えていたのだ。

しかしそれを本庄玲子の言う〈実用性〉と直ちに結びつけてはならないと思う。もしそれが大衆売場の日用品や雑貨、衣類という意味の実用性であり、劃一の低俗と卑小な便宜性を意味するのだったら、それは玲子の言うように、実用と芸術は相容れないかもしれない。しかしそうかと言って、この実用を無視し、それをこえてしまえば美的価値が生れるかという点になると、私はかえって躊躇《ためらい》を感じた。眼の前にすぐ空虚な美術館の絵画や、博物館の仏像が現われてくるからだった。そして私はむしろこう考えた——もし大衆売場の実用品が劃一的でどこか非人間的な感じがするとすれば、本庄玲子よ、あなたの言うその〈美〉だって同じ社会の精神、同じ考え方、同じ態度から生みだされているのではないだろうか。あなたはその〈美〉に人間不在の匂いを感じないだろうか。すくなくともそれは、本来、根をおろすべき土壌から根こそぎ掘りだされていながら、平気で、虚空にとどまって自足しているような〈美〉なのだ。もし美なるものが絶えず人間の魂の温みであたためられ、生命の力を人間の〈生〉から汲みあげているものとしたら、この虚空のなかの美、人間と無縁の美とは、いったいどういうものなのか。果してそれを私たちは美と呼ぶべきなのか。いや、そうではない。本庄玲子よ、そうではないのだ。本当の美とは、そのように美自体で孤立するようなものではなく、もっと人間の魂や生の陰影や哀歓と深く結びついているはずのものなのだ。それは必ずしも大衆売場の実用品と結びつくという意味ではないけれど、でもそうした実用品をつくりだした人間の状況には無縁でいられないものなのだ。それは、もっと深く、もっと広く、人間のすべての活動や状態と結びついてゆくものなのだ……。

こういう考えを持ちつづけていた当時の私にとって、染織工芸を選ぶということは、この美を孤立させずに、人間の営みの深さと結びつけようとする願いのようなものだったに違いない。純粋絵画と機《はた》の織りだす布地のあいだに、果してそれだけの差違があるかどうか問わないとして、当時の私の眼には、絵画の額縁《がくぶち》が、この世と絵画の世界を明確に切りはなそうとする絶縁体と映ったのに対して、織物は人間の生活のなかへ拡がろうとして親しげな眼ざしを人間のほうに投げているように見えたのだ。

こうした染織工芸を志望した動機のなかに制作力の枯渇（倦怠感や徒労感、それにマンネリズムに陥っているという苦い反省を伴った枯渇）の遠因がかくされているというのはどういうことか。答は簡単なのだ。つまり、私が自分ですでにその枯渇を予感していて（もちろん無意識にだが）その結果、幾分でもそれを回避できる可能性のある方向を選んだのではないか、ということなのだ。これを、あるいは穿《うが》ちすぎ、または後からのこじつけと考えることは自由である。私自身そのようなことがあるはずはないと、何度否定してみたかわからない。しかしそのたびに自分の予感が遥か遠くに根ざしていることを確認しないわけにゆかないのだ。たとえば奈良の博物館の陳列室で感じた嫌悪は、実は自分自身のなかにあるそうした荒廃を形にして示され、それに対して嫌悪したというのではなかったろうか。人間の営みのなかから生命の糧を汲みあげなければならないと考えたのは、実は、そのような人間の営みから切りはなされることがわかっていたために、あえてそう考え、そう言いもしたのではなかったろうか。自分のなかにはもともと何かそうした人間の哀歓とか情念とかを感じない部分があって、いつかそうしたものが自分に制作不能という形で復讐するのを怖れ、表面的には人間の実生活に密着した工芸を選び、そこでできるだけその復讐からのがれようとしていたのではなかったろうか。その一つの証拠は、あの「夜の橋」の頃までの私の制作方法である。そこには制作への野心や、新しい領域への意欲はあったにしても、それは様式や図柄の厳密な組合せであって、極端に言えば、左の文様が右の図柄に転位され、組みなおされたにすぎなかった。もしそこに（「夜の橋」の場合のように）私自身の情感が加えられたとすれば、それはこのように自動的に生れた一つの世界に、あとから情感的なものを感じただけなのだ。自分の魂の底から迸《ほとばし》りでるもの、哀歓や慟哭《どうこく》を通じて揺りおこされるもの、生活の困難や挫折の襞《ひだ》に沿って育まれ成熟してゆくもの、そうしたものは、私から欠けていた。しかしこの欠如の意識は、私に代償として、生活に密着した形を愛着させた。「夜の橋」は抽象的な表現形態ではなく、若い女の胸元を締める帯地であった。私は少くともそのような形で生活に近づくことによって、内部の空洞は必ず克服しうると信じていた。しかし結果はまったく逆だった。私が実生活に布地や装飾物を通して近づけば近づくほど、この空洞は大きくなった。

私は制作に対する倦怠感や徒労感が深まるにつれて、いつか自分の感受性のどこかに、魂の激動とでもいうものを受けつけない部分があるのではないか、と思うようになった。ちょうどながいこと動かすことを忘れていた機械の一部分のように、魂のその部分は、いざそれを使う段になると、錆びて動こうとはしないのである。なるほど笑ったり泣いたり慍《いか》ったり喜んだりはする。母の死に私はどんな激しい悲しみで泣いたことだろう。祖母の死にどのような深刻な不安を感じたことだろう。しかしそうしたものがなぜ私の魂の奥に深く刻印をおして、そこから魂の激動を汲みとるべき源泉とならなかったのか。なぜ日々の営みが計画通りの構造物のようになって、半ば機械的に事が運び、昼が夜になり、夜が昼になり、街が騒がしくなり、また静かになり、こうして単調に繰りかえされてゆくようになったのだろう。

私の心のなかに「グスターフ侯のタピスリ」が突然よみがえってきたのは、徒労感と制作の混乱とが極点にきていた去年の秋のことだった。たまたま学校にユール先生が招かれ、北欧初期ゴシックの工芸一般について講演されたのが直接のきっかけだった。私はこの単調な生活をこえることができれば必ず「夜の橋」の頃のような激しい制作欲を感じられるにちがいないと思ったのだ。しかしそのための第一の条件は、魂の激動を取りもどすことだった。この錆びた不動の部分を忍耐して動かしてみることだった。そして私にはこのゴシックの傑作である「タピスリ」に触れ、それが伝統として生きている北欧の都会に生活すれば、いつかその扉が開くのではないか、と思われたのだ。〟

＊

私は煩をいとわず、以上かなり長い部分を抜き書きしてみたが、このような支倉冬子の期待は、この都会に着いて数日ならずして裏切られたわけだ。したがってそれがその後の彼女の生活を、東京にいるときより、いっそう困難なものにしただろうことは容易に想像できる。彼女の場合、政府の給費が十分に支給されていた。そのため、実生活の煩労がまったくなかったので、彼女はこうした精神の苦痛をまっこうから純粋な形で受けとらなければならなかった。たしかにこの最初の頃の冬子の生活には何か普通ではない、狂気じみた雰囲気が感じられる。言葉の通じない異国の都会というものは、そうでなくても、この孤独な、人恋しさで、人の気を狂わすものなのだ。毎日毎日来もしない手紙を見るために、六階の階段をかけおりて、玄関の薄暗いポーチまで飛んでゆく。そこに並ぶ郵便受けを眺め、蓋をあけ、指をつっこみ、一枚の紙片もないことを確かめたうえでないと、部屋に戻ってゆくことができない。そのくらいならまだ症状は軽い。最後には、こうした孤独な人間は居もしない知人に話しかける。急にドアをあけて、訪ねても来ない客を追いかけて通りまで出ていったりする。そういうときの彼らは一様に暗い虚ろな表情をしており、時には震えたり、時には部屋の中で叫んだりするのだ。そしてこうした発作の直後は放心し、ほとんど感覚がなくなっている。私はV＊＊でこの種の人間を何人か見た。そしてそういう孤独な男女を見るたびに、人間というものの不思議な連帯感を感じる。その連帯から不幸にして一時的にも離脱すると、彼らは狂気になるほかないのだ。私は冬子のノートのなかから、その頃の彼女の異様さを示す二、三の部分を次に引用してみよう。それは彼女の孤独からきたものだが、それ以上に彼女の絶望感から生れている。この部分はノートの第一冊目の半ばほどに書かれ、日付は、前に引用した兄への手紙から一、二カ月後である。秋もずっと終りのころである。

〝この頃、ふと気がついてみるといつか自分で独り言を言っている。まるで言葉に出さないと、ものが考えられないみたい。部屋にじっとしていると、壁や天井から脂汗のようなものが流れてくるような気がして、なるべくせっせと工芸研究所に通っている。それでもユール先生はフランス語を話して下さるので、先生とお目にかかれた日は心が晴ればれする。街を歩いていても、フランス語か英語で（この都会の暗い響きの言葉はまるで喋れないから）誰かれとなく話しかけてしまう。先日もS＊＊街の古物商の店の前を通ったら、こんなことがあった。そこは、ひっそりした狭い通りで、店のなかは暗く、鉄の甲冑が光っていたり、花瓶や壜が古家具の上にのっていたり、造花や風景画が壁にかかっていたり、各種の楽器が天井から吊りさがっていたりして、その奥に、いつも店の主人が坐って新聞か何かを読んでいた。私は研究所からの帰り、よくそのガラス扉に顔をくっつけるようにして店内をのぞいたが、一度も入ったことはなかった。ところが今日、いつものように店のなかをのぞくと、ふだん店の主人が坐っているところに、蠟人形が置いてあった。若い男の人形で、はにかんだような微笑を浮かべ、いくらかうつ向き加減で、着ている洋服はどこかこの地方の風俗衣裳のように見えた。私はそれがちょっと面白かったので、なかへ入ってみようという気になった。ドアの鈴の音がして、店の奥から小肥りの若い陽気な娘が出てきた。私がフランス語で話すと「あら、フランス語を話しますの?」と言って、フランス語で何が欲しいかとか、この絵はどうだとか、話しだした。私は、いつもこの店を通るのだということ、そして店の主人がふだんは帳場に坐って本か何かを読んでいるのを見かけていることなどを話した。

「今日はご主人はいらっしゃらないの?」

私はその蠟人形を眼で指しながら言った。小脂りの娘はちょっと驚いた顔をして、

「ご主人ってパパのこと?」

と叫んだ。

「ええ、年配の方よ。少し髪の薄くなった……」

「あ、じゃパパね。あなた、パパをご存じでしたの? ああ、可哀そうなパパ。あのパパは五年前になくなりましたの。」

私はしばらく娘の顔を見ていたが、黙って頭をふると、後ろも振りかえらず店を出てしまった。なんだかそのあとで、ひどく頭が痛み、早く床についた。そして翌日になってもいやな感じが黒ずんで身体のなかに残っているみたいだった。〟

〝工芸研究所からの帰り、私は余り早く自分の部屋に戻りたくないようなことがある。そのくせ、かたい石だたみや、暗い町並から生れる陰鬱な感じに耐えられなくて、どこか明るい陽気なミュージック・ホールか暖かいカフェに逃げこみたくなる。しかしミュージック・ホールはV＊＊港の船員たちのためのもので、下町の場末にしかないし、カフェにしても、この静かな都会にふさわしい清潔な店ばかりだ。それなのに、昨日の夕方、研究所の帰り、いつもと違う道をとろうとして、噴水のある広場から離れた裏通りを歩いていると、一軒のカフェから、めずらしく陽気な音楽や歌声が洩れていた。あるいは船員たちの寄る酒場かもしれないが、まだ夜になってはいないし、もしそうだったにせよ、店の隅に坐って歌っている人を見たり、ビールの匂いを嗅いだり、湯気が天井に噴きあがって外へ流れてゆく暖かな気分を味わったりするぶんには、さして遠慮することもないだろう。私はそんな風に思って、カフェの戸口を入ろうとすると、その瞬間、どうしたことか、急に音楽も歌声も聞えなくなってしまった。今まで人々の話し声もしていたように思う。その声まで聞えなくなって、まるで火の消えたように静まりかえっている。私は一瞬ためらったけれど、思いきってドアをあけてみた。天井の低い清潔な店のなかは薄暗くひっそりして、赤と白のチェックのテーブル・クロスの掛っている卓には、客らしい人影は見当らなかった。部屋の隅に、スチームが乾いた音をたてているだけで、カウンターの向うから、健康そうな女主人がコップを拭く手をとめて、じっと私のほうを眺めていた。私はどのくらいそこに立ちすくんでいたのか知らないが、我にかえると、思わずドアを後ろ手に閉めてそこを飛びだしていた。するとその瞬間、急にどっと笑い声が私の背後から追いかけてくるのだ――まるで、それまで人々が椅子やカウンターやテーブルのかげに隠れ、息を殺していて、そのときいっせいに叫びながら飛びだしてきて、足を踏みならし喚きたててでもいるように……。私は耳を覆いながら、街を走りぬけた。どこをどう走っているのかわからなかったけれど、その町から少しでも遠くに逃げたい一心だった。本当にあの店の人は私にいたずらをし、からかったのだろうか。でも私はむしろ恐怖のほうが強かった。本当にこわかった。今考えてみても背すじが寒くなるような感じがする。〟

私が冬子のノートからこのような事件を書きぬくことを悪趣味としてとがめだてしないで頂きたいと思う。あの古い陰気な都会《まち》を知っている私が、おそらく誰よりも冬子のこうした不安や恐怖を理解できるのではないかと思えればこそ、あえて冬子の精神状態を示して、多くの人に彼女の気持をわかって貰おうとしているのである。たしかに冬子も何度か触れているが、この都会に澱んだ古い、神秘な気分はどう説明したらいいのか、よくわからない。

私がV＊＊からはじめてガソリン・カーでこの都会に着いたときの印象をまだよく憶えているが、空気の澄明な、晴れた秋の午後のことで、森や牧草地のつづく平坦な郊外を二十分ばかり電車に乗ると、やがて広い、静かな川の向うに、黒ずんだ城壁の一部のまだ残っている都会が現われてきたのだ。

幾つかの教会の塔と屋根、ひっそりした暗い破風屋根の並び、清潔な狭い通りと噴水のある広場、その上に拡がる版画にあるような淡い空、中央通りに黄ばんでいる並木、黒衣をまとって歩いてゆく老婆、時おり噴水をかすめて教会の塔へ舞いたってゆく鳩の羽音、そして時を失ったような町から町へ澄んだ鐘の音で時間を告げる市役所の時計台、そうしたものは、いまもなお私の記憶のなかに、昨日のことのように鮮やかだが、しかしあの頃と現在の間ではむろん何ほどの変化も起っていないであろうし、私たちがいた頃と百年前のあの都会とでも、ほとんど変化らしいものが起らなかったに違いない。なるほど通りの上に家の両側から吊された角燈もなくなったし、雨の日も雪の日もそれに灯をつけてまわった跛の点燈夫の姿もいつか消えてしまった。そのかわり青白い焔をゆらせるガス燈が広場を照らすようになったし、街角のマリア像の下の泉もいつか水道に切りかえられた。噴水のある広場に車輪の音をひびかせて通った馬車がなくなってからまだ三十年しかたっていない。どの建物にもまだガス燈の配管のあとがそのまま残って、煤けた蜘蛛の巣がそれにかかっている。花模様の壁紙をはった採光の悪い客間には、磨きこんできらきら光った重い木製家具が代々の家長や夫人たちの肖像画や写真とともに、ながい家族の歴史の無言の証人となっているのだ。街区はひっそりとして、鳩の鳴き声が屋根のあたりから聞えてくるだけだ。時おり教会の鐘がながく曇り空の下に響いていることがあるが、そんなとき窓から通りを覗くと、大抵の場合、短かい寂しい一群の葬列が音もなく都会《まち》の外へ出てゆくのを見かける。

こういう異様な古さから精神的な澱んだ無気力とともに肉体的な頽廃も生れてくるのであろう。あの都会にいる間、小人や傴僂たちを多く見かけたが、それはあるいは太陽の光の不足からくる骨の病気の結果かもしれない。ともあれ公園の広場で数人の聴衆の前で髪をふりみだしてメシアを説いている男や、舞踊病患者や、ヒステリー女などにぶつかることは珍しくなかった。支倉冬子が過す環境としては、この都会は必ずしも好適な場所とは言いえなかった。健全な感覚の人間にとって、こうした頽廃現象はしかるべき因果の枠の中に位置させることができ、それに対応する処置、方法も考えることができる。しかしその頃の冬子のような精神状態にあっては、それは一つの実在の形として迫ってきて、外見がそのまま異様に歪んだ姿で感じはじめられるようになる。そこから連鎖的に恐怖感が募ってくることもありうるのだ。その一例として次のような箇所を示したいと思う。

〝この頃はちょっとした出来事にぶつかってもそれが幾日も後に残っていて、まるで太陽を直視したあと、いつまでも網膜に白い斑点が焼きついて、物を見づらくするのに似ている。先日のあのヴァイオリン弾きもそうだ。あれから何日も夢のなかにまで出てくる。あんな一瞬の驚きなのに、どうしていつまでもその痕跡が消えないのだろうか。たしかあれは噴水のある広場からS＊＊街にぬける狭い道での出来事だった。私は広場を出はずれたとき、通りの向う側で、一人の老人がヴァイオリンを弾いているのを見かけた。老人は身体を前こごみにして、遠くからみると、いかにも自分の音楽に聴きいっているという印象をうけた。しかし近づいてみると、実際に鳴っているのは曲でも何でもなかった。メロディの一節でさえなかった。ただ弓がヴァイオリンの弦の上を往ったり来たりしているのにすぎなかった。そしてそのたびに弦がぎいぎいときしったり、かすれた音をたてたりしていた。老人の足もとに箱が置いてあって、それでも通行人の何人かは銅貨を投げ入れていったのであろう。私は箱の底に銅貨が散っているのをちらりと眼にとめた。私はそのとき一瞬、曲にもならぬヴァイオリンを夢中で弾きまくっているこの老人に痛ましい気持を感じた。老人には妻があるのだろうか。彼の人生を心配する親戚がいるのだろうか。それもどこか屋根裏部屋の冷たいベッドにひとり終夜まんじりともせず腰を下ろして物想いにふけるのであろうか。老人は正気を失うまでに不安や悲嘆にあわなければならなかったのだろうか。息子を戦争で奪われたのであろうか。私はそんなことを考えながら老人の前にある箱へ小銭を投げようとした。そのとき反射的に私はちらりと老人の顔をのぞいて、思わず息をのんだ。老人は傾けた帽子のつばの下で、顎を引いて、クックッと、おかしさを耐えるとでもいうように、笑いこけていたのだった……〟

私が冬子のノートを読んで感じ、時には感動もしたのは、彼女がこうした状態のなかでそれに呑みこまれることなく、あくまで自分の追求の目標を失うまいとしていた態度である。普通ならば、自分の期待に裏切られ、多くの事柄に幻滅を感じ、その結果、一種の抑鬱症に似た暗い気分に閉ざされていたのであるから、自分の見通しの甘さを嘲笑するとか、悔恨めいたものを曳きずって廻るとかするところである。しかし冬子にはそうした態度はまったく見られない。むしろ彼女はそのような事態がなぜ生れたのかを理解しようと努めてさえいる。少くともこの絶望なり幻滅なりを、制作不能の原因究明の機会としようとしていたらしいことがうかがえる。現在でも私は支倉冬子の全体にわたって十分理解できたなどと思っていないが、私が見たかぎりでも、必ずしも欠点のない女性だったとは言えない。彼女のある種の冷淡さとか、周囲に対する無関心な態度などは、時には彼女を親しみにくい人物に感じさせたし、感情の動きにも激しく屈折するようなところがあったようである。にもかかわらず彼女は自分で引きうけた事柄は最後まで愚痴めいた言葉をもらさず耐えぬくという心《しん》の強さがあった。しかしそれは女の依怙地というようなものではなく、もっと素直な感じのものであった。最後の頃、冬子はよく無名《アノニム》な存在ということを話していた。それは例えば中世の寺院建築や彫刻などを見ると、どんな職人がそれを建造し、刻んだか、誰にもわからない。そこにはただ無名の何人かの人格、何十人かの人格が隠されている。しかしそれにもかかわらず天使の微笑を刻んだ一人の人間の魂の動きのようなものはそこに生《なま》なましく感じることができる。その人とは、名前ではなく、こうした生きた精神の温み、脈博、眼くばせを通して交流することができる。そこにはその職人の虚栄も自惚れも自意識もない。そうしたものは名前とともに無のなかに消えてしまっている。そしてただ彼の善意や諧謔《かいぎやく》や感動だけが純粋にそこに生きている。もちろん中世の職人にはこのような手仕事が何よりも尊い神への捧げ物であったのであろう。だからこそ彼は無名《アノニム》のなかで善意の限りを尽しえたのかもしれない。現代では神々も死に絶え、ただ自意識のなかだけで人間は生きることを強いられている。だから到底無名《アノニム》のなかで最善をつくすなどということは望まれそうもない。でもできるだけこうした無名《アノニム》の精神に帰れたら、私たちはもう少し〈よき仕事〉を仕上げることができるのではないだろうか――冬子が喋った無名《アノニム》な存在とは大体こんな趣旨のものだったように思う。私はそれに対してエンジニアという職業の例を引いて、エンジニアとはそうした無名《アノニム》な存在で、ただ番号を与えられているにすぎない。だから、むしろそうした非個性的な番号的存在から抜けだして、個性の刻印をおした仕事をしたいと思っている、というような反駁を試みたものだ。冬子は私の顔を驚いたように見ながら「本当にそうですね。現代では無名《アノニム》って、より高いものに合体することではなく、人間から善意やら責任やら個性やらを抹殺することでしかないのね。」と言った。もちろん私には冬子がどういう意味のことを言いたいのかよくわかっていた。その冬子の意味において、つまり自分が透明になって、ただ善意なり個性なりが現出するという意味において、私はやはり冬子がアノニムな存在を目ざしていたのではないかと思う。たとえば、冬子が制作力を失って、その苦境を打開しようと努めているとき、不思議と純粋にそうした困難と戦っているという印象を受ける。南氷洋の氷の海と戦う探索隊の働きとか、実験室に閉じこもって困難な真理を究明する科学者のように、そうした苦難との戦いがごく自然のことと感じられる。冬子の場合もそうした自然さが感じられたが、それはおそらく彼女がかかるアノニムな存在を信じ、またそうであろうと努めていたからではなかったかと思うのである。

　ところで支倉冬子が抑鬱的な状態から脱却しようとして、ノートにも克明に自分の危惧や不安を記録した根底には、このような彼女の性向や意図があったわけだが、その一つの例として次の「黒い影」の出来事を示したいと思う。普通ならば不安を深めるようにだけ作用するこの黒ずんだ不分明な映像が、冬子の場合、恢復への転機を含むものとなったことは、ノート全体を読んだ私の眼には、きわめて明瞭なのである。

〝あの黒ずんだ影は、いつ頃から私の前に現われるようになったのだろうか。それは人影のように一定の輪廓をもっているのではなく、果して物の影かどうかも分らない何か黒ずんだものだ。そしてこちらが放心しているようなとき、ドアの後とか、廊下の奥とかまたは狭い古い街角とかから、不意に現われて、私の傍《かたわら》を駈けぬけ、あっという間に消えてしまう。それを捉えることもできなければ、見る暇さえもない。それが駈けぬけていった瞬間、あ、あれだ、と気がつくのが関の山だ。ましてこちらが意識し、緊張して、それが現われるところを待ち受けようなどと思っても、それは存在する気配すら示さない。そのくせ、ふと放心する瞬間があると、間髪を入れず、その黒い影が走りぬけるのだ。

思い出せるかぎりでは、最初に、この黒い影に気がついたのは、都会に来て一と月はどしたころ、下町の陰鬱な街区に十六世紀の民家を見にいったときではなかったろうか。その民家はこの古い都会のなかでも最古の家の一つで、市の記念建造物になっている。内部の階段は、暗く、歪んでいて、手すりは人が歩いてゆけそうに幅広く、葡萄など果実文の彫刻がしてあった。壁も床も厚く重い感じで、いたるところに龕《がん》や窪みがつくってあり、廊下には太い梁がむきだしている。採光も通風もわるく、薄暗い電燈に照らされた建物の内部は地下聖所《クリプト》のような重苦しい神秘感がただよっていた。

その黒い影は、私がこうして広い手すりにつかまりながら二階から三階へのぼろうとしたとき、あるいはもっと正確には、階段に足をかけて、上の階から流れてくる湿った黴くさい空気を吸いこんだとき、不意に、背後の廊下を、まるで誰か人が駈けぬけるように走っていったのだった。誰もいないと思っていた廊下に、そんな気配を感じて私はびくっとしたが、しかし黒い影はそれきりふたたび現われようとはしなかった。

私がその影のようなものを、どこか人間の姿のように感じていたのは、この最初の、廊下を駈けぬけた気配から生れているように思う。その後、古い町並を歩いていて、ふと二階から上層の部分が前へ迫りだすような中世風の構えの家や、円櫓などを備えた家などを見つけて、その古い中庭に入るようなとき、よくこの黒ずんだ影の走りすぎるのを感じたが、それは時には人影の感じというより、何か流れのようなものであり、人影だとしたら単純な人影ではなく、塊りとなった何人かの集団の過ぎてゆく気配のように感じられたのだった。私はもはや振りむいても捉えることのできない黒ずんだものの通過したあと、ながいこと、大門の両端にある車除けの丸石とか、重いくぐり戸の湿った金具とか、苔の青くはえた低い拱道《アーケード》とかをぼんやり眺めていた。なぜなら異国の見知らぬそうした裏町の中庭などを見ていると、不思議と気持が落着いてきて、割れ目のある壁や、角燈のくすんだガラスや、中庭の上に小さく見あげられる冷たい空など、前に何度もどこかで見たことのあるような気持になるからだった。〃

私はここに比較的冷静に書かれた部分を引用したが、ノートのなかには、かなり急いで書かれたらしい乱雑な筆蹟と、激昂した文章の部分もある。雪の夜、旅行社や装身具店などの並ぶ大通りのショウウィンドウをのぞいて歩いていたとき、不意に現われた黒い影に関した叙述などはそれで、よく意味のとれない箇所も随所にある。全体を綜合すると、彼女がその影に追われて街から街へ雪のなかを逃げまわったということが判る。しかしそれならなぜその影を待ちうけて、正体を見破らなかったのか、という点になると、冬子は何も書いていない。おそらく恐怖のほうが先に襲ってきたので自分を取り戻す暇もなかったのであろう。しかし全体的に言えるのは、前にも触れたように、その正体を忍耐強く見極めようとする態度が失われなかったということである。それは冬子が夢の記憶を書くことによって、しきりとこの黒い影を喚びおこそうと努めていることからも推察される。もともと夢そのものは決して首尾一貫したものではなく、白昼の眼から見れば荒唐無稽なものでありながら、それでいて奇妙な真実や迫真力をもっているのが普通だ。しかし夢そのままを紙に書くと、当人の感じる迫真力や真実感は読むものには不思議と伝わってこない。これは冬子の場合も同じで、その煩雑な記述にもかかわらずそこから知ることのできる事実はすくない。ただ一つだけ夢の記述のなかの特徴に触れておくと、それは彼女の夢には、しばしば奇妙にも、共通して、物音が遠くで鳴っているという知覚が付属している。例えば山の背のようなところを歩いている夢では「どこか谷の下のほうで渓流の音がしていると思いながら」とか、また雨の街を裸足で歩く夢では「雨の音が耳をつんざくように」とか、あるいは地底の洞穴に縮こまっている夢では「どこか下のほうで岩が崩れる音がしていて」とか（その他いろいろの例を挙げられるが）書いているのである。これはもちろん冬子は無意識だったろうが、後から全体を読むような場合、きわめて容易に気のつく特色である。

第三冊目のノートの大半を埋めている冬子の街区遍歴の記録を、私はただこうした彼女の不安の克服の一つの方法として解釈しているが、どうであろうか。その理由として私は彼女が執拗に感覚の細部を詳細精密に定着しようと意識している点を挙げたいと思う。つまり冬子は外界が曖昧になり欠落してゆくのを言語によって凝集し、固定しようとしているのではあるまいか、私はそう推測する。第二の理由は、今まで研究所と家の間に限定されていた彼女の足跡が、この都会《まち》のいたるところに見られるという点である。これなども感覚や肉体の運動を通して、喪失した場所を恢復しようという無意識の欲求とみられないであろうか。以下彼女のこうしたいわば〈オデュッセイ的遍歴〉の特徴を示す部分を煩瑣な文章をいとわず引用してみよう。この微細さに私は冬子の精神の形を見たいからである。なおこの第三冊目のノートは後半の三分の一ほどが余白のままである。それはいずれ後でも触れるように、彼女がこの晩秋の彷徨の最中に豪雨にあって、それがもとでしばらく市立病院に入院していたためである。すなわち第四冊目のノートは病院で新しく買ったもので、第三冊目の空白はそのまま残されることになったわけだ。

〝私は未知のものに不安を感じているのだろうか。それとも快感を感じているのだろうか。あの冷たい感覚は快感なのだろうか。不安なのだろうか。たとえば母親の姿を見失った瞬間の幼児の感覚、それはおそらく不安の反射的な知覚にちがいない。とすれば、私が見知らぬ街に来たことを知って感じるあの冷たい知覚は、やはり不安の感覚なのではないだろうか。なぜなら反対に、見慣れた街角を見いだすようなとき、かすかではあるが、安堵に似た感じを味わうからだ。その街角から家まで一続きであることがわかっているからなのだ。安心の根拠は幼児においては母親だったように、私にあっては、自分の家なのだ。そしてたとえ家が私の仮りの住居にすぎないとしても、それでもそれはやはり安全と憩いを象徴していた。道に迷ったような日、家にようやく帰りついて、居間に坐ると、私は、自分の心臓がなお高鳴っていて、不安の名残りのようなものがただよっているのを感じるのだ。

こうした不安から逃れるために、私のなかの無意識の本性は、たえず街なみのすべての特徴を覚え、結びつけ、しっかり固定しようと働きつづけたのではないだろうか。したがって、町角の食料品店を覚える、つまりその緑色の日除《よ》けを見覚えるということは、単にそれだけを孤立して記憶するのではなく、明らかに、自分の家への帰路と結びつけて覚えこむことなのだ。いわばこうした既知の街区は、たとえば私たちの家のあるP＊街から、緑色の日除けのある食料品店へ、そこからB＊＊広場の「グランド・ブルターニュ服地店」へ、という風にのびてゆく。

それはある意味では、半ば夢に似た、大きさも方向も内容もつかめないこの都会《まち》の中に、ようやくつくりだされた現実的な手ごたえの確かな地域と言ってよかった。ちょうど遠泳に疲れた泳ぎ手が浮輪につかまるように、不確かな、様子のわからない都会の波間を泳ぎ渡ってきた後で、B＊＊広場に着いて、その「グランド・ブルターニュ」というガラスの上のゴシック体の金文字をみると、私はほっとして、その服地店からはじまる既知の街区にかじりつくのだった。たしかにこの磨かれた正面の飾り窓に、大きく書かれた金のゴシック体の文字は、私にとっては、単なる服地店でも目じるしでもなく、いわばこの現実感という実体の重さ、量、内容の象徴のようなものであった。私は夕方になって日がまわると、その金文字のガラスの上に、渋いヴァミリオンの日除けが、眼深かに帽子をかぶるようにおろされるのを見るのが好きだった。曇りのない、底冷えのするような飾り窓の大ガラスの向うに、幾本かの濃い緑色の葉をたらすゴムの大木が、店の奥の中二階の手すりに届くほどにのびていた。店内は重い茶褐色の木の布地棚や箱や台が、いくらか冷たい、整然とした配置で並び、時おり欿木《はめぎ》の床をゆっくりと支配人らしい恰幅のいい老人が歩いていた。壁という壁はすべて服地の棚で覆われ、それが店内全体に、ある種の渋い、上品な、落着いた雰囲気をあたえていた。私はそれまで特別に男ものの服地に関心をもったことはなかったが、この「グランド・ブルターニュ」の店内の夥しい服地は、私に、何か特殊な、たとえば父の洋服箪笥のなかで感じた、温かく豊かな信頼感（自分の身体がその中で無限に小さくなってゆくような深い甘美な信頼感）を不思議と呼びおこした。私はその店の前を通るとき、自分が頼りない一人の女であることを、なぜか痛いほどに感じる。「グランド・ブルターニュ」の金文字の前では、私の華奢《きやしや》な靴が、小刻みに、足早に、歩いてゆくのを意識しないわけにゆかないのである。

もちろんこの同じ都会のなかで、「グランド・ブルターニュ」からP＊＊街（私たちの住む町）までの街筋が、他の町々と別個のものでつくられているはずはなかった。ただ変っているのは、それを私が「見慣れている」のに対し、他方は「見慣れていない」という点だけだ。しかし「見慣れる」ということが自己保存の本性に結びつくと言っても、それは本当はどういう心の働きなのだろうか。

まだB＊＊広場から戻ってくるようなときにも、よく道をまちがえた初めのころ（それはある雨の夕方だった）美術館から帰ってくる途中、自分の家がどうしても見つからなかったことがあった。私は、もう一度、B＊＊広場に戻ってみようと思ったのは、かなり歩きまわったあとなので、後戻る道すじさえわからなくなっていたのだった。どの通りにも見覚えがなく、同じような形の暗い階段や扉や窓が、雨のなかに並んでいた。こうして通りから通りへ歩きつづけたあげく、とある町角で、彫刻や浮彫りに飾られた重々しいアーケードの玄関のある大きな建物の前に出た。それは官庁か、学校か、病院か、ともかくそういう公共の建物であることには間違いなかった。しかし私の住むP＊＊街の付近には、こうした大建築は見当らなかった。（私はP＊＊街付近ならよく歩いたので、そう確信できた）自分が見当ちがいの街にまぎれこんでいるのにちがいないと思った。私はそこで町角を通りがかったタクシーをとめて、運転手に、私の住所を見せた。すると彼は早口で何か言った。私はわからないという身振りをすると、わざわざ雨の中を車からおりて、私の先に立って歩きだした。数メートル先の次の町角で、彼は私の住所と町の標識をくらべ、それだけで行ってしまった。それはたしかに私の住むP＊＊街の標識だった。私は狐につままれたみたいな半信半疑の気持で、そこに立っていた。たしかにこれがP＊＊街には間違いなかったが、それでは、つい今しがた、前の通りでみた、あの大きな建物は何であるのか、理解できなかった。そんな病院のような建物が家のそばにあるのだったら、私は、何の苦もなく、それを目じるしにできたはずだ。しかし、そんな建物は今までこの界隈では見たこともなかったのだ。それだからこそ、それを見たとき、私は他の界隈へまぎれこんだと思ったのだ。ところが、いまそこから数メートル歩くと、自分のP＊＊街についたのだ。ということは、私の住む通りの次の通りに、重厚な大建築がなければならないということなのだ。だが、それにしても、今まで、この界隈を歩いたとき、こんな大建築を見落していたなどということがありうるだろうか。

私は部屋に入るとすぐ地図をひろげてみた。たしかに地図には、P＊＊街の隣りの通りに大学の所在が明示してあるのだった。「とすれば」と私はつぶやいた。「何かの加減で、この大学の建物を見すごしていたのだ。」

翌朝、念のため、私は次の通りまで歩いていってみると、昨夜の重厚な建物は間違いなくそこに建っていた。正門のアーケードの両側に、知恵と勇気を示す大きな女神像が向きあって立っていた。アーケードの下は暗く、その向うに小さな中庭が見えていた。しかしそれにしても、なぜこうした明瞭な存在に気がつかないでいられたのだろう。私はいままで何を見ていたのであろう。私はそのとき大学の前に立って、妙に自信のない、不安な気持を感じたのを憶えている。

これと似たもう一つの出来事――市役所の出来事があったのも、それに前後したころのことだったと思う。

　そのころ、私はすでに貴金属店の多いB＊＊通りを経て、大噴水のある広場までの道すじを、はっきりのみこむことができるようになっていた。もちろん私はただそこまで歩いていって、その大噴水と、そのむこうの大ドームと巨大な正面の柱列を眺めて、また帰ってくるだけだったのだけれど。そしていつか私の頭の中には、その大ドームの建物が何か記念堂に違いないというふうに思いこまれていた。とくに意識してそう思ったのではなく、なんとなく自然にそう思っていたのである。むろん私がここの言葉を理解していれば、その広場が「市役所前広場」と呼ばれていることにすぐ気づいたはずだが、私にはその呼び名は気息音の多い、暗い響きとしてしか受けとられていなかった。それで私は勝手にその建物を記念堂だろうと思いこんでいたのだった。もっともそのかぎりでは私は広場に立っても、一向に、不都合な気持にならなかった。ところが、ある日、私はその記念堂の中に入ってみようと思った。そして漠然とその堂内に広い空間があり、正面に大理石か青銅かの群像彫刻があって、壁には戦勝場面とか、歴史的事蹟の壁画でも描かれているように思っていた。ところが正面扉を入るや否や、突如として、働く吏員たち、書類の山、無数の机、仕切壁、帳簿類の箱、タイプの音、油紙のような匂いが私をめがけて殺到してきたのだ。私は呆然としてこの活動する書類の山を見つめた。

　もちろん次の瞬間、私は自分が間違って、記念堂ならぬ市役所にとびこんだことを理解した。

しかし正面扉を開ける前は、その荘重なドームは、私にとって、疑いようなく記念堂として存在していたのである。いったいここでは何が変ったのだろうか。ただ私の愚かしい幻影が事実の前に敗退したというだけのことだったろうか。

しかしそのとき私はなぜか存在するすべてのものは、実はそういうように存在するのではないか、と思えたのだった。幸い記念堂は市役所の存在によって打ち消され、霧散した。しかしこうして打ち消されず、また打ち消すことのできないものは一体どうするのか。私はふと、耳の痛いまでに静まりかえるこの都会特有の濃い深い沈黙のなかで、何度となく繰りかえし現われてくるあの重厚な大学の建物を思いえがくのだった。なぜ私はその軒蛇腹の浮彫りや、正門の上の楯と、波と、文字を書いたリボン状の旗とを組合せた紋章や、擬古典的な女神石像などを、はじめのうち、見なかったのであろうか――私の思いはかならずこの一点に戻ってくる。そんなとき私はこう思った。「私は浮彫りや大きな窓や紋章などを眼にしてはいたのだ。そうしたものは私の網膜に映ってはいたのだ。しかし、ぼんやりしていた私にとって、それは眼に映っているだけで、本当に、浮彫りなり窓なりの形として意識されていなかったのだ。」

しかし、そこにはなお、それだけで片づけられない理由もあるように思える。もちろんぼんやりして街を歩いていたからこそ、大学の暗い重厚な建物を見落していたのだった。そのことはどうにも疑いようはない。しかし同時に、私は、その大学通りを、単なる住宅街と思いこんでいたのも事実なのだ。住宅以外にどんな家もありえないと私は無意識のうちに思いこんでいた。だから私が大学を認めなかったのは、実は、このような強い先入観があったため、そこに住宅以外の建物など入りこむすきがなかったからなのだ。浮彫りや軒蛇腹や重厚な窓を眼にしても、この先入観の方が私に強く働きかけていて、それをも住宅と思いこませてしまったのだ。だからこそ、そうした先入観のない状態で大学を見たあの雨の晩には、ただちにそれを認めることができたのではあるまいか。

しかし見方を変えて言えば、この「大学を認める」ということは、浮彫りや重厚な窓をもったその建物に、住宅という先入観のかわりに、大学という内容を与えることではあるまいか。それはまた、あの大ドームの建物に、記念堂ではなく、市役所という内容を与えるのと全く同じことなのではあるまいか。〟

おそらくこうした冬子の記録を読むと、いささか感覚の末端にかかずらわる神経症的な兆候を感じる人があるかもしれない。私もそれにあえて異をとなえる者ではない。ただこの場合、繰りかえして言うように、彼女の置かれた真空に似た空虚な状態を考慮に入れなければならない。私は一介のエンジニアにすぎないし、このようなことを断言できる筋合いではないが、冬子の事件に関しては、私なりに考えもし調査もしてみたのである。ともかく冬子がまるで暗い夜空のような虚空へただ投げだされるといった状態だったことを私たちは十分に考えなくてはならないのだ。だからこそ支倉冬子は必死で書いている。しかしこの書く行為は、誰かに伝達しようとして行われているのではない。彼女は書き、言い、表現することによって、現実を自分のものにしていっているのである。もし書く行為が創造の行為であると言えるのだったら、まさしく冬子のような場合にそれがぴったりするような気がする。なぜなら彼女ははっきり書くことができたものだけ自分の領域とすることができたからだ。そうした彼女の格闘を示している息苦しいまでの箇所がこの第三冊目のノートの終りの部分なのだ。この後、突然、空白となるが、それは前に説明したように、そのあと豪雨にうたれて、肺炎になったからである。

第二章

　支倉冬子が行方不明になって、まだその生死も確認されず、私も一度フリース島付近へ出かけた頃、彼女の兄からの依託で、はじめて冬子のノートや手紙を読みはじめた瞬間の印象はまだ鮮明に刻み込まれている。あの年は例年にくらべて夏がいつまでも北国の都会のうえに残っていて、黄ばみだした並木に、晩夏の静かな光が当っていた。海のほうからは緑の牧草地をこえた風が、かすかに白い淡い雲を動かしていた。あの頃は私はまだ冬子の生存を半ば信じ、また願いもしていたので、こうした記録を読むのにかなりの抵抗を感じた。もし私がジャーナリズムの無恥な態度に腹を立て彼女を擁護しようという気にならなかったら、とても読みつづけられなかっただろうと思う。それにしてもあれからすでに三年の歳月がたち、私自身、いまこうして筆をとっているのは、アーケードを見おろすホテルの一室ではなく、青葉のかげの落ちている故郷の家の奥座敷である。なにも変らなかったようであり、また私のなかで何かが決定的に変ってしまったような気がする。

私は冬子の第四冊目のノートを見るたびに妙にそうした感慨をさそわれる。それは彼女が病院にいる間に書きだしたもので、それまでの黒レザーの学生用ノートとは違って、色も、ヴァミリオンの鮮やかな革製表紙で、背には金めっきの贅沢な金具がついていた。しかし私にはそれが肺炎を機縁にして立ちなおった冬子の運命を何よりもはっきりと物語っているように思えるのだ。そのノートを買った看護婦のビルギット、それにマリー、エルスにもこの頃から知り合うようになるし、冬子の生活がある均衡を恢復したのもその頃だったし、これであの事件へと向ってゆく運命の歩みさえ知らなければ、第四冊目のノートはためらうことなく幸福な生命の象徴と呼ばれただろうと思うのである。

ところで支倉冬子が雨にうたれて肺炎になった経緯については、このノートにも、それ以後のノートにも触れられていない。で、これは彼女が直接話してくれたことに基づいて書いてゆくほかないが、それはたしか私が医療保険もない外国で病気になったら、言葉もわからず、身寄りもなしで、飛行機で帰るほか手がないというようなことを言ったとき、彼女が話してくれたのだったように記憶する。私が「なぜそんな雨のなかを歩いたのです?」と訊ねると、彼女はしばらくためらってから「あの頃はずいぶん自分でも納得できないことが起ったように思いますの。」と言って次のような出来事を打ちあけた。

その日冬子は珍しく研究所のアトリエで遅くまで仕事をして、街へ出ると、外はすでに暗く、霙《みぞれ》まじりの雨が激しく降っていた。仕事のあとひどく疲れを感じはじめていた彼女は、どこかカフェで熱いものでも飲もうと思い、噴水のある広場の行きつけの店に入ったのである。夜に入ったばかりだったが、店のなかは混雑し、陽気で、汗ばむほどだった。冬子は熱い果実酒をたのんで隅の椅子に腰をおろした。

「そのころから、私、へんに落着かない気持がしはじめたんですの。はじめは自分でもよく判りませんでした。なぜ自分がこんな気持になるのか。でもだんだんとそれが判ってきました。酒台にもたれて、ビールを前に話し合っている労働者や船員たち、それに時々話を差しはさむ店のふとった主人、テーブルで喋っている老嬢たち、新聞をひろげている独身の会社員、それに棚に並んだ細い壜や太い壜、磨かれたコップ、ミュージック・ボックス、鏡、仕切扉などが、なぜかいつもとは違ったように感じられるんです。上手に説明できませんけれど、まあ言ってみますと、そうしたものが、急に遠くに離れてしまったという感じでした。ちょうど劇場の後のほうから舞台を見ていると、マイクなど使ったりしてせりふだけがはっきり聞えるのに、そのせりふの音に較べると、舞台が遥かに遠くなので、眼と耳の距離感が調和しないで、妙に落着きの悪い気持になりますが、そんな気持に似ていました。傍で新聞に読みふけっている人がおりましたが、普通ならそれがスポーツ紙か経済紙か文芸新聞かぐらいはすぐ判るわけですけれど、私にはもちろんそれが何であるか見当がつきません。ちょうど裏に折りまげた頁が私の前に見えていて、そこに笑った女のひとの写真がのっていましたが、それが女優なのか、犯人なのか、社交界の名流なのかまるで判らないのでした。私にはそれが新聞であり、黄色い、滑らかな、インクの匂いのしみた紙であることだけが判っているにすぎません。ところが読みふけっているその人物は、私の見ているインクや紙や印刷字体ではなく、その奥にある社会の出来事、論評、ゴシップのなかに生きているのです。私はその中に入ろうとしても、その入口で扉を閉ざされているわけでした。紙の色や滑らかな触感や活字体の羅列はちょうど私の鼻先で閉められた扉の飾り模様のようでした。私は思わず眼をあげると、今さらのようにそこで喋っている人々の言葉も身ぶりも何一つ理解することができないでいるのに気がつきました。それは音が急になくなった世界ででもあるかのように、口がぱくぱく動いていたり、手や肩が動いていたりしますが、ただそれだけのことでした。私はその瞬間、その人たちの住む世界にも入ることができず、鼻先で扉を閉められているのを感じました。気がついてみますと、眼の前に果実酒が置いてありますが、私はこわくてそれに手がのばせないのです。もしそれを飲もうとして手を出したりすると、それは実はずっと遠くにあって、つかむことができないのではないか、と思われたからです。果実酒もガラス扉の向うのものかもしれない。みんなガラス扉の向うに入っていて、私だけが外へ押しだされているのだ――突然、狂おしいような確信をもって私はそう思いました。何から何までそれで説明がつくように思えました。私は息苦しくなって、もうそれ以上その場所に坐っていることができませんでした。」

冬子がカフェを飛び出してから後は、ほとんど何も覚えていないということだった。雨が降っていたこと、街が明るかったり、暗かったりしたこと、いつか教会の前に出たこと、公園に行こうとしてその正門が鉄柵の扉で閉められていたこと（「ここにも入れない」とそのとき彼女は泣いたということだ。「夜になれば公園が閉まることぐらい、ふだんなら知っているんですのに」と彼女は憂鬱な微笑を浮かべて言った）、夜おそく部屋に帰ったこと、すでにそのとき悪寒《おかん》がはじまっていたことなどが、切れ切れに思いだされるだけだったという。

支倉冬子が病院でどのようにして過したか私は詳しく調べていない。もちろん市立病院には当時のカルテもあることだろうし、治療に当った医師もいるはずである。しかしすくなくとも冬子の内面的な世界を明らかにしようという当面の目的のためには、それは特に必要とも思われなかったので、あえて割愛することにした。したがって私は第四冊目の冒頭から、彼女の意識と体力の恢復を示している箇所を抜きだし、時間順に配列することからはじめたい。ここで簡単に彼女が語った肺炎の症状についてふれておくと、雨の降っていた夜、彼女は発熱したままベッドに入り、薬一つ飲まなかったので、翌朝にはほとんど意識を失うほどの高熱に達していた。もしその日、冬子が毎朝規則的に工芸研究所に通うのを知っていたアパルトマンの管理人D＊＊夫人が、正午近くになっても姿を現わさないのを不審がって、冬子の部屋に行かなかったとしたら、彼女の病状はさらに悪化していたろうし、果して恢復していたかどうかも危なかったということだ。

〝私のベッドは東に枕を向けていて、右手に幾本かの木立（枯れた梢が窓から見えている）と修道院付属の寄宿学校とがあり、晴れると、その窓とテラスのガラス扉から淡く太陽が差しこむ。その日ざしがゆっくり移動してゆくにつれ、寄宿学校の鐘がもの憂く何回か鳴る。急に子供たちの騒ぎが聞えてくるかと思うと、また鐘が鳴り、騒ぎは急に静まる。遠くで、時おり自動車の走り去る音がする。どこからか自動車が着き、人をおろし、二こと三こと言葉をかわし、それから自動車は走り去る。左側の奥にドアがあり、どうかして看護婦が少し開けて出ていったりすると、病院の廊下の音が忍びこんでくる。ひそめた医者の声。押しころしたような女の笑い声。反響する誰かの靴音。水の流れる音。壜のカチカチと触れ合う音。〟

〝はじめ私は天井に鮮やかな色彩が不定形に混って、万華鏡のように組合せを変えながら、動いているのを何回か幻覚に見ていた。その頃、自分についても、自分のいる場所、状況についても、考えたり、判断する気力がなかった。意識の表面に浮かびあがると、その鮮やかな色彩の渦巻きがゆっくり回転して現われ、すぐにまた嗜眠性《しみんせい》の病的な睡りのなかへ落ちてゆくのだった。私はそんなことを繰りかえしながら、ながいこと睡りつづけていたように思う。誰かの冷たい湿った手が頰や項《うなじ》に触れ、時おりガラスの吸い口や体温計などが唇に触れるのを感じていたのを憶えている。その時には、それが誰の手であるかとか、何のためであるかなどという意識はまったく生れなかった。ただひたすら激しく襲ってくる睡りの波に身をまかせていた。〟

〝ある朝、ちょうど波のうえに浮かびあがり、一瞬放心して空を見あげているような、そんな気持で、私は眼をさました。部屋にはカーテンが閉まり、部屋の隅に暗くした電燈がついている。私は枕元の清潔な器具や瓶や消毒薬の匂いのするガーゼや乾いてかたいシーツなどをあらためて見たり触ったりしながら、こうしたもの全部は、もうずっと前から切れ切れであるが、知っていたということに気がついた。それに自分があの雨の夜以来、病院に運ばれたこと、ユール先生や何人かの研究所の友だちが来ていたこと、医者や看護婦たちが自分のそばに集まっていたことなどを知っていたのにも気がついていた。ただ私はそうした事柄に気がつくだけの気力が出てきた今になって、はじめて自分がそれらを知っていた事実に気がついたのだ。それからすぐ私はいろいろ考えようと努めたようだ。しかしいつの間にかまた長い睡りに陥《おちこ》み、ふたたび眼をさましたのは朝の九時ごろだった。カーテンは開けられ空は曇っていたが明るく、部屋のなかは暑いくらいだった。私が眼をさましたのは冷たい湿った手が顔にさわったからだった。すぐそばに面長の微笑した若い看護婦の顔があった。

「眼ガ覚メタ?」彼女はフランス語でそう訊ねた。

「エエ。」私は頭をふるような恰好をした。

「気分ハドウ?」

「ズット良クナリマシタ。トテモ元気ニナリマシタ。」私はゆっくり言った。

「良カッタワネ。一時ハトテモ心配シタノヨ。トテモ危ナカッタノヨ。熱ガ高クテ。アナタ、ズイブン色々ノコトヲ、叫ンデイマシタネ、日本語デ。私タチ、判ッテ上ゲラレナクテ、気ノ毒ダト思ッタワ。」

私はその後も実によく睡った。私のために特別に、このフランス語が喋れる面長のやさしいビルギットが廻されている。彼女が当直の夜など、遅くまで私の病室に残っていてくれて、太い赤い毛糸でセーターを編みながら、私たちは話をする。私が話をすることもあれば、ビルギットが島にある故郷の家の話や、看護婦養成所の話や、そこの寄宿舎の逸話や、首府に旅行した話などをすることもある。私はこの静かなやさしい看護婦が好きだ。どこかで前に会ったことのあるような、そんな親しさを、はじめて彼女の顔を見たときから感じた。彼女の傍にいると、私は不思議に落着き、言葉も母国語と同じ感じで話すことができる。ビルギットと一緒にいると、私はお喋りになるのだ。そしてビルギットが看護婦としての務めにかえって、お喋りを禁止するまでとめどなくつづく。しかし喋ったあとの疲労はいつもひどく満ちたりた幸福感のようなものを残してゆく。身体じゅうから黒ずんだもの、汚れたものがすっかり浄化され、恢復期に特有の軽々した新鮮な感じにみたされている。こんな状態にいて、あの霙まじりの雨の夜のことを考えることはほとんど不可能だ。それは何か別の世界、別の人生の出来事のように感じられる。それは、闇夜と雨と泥濘のなかから暗いランプの光に照らされて突然ゆらゆらと現われ、また忽然と消える陰惨な人物や物語のように、脈絡のない、不気味な映像となって思いえがかれるのだ。〟

〝私がようやくベッドを離れて部屋の端ぐらいまで歩けるようになった頃、例のあの黒ずんだ影のようなものが、また不意に私を訪れるのに気がついた。しかしこんどは、私はそれをほほえんで眺められるだけの余裕が持てるようになった。はじめそれはビルギットが私の手をとり「お休み」を言って引きさがった直後の放心した瞬間に起った。そのときは何かが通りすぎるというより、突然その黒ずんだものが周囲の壁に吸いこまれるように消えたという感じが強かった。何かが消えて、その消えるときの軽い衝撃で、はじめてそこに何かがあったことに気がつく――そんなような感じだった。私は別に今ではそれに怯《おび》えないどころか、むしろそんな形で何かが私の傍にあるのが興味深くさえあった。明日ビルギットに話して、それが何なのか、一緒に考えて貰おうと思った。しかし翌日になると、私はきまってそのことは忘れていた。事実、それは黒ずんだ影と言いながら、雨の夜以前のような暗い不気味な感じはもたなかった。それはただ実体のつかめぬある種の感覚だった。だから黒ずんだ影と言うかわりに、何かふるえるようなもの、何か痺れるような感じと言ってもよかったのだ。

そういうある夜明け、私はめずらしく祖父の建てた樟の大木のある家の夢をみた。その樟の枝々は母屋のうえを覆いつくすように腕をひろげていて、風のある夜、ざわざわとまるで川でも傍を流れているような音で葉を騒がせた。夢のなかでも樟の大枝は、かつて私が夜ごと怯えたと同じ音をたてて鳴りつづけていて、重い潜戸《くぐりど》も玄関につづく砂利道も植込みの奥の築地塀も夢とは思えない鮮やかさでよみがえってきたのだった。私はそこで母だったか、祖母だったか、あるいは別の誰かに、今までこんなながいあいだどこへ行っていたのかと訊ねられ、家ではみんな大へん心配していたところだ、というようなことを言われた。それが誰であるかはっきりしていないのに、私はただ懐しさで胸がいっぱいになって、ほとんど口もきけなかった。何か言ったら泣きだしそうな気持だった。「今までどうしていたの？　何をしていたの？」その母だか祖母だかが私にたずね、私は私で、どんなに早く家に帰ってきたかったか知れないとそれだけ言って口をつぐんだ。「早く帰ってくればよかったのに。よそで苦しい目に会ったら、いつでもすぐ帰ってくるのだよ。」その人物はそう言って私の先に立って歩いてゆく。私は喋りたいこと、訴えたいことが山のようにあって、何もかもようやくここで喋れるのだわ、悲しかったことも、寂しかったことも、みんな話せるのだわ、と思いながら、裏木戸から下《しも》の土蔵のほうへ入ってゆくと、その人物はもう見当らず、それに木戸を入ると五、六間のところにあるはずの女中部屋も台所も土間もないのだった。

私はしばらく呆然としてそこに立ちつくした。そしてこうつぶやいた。「私がながいこと見棄てた家だもの。残っているはずがないじゃないの。それを今になって、家に帰ってくるなんて、なんと愚かなことだったのだろう。そうなのだ。家はもうなくなっているのだ。それでいいのだ。私にはもう帰る家なんてあるわけがない。もう家にかえるなんてことは思ってはいけないのだ。帰ろうと思えばこうした悲しみに会わなければならないのだから。」

私は自分の涙で目をさました。目がさめてからも悲しみの発作はまだつづいていた。枕が涙で湿っていた。しかし目がさめて後、悲しみの発作は急に実体をうしなって、なにか感情の虚像のようなものに変っていた。その夢のなかで会った人物が母なのか祖母なのかはっきりしないのに、潜戸の重い鎖や、砂利道を踏む感覚や、植込みの奥の築地塀の雨に濡れて変色した壁土の色などは、異様な鮮明さで思いおこされた。その瞬間、私は思わず声をあげそうになった。

樟の大枝がその時いっせいにざわざわと鳴りわたったのを耳にしたからだった。すると突然あの黒ずんだ影がゆらゆらと私の前に現われてきたのである。ゆらめくような不確かなその影は、しかしやがてゆっくりと形をとり、次第に明確な姿となっていった。私は息をのんで、それを見つめた。それは今しがたの夢で途切れたばかりの祖父の家の暗い森閑とした気配であり、姿だった。「あんなにもしばしば私のそばを走りぬけていた感覚、私が仮りに黒ずんだ影のようなものと呼んでいた感覚とは、実は、私の身体に蓄積され、その都度、さまざまな触発を受けて喚びおこされようとしながら、記憶の表面にまで、ついに浮かび上らず、意識の下層をかすめて消えたこの祖父の家の記憶だったのか。」私は呆然として突然現われたその暗い静かな家の隅々を、あたかも現実の家でも見るように、眺め入ったのである。ゴルフ用ボールで毬つきをした玄関先の黒い滑らかな石も、蟬の抜け殻を集めた青桐の冷んやりした幹も、池に映っているどうだんの繁みも、一枚石の橋も、橋の下に澱んでいる藻の青さも、それらを覆いつくす樟の大枝も、かつての姿そのままに、鮮やかに、私の眼にうつっていた。遠く、私はボギー電車が警笛を鳴らして走ってゆくのを聞くような気がした。私はよく築山にのぼって、夕空の下に長く尾をひいてゆくあの音をきいたものだった。すると不意に、築山につづく一枚石の橋で死んだ亀のことを思いだした。亀を私は飼っていたことがあったっけ――なにか信じられない出来事のように私はその思い出を驚いて見つめた。それはもう遥か遠い過去に忘れ去られ、葬

にすれば、その夢のなかでいろいろのことがあったのだろう。そしてなんと多くのことを私はこんなながい間、忘れ果てていたのだろう。そう思う間もなく、死んだ亀の墓を一緒につくってくれた色白の女中の時やのことが思いだされた。そうだった、時やと最後に会ったのは小学校の三年の頃だった。ああ、憶いだしてくる。時やがお嫁にいって、本当にあの人は仕合せだと言われていたのに、その翌々年だったかに、亡くなったのだ。私は時やの家にいったこともある。海のそばの寂しい、ランプのついた暗い家だった。いつも黙って坐っていた老婆がいたっけ。時やのそばに寝ると、波の音が枕のそばで聞えたのだ。「時や、時や、波が近くなってくるよ。私たち、溺れるようなことはないだろうね。だって波が家のすぐそばで鳴っているんだもの。」私がそう叫ぶと、時やは「夜は潮が差してくるんです。こわいことなんかありませんわ。さあ、お嬢さま、時やがこうして持っていてあげますからね、安心してお休みなさいませ。」と言って、冷たい湿った手で私の手をしっかり握ってくれた。冷たい湿ったやさしい手。そうだった。突然、私は我にかえって身ぶるいした。あの冷たい湿った感触は、時やの手の感触だったのだ。私は病院にきてずっと不思議とビルギットの手のあの感触に心が和んでいたのも、それが時やの手であると思っていたからだったのだ。いや、そればかりではない。入院して以来、私は意識を失ったまま、そのまま過去の深みに押し戻され、そのなかで生きつづけていたのに違いない。そのとき、突然、あの樟の大木が風に葉を騒がせてざわざわと鳴った。私はぎょっとして身体をおこした。幻聴ではなかった。現実に葉群が風にそよいだのである。しかしそれは風ではなかった。壁と壁の間でスチームが乾いた音をたてて鳴っていた。それは断続して鳴り、ざあざあと聞え、葉がざわめく音に似ていた。それに耳を傾けていると、まだ小さかった兄や、若かった母の姿などが物陰から現われてくるような気がした。その時、突然、記憶の奥の暗闇から、昨日のことのような鮮やかさで、一つの場面が浮かびあがった。それは裏の借家に住んでいた髪の薄い、蒼い顔をした女の子の姿であり、私がその子を何か残忍な強暴な力で突き倒している情景だった。その前後のことは思いだせなかった。ただ、思いだしたその瞬間にでも、息苦しくなるような残忍な憎悪の感覚がその記憶にこびりついていた。
私はながいことこの憎悪の感覚を反芻《はんすう》していた。繰りかえしそれを眺めてみた。そこに私はある種の悔恨がまじっているのに気がついた。〟

〝一日じゅう、どうしたことか気が晴れなかった。ただビルギットが来ると、彼女のなかに、やさしかった時やの姿を感じて、心が明るんだことは確かだった。にもかかわらず憎悪の感覚についての記憶は、なぜか心の奥底の部分に激しい衝撃を与えたらしく、あれ以来その部分が立ちなおれない感じがした。本能はそこに何か鍵になるものが隠されていることを私に告げていた。あれから幾日か私はベッドの上でこの記憶を見つめている自分に気がついた。自分でも無意識にそうしていたのである。ところがたまたま私が飼っていた亀のことを考えていたとき、何の脈絡もなく不意にその憎悪の原因がよみがえってきたのだ。私がその子と一枚石の橋の上で争ったこと、そして怒りの発作にかられてその子を池のなかへ突き落したこと、その後で土蔵のなかで泣いたこと、泣きながらもう誰にも愛して貰えない人間になったと感じたこと、涙が乾くと、自分は誰かを愛そうとすると拒まれる人間なのだと思いこんだこと、それをひどく寂しいと思ったことなどを、私は一挙に思い出したのである。〟

冬子がこの幼少時の出来事にいかにこだわっていたかを知るには、第四冊目のノートに書かれたこれに関する彼女の自己観察、自己分析の頁を数えるのが一番であるかもしれない。彼女は、その書いたところから判断すると、この出来事の衝撃のなかに、他の人々との連帯感がうしなわれていった萌芽を見ようとしている。つまり彼女は相手を愛していたが相手から拒まれた。するとこの拒否に対し相手を池に突き落すという復讐をあえてしたと信じたのだ。それは彼女の心に、相手の拒絶とこちらの憎悪とにより、二重に裂け目をつくったような印象を与え、内部の傷痕となって残ったのである。冬子は小学校を通じて友達となじめない女生徒であったらしい。彼女自身、その原因の多くをこの出来事に求めているようだ。彼女はたとえ瞬間的であるが相手の女の子を殺そうと思った。この発作的な衝動そのものが冬子を傷つけたし、また、他方、この復讐の行為を正当化するためには、自分の愛が拒まれたことを認めなくてはならなかった。挫折した愛は他者に対する極端な不安をよびおこす。彼女はふたたび拒絶されることを怖れるようになる。おそらくその辺から冬子の無関心、冷ややかさというものが生れたのかもしれない。しかし彼女の書いた矛盾や循環の多いこれらの省察を引用しても無意味であろうと思う。ただここではこの探索によって彼女が明らかにしえたと信じた事実にのみふれておきたい。それは彼女が今まで真に誰も愛せなかったし、愛したことがなかったという自覚である。彼女はそれについて、たとえばある日記にこう書いている。

〝今ほど誰かを愛したいと思ったことはない。それは今では何か渇望のようなものになっている。私には、今こそ、なぜ自分が制作力をうしなったか、よく理解できる。私は誰も愛することができず、愛しもしなかった。だが愛するという心情の火がなくて、作品をつくりあげるなどということが可能だろうか。おそらく私はそこからはじめなくてはならないのかもしれない。だが今でもそれは果して私にできることだろうか。〟

だが、私は冬子のこうした反省なり自覚なりをどの程度まで正確な事実と考えるべきか判断に迷わざるを得ない。もちろん人のながい一生にはこうした事実は無数に存在するであろう。

すでに胎児体験から意識の傷痕を類推してゆく学者もいるという話ではないか。とすれば冬子のこうした反省には、ことさら取りたてて言うべきことはないのかもしれない。しかしここで、私などに重要に思えるのは、それが全体の事実のなかでどのような意義をもつかということではなく、冬子自身にどんな意味をもちえたかということである。その点からみると、彼女がその幼時の記憶のなかに愛情の挫折の痕跡を認めたということはやはり重要な意義をもっていたのではないかと思えるのである。たとえそれがここに示したごとき唐突な結論となって彼女のなかに溢れてきたとしても、制作の行きづまりの極点にまで追いつめられたその精神状況を考えれば、あながち咄嗟《とっさ》に思いつかれた判断と片付けるわけにゆかないと思う。

ところで支倉冬子が病院で出会ったもう一つの出来事は、すでに前に触れたように、エルス・ギュルデンクローネと知り合ったことである。エルスとの出会いには、私などが後になって考えると、なにか親和力といったものが働いていたように思えてならない。このエルスの出現を冬子は「不思議な精霊が通っていったような」と書いているが、それはおそらく実感であったにちがいない。以下エルスに関する部分をノートに記された順序にしたがって書きぬいてゆくことにする。

〝そのとき私は自分でも睡っていたのか、目を覚ましていたのか、はっきり思いだすことができない。あるいはそのどちらともつかぬ状態でいたのかもしれない。時間は夜八時すぎたころだったろうか。病院はもうひっそりして物音一つ聞えない。ビルギットも帰ってしまった。時おり蒸気が壁と壁の間で乾いた音をたてる。そのあとは死んだような静けさがつづく。いつか私の顔が、半開きになったツックマイヤアの新刊本の方へ、うとうとと近づいてゆく。読みかけていた最後の言葉の nicht wahr!《ニヒト・ヴァール》という響きが、寝台車の枕の下で規則的に鳴っている車輪の音と同じように、何度も繰りかえして聞えている。その先に出ようとしても、その響きが靄の奥で鳴っていて、呪文のように私を捉えて放さない。

ちょうどそんなとき、私は夢うつつに、ヴェランダに通じるガラス扉が静かに開き、カーテンが外からの風に揺れるのを見たのだった。私は半ばそれを夢の一光景だと思っていた。カーテンの間からこちらを見つめている眼を感じた。私がそのときそれを意外とも思わず、驚きさえ感じなかったのは、どこまでも夢のなかのことだと思っていたからだろう。カーテンの向うの人影は、私の眠っているのを確かめたせいか、前よりは幾らか大胆にカーテンを引きあけ、上半身を現わし、それから忍び足で部屋を横切ろうとした。

そのときはもう、私は完全に眠りから覚めていた。それは濃い青のマントを着た十五、六の少女で、ながい栗色の髪をくしゃくしゃにして、私のほうを見つめた眼は、暗く、燃えるように見えた。私は思わず身体をベッドから起した。私が眠っているものと思いこんでいた少女は、ぴくっと全身を動かしたかと思うと、何か臆病な動物のように、身体をこわばらした。少女の燃えるような眼は恐怖とも憎悪ともつかない激しい感情をあらわにして、私のほうにそそがれていた。なぜかその瞬間、傷を受けて喘《あえ》ぎながら入ってきた小鳥を見るような、痛ましい感じが胸のどこかを過ぎてゆくのを感じた。私は相手を怯えさせまいとして、笑いかけながら、

「そんなところから入ってきて、一体、どこにいらっしゃるの。」

と言った。私はここの言葉が話せないのでそれをフランス語で言った。しかし少女はフランス語が解るらしく、顔の表情が動くのが見られた。

「こわがらなくてもいいのよ。私ね、ただあなたのために、そう訊いているのよ。」

私はつづけた。少女は私とドアまでの距離を半々に見ながら、黙っていた。

「私はおこってなんかいないわ。誰も呼びはしないわ。でも、どうしてここに入ってきたの。何かあなたにしてあげることはないの。もし私の言うことがわかるのだったら、何かおっしゃい。」

私は少女に言った。しかし少女は燃えるような眼をじっと私にそそぎながら、頭をゆっくり左右に振って、少しずつ後じさりしていった。それから、突然、くるりと身をひるがえすと、廊下のドアに飛びつき、あっという間もなく、そこから姿を消した。

私は、ふと、どこか感化院からでも脱走した娘なのではないかと思った。たしかに病的な、

反抗的なあの鋭い眼は、普通の娘ではありえないような気がした。くしゃくしゃのながい髪と言い、浅黒い、骨ばった顔と言い、いかにもそうした場所がふさわしいように思えた。しかしそうした印象にもかかわらず、その少女のなかに、私は、どこか傷ついたもの、痛ましいもの、血を流しているものを感じたのも事実だった。少女が消えてしまい、急に現実感がなくなって、少女も揺れ動いたカーテンも夢の一部のように感じられるようになると、むしろ後の印象のほうが強く残った。

それに少女の全体の感じにはどこか敏感で、しなやかな、上品なところがあり、それが彼女の反抗的な外見とちぐはぐな感じを残していった。私はツックマイヤアの頁にしおりを挟んで、横になりながら、ひょっとしたら、あの子は、病院の隣りの寄宿学校の生徒でないかしらと思った。あの挑むような眼、頑《かたく》な表情、それにあの年齢を考えると、何かの理由で、彼女が寄宿学校をぬけだしてくることも十分考えられる。しかしそれにしても、私の病室は三階にあり、寄宿学校との境には、修道院の、蔦のからんだ高い塀があったはずだ。そうしたものを考えると、いかに身軽とはいえ、十五、六の女の子にそれを乗りこえるなどということは不可能だ。とすると、あの子は、いったい、どこから、何のために、私の病室に入りこんだのだろうか。

そのとき私が、少女のことを何らかの犯罪と結びつけて考えようとしなかったのは、後から考えると、奇妙な感じがする。病室からの単純な物盗りではなくても、たとえば薬局から麻薬や刺戟剤を盗むなどということも考えられたはずである。しかしおそらく彼女のなかに、そうしたことを考えさせる余地を与えないだけの、なにか真剣な、切迫したものが感じられたのであろう。結局、私はこうした想像をあれこれと思いめぐらしているうち、いつか眠ってしまっていた。しかしその眠りのなかで私はもう一度少女に出会った。少女は夢のなかではひどくさっぱりした様子をして、実際よりずっと愛嬌のある子になっていた。私もそれをみて、そうよ、それが本当のあなたよ、などと言っていた。その夢を寝いりばなに見たのか、眼ざめ際に見たのか、よくわからなかったが、私が何かの気配に目をさますと、私の顔とすれすれにあの少女の燃えるような眼が近づいていた。くしゃくしゃの髪が顔のまわりに乱れていて、浅黒い骨ばった表情がいっそう暗く見えた。

「いつ帰ってきたの。」

私はおどろいて訊いた。少女はにっと笑った。白い、綺麗な歯が光った。

「あなた、やさしい方ね。」

嗄がれた、低い声でそう言うと、急に身をひき、またこわばった表情をした。

「こんなにおそくなって、あなた、帰れるの？　あなたはここの隣りの学校の生徒さんでしょう？　今までどこに行っていたの？」

私はほとんど本能的にそう訊いた。この子を一人でほうっておけないような気がしたのだ。

しかし彼女は口を開こうとはせず、肩をすくめ、唇を歪めた。

少女はヴェランダへのガラス扉を開くと、もう一度私のほうへ燃えるような眼をむけ、ごく微かであったが、唇のあたりに笑いを刻み、それから外の闇のなかに出ていった。私は反射的に枕もとの時計をみた。十一時を少しまわっていた。もうあれから三時間近くたっている。それまであの子はどこにいっていたのか。ヴェランダに出たはいいが、果して無事に帰れるのか。だいいちこんな凍りつく夜に、よしんば修道院に通じている道があるとしても、滑ったり、転んだりすることもありうるではないか。そんなことを考えているうち、私は、少女をヴェランダに出したことが、とんでもない間違いを犯したような気持になった。急に不安が襲ってきた。名前や事情ぐらいは訊いてやるべきだったのではないか。万一のとき、やさしいビルギットに頼むということもできるではないか。

しかし私がガウンを羽織ってカーテンをあけ、ガラス扉に顔をつけてみても、もうヴェランダには少女の姿は見えなかった。一度目がさめると、こんどはなかなか寝つくことができなかった。そして眼がさえかえってゆくにつれて、私は不思議な不安と悔恨に似た気持を感じた。二度目に少女を見たとき、私ははじめと違って、彼女のよじれた感情のもつれのなかから、青白い焰《ほのお》のようにちらちら燃えている臆病なやさしい感情を感じた。しかしそうした感情も、彼女の外に現われるとすぐ、病的な自尊心や反抗のために、激しく踏みにじられる。私は少女の燃えるような眼ざしのなかに、年齢の割にはいくらか成熟している自虐の気配のあるのに気がついた。

激しい感情と極端に強い自尊心とでも言うべきものとの争いが、あの少女の浅黒い、骨ばった顔を暗い鋭い表情に変えているのかもしれなかった。

そんなことを考えているうち、私はもう一度むしょうに少女に会いたくなった。おそらくそうした自らの感情のもつれも知らず、日々を激しく喘ぐように生きているこの小さな純粋な生きものがひどく可憐な痛々しいものに感じられたのだった。もう一度会って、ただ一と言、私だけにはそんな風の態度をとらなくてもいいのよ、私はあなたが好きなのだから、とそんなことを言ってやりたい気がした。

たしかに少女がヴェランダから出ていったあと、私は急にひどく空虚な寂しさを感じた。明日になって、寄宿学校の校庭に、あの子の姿が見えるだろうか。学校でも、あんなふうに、頑な様子をしているのだろうか。あるいは、私のことを覚えていて、誰にもわからぬような合図を送ってくれはしないだろうか。いつか私たちは知り合うことができるだろうか。もう一度、ヴェランダから入ってくることがあるだろうか。今度入ってきたら、名前も訊かなくては。住所だって知り合って、どうして悪いということがあるだろう——私はそんなことを考えてゆくうち、鼓動が次第に高まってきて、息がつけなくなりそうだった。明日という日がいつもと違う日のような気がした。私は何度か大きく息をつきながら、しかしそうした吐息が決して不愉快なものではなく、むしろ今まで感じたことのない不思議な陶酔感から生れていることに気づかないわけにはゆかなかった。

翌朝、起きるとすぐ私は窓際まで立っていった。ヴェランダは凍りついた雪できらきらしていた。もう季節は二月に入り、雪こそ降らなかったが、春にはまだまだ間のある頃だった。あの子はこんな危険な場所へどうやって上ってきたのだろうと、私の眼はヴェランダの端から、非常用階段へ、その傍を通っている修道院の高い塀（枯れた蔦が網目のように赤錆びた色で絡んでいる三米の高さをもつ古い塀だった）から、その続きに傾斜を見せている寄宿学校の屋根へ、さまよってゆくのだった。もしあの子が非常階段を下りて、あの塀に渡るとすれば、一米幅の間隔を跨《また》いでゆかなければならないわけだ。三米下は、かたい切石を敷きつめた石だたみの裏庭になっている。もしそれをうまく越えられたとしても、そこから屋根まで塀の長さは三十米はつづいている。塀は石を積みあげた十七、八世紀頃の頑丈な造りで、上端の仕上げはただ粗削りに石を切ってあるだけなのだ。昼間でさえその上を渡るのは決して容易な業《わざ》だとは思えない。まして昨夜のように凍てついた闇夜には、危険と言うよりは、無謀な冒険と言うほかない。もしその三十米を渡りきったとしても、寄宿学校の屋根の急勾配をどのようにして登ることができるのだろう。その屋根の中段に窓が幾つか並んで、ちょうど朝の日ざしを受けて光っているところだった。あの子は本当に無事に着いたのだろうか。どの窓もまだ森閑と閉まったままで、校庭のどこにも生徒たちの起きた気配はなかった。私は眼のくらむような気持と同時に言いようのない不安を感じた。もし昨夜このことを知っていれば私は決してあの子をヴェランダに出しはしなかった。どんな手段がとれるか、よくわからないが、少くとも、塀の上を歩かせるようなことだけはしなかっただろう。

ベッドに戻ると、寄宿学校のはじまるのが待ち遠しかった。あの燃えるような眼や、もじゃもじゃにした髪をこの遠さで見わけることができるだろうか。屋根に並んだ窓のうちの一つにあの子の部屋があるとして、話すことができなくても、何か合図のようなものを交わすことができるだろうか。そうできたら、どんなに幸福な感じになれるだろう。だが、それより問題なのは私の退院がもう遠くないということだ。私はほとんど全快したといっていい。それはすでに先週主治医から喜びの言葉とともに告げられていることだった。たしかについ昨日までは、私は一刻も早く工芸研究所に帰りたかった。ユール先生の暖かな微笑や若いアトリエの仲間のなかに帰って、新しい気持で制作に励みたかった。事実、恢復期に入ってから、私は体力が日一日と加わってくると同時に、制作欲のようなものが身体の奥でうずくのを感じた。今度はもうあの受身の、忍耐だけの姿勢ではなく、美術学校にいた頃、あの「夜の橋」を制作した頃と同じように、湧きあがる流れに乗って、機《はた》を踏んでゆけるに違いない。私は退院の日を待ちかねて、昼間、時間の許される限り、新しい図柄や素材をスケッチしたりメモしたりしていた。夜は夜で、こんどは思いきってドイツ、フランスのゴシック時代のタピスリを見てまわる計画をたて、ドイツ語のものなどもぼつぼつ読みはじめていたのだった。

　しかし昨夜、あの不思議な少女に会ってから、私の気持が一変してしまったのを感じる。もちろん新しい制作にむかいたい気持には変りがない。それは心の奥で依然としてうずいている欲求だった。しかし同時にあの少女を見たいという息苦しいような欲望が不意に私に襲いかかってきたのだ。激しい感情と誇りとが争っているような暗い燃えるような顔だちの喚びおこす酩酊感が、波のように高まり、甘美に喉をしめつけるのを、私はこばむことができなかった。

　朝食が終って、いつもならばデッサンにかかっている時間であるのに、私は気持を集中させることができなかった。第一時限の終るまでにあと数分しかなかった。あの子は校庭に出てくるだろうか。出てきたとしても、こちらに気がつくだろうか。気がついたとしても、昨夜のことを隠すために、わざと知らぬふりをするのではあるまいか。よしんばそうであっても、あの少女の姿が見られるのだったら、もうそれで十分ではないだろうか。私はデッサンの代りに、青いマントのデザインをしてみたり、縦横に無意味な線を何本か引いてみたりした。そのとき、鐘が鳴った。鼓動が急に激しくなり、眼がくらみそうな気がした。私は自分のことを嗤《わら》おうと思った。からかってやりたかった。しかしそんな余裕など持てるわけがなかった。私はまるで外出でもするように外套を着て、ヴェランダにすべり出た。午前の爽やかな空気が肌にひりひりと気持よかった。淡い太陽が照っていて、裸の木立の影を切石の校庭のうえに描きだしていた。その木立の向うに、子供たちが学校の狭い戸口から吐きだされてくる。修道女たちの黒衣が修道院の建物の方へ動いてゆく。彼女たちは歩いているというより、何か静かに移動してゆくといった感じだった。しかし何人かは狭い校庭の隅に立って話したり、日禱書を読んだりしている。そのうちにも生徒たちの声は次第に高まってゆく。駈けたり、ボールを投げたり、ぐるぐる廻ったり、男の子のように何かを奪いあっていたり、石蹴りをしたり、本を読んだり、歩きまわったり、立ち話したりしていた。私はヴェランダの手すりにもたれて、昨夜の少女をその中から見分けようとした。しかしどれもこれも同じような女の子ばかりだった。髪の色に濃淡があり、服装にいくらか違いのあるものの、これだけの距離を離れてみると、その判別はほとんど不可能に近かった。しかもそのうえ相手の大半は動いていた。一刻もじっとしてこちらに顔をむけるということがなかった。それでも私は校庭の端から一人ずつ丹念に見ていった。似たような感じの子は何人もいて、そのたびごとに心臓に鋭い痛みを感じたが、よく注意して見ると、それは全く別人だった。そんな風にして私は前後三回にわたって校庭に見えるほどの少女を全員調べてみた。しかしどんなに注意力を集中してみても、昨夜の少女を見つけることはできなかった。ふたたび鐘が鳴ると、女の子たちは遊びをやめ、狭い昇降口にぞろぞろと吸いこまれていった。校庭にいた黒衣の修道女たちもその流れとともに見えなくなった。修道院の建物から、また何人かの修道女が静かに学校のほうへ歩いていった。

急にあたりはひっそりして、狭い校庭は空虚になった。その空虚な校庭に何本かの木立の影が裸木の枝をそのまま淡く描きだされていた。それとともに私の心からも何かが急に崩れていったような気がした。突然、大事なものが心から消えはてたような気がした。そのあとの空虚さは耐えようもないほどに寂しかった。私は涙がこみあげてくるのを感じながら、それからしばらくその校庭の空虚さに眺めいっていた。

次の時間も同じようにして過ぎていった。そしてそれにつづく休み時間も同じようにして、あの少女の姿を見わけることができなかった。では、あの少女は寄宿学校の生徒ではなかったのだろうか。信じられないことだけれど、私の部屋を通って、病院の中に忍びこんで、何かを企んでいたのだろうか。薬や病人の見廻り品だけではない。器具とか貴重な書類とか、そういうものを盗むことだって考えられないわけはない。それとも昨夜、どこか塀から滑り落ちて、大怪我でもしたのではあるまいか。しかしどの場合を考えても、あの少女にはふさわしくなかった。怪我をすることはあるかもしれない。(そう思うだけで私は不安に居ても立ってもいられぬ気持になった)しかしあの子が病院に忍びこむなどということは到底信じることはできなかった。とすると、やはり何かの事情であの少女は校庭に現われないのだ。ではそれは何だろう。怪我だろうか。病気だろうか。その他にどんなことがあるだろう。

こんな考えのうちに、その一日は終った。夜になると、私はまたツックマイヤアをとりあげて、nicht wahr!《ニヒト・ヴァール》から読みつづけようとした。しかし今にもあの燃えるような眼がカーテンの間に現われそうな気がして、とてもツックマイヤアなど読む気になれなかった。

次の日も同じようにして、一日あの少女を見いだすことができなかった。私は急に自分の生活の歩度が狂ってゆくのに気がついた。あの燃えるような眼をもう一度見なければ、デッサンをしたり、ツックマイヤアを読むなんて、まるで意味がないような気がした。もちろんそうした気持を押さえて、画板の上に画用紙をひろげ、スケッチやメモ帳を整理し、夜にはツックマイヤアを読みつづけはした。しかしそういうときにも、私はふと放心している自分にしばしば気がつかないわけにゆかなかった。

こうして少女が校庭に現われないまま、二日たち、三日たった。私は、半信半疑ではあったが、やはりあの少女は寄宿学校の生徒などではなく、病院のなかへ忍びこむためにこの病室を通りぬけたのだと思うようになった。むしろそう考えたほうが納得ゆくことのほうが多かった。だいいち三十米の塀の上を伝わって、急勾配の屋根をのぼるなどということはあの少女には不可能なことだ。それに当直員のいる病院の通用口から外へ出るなどということは、これも不可能なことだ。しかしそれならなぜ私の部屋にふたたび帰ってきたのだろう。そして眠っている私を見つめるなどということをしたのだろう。そのうえ、なぜ私のことをやさしいなどと言ったのだろう。しかもその自分の言葉に傷ついて、あのように自分を苦しめるようなことを、なぜあの子はしたのだろう。

あの燃えるような眼と振り乱した栗色の髪と暗い表情は、なにかそれ以上のものをあらわしている。すくなくとも私が信頼できるものをあらわしている。それだけは疑いえないと思った。そして私の考えはまたもとに戻って、それならあの子はなぜ校庭に姿を見せないのだろうと思いまどった。

こうして一週間はみるまにたったが、一週間たつと、少女も、少女の燃えるような眼も、もじゃもじゃの髪もすべて夢のなかのことのように遠くなった。その顔を思いだそうとしても、どこか曖昧で、はっきりした輪廓は浮かんでこなかった。それは私には本当に夢だったのと大して変りがないように思われてきた。たしかにその少女に会いたいという気持は残っていたが(私はなお日に何度か誘惑に抗し切れずヴェランダに出てみていた)しかしそれ以上に諦めと、そうした非現実な感じにともなう執着の薄れとが強くなっていった。

私がマリー・ギュルデンクローネと名乗る女性の訪問を受けたのは、退院が二日後に迫っていたある午後のことだった。ビルギットが持ってきた「市立図書館司書」の肩書のついたこの女性名の名刺には、私は何一つ思い出せるものはなかった。誰だろう、どんな用事だろう、どんな人だろう。不安と好奇心から、私は、ビルギットが廊下のドアから、その人を呼んでいるあいだ、もう一度、その名刺に目を落とした。私はその肩書から、教師風の冷静な固い感じの女性を想像していたが、入ってきたのは、まだ若い、綺麗な、静かな青い眼の女性で、私のすすめるままに椅子に坐ると、一通の封書をとりだし、それを前に置いた。それから幾らか言いよどむようにして、

「とつぜん、お邪魔いたしましたけれど、わたくし、先日、あなたのお部屋を通らしていただいた娘――多分憶えておいでと存じます――の姉でございます。妹から、あなたに是非お渡しするよう手紙を預かりましたので、それを持ってお伺いいたしましたの。」

と言った。

「それでは、あれは妹さんでしたの。で、妹さんはお怪我ではありませんでしたのね？　ヴェランダに出たなり、その後お姿が見えませんでしたが。」

私は思わず息をはずませて、あの燃えるような眼の面影を姉の顔のなかに捜しながら叫んだ。

「いいえ、怪我はいたしませんでした。でも妹はあのことが原因で寄宿学校を退学させられ、いま故郷の私どもの家で監禁されております。」

「監禁ですって？」私は驚いてマリー・ギュルデンクローネの静かな、若々しい顔を見た。

「エルスは――妹の名はそうよびますの――こうした事件のあと塔に閉じこめられます。父が

外から鍵を閉めますが、本当は自分から閉じこもりたがっているのです。で、しばらくは塔の外に出ませんし、出る気もないと思います。エルスがこの手紙を書いたのはそのためなのです。エルスの申しますには、あなたにはその夜、なにか大そうご親切にしていただいたとか。そのお礼を私からもよく伝えてくれるようにと申しておりました。」

私はこの姉娘のマリー・ギュルデンクローネのなかに、若々しい、従順な、落着いた雰囲気を感じただけ、それだけかえって妹のエルスのほうに、どこか激しく、押さえがたい、暗い生命感の跳躍のようなものを、はっきり感じられるような気がした。

私たちはそのあとほとんど儀礼的に互いの仕事のこと、この都会での私の生活のこと、今後の計画などを話した。マリーはいずれ図書館のほうにも寄ってもらいたいという意味のことを言って、「この図書館はこの国でも最古の図書館の一つに数えられているんですの。規模も大きくありませんし、設備もすべて近代的だとは言えませんけれど、古い写本類、貴重な書簡、宗教改革関係の文献などに、かなり一般的に名前の知られたものもあるんですの。」と付け加えた。

マリー・ギュルデンクローネが帰ると、私は急いでエルスの手紙の封を切った。

親しいあなた。先夜はほんの一瞬のことでしたが、あなたのお気持にふれることができて、

でもきっと修道女たちはあなたがたが想像するより……いいえ、私の申上げたいことは、私はどんなに仕合せだったことでしょう。でも私ってそれをあなたに十分申上げることができませんでした。私は本当にわるい子だと思います。それでいまこれを書こうと思いたったのです。あの夜、私はヴェランダから無事に壁に飛びうつって、塀の上を渡り、寄宿舎の屋根裏まで辿りつきました。しかし奇妙なことに、もう消燈してあるはずの私たちの部屋に、明るく電気がついているではありませんか。私は一瞬たじろぎました。でも、いつまでも塀のうえに立っているわけにゆきません。それにもし発覚したのなら、いまさら逃げかくれしても間に合いません。私は窓から屋根の急勾配に垂らしてあったロープを伝わって、窓まで這いのぼりました。部屋のなかは六人ずつ二列に寝台が並んでいましたが、みんなは起き、ベッドの前に立たされておりました。そして修道女たちがこの十二人を（いいえ、正確には十一人です。私のベッドだけ空だったのですから）ぐるりととりかこんでおりました。

同室の生徒たちは私の行方について尋問されているのでした。一人一人列の前へ呼び出され、黒衣の女たち特有の、顔色の動き、呼吸の乱れ一つ見逃さない鋭い猜疑《さいぎ》にみちた眼ざしで、穴のあくほど睨《ね》めまわされ、こづきまわされるのでした。その女生徒の一人（それは寄宿学校でただ一人の私の友達だったシュレスウィヒの大農場主の孤児でした）はとくに修道女たちの疑惑を集めているようでした。その尋問はながくかかりました。彼女は質問のたびになにか執拗な感じで頭を横に振ります。そして最後には修道女の一人が彼女の眼の前に革の鞭を突きつけるようなことまでしました。私はこのシュレスウィヒの孤児が、おとなしい、怯えたような眼をしているにもかかわらず、強情な、反抗的な性格であることをよく知っていました。修道女たちが彼女を疑って、鞭でおどかすようなことをすれば、どんな反抗に出るか、わかったものではありません。私たちは修道女を嘲笑すること、寄宿学校の制度、規則を破ることで気が合っていたのですから。

私ははじめ修道女たちが引きあげてから部屋に入るつもりでしたが、もうそれ以上彼女の尋問をながびかせるわけにゆきません。そこで私は思い切って窓をあけ、雪をマントにこびりつかせたまま、床へ飛びおりました。部屋じゅうの視線が、ぱっと私に集まりました。修道女たちは悪魔でも見たように、非難と拒否と叱責の声を口走りました。私はそのまま真っすぐ修道女たちのほうへ歩いてゆきました。

「この人たちは何も知らないのです。今夜のことは誰にも打ちあけていませんでしたから。私は同室者が消燈した後で、床から脱けだしたのです。」

するとシュレスウィヒの孤児は「でも私はエルスが出てゆくのを知っていました。そしてそれをとめようともしませんでした。」と叫びました。

「それでも今夜のこととは関係ありません。これは私ひとりのことです。」と私は言い張りました。

「あなたはもうお黙りなさい。」と修道女がシュレスウィヒの孤児に向かって叫びました。それから私に「それで、あなたは泥棒猫のようにどこへ出ていったのです？」と冷たく言いました。憎悪と冷笑が修道女の一人一人の眼のなかに光っているような感じでした。私は市立劇場にバレーを見にいったこと、窓から塀を伝っていったこと（病院のこと、あなたのことは黙っていました）などを答えました。

「それがどのような罰則に当るか、もちろんあなたは知ってのうえのことだったのでしょうね。私たちが泥棒猫のような行ないに対してどのような処置をとるか、あなたはよく承知していたわけね。」

修道女たちの眼がまたいっせいに冷たく憎悪で光ったような気がしました。私は頭を縦に軽く動かし、黙ったままでいました。重苦しい沈黙でした。それから同室者はベッドに就くことがゆるされ、私は修道女に囲まれ、廊下に出て、階段をおり、礼拝堂の地下の告解室《こっかいしつ》に監禁されました。毛布二枚が与えられただけで、部屋には固い木の椅子のほかベッドもテーブルもありません。冷えきった壁から湿った土の匂いのする凍った空気が滑りおちてきます。そのなかには礼拝堂の香《こう》の匂いのようなものもまじっているようでした。天井は低く、装飾は何もなく、告解所の小部屋の格子窓には黒い陰鬱な引布が垂れていました。私は龕《がん》の聖像の前にゆれている蠟燭の光に照らされ、じっとその椅子に坐っていました。悔恨といったものはまったく感じられませんでした。周囲の壁から、冷たい液体のように、湿って這いおりてくる冷気が、二枚の毛布を通して、冷たく忍びこんでくるたびに、私は、思わず身体をぶるぶるふるわせました。それはあの黒衣の女たちの冷笑とも、仮借ない鞭の痛みとも感じられ、心の奥で、青白い焰のようなものが煽りたてられるような気がしました。それは憎悪とも憤激とも反抗とも考えられるような物狂おしい感情でした。

まんじりともしないその夜があけると、私はふたたび院長室へ呼ばれました。何人かの高位の修道女たちが、まるい灰色の眼をした小柄な尼院長をまん中にして、控えていました。それは一種の宗教裁判のようなもので、私は、修道女の一人が読みあげる罪状を、一つ一つ肯定してゆくのでした。何ひとつ打ち消すなどという気はありませんでした。だいいち、それがつねに事実であってみれば、どのみち否認することは難しかったでしょう。院長室は裁判にふさわしく重厚で静まりかえっていて、高い窓の上辺に、幾百年を経た蔦が枯れた蔓を絡ませたまま垂れていました。

こうして私は寄宿学校からの退学をその日の午後命ぜられました。即日、荷物は運びだされ、私は姉に連れられて学校を出ました。あなたのところへお寄りする時間もなく、また私が監禁されていた部屋には窓一つなかったので、あなたに連絡しようにも、その方法がまるでありませんでした。

私はシュレスウィヒの農場主の孤児と別れを告げ、修道院の正門から自動車で出てゆきました。私を見送った修道女は一人もおりませんでした。父の厳命で、私はギュルデンクローネの古い館に真っすぐ帰りました。父が何を考えようと、姉の意見がどうあろうと、私が一族に対して不名誉な結果を導いたのは事実なのです。で、城館に帰る前から、こうした事態を惹きおこした場合の私たち一族の掟を引きうける決心をしていました。

私はいまギュルデンクローネの城の古い塔の中に閉じこもっています。小さな窓があり、窓からは城館に迫っている森の梢と、陰鬱に曇った平らな地平線とを見ることができます。夜になると、塔に風が吹き荒れ、森はざわざわと鳴りつづけます。私は、塔で四十日間すごしたら、また都会へ帰ります。そのときあなたにお会いして、いろいろもっと詳しくお話し申しあげたいと存じます。〟

支倉冬子の第四冊目のノートには、たしかにそれ以前のノートとは異なった雰囲気、語勢のようなものが感じられる。それは前にも触れておいたように、このノートが金色の金具のついた鮮やかなヴァミリオンの革装という外観をもっていることにも象徴されているが、さらに、このノートに書きこまれた彼女の筆蹟が、前よりもずっとのびやかであるのを見てもわかる。以前の筆蹟は細字で、角張った、神経質な感じだったが、このノートあたりから、字も大きく、寛いだ形となり、私などが冬子その人に感じた上品な暖かな感じは、たしかにその頃の筆蹟のなかに仄かに偲ばれるような気がする。しかしこうした変化を示す何より大きな特徴は、彼女がふたたび制作へ激しい意欲を感じはじめたその蘇りの歓びが、外界に向けられた彼女の視線のなかに、はっきり感じられることである。そこには、前のノートに見られたような、あの息苦しい、手さぐりするような、偏執狂めいた喘ぎはみられない。分析の迷路にさまよったり、過剰な反省のなかにのめりこむ姿はまったくなくなったと言っていい。なるほど時おり冬子はなお現在の心境の落ちつきを、過去の病的な妄想や陰鬱な気分と較べて、自分の精神の辿ってゆく道すじを確かめようと試みてはいる。しかしその場合にも、冬子の書き方、感じ方のなかには、すでにそうした窮境を切りぬけた人のもつ距離をおいた姿勢がうかがえる。むろん別の言い方をすれば、彼女が自分を真に観察することができたのは、こうした冷静さを取りもどした結果であるに違いない。私もそれを否定する気持はない。しかしここで注意してよいのは、彼女が後になって、かりになんらかの展望を自分の仕事のうえに見いだすことができたとすれば、それは、この陰惨な状態を体験したからだという点である。ともあれ私は冬子が新たに研究所に通いはじめたころの日記から、明るい生活感情と仕事への意欲の感じられる部分を抜粋してみたいと思う。

〝工芸研究所に通う生活がふたたびはじまってからもう一ヵ月以上になる。なにか信じられないような気持だ。病院を出てしばらくあの小公園の見える私の部屋の窓から、公園にくる老人や若い主婦たちを毎日毎日飽きもせずに眺めていたころは、今のように、情熱を傾けて、機《はた》に向えるなどとは、とても想像できなかった。たしかに予感のようなものがなかったわけではない。しかし身体もまだ十分恢復していなかったし、そのせいか、やる気持だけあっても、どこか躊躇と危惧がないではなかった。ただ静かに公園のベンチに腰をおろす老婆たち、若い主婦たちを見ていると、それまで感じられなかった一種の親密な交感の感情を味わうことができ、それが本能的に私が少しずつ癒えているのではないかという希望めいた気持を私に抱かせてくれた。

それはまだ早春らしい淡い日ざしが影のように差しこむ日々だったが、小公園には、必ずと言っていいほど、彼らのそうした静かな姿を見いだせたし、時には、通りがかりの学生たちが休んで議論していたり、恋人たちが身体を寄せあっていたり、セールスマンやトラックの運転手が新聞を読んでいたりする姿を見かけた。

窓からは、木立の幹と幹のあいだに、二つのベンチと青々した芝生と咲きはじめたばかりのクロッカスの花の群れが見えた。木立の黒い幹が両方から額ぶちのように、この静かな画面をかこんでいたので、私はよくそのベンチに坐る人物を本当に描かれた風景画の一部のように感じていて、突然、その人物が動いたりすると、ひどく驚いたことを憶えている。町は昼でもひっそりしていて、時おり窓の下をスタートする自動車のほか、音らしい音もなく、北国の早春らしい澄んだ冷たい空気を通して、淡い和やかな午後の光が斜めに流れこんでいた。

朝のうちは霧がかかり、並木のあいだに朝の光が縞になって差しこむことがあった。そういう朝、窓をあけると、冷たい空気のなかに、しっとりと湿ったアネモネや早咲きの水仙の匂いが漂っていて、時には、屋根の破風《はふ》から甘い鳩の鳴き声が聞えた。

公園にくる老人や主婦たちのうちで、私が勝手に顔なじみになったと決めていた人たちが何人かいたが、その一人は、黒い袋を手にもった老婦人で、片方の脚を、リウマチで痛むのであろう、坐りにくそうにのばしながら、ベンチに腰をおろすと、建物のあいだを飛びかすめる鳩の群れが、輪をえがいて、自分のまわりに集まってくるのを満足そうに眺めている。彼女は黒い袋からパン屑を取りだしては鳩に投げ与える。見るまに、彼女の足もとには、押し合い、へし合いして、パンをつつく鳩がむらがり、なかには老婦人の肩へ飛びのるのもいた。彼女はまるで話しかけでもしているように、一つかみずつパン屑を投げ、笑い、喋り、それからまた投げる。パン屑が投げられるたびに、四、五羽の鳩がおどろいて、羽音とともに飛びあがるが、必死になってパン屑をつついている仲間のあいだに、すぐ舞いおりてくる。

私はこの老婦人を眺めていると、不思議と明るい穏やかな気持を感じた。脚が不自由なのに、この人が機嫌のいい、気さくな人であることはその様子からもすぐ知れたのだ。この人の亡くなった良人は、なぜか海軍の軍人か工場の技師だったような気がした。彼女の息子は北の都会で、父親の縁故で入った会社で、やはり技師をして働いているにちがいない。この息子には、おどおどした青い眼の、瘦せた妻と、男の子と女の子が一人ずついて、祭日になると、花を持ってこの祖母の家を訪ねるにちがいない。私はそんな風に空想した。そしてそんな空想にふけっていると、いつか私自身がその老婦人の一生をともに生きているような妙に親しみぶかい、物悲しい、ひっそりした感慨につつまれてゆくのを感じた。

公園にくる若い主婦たちもそれぞれ似たような空想をえがかせたが、彼女たちの場合、私は自然とその良人のことを空想した。そのなかの一人は、黒塗りの背の高いイギリス風の乳母車を押してきて、ベンチに坐ると、足を組み、膝のうえに本をひろげ、自分の周囲にも、乳母車のなかの子供にも眼をやろうとはしなかったが、彼女の良人は高級官僚か銀行の幹部社員に違いないと思った。別の一人は、編物の手を休めることなく動かしながら、たえず砂場で遊んでいる子供と微笑や目くばせを交わしつづけ、声をださず、口の形だけで、遠くから何かを言ってやり、編物の目を数えるときも、顎をひき、微笑の残っている顔をうつむけるのだったが、彼女の良人はおそらくどこかの建築家にちがいない。あるいは彼女自身も小学校で教壇に立ったことがあるのかもしれない。さらにもう一人の若い母親は、いくらか荒れた感じの綺麗な人だったが、手もとの雑誌を開いたり閉じたりして、たえず道を通ってゆく人のほうへ眼をやっていた。彼女の良人は食料品か化粧品のセールスマンにちがいないような気がした。ふとっていて、髪も薄くなりかけた気の弱い男で、二人は日々些細なことで口論することが多いにちがいない。良人は口論のたびにかっとなるのであろう。しかし間違いなく、彼はすぐ口をつぐむような気がする。彼は妻をおこらせたくない。和解したい。彼はこの女が好きなのだ。それなのに彼はいらいらし、つまらないことですぐかっとなるにちがいない。

おそらくこうした空想には何の根拠もないのかもしれない。それは病後の一時期の、若い年齢に特有の感傷癖をまじえた過剰な想像であったかもしれない。しかし私は公園のベンチに坐っているそうした人々からうかがえる人生に、一種のなつかしさを感じていた。ながいこと、こうした生活の匂いを私は忘れていたような気がした。そこには、階段の足音、瓶の触れ合う音、フライパンで野菜をいためる音などで象徴される静かな平凡な人生があるような気がした。たとえあのセールスマンの妻が、ある夜、良人と子供を棄てて、家出をしたとしても、私は、その人生の出来事を許せるような気がした。

それはある夕方のことだったが、私が研究所からの帰り、裏町をぬけてゆくと、あるみすぼらしいホテルから、若い女が小走りに走り出てくるのを見たことがある。女はショールを身体にまきつけ、通りを逃げるように走り、すぐ町角を曲がった。女が見えなくなって間もなく、い工員風の若い男が同じようにしてホテルから飛び出してきた。男の髪は乱れ、眼は血走っていた。彼はホテルから駈けでると、通りの右と左を眺め、一瞬立ちどまったが、すぐ女の走りさった町角へむかって後を追った。私が見たのはただこれだけのことだったが、それは忘れられない映像となって残された。私には、なぜか、生きるとはこういうことなのかもしれないと思えたのだった。こうした人生はあるいは愚かしいのかもしれず、あるいは衝動のままに動かされているのかもしれない。別の見方をすれば、それは平凡で、退屈で、単調な人生の姿なのかもしれない。しかし私には、人々がそうやって生きているというただそれだけの事実に、胸をつかれるような驚きを味わった。私が忘れていたのはこうした事実への驚きだったかもしれないと思ったのだ。

私はふと、こうした単純な生きるという事実を眺める前に、別の理想的な人生なり、人生の意味なりを考えていて、いつかそのほうを現実の人生の姿と思い違えていたのではあるまいか、という気がした。たしかにそうして思いえがかれ高められた人生には、現実の人生のもつみすぼらしさ、凡庸さ、単調さはないかもしれないが、しかしこの単純な人生のもつ重さ、ぬくみ、共感の深さといったものは失われている。ひそかな溜息、足音、ささやき、食器のふれ合う音、そういったものがもたらす生活の温かな感触のなかに、私は今まで忘れていた新鮮な感動が隠されているような気がしたのだった。〟

〝また工芸研究所に通う生活がはじまった。でも、あの秋の終りの頃の気持と、なんという変り方だろうと思う。季節も変った。春が日一日と足早やにこの北国の都会に訪れてくるような感じだ。日脚が一日ごとに物差しで計れるほど目立って長くなってゆく。研究所のアトリエの窓から、中庭の、ようやく粒々《つぶつぶ》と芽をふいたプラタナスの並木が、暮方のモーヴ色の空に枝を拡げているのを見あげる。昔、修道院だったという研究所の建物の一部には、天井がゴシック穹窿《きゆうりゆう》になった暗い広間があり、壁龕《へきがん》のあとの壁の窪み、陰気な柱廊などが残っている。この国の伝統である竪機《たてばた》をつかって、こうした暗い、森閑としたアトリエで若い研究生が古風な布地を織っていると、いつか時間の感覚がなくなってしまって、遠い中世の昔に生きているような気がしてくる。研究生たちのためには伝統的な織り、染色、刺繡などの技術ばかりではなく、室内装飾、図柄のモチーフ、配色、新しい繊維工学まで学科に組んであるが、私が興味をもつのは、このような教科内容にもかかわらず、伝統的な主題や図柄モチーフがまず基本として教えこまれるという点だ。たとえば工芸美術館にいって、素描実習をやる時間があるが、そんなとき私たちは指定の図柄主題（基本的な葡萄葉文とか、アカンサス文とか、その他完全に様式化された文様全般）を丹念に写生することを要求される。その後で、この図柄主題の伝統的なヴァリエーションを捜してゆく。そこに細部の変化に関する一定の規準のようなものを習得する。こうした作業が終ると、まず紙のうえで図柄の主題を新しく変形する仕事にかかる。ついでそれを織りと染めによって造形する。それはちょうど堅固な一定の鋳型があって、そこで鋳出されているうち、おのずとその鋳型通りにつくってゆくようになるのと似ていた。こうした教授方法のなかで私の注意をひいたのは、伝統技術の伝承ということのほかに、この古来の美意識を疑いないものとして自分の出発点に置いている点である。私が一度美術館で「グスターフ侯のタピスリ」の葡萄の葉文様を写生していると、(その時間の課題は、各種の葉文様についての自由コピーであった)ユール先生が私のところに廻ってきて、この図柄は現在の勉強の対象としては適当ではないから、別の主題を選ぶようにと言われた。「いいかね」と白髪のユール先生は、老人らしいやさしい手を私の肩に置いて、ゆっくり説明した。「いいかね。このタピスリは世界でも有名な作品だ。お前が無意識にこれに魅かれたのだったら、それはお前の感覚の確かさを示すもので、お前は大いにほめられてもいいのだ。少くとも織物に関心をもつほどの人なら、このタピスリについて、何らかの記憶をもっているはずだ。だが、お前にとっては、これは別の意味をもっている。お前が傑作の前でその深い精神性や美感に打たれるのはいい。しかし、そのときお前の手は、必ずしもお前の心と一緒になって働きはしない。いいかね。お前は何よりもまず、つくる人だ。お前は、こうした最高の作品を、心のどこかで、たえずつくりたいと念じつづけているに違いない。そうでなければならない。芸術家である以上、自分の限界をこえるものを追い求めなければならない。だが、他方、お前は、そうした作品を、自分のこの素朴な手でつくってゆくことを知らなければならんのだよ。高い頂きを仰ぐのはいいことだ。しかし同時に、そこへ一挙に登ることができぬという事実にも眼を開いておかねばならんのだ。もっとも悪いのは、大傑作の形だけを模倣して、なんとなくその作品の高さにまで達したと思うことだ。いいかね。傑作とは、ただその作家が、精神の内部で、ちょうど秋に果実が重く熟するように、成熟して、その結果、生れるべくして生れたものだ。それに近づくには、ただ彼と同じ道をたどって、長い忍耐の末に、彼と同じ精神の高みにまで成熟するほかない。しかし、そうした成熟の道でさえ、ただ漠然と待っていては、いつまでたっても、たどってゆけるものではない。それは、いわば一つの美意識の成熟の過程なのだ。だから、まず大切なことは、そのごく素朴な形での美意識というものを身につけることなのだ。それは、ごく普通の作品、名もない堅実な職人たちが、伝統の形にのっとって制作した作品のなかに、端的にあらわれている。それは決して技巧だけの作品ではない。また美的に劣った作品でもない。ただ〈グスターフ侯のタピスリ〉のような一個の普遍に達したような強烈な個性は、残念ながら、そうした工人の作品には見いだせない。だが、それだけに、かえって伝統的な型式性が純粋に現われていると言えるのかもしれない。ここには美の基本の形がある。いいかね。お前はまずここで、この美の基本の形を学ばなければいけない。偉大な個性は学ぶことはできない。

それは唯一のものだからだ。しかし基本の様式は学ぶことができる。そしてこの様式を通してのみ、どんな偉大な個性も花咲くことができるのだ。」

こうして私は「グスターフ侯のタピスリ」の前から、唐草文様だけでできた十七世紀のタピスリの前に連れてゆかれた。そこで、私は、この凡庸な図柄のなかに、様式の基本となるものを学ばなければならなかった。

しかしこうした作業を果しながら、私は、創造というものの意味について考えないわけにゆかなかった。研究生たちは伝統的な様式や、図柄主題、技術の習得を要求されているし、表面は、それに従順に服しているように見える。たしかに様式や技術の習得は必要だし、それなくしては芸術も創造もなくなることは確かだ。しかし現在では作品をつくるということは、そのような様式や伝統の流れの外に無理にも立たされることを意味するのではないだろうか。もしそうだとすれば、研究生たちの黙々として働き、習得する徒弟修業は何を意味するのだろうか。彼女たちは北欧のはずれの小都市にいるため、現代芸術の課題を感じないのだろうか。それともここにはなお様式や伝統を支える精神の共通の基盤が意識無意識のうちに生きているのだろうか。

こうした事柄は私には十分に判りかねたけれど、少くとも若い研究生の態度のなかには、謙虚な、自己犠牲に似た、静かな忍従の気品といったものが感じられる。研究生たちは無気力でも消極的でもない。彼女たちは近代の浪漫的な反抗を、別様の考え方で克服しているように見える。私には、工芸研究所が修道院のあとにつくられたことが、この意味から言って、単なる偶然ではないような気がした。

……こんな風にして私は工芸研究所でおそくまで仕事をした。仕事に区切りがつくまで他の研究生たちも自分の機《はた》や仕事台の前を動かない。

〝一週間ほど前の夕方のこと、仕事をおえて、明日のプランや手順などを考えながら、研究所の玄関に出てくると、外には、これからようやく暮れようとする明るみが、まだ菫《すみれ》色にただよっていて、街燈が濡れた木のように白く輝きはじめたところだった。それまで私たちが研究所から仕事をおえて帰る頃はだいたい夜になっていた。だから、なんとなく遅くまで仕事をしたつもりでいて、玄関に出てみると、まだ宵明りが残っているのを見ると、一瞬、時間を取り違えたのではないかという戸惑いに似た気持を感じた。しかし翌日になって、同じ時刻に玄関を出ると、まだ空に夕映えが残り、街燈には、灯が入っていなかった。そして私がB＊＊通りまできたとき、ようやく宵闇となり、街燈がいっせいに冷たい水銀のような光で輝きわたった。しかし次の日、私は同じ時刻に研究所を出たのに、街燈が煌《きら》めきだすのを見たのは、B＊＊通りを通りすぎ、B＊＊広場の「グランド・ブルターニュ」の角を曲がるときだった。こうして日脚は目に見えるようにのびてゆき、花の香りにみちたながい菫色の夕暮れがこの都会の上にいつまでも漂うようになってゆく。今は午後九時まで宵明りが残っている……〟

冬子のノートから、病後の彼女の立ちなおりを感じさせる部分を引用することは容易である。と言うより、そうでない部分を捜すほうが困難だと言うべきかもしれない。ここでエンジニアとしての私の正確癖から、支倉冬子の精神的な状態に関して、二、三の要約を付け加えておきたいように思う。まず病気以前の彼女が、あのように現実に触れたいと望み、自分でも克明に分析して記述することによってそれに近づこうと試みていたのに、結果的には、そこから拒絶され、閉めだされたという事実。第二に、病気以後の冬子は、逆に、自分の周囲に対して、ほとんど無作為と言えるほど自然な気持で向っていたのに、かえって、不思議と親密な感じが蘇ってきたという事実。しかし私はここでこれらの変化について考察を加えることは差しひかえたいと思う。いずれ後に私はこれらを一括して考えなければならぬ時があると思うからである。ただ私は、これからしばらく引用したいと思う第四冊目のノートの後半と第五冊目のノートを読むためには、どうしても彼女のこうした変化を知っておかなければならぬと思うので、いささかそれに注意を喚起しておきたかったのである。このノートに書かれているのは、私が仮りに「ギュルデンクローネの挿話」と呼んでいる部分であって、ギュルデンクローネ姉妹を中心にした幾つかの挿話が語られている。私はこの挿話をそれ自体の美しさのためにも愛しているが、冬子の精神的な遍歴の上から見ても、それは二重の意味で重要である。その一つはギュルデンクローネ姉妹と出会うことによって、彼女の外界への親密さの意味が極めてはっきりと自覚されたからであり、その二は、ギュルデンクローネ家の城館で過した数日が、冬子に、彼女の過去をいろいろな形で喚びおこしたからである。

〝私がエルスと会ったのは、あの手紙を受けとってから一カ月以上たった、つい先日のことだった。もちろん私はエルスの燃えるような眼や、くしゃくしゃに乱した栗色の長い髪のことを忘れていたわけではない。しかし工芸研究所の仕事がはかどり、それまで凍りついていたような肉体から、樹液のような情感の流れが、刻々に、機《はた》の一棹一棹を通して溢れだしてゆくようになると、私は思わずそうした自分の気持をひきしめようと思うものの、一方では、ひそかに心の底に湧きあがってくる歓喜の思いを押しとどめることはできなかった。こうした思いは、私に、ほとんどエルスに会っているのと同じような効果を与えた。言わば一棹ごとに、エルスと出会った甘美な思いを布地のなかに織りこんでいたようなものだったのだ。

そういうわけで、その日、何の予告もなく、エルスが工芸研究所の玄関で私を待っている姿を見たときの驚きはどう表わしていいかわからなかった。

「まあ、エルス、あなただったのね？」

私はそう言って三カ月前、夢のなかの人物のように私の前を横切っていった少女を見つめるほかなかった。あれから僅かの時間がたっただけだったが、エルスは背丈ものび、ずっと大人らしい感じになっていた。燃えるような暗い眼は相変らずぎらぎら光っていたが、栗色の長い髪は前ほどにはくしゃくしゃではなかった。青い汚れたマントのかわりに、革の男の子のようなチョッキを着て、灰色の上衣に、同じ革の細いスラックスをつけていた。そして素足に浅いスエードの靴をはいていた。

「とうとう出てきたの。ギュルデンクローネの邸から、一息にここまで馬で走ってきたの。あなたに会って話したかったの。あの夜のことをおわびしたかったの。私ね、もうあんな依怙地ではありません。だってもう今は自由なんですもの。マリーが父に話してくれましたの。私って、なんでもマリーの世話になるんです。でも私が愛しているのはマリーだけなんです。それに、今は、あなたが好きです。」

エルスはそう言って、あの燃えるような眼で私を見つめた。栗色の髪がもつれて、枯葉のようなものがついていたのは、森を駆けぬけるときに散りかかったものであろうか。病院ではあれほど暗く陰鬱に見えた彼女の顔は、いまは激しい感情の動きをなまなましくあらわし、たえず溢れては消え、溢れては消える眩ゆい情感に揺れているようだった。

私たちは夕空が明るく晴れている初夏の都会へ出た。エルスは馬の手綱を引き、私と並んで歩いた。私は背後に、大きな、なま温かい動物の気配が近づいてくるのが不安だった。

「大丈夫よ。ゴドーは利口な馬なのよ。私の言葉がわかるの。でもフランス語はだめね。私はマリーと一緒にティリシュ夫人に習ったけれど、ゴドーは習わなかったんですもの。仕方がないわね。」

エルスはそう言って、おだやかな黒い眼をしたゴドーの鼻づらを叩いてやった。

私たちが歩いてゆくと、都会の人たちは驚いたように振りかえった。なかには立ちどまって、私たちが通りすぎるまで、後を見送る老婆などもいた。

「もうマリーが図書館を出る時間ね。行って驚かしてやりましょうよ。」

エルスはそんな思いつきが浮かぶだけでも、眼をきらきら輝かした。私はエルスにどんなにすすめられてもゴドーの背にのることができなかった。結局エルスはゴドーにのってゆき、私はタクシーをつかまえることにした。私が車にのりこむとき、早駆けで町角を曲るエルスの灰色の上衣を私は認めた。

図書館は大公園の裏手のひっそりした城砦風の建物のなかにあった。重い鉄扉をあけるとゴドーは中庭の噴水のそばに立っていて、首を上下にふっていた。私がゴドーに近づいてゆくと、ちょうどエルスがマリーと腕を組合せながら、暗いアーケードになった玄関口から出てくるのにぶつかった。私たちは前から知り合っているような気持で挨拶した。

「それにしても、エルス、あなたってタクシーよりも早いのね。」

私は思わずゴドーのほうを見ながら言った。

「エルスったら、ディーゼル・カーと競争したりするのよ。」マリーがそばから口をはさんだ。

「平地だと同じくらいだけれど、上り坂になると、ゴドーのほうが勝つんですって。」

マリーもゴドーの頸を叩いた。私たちは都会の東部に残っている城壁にのぼってみることにした。そこは都会にそって流れる水量の豊かな河に臨み、暗い屋根の並び、曲った街角、市役所の円屋根、幾つかの教会の黒ずんだ塔が見えていた。それらはいずれも初夏の水のように澄んだ空に暗い水彩画のようなシルエットをえがきだしていた。河向うに新しい住宅と並木が見え、さらに遠くに古い墓地と教会堂が木立に囲まれていて、その辺りには、暮れかけた光が青く濃くただよっていた。

「この辺は」とマリーは城壁に近い街の一劃を指して言った。「この辺は城壁下と呼ばれて、この都会でも貧しい人たちが住んでいる地区で、建物も古いものが多く、中世紀の終りのものもあるのよ。」

私はいつか通ったあの古物商や、不意に黒ずんだ影を感じた陰鬱な建物のことを思いだした。それはまだ半年しかたっていない出来事だったのに、何年も前の遠いことのように感じられた。

私はそれを姉妹に話した。

「とてもこの同じ場所であったこととは思えないのよ。今だって古物商もその陰鬱な民家もあるのでしょうけれど、まるで夢のなかの町のようにそうした家の姿は引きちぎれたり、歪んだりしているのよ。憶いだすだけでもおそろしいわ。どうしても本当にあったこととは思えないわ。もしあのとき、エルスやマリー、あなたがたがいてくれたら、どんなによかったかと思うわ。あのおそろしい黒い影におびやかされたり、自分のまわりが空白に欠け落ちてゆくような気持になったりなどしなかったと思うわ。」

エルスは私の横からじっと覗きこむように眺めていたが、私が口をつぐんで息をつくと、彼女も同じように軽く肩で息をした。

「私も、いま同じことを思っていたの。私が冬子にもっと早く会えて、ひとりで見たこと、考えたこと、感じたことを話せたなら、あんなふうに苦しんだり悩んだりすることはなかったんですものね。でも、お姉さま、こんなふうに言ってはいけないかしら。私が冬子と会ったとき、私が捜していたのはこの人だと思ったなんて――。でもそうなの。冬子を見たとき、私って、急に、自分のなかの、あの干からびた海綿みたいなものが水をふくんで目ざめ、生きかえり、ふくらんでゆくのを、はっきり感じたんですもの。あれから毎日、あなたに会える日をどんなに待っていたか知れないわ。私って、ながいこと、姉と二人でギュルデンクローネの城館で育ったので、都会のことも、他の女の子のことも、外国のことも、何もかも知らないで過したのよ。私の知っているのはマーゲンスやビルギット——病院のビルギットとは別の——と、いつもビルギットのあとからついてゆく可哀そうなホムンクルスだけだったのよ。父はいつも書斎に入ったきり。そして私たちの母はずっと昔になくなってしまったの。家庭教師の気の弱いティリシュ夫人が来ていたけれど、お姉さまが入学にゆきたいと言って、都会の学校へ移ったので、私もギュルデンクローネの城館を出たの。ティリシュ夫人が、マリーは大丈夫だけれど、エルス、あなたは駄目よ、と言った言葉どおり、私はどの寄宿学校も我慢ができなかったの。三度も寄宿学校を退学して、この前、とうとう四度目に聖アンヌ修道院付属の寄宿学校をやめてしまったわけね。病院の隣りにあったあの学校よ。でも考えてみると、いつも私の我儘から事件が起ってくるのね。だから私、いつも、そうした事件をひきおこしたあとは、かならずギュルデンクローネの城館の塔にこもって、私たちの祖先が戦いに敗けたり、宮廷の陰謀に破れたりしたときと同じように、自分を冷たく、厳しく反省したものよ。私たちの祖先は多くの場合、その塔のなかで生命を絶ったと伝えられているの。自害した人もいるし、断食して餓死した人もいるし、塔から身を投げた人もいたそうよ。でも私は最後にそこから出てくるだけの勇気を見つけることができたの。祖先のなかにも、そうした死の誘惑に打ちかって、そこから出てきた人は、もちろん何人かいたのよ。ギュルデンクローネ家の人たちは、そこで死ぬにせよ、生きて出てくるにせよ、それはただその人の決意と責任にまかせるのね。それが私たちの家の掟なの。ねえマリー。あの若いニールスの伝説を話してあげて。あの話をきくのが私とても好きなのよ。」

妹にせがまれると、マリーは少し赤くなったが、すぐ次のような物語をはじめた。

「それは今から五百年も前のこと、シュレスウィヒで叛乱がおこった頃、ニールス・ギュルデンクローネという若い当主が私たちの家にいたんですって。このニールスに叛乱鎮定の軍隊の指揮が命ぜられたのね。若いニールスは私たち一族の軍人たちと同じように誇りの高い勇敢な指揮官だったそうよ。ところがシュレスウィヒの叛乱軍はハンザ同盟都市やホルシュタインの貴族たちと連絡をもっていて、意外に手強く反抗をつづけたのね。それは有名な伯爵戦争の前ぶれだったの。叛乱軍は新教徒たちの集まりだったし、その戦いには彼らの利害も賭けられていたのね。それでとうとう若いニールスの率いる軍隊は敗れ、北方に退却を余儀なくされ、ニールスも傷を受けてようやくの思いでギュルデンクローネの城に帰ってきたのね。それからニールスのながい幽閉生活がはじまるわけなの。はじめは誰しもが若いニールスが敗戦の屈辱に耐えきれずに死を選ぶだろうと思っていたの。でもニールスは何年も塔のなかで生きつづけ、最後に塔から姿を現わしたけれど、もうそれは若いニールスではなく、蓬髪《ほうはつ》と髭におおわれた陰気な老人のような男だったのよ。ニールスはその後狩猟だけを唯一の生き甲斐として生きていたのね。城と森から一歩も外へ出ようとはしなかったのよ。もちろん生涯独身で、気難しく、陰気な生活をつづけたのね。こうして何十年かたって、もうシュレスウィヒの叛乱のことなど、打ちつづく多くの戦争のなかで誰の記憶からも忘れられてしまったころ、ある朝、この陰気なニールス・ギュルデンクローネの死骸が塔の真下で見つかったのよ。口に短剣をくわえて、塔から身を投げたのね。短剣は喉の奥から頸を貫いていたと伝えられているわ。ところがギュルデンクローネ家の人々はその死には何の感情の動きも見せなかったというの。人々は草を血で赤く染めてうつ伏せになった死体のまわりに集まって、ながいことその死体を見つめていたの。やがて一族の長老が——それはニールスの父か、長兄だったのでしょう——その死体をかかえ、棺に移そうと、身体を抱きおこしたとき、人々はいっせいに驚きの声を我知らず洩らしたのよ。というのは、その死んだ陰気な老人が、かつて何十年か前、この塔にのぼっていったときと同じあの若いニールスの姿に変っていたからなの。その若いニールスの顔には微笑が刻まれていたというのよ。」

私たちはいつか城壁の遊歩道を歩きつくしていた。空は菫色に光を失っていて、あたりに暮色が漂いはじめていた。

「これがギュルデンクローネ家の人たちの掟であり、誇りなのね。しかも若いニールスの死は、私たち一族にとっては、勝利だったと考えられるのよ。おそらくこの自尊心の強い騎士は自分の敗北を死によって認めることを拒んだのだと思うの。若いニールスは決して死を怖れたのではないと思うの。自分が死ねば、その敗戦を自らの生涯の失敗と認めることだ位は、この聡明な騎士には、よくわかっていたのよ。だから彼は死を否認したのよ。自殺を拒んだのよ。でも、もし彼が死を拒むとすれば、どんな無言の誹謗《ひぼう》が加えられるかは、騎士として知らないはずはなかったのね。塔から出てきたとき、ニールスが老人のようになっていたという事実は、どんなにそのことで彼が苦しんだかを示しているわ。ニールスは苦しんだのよ。その苦悩に較べたら、死ぬことのほうがどんなに容易に見えたことでしょう。でもニールスは生きることを選んだ。ニールスは自分の敗北を失敗とは認めなかったのね。彼はそうした苦痛を代償にして、自分の生を敗れたみじめなものにしなかったのね。ニールスの生涯の意味はただシュレスウィヒの叛乱という一点だけに懸っていたと思うの。ニールスはその敗北を認めながら、その敗北を生きることで、それを失敗ではないものに変えてしまったのよ。ながい、辛い、孤独な生涯だったかもしれないけれど、ニールスにとってはただその敗北をこえて生きることだけが、それを失敗から救いだし、失敗ではない何ものかへ変える道だったのよ。彼はそれに耐え、そして最後には、そうして生きぬくことによって、その敗北の生涯を勝利にさえ変えることができたのだと思うの。ニールスの最後はその勝利の仕上げだったわけね。だからニールスは浄められ、自分の生涯に微笑を浮かべることができたのではないかしら。」

私が姉妹と別れたのは、時間にして十時近かったであろうか。まだ夕暮れたばかりと思っていたのに、初夏の夜は早くすぎてしまっていた。私たちは噴水のある広場で別れ、エルスはその夜は姉のマリーの家に、私は私で、小公園のそばの自分の部屋に帰っていった。しかし私は熱に浮かされたような昂奮から醒めることができなかった。エルスがマリーになぜギュルデンクローネ家の若い騎士の話をさせたのか、それはわからなかった。しかし部屋でひとりになると不思議と私の心はその若いニールスの生涯に対して鋭く痛みを感じるのであった——いったい敗北というのは何なのだろうか。失敗といい、恥辱というのは何なのだろうか。若いニールスにとってシュレスウィヒの叛乱は、生涯のすべてを賭けた一回きりの機会であったにちがいない。そしてその敗北を失敗と認めず、最後まで生きつづけるということ、それは決してシュレスウィヒの叛乱を一地方の小さな事件とか、他の勝利で償いうる出来事とか見なすことではなかった。ニールスはそれを正直に一回きりの事柄として受けとめ、そのうえで、それを担ったのだ。男らしくそれを担いつづけたのだ。ただ頭で失敗を否定し、それに眼をつぶったのではない。彼は、それを真正面から見据え、そのうえでそれを失敗と見ることを拒んだのだ。その確証はニールスが生きつづけ、それに耐えることだけだった。だがこの話を考えているうち、ふと私は兄のことを憶いだした。もちろん、町から離れた島の別荘に現在も住んで、世間と余りつき合いもせず、園芸に打ちこんでいるあの無口な兄と、この不運な貴公子の生涯とのあいだに類似するものは皆無だった。にもかかわらず、そこには説明しえない形で結ばれているものがあるような気がした。

説明しえないといえば、私がつい今しがた知り合ったギュルデンクローネ姉妹と旧知のような感情を覚えることのほうがなお不思議だった。エルスの謎のような生き方。無造作な、衝動的な感情の流れ。突然あふれだす明るい歓びの表情。そうしたものがすべて私の胸をときめかす。エルスに会った日の夜は、魂の底までゆすぶられて、くたくたになっている自分を感じる。その癖、そうした疲労のなかには言い知れぬ甘美な歓喜の感情が含まれている。快い遠泳のあとの、あの甘やかな、心のとけてゆく疲れ。ちょうどそんなふうの疲れの波にゆすぶられる。エルス、あなたって、いったいどういう人なのか?〟

〝エルスがギュルデンクローネの領地へ帰ったのでこのごろはずっとマリーと会う日が多い。あの姉妹と会う約束のある日は、しかしまたなんと他の日々と違って感じられるのだろう。まるでその日が、カレンダーのうえで、別の、青とか、菫色とかで刷りこんだ特種な一日であるようにさえ感じられる。私たちは大公園の池のまわりを歩くこともあり、城壁の向うの、木立に囲まれた古い墓地や教会堂を訪ねることもあり、時にはマリーの勤める図書館にいってみることがある。しかしマリーのいちばん興味をひかれているのは、都会の場末町だ。あの古物商や、ヴァイオリン弾きや、彫刻のある階段つきの民家に出会った界隈なのだ。細い、曲った、暗い街。古い、ひっそりした、ガラスだけ磨いてある、破風屋根のつづき。そうした町を歩くとき、マリーのあの青い眼は、不思議と静かに光りはじめ、露地の奥でも、中庭の植込みの裏でも、入りこんでゆこうとする。肥った、頰に赤い発疹のある中年女がよろよろと戸口から出てきたりすると（そのとき私はマリーのほうをちらりと見てわかったのだ）彼女の食いいるような、鋭くなった眼ざしの奥に、静かな、水のような悲しみがみたされているのだ。果物の腐った臭いが漂っていたり、道端に洗いのこされた汚物がはみだしていたりすると、マリーはことさらそうした界隈の天井の低い、太梁のむきだした酒場に入って、汚れた壁紙や、古い瓶の列や、ガラス戸越しの歪んだ家などを、静かに眺めてゆく。そして最後に、ささやくようにこう言うのだった。

「冬子、これが都会なのよ。溝と腐った果物とアル中の女と病いと貧困、それに夕暮れとともに青白い街燈の下に漂いはじめる女たち。これが都会なのよ。リウマチでふくらみ赤くなった老婆の足に、かつて青春のしなやかな血が流れていたなんて考えることが罪悪みたいに感じられる。それが都会ね。」

だがこう言うマリーを見ていると、あの子供じみた、微笑のゆれるような青い眼をして、眩しそうに顔をゆがめる女性はどこにいったのかと思う。しかしマリーにとって都会の頽廃はなにかもっと真剣な要求から見つめられているような気がする。〟

〝昨日のことだったが、私たちが場末町を歩いているとき、不意に、マリーがこう早口に言った。「私ってね、この都会の人を愛しているの。だからこの都会を憎むのよ。」

それが余り突然だったので、しばらく私は意味をつかむことができなかった。で、何気なく問いかえすと、マリーは唇をゆがめ、顔をそむけた。私に意味がわかったのはそのときだったけれど、それはもう手遅れだった。その後、マリーはずっと黙りこくり、陰気な風だった。〟

〝今日、私はマリーがあのような取り乱し方をしたのをはじめて見た。たしかに私は前からマリーの静かな外見の下にかくされた、エルスに似た激しい感情の動きに気がつかないではなかった。しかし今日のマリーを見て、はじめて私は本当のあの人がわかったような気がする。

それは場末町を通りぬけて、いつものように都門の広場までできたときのことだった。そこから、川向うの古い墓地まで一すじの道が走っている。私たちはそこから川にそって散歩をつづけるつもりだった。そのとき、都門のわきを数人の葬列が進んでいった。どこか場末町の教会から、物悲しい鐘の音が初夏の曇り空の下に響いていたのに前から気づいていたが、それは、この短かい葬列を送る挽鐘だったわけだ。私は思わず立ちどまって、その葬儀屋の黒い馬車の方へ頭をさげた。馬車の後に、三人の喪服の老人が眼を赤くして歩いていた。あと何人か平服の、町内の人らしい人物が、その後につづいていた。しかし葬列はそれですべてだった。そこには何一つ取りたてて言うべきこともなかった。平凡で、ありきたりで、事務的で、妙に乾いた感じだった。眼の赤い、よろめくように歩く三人の老人がいなかったなら、それは葬列と言うより、どこかの集会の帰りの一団の人々という感じだった。しかしその一団の人々も、その都門のところで霊柩馬車を見送って、あとはその老人たちだけがついていった。人々はそこから引きかえし、急に荷をおろしたような表情で、三々五々、話しながら街角に消えていった。

そのとき私はマリーの手が肩にふれるのを感じて、振りむくと、彼女の顔は蒼ざめ、いまにも倒れそうにして立っていた。彼女は私の言葉にただ「大丈夫だから心配しないで。」と答えるだけで、苦しそうに顔をゆがめたまま、無言で、手で私の腕をつかんでいた。それはちょうどマリーの体内を何か激しい痙攣《けいれん》か苦痛かが襲っていて、それを辛うじて耐えているというような様子に見えた。しかし私には、肉体的な苦痛ではなく、むしろある精神的な苦悩がマリーの心に焼鏝《やきごて》を当てているにちがいないことは、すぐに理解できたのだ。

その激しい昂奮がおさまったあと、しばらくマリーは無言のまま川にそって歩いた。陰鬱な城壁が、夕空を白く反射している流れに、黒いかげをうつしていた。やがて私たちは流れを前にしたベンチに坐った。

「冬子、私ね、さっきとても恐しかったの。あの葬式の人々を見たとき、とても恐しかったの。」マリーはしばらくしてようやく落ちつきを取戻すと言った。「私には、あんな形で人が死ぬなんて、どうしても耐えられなかったのよ。あの三人の老人たちの悲しみに打ちひしがれた様子を見て？　重い鎖でも足につけられているみたいに、あの人たちはよろめいて歩いていったわね。それなのに、それに従っていた葬儀の人たちは、無関心な、どうでもいい、ずいぶん平気な様子で、ぞろぞろと歩いていたわね。私が急に恐しくなったのは、あの町内の人たちの様子を見たときなのよ。なぜって、あの事務的な、何も感じない、灰色の顔が、人が死ぬという出来事によっても動かすことのできない化物のようなものに見えてきたからなの。私ってね、都会に来て、何がいちばん好きかっていうと、夜になって、街や家々に灯がともるのを見ることなの。ギュルデンクローネの領地では、森と沼と闇しかなく、聞えるのは風の音と木々のざわめきだけなのに、都会の夜は違うのね。店のショウウィンドウにきらきら光るあかりを見ても、街燈の下を歩いてゆく人の流れを見ても、人がそこで生き、生活し、溜息をつき、あれこれ胸算用し、明日のことを目論んでいることがよくわかるのね。窓のあかりの一つ一つにその数だけの人生があると思うのは、都会の夜でいちばん心を打たれることなのよ。そんなとき、私は本当にギュルデンクローネを出てきてよかったと思えたの。たとえそうした一つ一つの人生が必ずしも幸福ではなく、時には貧困、病気、不幸にさいなまれているとしても、でも人が生きているって、何かすばらしいことのように思えたのよ。でも少しずつ私はそうした考えを変えなければならないような事柄にぶつかるようになったの。都会ってものがどんなものか少しずつ解るようになったのね。窓のあかりの一つ一つに、たしかにそれだけの数の人生があるとしても、本当に自分が生きているって感じている人が何人もいるものではないとわかるまでには、大して暇もかからなかったわ。そうなのね。私って、そのころはまだほんの子供で、ただ夢をみているだけだったのね。ギュルデンクローネの領地では、沼に糸を垂れている老人でも、小鳥の囀《さえず》りをよろこぶ耳はもっているし、野の花を愛でる心は失っていないわ。一日じゅう誰とも口をきかない農夫でも、夕焼けが森の空に拡がるとき、手を組みあわせて一日の労働を感謝するだけの心の余裕はあるわ。それなのに、この都会では、人々は自分が生きているということを感じないどころか、それを忘れようと必死になっているみたいね。仕事が終り、オフィスから、工場から、売場から吐きだされた人々の大群は、酒場に突進するか、夕刊新聞に読みふけるか、ろくろく話もしないで蹴球《サッカー》の中継放送に夢中になっている。そして時間があると計算書を出したり、家計簿を出したり、帳簿をひろげたりして、足したり、引いたり、掛けたり、割ったりしつづける。まるで一日じゅう計算をしつづけたために、夜になっても計算をやめることのできない金銭登録器のようね。人が病気になると、それは医療費いくらの問題ね。子供が生れると、養育費と教育費と遺産の問題に変るのね。花を見ても、絵を見ても、この金銭登録器はたえず数字を打ちつづけ、加えたり、引いたりしているのね。こうして隣りの人がどんな人だかも知らず、その一日がどのような光と風で飾られた一日であるかも感じないで、数字を打ちつづけ、あくせくと階段をのぼったり降りたりして、時間さえあれば、自慢話と法螺《ほら》話にうつつをぬかし、自分から逃げだし、生活を忘れようと努めるのね。そうなのよ。それが都会の生活なの。それがあの無表情な灰色の顔をした人々なのよ。そして最後に人が死ぬと、あの灰色の顔は、まるで並んでいる杙《くい》が一本倒れでもしたように、それを眺め、手を貸し、わきのほうに運んでゆく。その人には番号さえふられてない。死んだ人は零以下のものなのね。灰色の顔をした人々は、まるで号令でも掛けられているように、一様に黒服を着て、同じ動作で動き、同じ言葉で喋り、列をつくって歩いてゆく。重い悲しみの鎖に曳きずられてゆく三人の老人とは無関係に、彼らは行進し、到着し、眼を左右に動かし、それから解散する。何もなければ、何の感動もないのね。それがただ一回のその人物の死に対する態度なのね。でも、それは余りむごいことだわ。余りに情知らずだわ。とても人間のすることじゃないわ。都会が人間の心を石みたいに冷たく固くしたのなら、私は今こそ都会を憎んでやるわ。あの人たちを絶対に許すことはできないわ。ねえ冬子。こんな生き方って、とても人間の望む生き方ではないのに、どうしてそうやって生きてゆけるのかしら。どうして隣りの人の歓びや悲しみに無関心になって金銭登録器を打ちつづけることができるのかしら。いったいそうやって毎日毎日暮していった揚句《あげく》のはてに、どのようないいことが待っていると思っているのかしら。いつかその人の上にも死が訪れてきて、もうお前の生命の砂時計はあと僅かで流れつきてしまうのだと宣告されたとき、そのときですら、その人は帳簿の前で足したり引いたりしているのかしら。そんなにまで心は石のように固くなれるものなのかしら。その人は、子供のとき歩いた道の白さや、草いきれや、水たまりにうつる雲を、もう思いだすことはないのかしら。ただ動物のように、何も感ぜず、何も考えずに死んでゆくのかしら。冬子。人間って、そんなに無情になれるものなの？　お互いに生きて、眼と眼を見かわしているこの瞬間にも、そんなに無関心でいられるなんて考えられることなの？　ねえ、冬子、言ってちょうだい。そんなことが人間に許されているの？　人間が人間のことを考えられなくなるなんて、そんなことが私たちに許されているの？」

私たちは黙ってまた歩きはじめた。私の眼にはよろめくように歩いてゆく三人の老人の後ろ姿が見えるような気がした。あるいはマリーの言うように、そうした押しひしがれた姿こそ本当に生と呼ぶにふさわしいものであるのかもしれなかった。それはいつかマリーが話したあの若いニールスの伝説ともどこか共通するところがあるような気がした。

私たちはいつか鉄橋の近くを歩いていた。鉄橋の向うに、まだ白く暮れのこっている空を背景にして、波形屋根の鉄道車庫が見えていた。工場地帯がすべてＶ＊＊港に集められているこの都会の近郊で、夜、青白い酸素熔接の火花を見ることのできるのは、この鉄道車庫だけだった。私たちは機関車が何台か停っているのを鉄柵ごしに眺めながら、しばらくそれに沿って歩いた。信号機の青や赤の光、照明燈のなかへ黒々と並んでいる空《から》の列車、信号燈をゆらして歩いてゆく鉄道員を私たちは眺めた。それから車庫裏の暗いカフェで休んだ。店内は古めかしい飾りつけの、鉄道員相手らしい質素な店で、椅子なども重く、頑丈にできていた。カウンターのそばのテーブルに労働者が二人トランプをしているほか、店には客らしい姿はなかった。痩せた、気の弱そうな、灰色の眼の女主人がカウンターの向うから、二人のトランプを眺めていた。

この二人は外見よりは、あるいはずっと若いのかもしれなかった。一人はコール天の上着をきて、不機嫌そうに黙りこくり、もう一人は革の帽子を後ろにずらせてかぶり、同じ革のジャンパーを着ていた。この労働者は小肥りで、陽気な赤ら顔をしていた。しかし彼の方も微笑をうかべながらも、黙ったまま、カードを捨ててゆく。男たちはゲームが終ると、小さな紙片に数字らしいものを書きこみ、またトランプを切っては勝負をはじめる。二人は時おり煙草に火をつける。その煙がしみるのか、眼を細めたまま、カードをテーブルのうえに捨ててゆく。

私は、マリーがさっきから、頼んだコーヒーもそのままに、じっとこの二人を眺めているのに気がついた。もちろん彼らに何か変ったところがあるというのではなかった。それどころか、これ以上に平凡な男たちもなかったかもしれない。しかしカフェの隅に坐って、一仕事を終えたあと、黙々とトランプに興じているこの男たちには、言い知れぬ充実した重い感じがあった。革のジャンパー、苦い煙草、飲みかけのアブサン、健康な肉体、太い腕と指、仲間と仕事、それだけが動かしようのない重さでそこに置かれていた。

　私はその夜、樟のざわめく祖父の家の夢を見たが、その夢のなかで、あの二人の労働者が、中《なか》の土蔵の前でトランプをしているのだった。夢のなかでは私はまだ子供で、この二人を、汗臭いと言って時やに駄々をこねていたが、眼を覚ましたとき、私は、自分がこの汗の匂いに好意すら感じているのに、なぜ夢のなかでは彼らを嫌いつづけたのだろうかと考えた。ひょっとしたら、子供の私は、彼らを嫌ったのかもしれないと思った。いつか憶いだした記憶のように、以前の私のなかには、そうした冷淡さ、無関心さがあったのかもしれない。しかしそれが果してそうだったかどうかとなると、私の記憶はあやふやで、何一つはっきり憶いおこせるものはなかった。憶いおこせないのは、そうした自分の過去だけではなく、夢に見た労働者の顔も、どうしても憶いだすことができなかった。ただ憶えているのは、樟の大樹のざわめく音だけで、それは妙にはっきりと眼ざめたあとも耳のなかに残っていた。〃

　文倉冬子のノートからこのように任意にギュルデンクローネ姉妹の記録をぬきだしてゆくこ

とを許していただきたいと思う。もちろん私は私なりに、ノートの記録のなかから、なんらかの必要さ、重要さを感じられるものだけに限定し、そうしたものを優先して選んでゆきたいと心掛けているのである。そうでなければ、冬子のノートや手紙類を遺文集の形でそのまま発表したほうがいいくらいに思っている。しかしそれでは、専門家ならいざ知らず、私たち一般にとっては、いささか荷のかちすぎる読書になるだろうと思う。その意味で私は単なるエンジニアの身をかえりみず、彼女の晩年を知っていたというただそれだけの理由（それに責任感と）で、あえて記録の整理、編集を行ない、いくらかでも冬子の生活が浮かびあがるように、私なりの解釈なり、説明なりを加えてきたのである。しかし冬子がマリーやエルスに対して感じていた友情なり、讃嘆の思いなりは、いってみれば、この時期の日記の日々の記述のなかに書きこまれていたのであり、直接それに触れられていないにしても、その調子、抑揚、言葉づかいのなかに、はっきり感じることができるのである。私は前後を通して、この金色の金具のついたヴァミリオンの美しい装釘のノートにおけるほど、冬子の書いたものを取捨するのに困惑を覚えたことはない。この分厚いノートに書きこまれた文章は、たしかにマリーとエルスに関する愛と友情の記録と言っていいかもしれない。それだけに私は十分に慎重な配慮と検討を加えたのである。しかしここで、前に述べた理由で、あえて私なりの選択が行なわれたことを断っておかねばなるまいと思う。

そんなわけで、私は第四冊目のノートの最後のエピソードとして、冬子が、マリー・ギュルデンクローネを市立図書館に訪ねた日の日記を次に示したいと思う。というのは、いずれ後に掲げるギュルデンクローネの城館における幾つかの挿話、あるいはマリーの挿話のためにも、今ここで私たちがそれを知っておいたほうがいいように思えるからである。

〝私がその朝マリーに会いにゆこうと思ったのは、まったく偶然の出来事にぶつかったからだった。その前から、ギュルデンクローネの領地に帰っているエルスから、研究所が終り次第、早く都会を離れるように手紙を貰っていた。マリーの休暇と合せて、同じ車で私たちはギュルデンクローネの館へ出かけることにしていた。その打ちあわせのためにもマリーとは近く会わなければならなかった。しかしその朝はマリーに会うというより、むしろ図書館を訪ねるのが目的だったのだ。

私は前から、噴水のある広場のゴシック式のアーケードの下の書店で、何枚かの複製の細密画の絵はがきが並べてあるのに気がついていた。しかし広場を通るのが、工芸研究所へ出かける途中だったり、帰りはエルスが一緒だったりして、どういうわけか、その絵はがきをゆっくり見る時間がなかったのだ。つい三日前の朝、私はその単純素朴な線と彩色をもつ挿画風の絵を通りすがりに眺めると、それは単なるクリスマス用の聖画などではなく、息ぐるしいまでに豊醇な美しさをたたえた絵で、私の心を激しくとらえてはなさないのに気がついた。たとえばその一枚には七人の天使が白い長い喇叭《ラッパ》をもち、その七人の表情はにこやかで、子供っぽく、単純な明るさを示していた。ただその顔にくらべて、青やこげ茶や赤や緑の長衣をまとった身体の均衡が長く誇張され、その列の先端の天使が身を傾けるようにして吹く白い笛は、長く高らかにのびて、いかにも天地に響く透明な音色を思わせた。しかし背景には天から降りそそぐ火と硫黄の雨で、深紅の垂幕をひきめぐらしたように見え、何本かの木立と、芝生のような草地には、まるで春さきに咲きはじめるクロッカスの群生のような焔が、ちりばめられているのだった。天使の翼は公園の鳩の羽に似た淡い紫で、火を降らす天へ拡げられていた。また他の図柄では、中世風の鎧を着た男たちが獅子に乗り、幅広い剣で無数の人々を殺傷していた。しかしその囲りに立つ長老たちはにこやかであり、血まみれた地獄図であるにもかかわらず、単純素朴な、子供っぽい明るさがただよっていた。

私が飾り窓の前をはなれて、その複製の原図がどこにあるかを店員にきくと、それが前にマリー・ギュルデンクローネの話していた市立図書館所蔵の＊＊黙示録写本であることがわかったのだった。

私は工芸研究所から図書館に電話してマリーをよびだし、果してすぐこの写本を見ることができるかどうかを訊ねた。マリーは一応館長の許可を求めることになるけれども、もちろんそれは形式的なことだから、すぐ許可になると思う。ただ館長は変った人だから、あなたに何か話したりするかもしれないわ、と言って、おかしそうに笑った。私はその午後、市立図書館を訪ねることにして電話を切った。

図書館に着いたのは午後二時をすこし過ぎていた。大公園の裏にある、木立に囲まれた、鉄の重い扉のある建物は、この前と同じようにひっそりとしていた。かつてグスターフ侯の城砦の一部だったと伝えられるその建物の内部は陰気で、まるで大きな墓窖《ぼこう》のような感じだった。マリーは古写本用の閲覧室で私を待っていた。灰色の地味な洋服を着て、いつもの物静かな、やさしい、親しみのこもった青い眼でほほえみ、私の手を握り、あなたがいつか＊＊黙示録写本をかならず見にいらっしゃると思っていたわ、と言った。「でもずいぶん切迫した感じでいらしたのね？」そう言ってまた笑った。マリーの周囲には、どこか緑の木立の雰囲気があり、彼女とむかっていると、不思議と心が落ちついてくるのだった。マリーは館長を呼びにすぐ出ていった。

閲覧室には重厚な木の書棚が並び、革装釘の歴史書や辞典類がひしめいていた。革張りの椅子、時間のとまったようなひっそりした気配、白いおだやかな窓からのあかり――こうしたものは妙になつかしい親しい気分をよびおこした。しかし私がそのことを考える間もなく、ドアをノックして、小柄な、柔和な老人が現われ、滑るような歩き方で私に近づくと、手を握った。

マリー・ギュルデンクローネがその後に立っていた。老人は、私が喋ろうとすると、その口へ指を一本当てるようにして何も話すな、という身振りをした。それから灰色の、水のように澄んだ、とび出た眼を動かしながら、私の手をもう一度握った。

「フランス、語、を、話される、そうだね？　あ？　うーむ？」老人の身体には、葉巻の濃い匂いがしみていた。老人は言葉を一綴りずつ区切るようにして話す癖があり、そのうえ、その言葉のあいだに、疑問詞とも感嘆詞ともつかない言葉を挿入するのだった。それは言葉を頭のなかで捜しあぐね、口をひらき、空しく努力しているときにも、喉の奥で鳴っている唸りだった。言葉がどうしても見つからないとき、灰色の眼を一段とぎょろつかせながら、両肘を高くあげ、頭をかかえこんで、いかにも匙を投げたという恰好をするのだった。

「左様、アポカリプスでしたな、この、有名な古写本ですな、あーむ、うーむ。よろしい、あなたのことは、マリーにききました。あなたが、この都会で、勉強、なさって、いるのは、あーむ、大へんいい、ことですな。織物の勉強を、されている、といわれましたかな。あの織物、ですな、あの、グスターフ侯のタピスリ、ですな。この二つのものは、つまり、この古写本と、タピスリとは、ですな、同じ精神の子で、うーむ、同じ精神が生んだものですな、あーむ。うーむ。左様、同じ精神、つまりその、アノニムの、ですな、あーむ、アノニムの精神の、ですな。深い謙虚な精神の、ですな。」

私はこの館長に連れられて、広い館長室にいった。マリーとはそこで別れた。彼女は館長の肩ごしに、私にうなずいた。それは、館長さんて、変ってるでしょう、という意味にも、また写本が見られてよかったわね、という意味にもとれる微笑を含んだ目配せだった。館長室も同じような陰気な静けさにみたされていたが、天井からは、古い枝付燭台を型どった電燈がさがり、壁にそった豪華な彫刻のある本棚に厚い辞典類が並んでいた。大机と椅子のほかに、幾つかの小さなコーナーがつくられていて、かたい椅子にまじって、深い肘掛椅子やソファがあり、小卓には明るい赤や緑の格子のテーブル・クロスがかかり、どの小卓にも花が置いてあった。地球儀や立机や移動用本台や書類綴りが事務机のまわりに集まっていたが、その机の上には、葉巻の箱と銀製のアトラスを形どったインク壺のほかには、何も置かれていなかった。老館長は椅子の一つを示して、そこで待つようにといって、部屋を出ていった。待つあいだ私は高い窓を見たり、壺を重そうに背中で支えている銀製の神話人像の窮屈そうな姿を見たり、赤い革表紙の百科辞典らしい厖大な叢書のうえに眼をさまよわせたりした。しかし老館長は出ていったまま、どこへ行ったのか、ながいこと何の物音も聞えなかった。そのとき私の心をみたしていたのは、単なる待遠しさや焦躁や不安といったものだけではなく、自分でも説明のできないある種の妙に寂しい、沈んだ色合の気分だった。もちろんそれがどこから生れてくるのか、わからなかった。ただ私は漠然と、この大きな灰暗色の石室か墓窖に似た旧城館の建物や、固い切石の床にひびく誰かの遠い足音や、冷たくひっそりとよどんでいる空気などと、その気分が無関係ではないということがわかるだけだった。いつか、ずっと昔、まだ樟の木陰の家にいたころ、私はこんな風にして、一人で、広い部屋のなかに坐らされていたことがあったのかもしれず、あるいは学校での居残りとか、どこか見知らぬ家の客間でのこととか、今でははっきり思いだすことのできない陰気な記憶と結びついているのかもしれないと思った。こうして私は花を飾った小卓の前に坐って、ながいこと半ば自分や自分のいる場所を忘れ、現われては消える想念の雲のなかをさまよっていたので、館長が背の高い司書を連れてふたたび部屋にかえってきたとき、黒い洋服の小柄なこの老人の出現に、一瞬、意外な感じさえ覚えたのだった。老館長の後に従った司書は車付きの書籍運搬台（木造の、がっしりした、一種の手押し車だった）を押していた。その背の高い司書は赤革装の百科辞典の書棚の前の四角い机のうえに、運搬台にのせてきた大判の厚い古い書物を置くと、私の方へ気味のわるい、ぎょろりとした一瞥《いちべつ》を投げかけ、館長に目礼して、扉を閉めて立ちさった。

「まあ、＊＊黙示録ですのね。」

私は思わず叫んで老館長の灰色のとびでた眼を見つめた。

「さよう。さよう。黙示録写本です。仰せの通り＊＊黙示録写本ですな。あーむ、えーむ。この本は特別の許可がないと見られんものでしてな、えーむ。あなたが遠い国から来ておられることですな、それに、あなたの熱意からしてですな、えーむ、私が本を読むという形で、私の、あーむ、えーむ、私の、その何ですが、失礼ですがな、私の、前で、ひとつこの部屋でですな、つまり。この部屋で、見て下さらぬか。それでしたらな、えーむ、私はあなたの希望にそうことができるのでしてな、えーむ。」

老館長は前と同じように肩をすくめたり、灰色の眼をあてどもなく空中にさまよわせたり、逃げてゆく言葉を追いかけるように口を開いたり閉じたりしてこう言った。そして言いおわると、隅の地球儀や立机や書類棚に囲まれた大机の前に坐ると、葉巻に火をつけ、じっと天井の方へ眼をやったまま、動かなくなってしまった。その黙示録は私が予想していたよりは、はるかに古い、大型の、重厚な写本で、幾世紀の時代を耐えて生きのこってきたものに見られる暗い、きびしい表情をもっていた。表は白暗色の固く、でこぼこした、犢《こうし》の革の装釘で、羊皮紙の古書特有の冷たい、蠟製の本のような印象をあたえた。私はその表紙をあけるとき、一瞬ためらいと気おくれを感じて、老館長の方をふりむいた。ちょっとうなずいて、これから見させてもらいますという程度の合図をしようと思ったのだ。しかし館長は前と同じように、灰色の眼をむいて天井の一角を睨み、葉巻をせわしく吸っていた。そこで私は＊＊黙示録写本の表紙の重い、みしみし軋る装釘板をめくったのだった。

おそらくこの都会が＊＊河の河口に近い一漁村か、あるいは漁村ですらなかった時代、北の海の止むことない冬の風が窓や煖炉に吹きあれていた時代、どこか修道院の奥で、書記僧や画僧の何人かが、ある日、この数十葉の羊皮紙にむかって仕事をはじめようと決意したこと、そしてそれが何か高位聖職者からの命令であるにせよ、自発的な行為であるにせよ、そこに一つの仕事がなされ、その事の結果が年の流れに耐えていま眼の前にあるということ、こうしたことは、白暗色の犢の革の表紙をめくり、はじめの挿絵——青い翼をもつ天使がパトモスの島に降りたち、岩に坐るヨハネの耳に何ごとかを囁こうと身をかがめる挿絵を見た瞬間、何か信じがたい、奇蹟に似た事柄であるかのように思えたのだった。私はその固い蠟のような羊皮紙の手ざわりと同時に、その蠟をひいたような表面に、丹念に描かれた天使の翼の青やヨハネの光背の黄、衣の濃いセピアの絵具が、薄い皮膜になって、よく見る眼には、その膜のかすかな厚さまで感じられるように塗られている彩色のなまなましさが、その数世紀の歳月を一息にとびこえさせ、昨日筆をおいたすぐ直後に、それを開いた感じに誘ったのだ。挿絵の左右と下方は緑の波で埋められ、その波形のあいだを大きな魚が泳いでいたが、それはパトモスの島をめぐる海なのだった。ヨハネは青い翼の天使をふり仰ぐようにして、少しく近々と寄り合った眼を向けていた。それは子供っぽく、単純で、まるで微笑みさえしているような表情だった。

私は他にこうした古写本を見たこともなく、将来も見る機会はなかろうと思うものの、いま眼にしている＊＊黙示録の場面場面は、大胆な、自由な、奔放な構図でまとめられていることはわかるような気がした。そこには省略と合成と幻想的な組合せがゴシック風の簡潔な、熟達した線描によって描きだされていた。一葉ごとにB＊＊広場の書店の飾り窓でみた白い象牙のような喇叭《ラッパ》を吹く身をよじる天使や、七人の天使と血のように降る雹《ひょう》と火の雨や、また鉄鎖の鎧を着た怪獣に乗る禍害《わざわい》たちの殺戮が、その青、赤、緑、こげ茶の絵具の薄い層のなまなましい彩色で、あらわれてくるのだった。ある一葉では、幻視者の恍惚の果てにあらわれる新しい天の都が、放射する虹色の光線につつまれ、燦然《さんぜん》と星のちりばめられた濃紺の空の背景に浮きあがる聖所を内に抱きながら、子供じみた、近々と眼の寄る、微笑むようなヨハネの前に、現出していた。またある一葉には、色彩の幻想のおもむくままに、空の御座《みくら》を中心に、長老たち、四福音記者の象徴、神の羔《こひつじ》がクローバ形や四角や楕円形の枠のなかに、あたかもカルタを並べたように組合されていた。そしてこの場面にも青い衣に濃いセピアのマントを掛けたやさしい表情のヨハネがすらりとした姿態で立ち、この全場面を眺めていたが、そのヨハネ自身が、透明な深い緑の背景をもつ縦長の矩形《くけい》の枠の中に閉じこめられているのだった。

それにしても、この＊＊黙示録写本の挿絵に丹念な絵筆を使った画僧たちは、この世の終末の、苦悶、狂気、痙攣、畏怖、殺戮、光明、浄化、成就の幻視結晶の背後にひろがる異様に蒼ざめた無機質の空間に、なんの不安も期待も感じなかったのだろうか。微笑むような、近々と眼の寄ったヨハネの表情からは、おそらくそうしたものは感じられない。その健康な、簡素な、自在な描線の動きからは、むしろ絵姿がこのように生きいきと現われてくることに対する素朴な驚きをこそ感じる。血にまみれる死人の群れは、画僧たちに豊かな色彩の夢をみせていただけなのだろうか。そこにはなにかひどくやさしいもの、夢みがちなもの、健康な、信じきったものが漂っているのだ。

こうして私はある一葉の挿絵を開いた。そこには身をうねらす赤い竜が画面の下から右へ半弧をえがいていて、左に白馬にまたがる天使ミカエルが槍をかまえて、これも微笑むような、寄り合った眼で、竜の方を眺めていた。頭部を小さく、体軀《たいく》と四肢を大きく描かれた白馬は、黒緑色の岩の上に、競いたち、赤い竜にいどみかかっていた。私はふとかつてあの樟のざわめく祖父の家で、箕輪の叔母が、「かの大いなる竜、すなわち悪魔と呼ばれ、サタンと呼ばれたる全世界をまどわす古き蛇は落とされ、地に落とされ……」と読んでいる声を聞くような気がした。叔母はその頃東京のあるミッションの学校にいっていて、休みになると、二階の叔母の部屋でよく黙示録や雅歌を私たちに朗読してきかせた。そのくせ学校での聖書講読は叔母のもっとも苦手な学科だったのだが。

おそらくそこで私はこの古い羊皮紙の写本を閉じるべきであったのかもしれない。極彩色の、絵具の薄い層が、蠟を塗ったような固い羊皮紙の上に、それとわかる、挿絵頁の十何葉かは、ちょうどそこで終っていたのだから。これから先は写字僧の書いた本文がはじまるのだ。なるほど丹念な、精緻な字体、ラテン語綴字の平均律のような、かたい、青銅色に似た字面をたのしむことはできたろう。しかしもはや彩色した細密画はないのだし、微笑むヨハネもいなければ、青い翼の天使もいないのだ。にもかかわらず私のなかには、一葉めくるごとに、深い奥からゆっくりと立ちのぼってくる酩酊感が、甘美な痺《しび》れとなって拡がり、私はただ半ば夢遊病者のように頁をめくっていたのだ。しかしそれだからこそ、その写字僧の書いた第一頁、その左上の冒頭のAの花文字が、まるで極彩色の宮殿の華麗な壁画を見終ったあと、小さな四阿《あずまや》をかこむ庭園のばら垣にからむ一輪の淡い花の色を見たような驚きを私に与えたのであったろう。

花文字Aは単なるAをあらわしているのではなく、むしろ複雑にからむ花茨から、まるで牧羊神が時ならぬ顔をあらわすように、不意にAの字体が出現して、蔓が相互に、いっそう解けがたくもつれあってしまった感じがした。そこには夏の藤棚の下の休息の気分や、森の繁みを通して泉のうえにふりそそぐ陽の光や、花の実や籠のなかで囀《さえず》る小鳥の声が感じられた。いくつかの蔓は字体の繁みから羊皮紙の固いなめらかな余白をすべって、できることなら、過剰な花茨に覆われた垣根を離れ、単純な隣りのPや、Oの方へ、のびてゆきたいような様子をしていた。しかし花文字Aはまぎれもなく、あの魔法使いの靴、先端のそりかえった細長い靴をはいていた。靴の各々の末端は蔓文様にまぎれていた。しかしそのとき、その夏の光のなかにまぎれこんでいったのは、蔓文様ではなくて、私自身だったといえないだろうか。私の見たのは、あの樟のざわめく祖父の家とともに焼けてしまった、ゴシック体の花文字を金箔で、深紅色の地に打ちだした、あのミカエルの物語——青い天使と赤い天使がステンド・グラスの太い輪廓にはめこまれて表紙をかざっていた、手あかによごれ、すりきれたあの本だった。私が見ていたのは、封建時代のグスターフ侯の書庫におさめられた＊＊黙示録写本などではなかったのだ。私はすでに、あの噴水のある広場の飾り窓のなかでその複製を見たときから、自分が何を見ようとしていたのか、ひそかに知っていたと言えないだろうか。いや、むしろ私がそれを眼にしたとき、不意に私のなかの何者かが、かつて忘れはてたある姿を、ある物影を、そこに感知していたというべきだったかもしれない。たしかに私は、あのとき、そこに何者かがゆらめき通りすぎたのを見たのだ。私はその影のあとを追って、ひたすらこの暗鬱な、巨大な墓窖に似たグスターフ侯の城館へとまぎれこんだのだ。私はそこで祖母が長い廊下を歩くあの、とっちん、とっちん、という音を聞いたようにも思い、樟の大枝が私の耳のなかでざわめきつづけていたようにも思ったのだ。……〃

第三章

支倉冬子がマリーとともにエルスの待つ北のギュルデンクローネの城館に行ったのは、日記によると、その年の五月の終りである。そして冬子がエルスと消息を絶ったのが九月の終りであるから、それは死の四カ月前だったことになる。いずれ後にもふれると思うが、彼女たちがフリース島にヨットで出航する前に、何回か都会《まち》へ帰ってきていたことがわかる。そのとき私がどうして冬子に会えなかったのか、私にはよく憶いだせない。私が首府へ出かけたのかV＊＊港へ仕事にいっていたのか、どちらかであろう。そのおかげで、私は彼女から一通の手紙を受けとることができたのだが、もちろん私としては、このとき、もう一度、冬子に会いたかった。ともかく彼女は六月以降、工芸研究所に特別の仕事がないかぎり、ギュルデンクローネの城館に生活することになる。この時期のノートはもはやヴァミリオンの革装のものではなく、以前の黒のレザーの学生用ノートである。ここでもう一つ付け加えておきたいのは、このノート以後、日記として書かれた記録が極端に少くなっているという事実である。日によっては、一行も書かれていないこともある。これはギュルデンクローネ家に移ってから、姉妹と遠足や散歩に出かけて時間がなかったということもあるが、主として後に示すように彼女がこうした日々の出来事から離れて、しばらく自分の過去にもぐりこみ、その記憶によみがえってくる回想を書きとめていたという事実と関係あるように思う。もちろんこれは私の推測であるが、冬子がこの時期に書いたと思われる回想の量は、ある時間それに専念していたことを考えさせるし、それに、さらに重要なことは、彼女の日記が、これから述べてゆくギュルデンクローネの城館での仮装舞踏会以後、突然数が少くなるという点なのだ。これは言いかえると、この仮装舞踏会の前後に、彼女が自分の過去に魅きつけられてゆくような何らかの出来事なり契機なりを推定させるものであり（その前兆になるものはすでに何回か私たちは見てきたが）、私も実はそれを明らかにするために日記と手紙（主として兄宛のもの）を再三読みなおしたのである。

私は同時にこの前後の事情に関してかなりの程度にマリー・ギュルデンクローネから直接に話をきくことができた。以下私はこれらを参照しながら、ギュルデンクローネ家の仮装舞踏会の前後の模様を能うかぎり詳しく記していってみたいと思う。

ギュルデンクローネの城館は首府から北へ百五十キロほどの距離にある、美しい森と沼に囲まれた、灰暗色の、十八世紀風の優雅な建物である。私自身も、冬子たちの失踪後、一度マリーとともに訪れたことがあるが、あの鮮やかな牧草地の緑と、樺の林と、黒い沼のつづきに、両翼に尖塔をもつ三層の城館が現われてくるのを眼にしたときの驚きは、到底忘れることはできないだろう。城館の正面は一段と高いテラスになっていて、その中央に広い水盤が睡蓮のあいだに初秋の冷たい北国らしい空をうつしていた。冬子がはじめてこの水盤をみたころは、まだ睡蓮は赤い花を夏めいた緑の水面に浮かべていたはずである。テラスの周囲は石の欄干をめぐらし、正面に二つ、左右に一つずつ幅広い階段が庭園にむかって下りていた。裏手は広くひらけ、使用人たちの住む陰気な牧師館のような二階建の建物があり、そのつづきに厩舎や納屋が見えた。いたるところ、ひっそりした荒廃の気分があったのは、エルスが死んだ直後だったからばかりではあるまい。事実、支倉冬子の日記にも次のように書かれている。

〝私たちが執事のマーゲンスに迎えられて邸に着いたとき、もう八時をすぎていて、森の奥はひっそり暗く、森かげに身をひそめるように静まりかえっている沼だけが、葦の繁みを通して、まだ明るい夕空を白くうつしていた。城館は一階にあかりが輝いているにもかかわらず、どの窓も暗く鎧戸が閉まっていて、しのびよる夕闇のせいか、ほの白い、陰鬱な様子に見えた。玄関の階段をのぼって広間に入ると、大シャンデリアの輝く天井には、白地に金色の果実文を浮彫りにした格縁《ごうぶち》に囲まれた天井画が描かれていたが、その場面はいずれも神話からとられたものだった。大広間にふさわしい豪華な一対の花瓶、煖炉とその前に置かれた大きなソファや椅子、窓のそばにあるスタンウェイのグランド・ピアノ、鏡、華奢な脚をしたロココ風の衝立などのあいだを、私は、エルスに手をとられて通りぬけた。私たちは幾つかの絨緞をしきつめた小部屋を通り、肖像画を飾ったガルリーをぬけていった。廊下はひっそりとして、どの窓にも重いカーテンが垂れ、壁には鹿の角や、長剣や、その他の武器が飾られていた。私たちが着くことになっていたせいか、一階のどの広間にも小部屋にもあかりがついていて、椅子やテーブルや家具の覆いは取りのぞかれていた。にもかかわらず、私たちの通りぬけてゆく部屋には、ひんやりした荒廃の気分がただよっていて、沼が近いためか、それとも森から忍びよる霧のためか、空気が妙に湿っていた。

当主のギュルデンクローネ男爵はエルスよりもマリーに似た物静かな憂鬱な表情の長身の六十歳に近い紳士で、王立アカデミー会員として年に数回首府に出かけるほか、一年の大半をこの城館の宏壮な書斎にこもっていた。私もマリーに案内されて男爵の書斎と、その隣りの書庫を見せてもらったが、数代にわたる蔵書の集積の夥《おびただ》しさに私は眼を見はったものだ。もちろんその代々の当主の趣味、専門、また学問への傾倒の度合によって、集められた書物は種々の部門にわかれている。高い天井にとどく本棚が壁にそって並び、その本棚の一区劃ごとに、先に鉤のついた真鍮の梯子が移動できるように置いてあった。中央に大机と地球儀、天象儀が並び、古い斜めの書見台も窓の近くに幾つか置かれていた。マリーの話によると、先代のギュルデンクローネは十九世紀後半の北欧考古学者として功績のあった人らしい。マリーの父は王立アカデミーの歴史部門に所属しているという話であった。

娘二人がこの城館を離れていたので、ここに残っていたのは、男爵のほかには、執事の陰気で無口なマーゲンスと、寡婦《かふ》で三十年来ここに勤めている大女のビルギット、それにビルギットの後からよちよち歩いてくる哀れな小人のホムンクルス（本当の名前はヨーハンと呼ぶが、ギュルデンクローネの先代が同名であるため、男爵はこう呼んでいた）、それに近所から通ってくる森番と庭師だけだった。しかも奉公人たちは離屋《はなれ》になった建物に住んでいたから、城館のなかで使われているのは、居間と書斎と書庫だけだと言ってよかった。

私はマーゲンスにも大女のビルギットにも後に会うことができたが、このホムンクルスにはついに会うことができなかった。哀れな小人は舞踏会のあとの不幸な出来事で死んでいたからである。もちろん冬子はホムンクルスを知っていたし、それにマーゲンスともビルギットとも三、四カ月一緒に暮していたわけであり、日記にも僅かではあるが、彼らに触れた箇所がある。

〝執事のマーゲンスは厳しい痩せた無口な男だ。顔色もわるく、よく薬瓶をポケットから出して、口づけにそれを飲んでいる姿を見かけた。フランス語を正確に話すくせに、決してこちらに喋りかけることがない。いつもかしこまっており、ささやくような声で、「承知いたしました《ウイ・マドモワゼル》。」と言うだけだ。音のしない奇妙な歩き方で近づいてきて、また音も立てず離れてゆく。不機嫌というのではないが、陰気で打ちとけない。こちらが親しみを見せると、慇懃《いんぎん》に、その分だけ遠ざかるといった塩梅《あんばい》だ。たとえば「明日の朝、早く出かけるわ。」と言えば、「承知いたしました《ウイ・マドモワゼル》。」と頭をさげる。「いいえ、早くないわ。早くなんて嘘よ。ゆっくりなの。」と言えば、同じように「承知いたしました《ウイ・マドモワゼル》。」と頭をさげる。よしんば二十度気まぐれを起して、二十度別のことを頼んだとしても、この陰気な執事はそのたびに慇懃に頭をさげ「承知いたしました《ウイ・マドモワゼル》。」をくりかえしたことだろう。私は朝彼が鎧戸をあけてゆく音で眼をさます。彼は決して特別に音をたてて鎧戸をあけるのではないのに、眠っている耳がそれを聞かずにすますということはできないのだ。

　この執事に較べると、大女のビルギットは明快で単純で、ながいスカートをひるがえしながら（その足もとにいつもホムンクルスがよちよちとまとわりついて）城館のなかを歩きまわる。私たちの眼ざめが遅れると、あの途方もない大声で、一階の階段の下から怒鳴りたてる。母音が喉の音で鳴る、訴えるような、暗い北方の言葉で、彼女は喋りまくる。手を叩く。ビルギットは台所でコーヒーをいれ、ほとんど同時に裏の納屋で農夫たちに指図を与えている。二階にいるかと思うと、地下室で酒壜や樽の整理をやっている。屋根裏の掃除をしているかと思うと、馬車を走らせて村の市場へ買出しに出かけている、といった具合だ。

　小人のホムンクルスの年は幾つ位なのか、誰も話してくれない。萎びた、浅黒い、おどおどした顔の、頭の小さな、痩せた小人で、いつも黄色いひらひらした洋服を着て、ビルギットのスカートのかげにかくれている。誰かが無理にもそこから引きはなしたら、ホムンクルスは狂おしい泣き方でわめいたことだろう。ビルギットの灰色の長スカートのかげに、黄色い小人の走る姿をはじめて見たとき、私は彼女が子供でも連れて歩いているのかと思った。時おりビルギットがそこにいてくれることがわかると、そのスカートから離れて、物珍しそうに私たちのほうへ近づいてくる。単純な単語を口にするほかほとんど喋ることができない。「あれでもビルギットが毎日話し方を教えているのよ。」とエルスは言っているが、私が聞いたホムンクルスの言葉は「ビルギット、赤い《ロオド》、赤い《ロオド》。」という響きだけだった。

　それはある夕方、私たちが沼地をまわって散歩から帰ってきたときで、ビルギットは城館の裏手で農夫たちと挨拶をかわしていた。ちょうど納屋の前で草を焼く焔が一段と燃えあがったところで、ホムンクルスはそれを見て、ビルギットのスカートを強く引っぱったのだ。「ビルギット、赤い《ロオド》、赤い《ロオド》。」彼はそう叫んだが、その響きは言葉というより、小さな身体のなかで、ぜんまいのねじが逆戻りしているような音に聞えた。するとビルギットはいつになく激しい声で「いけません《ネエ・ネエ》。」と叱った。ホムンクルスはそれなりもう何も言わなかったが、異様な関心を示して、草を焼く赤い焔を見つめていた。〟

マリーの話によると、その年の夏はいつになくギュルデンクローネの館に活気が戻っていたということだ。これは自由になったエルスの生活や、冬子がいたことや、舞踏会が開かれたことと無縁だったとは思えない。もっともマリーは父の書斎の隅で、何年か前からはじめていた「グスターフ侯年代記」の仏語訳に没頭していたので、すくなくとも午前ちゅうは彼女の姿は見られなかったかもしれない。私はマリーに言われて、支倉冬子がこの「年代記」の仏語訳から、さらに日本語訳を試みていたということを知り、その草稿を捜したが、都会《まち》の部屋にも、城館にも残されていなかった。それはずっと後になって、S＊＊諸島のある漁港（ここから彼女たちはフリース島へヨットで出かけたのだ）に残っていた冬子の旅行鞄から発見された。もし遺稿と言えるものが冬子にあるとすれば、この「グスターフ侯年代記」の翻訳が、あるいはそれに当るのかもしれない。私はこの一部をいずれ適当な機会に示したいと思うが、この仕事を彼女が単なる好奇心からはじめていたのではなかったことだけは、いまここで明記しておきたい。逆に、この宏壮な城館に落ちつくようになって、工芸研究所の課業から解放されて以後、ある意味で、彼女は急に忙しさを覚えたのではなかったろうか。これはいまになってみると、冬子には死が迫っていたという事実もあり、本能的に自分の生涯を整理しようとしたとも考えられるが、やはり私は彼女があくまで自分の作品や染織一般について十分に考えぬこうとしていた姿勢のあらわれではないかと思うのである。私は、彼女が書いていた日記、回想の類もまた、そうした姿勢をぬきにしては考えることができないように思う。

マリーが言うように、ギュルデンクローネの城館の夜は、森にざわめく風の音と、青い月の光だけが冬子の伴侶《はんりよ》であったはずである。足音のよく響くかたい大理石の床や、広間広間に飾られる壁飾り《タピスリ》や、暗い影のなかを上ってゆく廻り階段などが、そうした夜、どのような思いを誘ったのであろうか。

月の差しこむ露台で冬子はマリーやエルスとながい時間語り合ったこともあったし、時には、森の奥の空地まで散歩に出かけたこともあったのであって、それらはその都度簡単に日記に書かれている。しかしそうしたときでさえ、冬子の思いは、私がいま述べたごとく、彼女の作品や染織工芸から離れたことはなかったのである。

私はその確認のためにもギュルデンクローネ日記とでも呼んでいいこのノートから、直接この問題にふれている箇所を引用してみたいと思う。

〝私はいま森へのながい散歩から帰ってきたところだけれど、この不思議に豊かな調和した気持はどこから生れてくるのだろうか。森の先の小さな丘の麓に、マリーたちの祖父が発掘した先住民族の巨石遺跡があって、私たちはそこまでよく歩いてゆく。野の花が咲きみだれる林間地で、森をこえてくる柔らかな風と、甘い太陽の光だけが降りそそいでいるその遺跡のあたりは、沈黙と敬虔と平和があるだけだ。エルスはオーディンに自分の乙女を捧げるのだと言って、マーガレットが白く咲くなかに立つ巨石の上にのぼり、全裸になって仰向けに横たわる。空には北国の穏やかな夏の雲が流れ、鳥の声が絶えまなく梢のなかから聞えている。その静けさのなかで、まるで古代の彫刻のように、エルスはその見事な引きしまった身体を、誇らかに、ながながと、太陽と風のなかに差しだしているのだった。私はよくエルスの背中の深い憂いを帯びたその形の見事さに胸をつかれるのだけれど、それは肩や背中にとどまらず、よく伸びた眩ゆいような脚にも、かたく引きしまった胸や胴にも言えることだった。エルスのそうした美しさは、ちょうど彼女が深く自然を愛しているだけ、それだけ自然のほうからエルスに与えた恩寵ででもあるかのように感じられるほどだった。エルスは朝ほとんど森が目ざめるのと同時に起き、馬に乗って狩猟場を廻った。私とマリーが眼をさまし、露台でコーヒーを飲んでいると、遠く沼をまわって、エルスが馬を走らせてくるのが見えるのだった。そんなとき彼女の浅黒い顔は熱くほてって、燃えるような眼はほとんど暗い金色に見え、栗色の長い髪の何本かが汗に濡れてべったりと額にへばりついている。彼女は息を激しくつきながら眼を眩しそうに細めて、「すぐ来るわ。シャワーを浴びるだけよ。」と叫んで、奥へ駈けてゆく。「あなたって、アマゾンの後裔《こうえい》よ。」マリーはそう言ってからかうが、エルスのほうは「私はオーディンの愛娘。自然のいとし子。」と言って姉の冗談を受けつけない。「ああ、マリー、私にはわからないわ。この夏の甘い太陽を、あなたがどうして愛撫しないのか。陰気な書庫のなかに何があって？ いいえ、マリー、風の運んでくる野の香りや花たちの便りのほうが、どれほど多くのことを教えてくれるかしれないわ。湖の中を泳ぎ渡ってゆくときの、静かな冷たい水の弾力ほどに気持いいものってあるかしら。この呼吸の甘美さ、この動くことのたのしさ。ねえマリー、もう勉強なんておやめなさいよ。もう書庫なんかに籠ったりなさらないで。」などと言って、逆にマリーを困らせるのだ。

たしかに私もこうしたエルスと一緒に暮しているうち、自分がどんなにかこの健康な、生命にみちた営みを無視していたか、よくわかってくる。エルスの目のくらむような自然への陶酔こそ、あの巨石文化を残していった北方の先住民の生き方だったのかもしれない。走ったり、泳いだり、投げたり、木にのぼったり、高い梢を渡ったり、飛鳥のようにとびおりたりする動きそのもののなかに、私は、古代的な不思議な純潔を感じる。エルスが露台に休んで放心しているときの、日焼けした背にかげを落しているあのような古代的な憂いは、おそらくこの純潔さと無関係ではないのだ。

私はエルスといると、自分が全身で太陽を吸い、全身で風の抱擁を受けているのを感じる。自分がこの大自然の一部分に還元し、その中で甦り、新しい生命に目ざめでもしたように、裸足で地面や草を踏み、胸にじかに風を感じ、腕も脚も頭もこうした自然のなかに融けこんでゆくのだ。自分の身体の裏面がむきだしにされ、快楽が深い奥底から火のように激しくつきあげてくるのを感じる。

私がこうして豊かな酩酊感のなかにいると、自然全体が調和した穏やかな姿で、時の終りも知らずに、そこに静かに停止しているのを感じる。遠い森の上の雲は、どこか見知らぬ彼方へ流れていってしまう雲でもなく、また私から離れた遠くに浮かんでいる雲でもない。それは私のなかに青く拡がっている空であり、その空に浮かんでいる雲なのだ。あたかも私という人間が花の香りにでもなって空中のいたるところに偏在しているように、自分という感覚は薄れてゆき、時には自分がまったくなくなってしまうこともある。そういうとき、牧草地の緑も、沼も、柵も、樺の林の点々と立つ白い幹も、馬や、ホルシュタイン種の牝牛の群れも、北国の夏の透明な空気も、なにもかもが、あたかも自分の身体の一部でもあるかのように、近く親しく見えてくるのだ。牧草地の先の湖でエルスと泳いでいるとき、その澄んだ水の下に自分の身体が別の生きもののように白くゆらゆらと揺れているのを見て驚くことがあるが、この酩酊感のなかで感じる自然の風物の奇妙な親しさも、同じ鮮やかな感覚の驚きをよびおこすのだ。でも、思えば、なんとながいこと、こうした調和感を私は忘れていたことだろう。このギュルデンクローネ家の広間やガルリーや小部屋の隅々を浸している静寂と荒廃した気分は、どこかあの樟の大木におおわれた祖父の家と共通したところがある。この城館にきて、何度、夜風に森がざわめくのを聞いて眼をさましたことだろう。私は眼ざめた瞬間、まだ祖父の家にいて、父も母も隣りの部屋にいるような気になったのだ。しかしやがて自分の寝ている寝台の天蓋や、常夜燈に照らされた部屋の一部が見えてくる。すると私がなぜいまこんな北国の見知らぬ城館の一室などにいるのか、急にわからなくなってくる。祖父の家にいた幼年期の自分から、一挙に、この城館にいる自分へと飛躍したことが、変化の経路をつなぐ作業を不可能にしたためなのか。私はベッドに横たわりながら、いままだ祖父の家にいるのだったら、一体どうするだろうと思う。だが、なぜ私が樟の大木のざわめくあの家にいていけないのであろうか。なぜ母が機を織っている音を夢うつつに聞いていたり、祖母が廊下を通ってゆく足音を聞いていたりしてはならないのか。いま誰かが来て、お前はまだ幼いままの冬子なのだと言ったとしたら、そのままそれを素直に信じこんでしまうだろう。

しかしそれ以上に辛く苦痛なのは、私をここへ運びこんできた宿命を考えることだ。いまから思えば、それは、幼年期と現在との間に挿入された大きな挿話のような気もしてくる。だがなぜそんな挿話が私に必要だったのだろうか。そうだ。そのことだけは、自分にはっきりさせなければならない。そうでなければ、あの病気のあと、なぜ私が徐々に制作力を取り戻していったか、なぜ調和した甘美な感覚を味わえるようになったか理解できないばかりではなく、現在それを保っているかに見える調和感やこの歓びも、幼年期をいつか喪っていったように、また見失ってゆかないともかぎらない。この意味でもギュルデンクローネの館での一日一日は、私にとって、二度と得られない貴重な日々なのだ。なぜならここには私の幼年期がそのまま残されているだけではない。私はエルスのなかに失われた私自身を見るような気がするからなのだ。〟

＊

おそらくこの日記の一節を読むことによって、私たちは冬子が時おり断片的な印象を書きこんでいった理由を理解できるような気がする。たとえば〝森の空地に倒れている木。その切口の匂い。青桐の幹に似たその樹肌。不安ななつかしさ〟というような六月はじめの一節。また〝エルスと書庫の裏階段をのぼって屋根裏にのぼった。埃りのなかに静まりかえっている昔の家具類。ふと、私は窓の上の梁に、古い人形が吊りさげられているのを見つけた。長い、埃りだらけのスカートをはいていたが、エルスがそれをおろしてみると片脚がもげているのがわかった。私はそれをもとのところに戻すのに反対した。そうしてはならないような気がした。なぜだかわからない。私は不安な気持でその人形を抱いて下へおりてきた〃というような一節。傍点はいずれも私が付したものだが、これらはいわば彼女のなかで生き、うごめいている幼少期の記憶の不安といったものなのだ。

それはすでに病院にいたころ、「黒ずんだ影」として彼女を訪れたものだが、ここではそれは生れでようとして胎動しながら、最後には力つき、もがき疲れて、ふたたび忘却の闇のなかに沈んでゆく記憶――そうした記憶のもつ不安となって現われている。

しかし彼女がこうした記憶を真実掘りおこし定着しようと決心したかに見えるのは、この「彼女の生涯に挿入された挿話」の意味を知ろうと思ってから以後であろうと思う。たしかに不安、気がかり、また、なつかしさといった感情を伴って、過去の記憶は、支倉冬子の内面に溢れ出ようとして、そのぎりぎりの境界まで押しよせていた。だが、冬子の中に、この「挿入された挿話」を明確にしようという気持がなければあのように徹底した形で、それを定着しようとしたかどうか、それはわからない。私が彼女の回想に重要な意味を感じるのは、まさにそれがかかる動機を内包しているからなのだ。

ところで、すでに書いたごとくこのような記憶を、ちょうどあの病院の蒸気の音と同じように、一挙に取り戻させたのが、ギュルデンクローネ家の仮装舞踏会の一夜なのである。この一夜がどのようにはじまったか、冬子の記録は断片的にしか残されていない。したがって、以下いずれもマリー・ギュルデンクローネから私が直接きいた話に基づき、能うかぎり冬子のノートを引用しながら、この舞踏会について述べていってみようと思う。

はじめて冬子がそのノートのなかで舞踏会のことに触れているのは、六月六日のことであり、それもただ一行〝エルスが眼を輝かして仮装のことを話す〟と書かれているだけだ。したがってこの仮装が果して舞踏会のそれか、または別の仮装のことなのか、その辺のところは確かではない。しかし時期から見て、それを舞踏会と関係づけて考えるほうが自然だろう。だが、なぜこの仮装にエルスが眼を輝かせたのか。単なる若い女性としての好奇心や虚栄のためからか。それとも別の理由があったのか。姉のマリーの言葉によれば、年に一度か二度、ギュルデンクローネ家でこの種の集まりが行なわれることは、ながいあいだの慣例となっていたということだ。現在でも学生たち、娘たちが計画して開く集まりや詩の朗読会、小音楽会などは、首府から車で半日くらいの距離にある城館で開かれることは珍しくない。しかしたとえマリーが計画したにせよ、ギュルデンクローネ家の舞踏会となれば、それなりに格式も伝統も名望もあるため、やる以上は、正式の招待状もつくらねばならず、首府の幾つかの楽団のなかから十何人かの楽士を呼ばなければならないことになる。

「母の在世中はともかく、なくなりましてからは、こうした催しから遠ざかろうというのが父の方針でした。ですから、私たちのあいだでこの仮装舞踏会の話がもちあがったとき、私自身驚きもし、危惧も感じましたけれど、同時に、この種の催しのもつ眩ゆい昂奮が身体のどこかによみがえってきたのも事実です。」

マリーはそう私に話してくれた。おそらく温厚な男爵が数日間その瞑想生活を断念したのは、娘たちへの特別な愛情のためか、亡き妻の思い出のためか、あるいはその両方のためであったろう。

舞踏会を開く許可が男爵から出るとすぐマリーたちは日どりを決め、それにつづく二日間の行楽の計画をつくりあげた。それから三日月状の鎌と楯を組合せたギュルデンクローネ家の紋章を打ちだした招待状が首府の印刷所へ註文された。何通かの同じ文面の廻状が新聞社の社交界欄のために送られた。首府の二、三軒の仮装衣裳専門の店からいずれも年配の男が車で乗りつけてきた。気の早い若い新聞記者がカメラをさげて城館の前のテラスを手持不沙汰に歩いたりしていた。

エルスは湖での朝の水泳を終ると、マリーを手伝って電話や手紙の仕事を幾つか片づけ、ビルギット相手に料理や宿泊や車の手配を相談した。小さいホムンクルスは城館内の雰囲気の変化を敏感に感じとったのか、ビルギットのスカートから一瞬も離れず、不安そうな顔をしかめていた。

執事マーゲンスの仕事は主として行楽の一部をなす遠乗りのための馬たちの契約と、城館内の装飾、宿泊のための一切の用意だった。ギュルデンクローネ家の場合は宏壮な書斎と書庫が普通の城館と違って大きな特色となっていたが、しかし二階と三階の大、小とりまぜて五十にのぼる部屋数は、こうした城館の規模としては決して大きいものではない。前世紀以降の貴族階級の没落にもかかわらず、ギュルデンクローネの五十に余る部屋部屋の装飾は、城館の建てられた十八世紀以来、そのまま保存され、バロック趣味の一つの典型的城館と見なされている。(下の大広間、書斎のごとく後になって改修された箇所をのぞくと)いずれも古びたままに往時の繊細優美な格天井や天井画、壁飾り、肖像画、金の枝付燭台、花瓶、唐草の縁飾りに囲まれた豪華な姿見、夥しい彫刻や宝石細工、透し彫りのある椅子、厚い絨緞、中国の衝立などが、時には数年、十数年にわたって、人に使われることも眺められることもなく、ひっそりした薄闇のなかで時代の変化からも取りのこされているのだ。

マーゲンスは近隣の農夫たちを指図して、こうした部屋部屋を開き、白い覆布をはずし、鏡とガラスを磨き、燭台を光らせ、寝台に風を入れさせていた。城館の内部は急に生気をとりもどし、光が明るく差しこんで、普段より数倍広くなったような感じがした。

こうした仕事が順調にすすみはじめると、エルスは冬子をさそって半日近く屋根裏部屋の衣裳簞笥をあけたり、閉めたりして、仮装衣裳を選びにかかった。日記のなかには、このような日々の記録が幾つか見受けられる。

〝仮装衣裳というのは、なんという奇妙な宿命をもっているのであろう。それはまず実用のためにつくられているのではない。一夜か二夜の座興のために、華やかな色彩と組合せとで、日常の衣裳以上に、けばけばしく飾りたてられている。実用の衣裳が保温や品位や趣味やその他多くの目的のためにつくられているのに、仮装衣裳はただその外見（それが何に見えるか）のためだけにつくられている。舞台の上の家と同じで、見えるところだけでつくられている。衣裳簞笥のなかから何年か、十何年か前の、オフェリアの草花の冠と白い薄沙の装束、サロメの青と金の模造宝石で飾ったレース織の衣裳、あるいは黒と赤のトルコ婦人の風俗、もしくは鯨骨でスカートを大きくふくらませたポンパドゥール趣味の貴婦人衣裳などが出てくるとき、私が感じるのはこうした仮装のもつはかない宿命だ。もちろん一夜の座興にせよ、その面白さに、その昂奮に、その迫真の姿に、力をつくしたこれらの衣裳の意味がわからないではない。しかし、本物に似ることによって、ますます本物ではなくなるという仮装のパラドックスは、私にはひどく悲しいものに感じられる。オフェリアの装束に近づけば近づくほど、それは白い薄沙の衣裳というそれ本来の姿は消えてゆく。しかし私はふと、こういうはかなさ、悲しさは、芸術一般のなかにある宿命ではないかという気がした。オフェリアの衣裳をひろげながら、芸術

もまた一つの仮装の宿命をもっているのではないかという気がした……〃

〃エルスに連れられて屋根裏部屋の隅々にしまいこまれた衣裳や、古道具、こわれた椅子、枠のはずれた姿見、鎖の切れたシャンデリア、甲冑や錆びた鉄具などを見てまわると、ながい歳月にわたってつづく人間生活という芝居の舞台裏をのぞいているような感じになる。誇りの高い、燃えるようなこの城館の女主人達が、何人となく、こうした姿見や装身具のなかで暮し、悲しみや歓びの生涯を送っていったにちがいない。エルスがどこかの隅で急にひっそりして何かに夢中になっていたりすると、私のまわりに、ふっと時間の流れがとまるような瞬間がある。時間がとまって、永遠にそうした瞬間がつづいてゆくような感じ。そうした瞬間に、私は、ふと、人間の全生涯を一瞬に見わたしたような虚しさが胸を白く吹きぬけるのを感じる。アレクサンダーやダリウスの功業のあとに、廃墟の柱が砂漠の風に吹かれているのを見るのに似た空漠とした虚しさ。それは、この館の屋根裏にも、埃りと薄明りのなかにひっそりよどんでいるのだ。しかしこうした虚しい感情は私には決して疎遠な感情ではない。かつて祖父の家にいたころ、私はなんどとなく（自覚はしなかったけれど）空白な虚しさに捉えられたものだ。

ギュルデンクローネの城館で、夜、一人で風の音をきいているときもそうだ。そういう夜、私はいつかこのような瞬間が来るのを、ずっと以前から知っていたような気になるのだ。そしてそのずっと以前、私は実はその瞬間と同じようなことをやはり考えていたような気がする。〟

〝昨日、めずらしくマリーが私たちと屋根裏に上ってきた。舞踏会のあとの行楽の二日に使えるものがあるかどうか、一応調べようというのだった。埃りのなかで、二時間ほど私たちが箪笥の引出しをあけたり、箱の蓋をとったり、櫃《ひつ》をこじあけたりした後、マリーがもぐりこんでいた片隅から「エルス、来てごらん。ロルフ叔父さまからいただいた人形芝居が出てきたわ。」と叫んだ。それは黒い小さな箱のなかに並べられていた操り人形の一組だった。糸は切れ、操り板も動かず、そのうえ人形の頭は胴と離れ、手足はばらばらになり、操り糸は互いにからまりあっていた。マリーはその人形を一つ一つとり出しては、床に置き、頭を胴の掛け金にかけたり、腕と腕とを組みあわせたり、足を胴にはめたりした。エルスと私とで操り糸をほどきにかかった。なかには片足がなかったり、手が両方とも見つからなかったものもあったが、幾つかはマリーの手で組み立てられ、操り板を動かして糸を引くと、鬚の大男がぎょろ眼をむいて腕を動かしたり、鼻の折れた老婆がよたよたと妙な動きで歩いたりしたのだ。私たちはしばらくそれをめいめいで操って時間のたつのを忘れていたが、マリーがふと「でも、これじゃもう使えないわねえ。可哀そうだけど、またしまわれちゃうのね。」と言ったとき、私は急に不安な気持になった。「ね、マリー、私がなんとか修理してみるわ。どれだけうまくゆくかわからないけれど、私にやらせてみてくれない？」私は思わずそう言った。「そうね、冬子が手伝ってくれるんだったら、修理できるかもしれないわね。私は、この劇のお話は好きなのよ。やれるんだったら、やりたいわ。」マリーはそう答えた。私たちは人形を箱にしまうと、それを持って、埃りの中から這いだした。「私ね、なんだか、胸がどきどきしはじめたわ。人形劇がうまくゆくかどうかって考えると……」私はマリーに言った。「気の早いこと。大丈夫よ。小さいとき何回もやったことがあるから。」マリーは笑った。しかし私は胸のしめつけられるような、妙に不安な気持は、その言葉によっても、とりのぞかれなかった。〃

ギュルデンクローネ家の仮装舞踏会は、夏のはじめのことでもあり、仮装という時代がかったロマネスク趣味と、舞踏会につづく巨石遺蹟への遠足と狩猟とが、とくにマリーの若い友だちのあいだに好評をよんで、予想以上の盛会になったということ、したがって舞踏会が多く若い年代の男女によって占められていたことだけはここで書いておいていいと思う。もちろん年配の旧知の人々も決して少かったわけではない。夏の幾夜かを若い男女とともに過ごすというただそれだけの目的のために車を乗りつけた肥満した枢密顧問官や、マリーのためだけにやってきたあの灰色の眼の図書館長もいたのである。

仮装舞踏会の当日（それは七月初旬の日曜をはさんだ三日だった）はギュルデンクローネ館《やかた》

にむかって三十数台の車が森をぬけ、沼を迂回して集まってきた。なかには、遥か北のS＊＊島から車をとばしてきた若い日焼けしたグループもいた。彼らはヨットでバルト海から大西洋沿岸に出る計画をその夏実現しようとしていて、舞踏会には素顔のままでモロッコ人やアラビア人に扮して喝采を浴びたのである。

車がつくたびに、先着の顔見知りが、二階、三階の窓から、叫んだり、口笛を吹いたりして歓迎した。その日は朝から屋敷の内外が浮きたっていて、ギターの音がしたり、二重唱が聞えたり、笑い声や若い女の叫び声が響いたりしていたのだ。一同が仮装して前庭の水盤のまわりに集まるのは夜の九時と予定されていた。夕刻が近づくと、城館の広間に灯が入り、各人の念入りな仕度がはじまった。押し殺したような笑いや、ささやきや、叱責する声などが聞えるほか、一時、城館はひっそりした。窓にせわしく衣裳をつけている人影が見えたりした。

やがて前庭の欄干に据えつけられた幾つかの照明燈に灯がつき、ギュルデンクローネ館は、白く、くっきりと、宵闇から浮かびあがった。水盤の噴水がその照明のなかで金色に濡れてきらきら光っていた。

前庭に現われた最初の人物は、トルコの太守に着飾った肥満した枢密顧問官だった。彼は照明のなかを正面の石段まで歩いてゆき、そこでくるりと身体を廻して建物を仰いだ。

「いつ見てもギュルデンクローネの城《スロット》は見事だな。」

彼は誰に言うともなくそう独りごちた。

顧問官と前後して何人かの黒い影が光のなかに入りみだれた。すでに嘆声や爆笑や女たちの叫びが、暗い前庭のあちらこちらの隅で聞えた。照明のなかに、インディアン、中国人、アラビア人、フランス貴族、ブルターニュ女、鍛冶屋、騎士、漁師、船長などの姿が次々に浮かびあがってきた。女たちは場所柄もあって多くはフランス風の貴婦人姿か、異国趣味の扮装だった。大仰に孔雀の羽の扇を動かしながら、長い裳裾《もすそ》をさやさやと曳いてそぞろ歩く貴婦人たちが歯だけ白く出して笑っているオセロと合図をかわしていたり、トルコ女が騎士と腕を組んでいたりした。

やがて混成管弦楽団の楽士による前奏曲が広間の方から響いてきた。低いためらうような弦の音が、ながく、物思わしげに、甘美な旋律をうたいはじめた。ちょうどそのとき、人々のあいだに突然何とない騒がしい気配がひろがり、人垣が右に左に動いた。見ると、前庭の右手の階段から、漆黒のタイツに黄の縞を虎斑《とらふ》まがいに入れ、大きな蝶の羽を背負ったエルスが、燃えるような眼を黒いメーク・アップで囲んで、光のなかに立ち現われてきたのだった。誰からともない拍手が湧きおこり、やがてそれは低い溜息にとってかわった。その動揺がまだ終らないうちに、ふたたび新しい拍手が湧きおこった。幾つかの簪《かんざし》で栗色の髪を高くゆいあげた、静かな青い眼のマリーが、日本の振り袖を着て、眩しそうにほほえみながら、階段をのぼってきたからだった。

「ほほう、マリー。どんな趣向かと思っていたが、えーむ、うーむ、これは、その、えーむ、蝶々夫人、だろうな？　えーむ、蝶々夫人、じゃ、あーむ。」

思わず進みでた図書館長が、灰色の眼をむきだして、マリーの手をとった。その手には舞扇が握られていた。

「これは、うーむ、見事じゃ。ほれぼれする。いったい、あーむ、この衣裳は、本物じゃな。えーむ。その、何と言ったっけかな、あーむ、そうじゃ、あの日本の娘さんのもの、じゃろう。どうじゃ、あーむ、そうだろ、うーむ？」

女たちがマリーのまわりにひしめいた。

「触っちゃだめよ。帯をしめるのに一時間もかかったんだから。冬子はすっかり汗をかいちゃったの。大へんよ。キモノを着るのは。冬子、早くいらっしゃい。」

マリーに手をとられて照明燈の光の中にあらわれた支倉冬子は、頸のまわりを高くレースで飾り、胸から胴へぴったりした真紅の天鵞絨《ビロード》の上着に、たっぷりした黒い裳裾をひろげたアンダルシアの貴婦人の粧いだった。黒い髪を両耳の上に束ね、真珠でそのまわりをくくっていた。

「まあ、あなたは日本の方？」

「なんて黒い、黒い、美しいお髪《ぐし》なこと。東洋の黒髪って、まあ、なんて黒いのかしら。」

女たちの叫びに冬子はほほえみ、軽く首を傾けた。

そうした騒ぎのあいだに、前奏曲はいつか金色の音色で喨々《りようりよう》とひびくファンファーレをともなった行進曲にかわっていた。正面階段の上に金モールで飾ったギュルデンクローネ家の執事の正装をしたマーゲンスが、黒塗りの高い杖をやや斜めに持ち、片手で名簿帳をささげると、低い重々しい声で「ヨハンネス・ユエール枢密顧問官及びアンヌ・ユエール枢密顧問官夫人どのーっ」と名前をよびはじめた。肥満したトルコの太守は、ブルターニュ女の腕をとると、その階段をのぼって大広間のシャンデリアの下に出ていった。大広間には仮装舞踏会でただ一人正装したギュルデンクローネ男爵と、夫人の名代の、その姪に当る年配の婦人とが、立って、二人を一揖《いちゆう》して迎えた。

マーゲンスの声は大広間まで聞えていた。その名前が呼びあげられるにつれて、大広間に次々と新しい男女の一組が姿を現わした。男爵は一揖し、その都度、拍手をして、彼らを迎えていた。管弦楽団の行進曲はなおつづいていた。しかしやがて最後にマーゲンスが「支倉冬子嬢、マリー・ギュルデンクローネ嬢、エルス・ギュルデンクローネ嬢」と呼びあげて名簿帳を閉じると、音楽は一休止の後、古風なウイン・ワルツの演奏にうつっていった。

〝私は小学校の劇に出たとき以来、こんな仮装などという経験は後にも先にも一度もなかった〟と支倉冬子がその日記のなかで書いている。〝仮装の面白さは、自分が自分でないものに変るだけではなく、それによって自分の周囲まで変ってしまう点にある。私がアンダルシアの貴婦人に仮装して左右のそり反った仮面を顔につけると、私という人間はその瞬間に消えてしまったが、同時に、今まで知らなかった世界が自分のまわりに現出しているのに気がついた。私は背の高い、やさしいオセロとも踊ったし、息をぜいぜい切らした親切なトルコの太守とも踊ったし、最後には蝶に変ったエルスとまで踊ったけれど、踊っているのは私ではない誰かであり、この誰かの姿の中に私は仮りに住みついているにすぎなかった。私が私でなくなったように、周囲の現実も本当の現実ではなく、実体のない影のようなものに感じられた。大シャンデリアも階段も柱も天井画も大理石の床もギュルデンクローネ家の城館ではなく、どこか架空の、背景に置かれた書割のように、自由に変更もでき、容易に消えたり、現われたりするものに見えた。きらびやかな音楽の波に乗ってゆれ動く仮装人物の群れは、もちろん一場の夢のような淡いはかなさで広間に集まっている影にすぎなかった。

踊りつかれて広間をぬけ、星のきらめく露台に出ると、幾組かの男女が口づけをかわしているのが見えた。しかしそれまでが夏の一夜の夢幻劇の断片ほどの現実感も伴わなかった。それは私にある種の悲哀に似た感情を味わわせたが、考えてみると、私が現実と信じているものと、この夢幻劇とのあいだにどれほどの違いがあるのか。私たちだって現実の舞台に登場した役者の一人にすぎず、いつかは夜風に送られて、その舞台から退場してゆかなければならないのではないか。私の前からも、なんと多くのものが、はかなく過ぎさり、消え果てたことだろう。兄や従兄妹たちと遊んだ祖父の家はどこにいったのか。あの樟のざわめきはどこにいったのか。祖母や母や、小さかった兄や私自身はどこにいったのか。それは思いだせば、つい昨日のように感じられるではないか。すべては砂が指からこぼれるように流れさってゆく……

こうした物思いはたしかに悲哀の感情を強めたが、同時に、この一瞬の生を、異様にかけがえのない甘美なものに感じさせた。私にはエルスがあのように太陽の甘さに酔う気持がわかるような気がした。

しかしその瞬間、まったく唐突に、エルスのあの暗い美貌もいつか消えはてるのではないかという考えが、鋭く身体を貫いて閃いた。私は思わず右手でそんな考えを払いのけるような動作をして、「そんなばかなこと」とつぶやいた。それはちょうど肉親の死や不幸をふと考えて、そんなことを思いえがいたというだけで、それがやってきそうな不安に駈られるときのように、反射的に、自分の考えを打ち消そうと身体をよじりながら「そんなことはありえない。あってはいけない。断じて、断じて、断じて、あってはいけない。」と声に出して叫んだ。そのとき、私の眼には、エルスがたまらなく可愛い、小さな、いとしい生命に映っていた。私はできることならエルスを抱きしめてそのまま不死のものにしてしまいたかった。

あとで考えると、あの星空の下で、肩を冷たく夜露にしめらせながら、私が思いえがいたことは、たしかに気狂いじみた考え方だったに違いない。しかしそれは今も変りないし、今後も変るとは思えないのだ。あのとき、私は、ふと物狂いという言葉を思い、その言葉の意味がよくわかるような気がした。私がながいあいだ見失っていたのは、まさしく、こうした物狂いではなかったか、と思ったのだった。私は物狂う前に目覚め、物を考え、物を整理し、その意味を知ろうと努めていたのではなかったろうか――ふと、そう思ったのだ。織物ばかりではない、私たちがすべて美と呼ぶところのものは、ただこうした物狂いのなかだけに姿を現わすものなのではないだろうか。ちょうど虚空を行方も方向も定めずに落下する星が、ただそうやって落下することで光りかがやくように、物狂いつつ仕事をするというそのことだけで、美は支えられるのではあるまいか。

あの夜、私が露台の手すりにもたれて考えたことは、こうした物狂おしさにもかかわらず、その後も変らないばかりではなく、むしろ日がたつにつれて、それは私のなかで確かな、動かしようのないものになってゆくように思える。私は今こそ物狂いつつ、自分の幻影に浮かぶ織地を、苦痛にみちた甘美な思いで織りつづけることができるような気がする。〟

これは冬子が舞踏会から二週間ほどたった日のノートのなかに書いてある一節だが、その夜の彼女の物想いをあますところなく伝えているように思う。マリーの話によると、冬子は、人が違ったように、いきいきと、大胆に、若い男友達を相手に、夜明けまで踊りつづけたということである。

仮装舞踏会は、事実、冬子に作用したような気分を、全員に同じようによびおこしたのであろう。あの肥った枢密顧問官や図書館長までが、若者たちと冗談を言いあい、若い婦人たちを相手に踊り、しばしば汗をふきながら広間の隅のソファで息をつかなければならなかった。大シャンデリアの下には、トルコ帽、ターバン、貴婦人の羽飾り、ブルターニュのレース帽、青や赤の仮面、三角帽、水兵帽がぐるぐると渦をまき、波になってゆれ、近づいたり、離れたりしていた。

曲が終ると拍手がひびき、人波は右に左に崩れ、壁際から立ちあがる人、壁際に退く人が入りまじり、うなずき合い、すれ違い、眼配せを交わしていた。そしてしばらくすると新しい音楽の波が湧きおこって、広間はふたたび赤や青や黒の鮮やかな踊り手の群れにみたされ、さざめき、賑わうのだった。

ダンスは一時間ごとに休憩がおかれ、大広間につづく幾間かがシャンパンの瓶やグラスでみたされ、黒い仕着せを着た近在の元気な娘たちが、銀の大皿に盛った料理を、調理室から運んできた。大女のビルギットは黒のテープで縁どりした灰色の洋服を着て、部屋から部屋へと歩きまわり、小皿をくばり、葡萄酒のグラスをすすめ、給仕人たちに声をかけ、鋭い眼で広間や廊下を見てまわり、若い娘たちに絶え間ない指図を与えていた。ただその夜の彼女に変ったところがあったとすれば、それは、正装をし、ふだんより声も動作も控え目だったというだけではない。彼女の長スカートにつかまって走っていた萎びたホムンクルスがその夜見えなかったということである。ビルギットが時おり裏の廊下に出て、カーテンを細目にあけ、離屋《はなれ》をじっと眺めていたのはそのためであるらしかった。

しかしビルギットの不安、気がかりは、後になって、理由のないものでなかったことがわかったのである。ホムンクルスは、それから数時間後の夜明けに死んだからだ。私はこの不幸な出来事をマリーから聞きながら、私自身、説明しようのない不安に襲われたのを憶えている。それは気味のわるい事件そのもののせいか、事件にいささかエルスと冬子が関係をもっていたせいか、その辺のところはわからないが、話をききながら、なんどもある種の戦慄をおぼえたのは事実である。

マリーの言うところによると、ダンスが休憩になると、エルスはマリーと冬子を誘って林檎酒（エルスはそれしか飲まなかった）のグラスを片手に、夜露のしとどおりた庭の植込みの中の石のベンチに休みにいったということだ。そこからは城館も広間の煌々としたあかりも見えず、人声まで遠ざかっていて、森にざわめく夜風や、水盤に落ちる噴水の水音がはっきり聞きとれるほどだった。一、二度マリーは彼女の男友達、女友達と談笑しているうち、エルスと冬子を見失うことがあった。そんなとき、植込みの中の石のベンチにいってみても二人の姿は見えず、やがてダンスがはじまり、広間に満ちた仮装人物が波のようにぐるぐると揺れ動きだしてから、ふと気がつくとその中に彼女たちの姿がまじっていたというのだ。

事件のあと、エルスが姉に話したところでは、彼女たちは夜明けに湖までゴドーを走らせ、そこで泳ぐつもりだったという。事実、夜明けには十五、六組をのぞいて、ほとんどすべての人たちが寝室へ引きあげていた。マリー自身も女主人としての配慮や、着なれぬ日本の着物のせいで、くらくらするほどに疲れていた。エルスたちの姿が見えないので、広間の客をそのまま、ひとまず寝室に引きあげて、しばらく休んで衣裳を変えたいと思った。そのときマリーは二階にゆく前に調理室にいって、ビルギットに一と言声をかけて、残っている客のことを頼むつもりだった。しかし調理室には、隅で正装のまま居眠りしているマーゲンスがいるだけだった。彼女は何気なく調理室につづく台所と広い土間へのドアを開けた。そこは真っ暗で、調理のあとの油や、葡萄酒や、酢の匂いが、なお濃くたちこめていた。しかしマリーがドアを閉めようとしたとき、あたりに、ふと、どこか、いつもと違った、異様な気配を感じた。なにか光の波のようなものが、赤く、かすかに、その暗闇のなかで、ゆらいでいるような気がした。マリーは反射的に裏窓をあけた。眼に入ったのは、夜空をこがす真赤な焔だった。遠く、納屋のあたりで、巨大な焔の舌が、ゆらぎ、渦を巻き、無数の火の粉を、金粉のように、暗い夜空に、はじきとばしていた。

「マーゲンス、納屋が火事よ。納屋が燃えているわ。」

マリーは気も転倒して叫んだ。その声に、眠っていた執事は飛びあがり、マリーの傍に駈けてくると、

「あれは納屋ではございません。厩舎です。納屋の消火器が使えます。私はすぐ納屋へ参ります。あとから男の方をお呼び下さい。」

と慇懃な様子で言うと、調理室の火災警報器を押し、すぐ裏庭へ駈けだしていった。

城館内にけたたましい警報のベルが鳴った。マリーは大広間まで駈けてゆくと、寝室からとびだしてきた青年たちに、すぐ火事の現場へ行ってくれるように叫んだ。

裏手からは、切り裂くような馬の嘶《いなな》き、鋭い牛の唸りが闇をつんざいて聞えた。火事に照らしだされた納屋の周囲で、マーゲンスの声がひびき、黒い人影が入りみだれて動いていた。干草の燃えあがるごうごういう音、物の割れる音、はじける音、崩れる音が厩舎のなかから響いてきた。火は屋根をなめ、上段の窓から狂ったような焔が噴きだしていた。焼けつくような火照《ほて》りが木材のはじける音とともに、消火に努める男たちの頰をかすめた。モーターの音とともに、カーヴを描いて噴出する三本の水柱が、厩舎の屋根に向かって伸びていった。しかしそれ

は狂いまわる焰のなかに、無力に吸いこまれているだけで、火勢は一段と激しく厩舎の屋根の裏側に拡がった。新たに何台かの手押しポンプが作動しはじめた。

マリーが現場に駈けつけたとき、流石《さすが》の火勢も、男たちの人手が多かったため、おとろえをみせはじめるところだった。しかしなお厩舎のなかからは乾いた木の燃える不気味な底ごもった音がつづいていた。マリーが髪をふりみだしたビルギットを見たのはそのときだった。「ヨーハンが見えないんだよ。マーゲンス。ヨーハンが、見えないんだよ。」彼女はそう叫びながら、ポンプのそばに立って指図をしていた執事の手をとった。

「部屋には？」執事が訊いた。

「部屋から抜けだしたんだよ。お屋敷のなかを捜したけれど見えないんだよ。まさか……あの、厩舎のなかに……」ビルギットはふるえながら言った。

「そんなことはないだろうよ。どこか、そこらの草っぱらから出てくるさ。」

「いや、そうじゃない。マーゲンス。そうじゃない。あれは厩舎のなかにいたんだよ。きっとそうだよ。きっとそうだよ。」

ビルギットは手をしぼるようにして嗚咽《おえつ》の声を嚙みころした。

厩舎が完全に消火されたのは、もう夜が明けはなされた頃だった。白い夜明けの光のなかで、焼け残った屋根の骨組みが黒くくすぶりながら、痛ましく崩れかけていた。三頭の馬が焼け死んだほか、他の馬は森へ逃げさっていた。焔に黒く焼けた石組みも一部は崩れ、いたるところから煙と蒸気と、すえた悪臭とが立ちのぼっていた。消火に当った男たちは疲れはて、よろめくように寝室に引きあげていった。それでもなお裏の庭を歩きまわったり、石の上に腰をおろしたり、火勢の凄さを話しあっている人々が残っていた。なかには外の階段の隅で、もたれ合って、仮装衣裳のまま、眠りこんでいる女たちもいた。

マリーがエルスと冬子を見つけたのは、火勢も一段落したときだった。二人は蒼い顔をし唇をふるわせていた。エルスと冬子はゴドーを遠い欄干のそばに置いてきていた。マリーが二人に近づくと、エルスはマリーの手をとりながら、声を低めて「マリー、この火事は、ひょっとすると、私のせいじゃないかと思うの。」と言った。「私は冬子をさそって、夜明けにゴドーに乗って湖に泳ぎにいっていたの。湖から城館のほうの空が赤くなっているのを見て、万一と思って帰ってみたの。そしたらやっぱり思った通りだったの。私ね、ゴドーをつれだすとき、カンテラを消さず、そのまま厩舎に掛けてきたんです。」

冬子は呆然としていて、マリーが声をかけても返事をすることができなかった。

「あなたがたのせいじゃなくてよ。ただね、可哀そうに、ホムンクルスがなかで焼け死んだらしいのよ。どうして厩舎なんかにいったんだか、わからないけれど。ビルギットの部屋からぬけ出したりして……」

この事件のなかで唯一の謎は、なぜホムンクルスが夜明けに起きて、厩舎に入りこんだのか、という点だった。ホムンクルスの死体は焼け落ちた梁の下から発見された。検視に立ち会った警察医の推定では、ホムンクルスは何かの理由で厩舎に入りこみ、エルスたちの残していったカンテラをはずそうとして、それを落したのではないか、火はそれが原因で出たのではないか、というのであった。

この不意の出来事のため、次の日以降に予定されていた巨石遺蹟への遠足と、森での狩猟は無期延期されることになった。ただマリーの友人たちのうち、何人かの馬の乗り手だけは残って、森のなかに逃げこんだ三十頭に近い馬を探す仕事にとりかかった。ある意味では、火事のため一挙に野生にかえった馬を探しだすことのほうが、遠足などより、彼らにとっていっそう刺戟的であるらしかった。

ただ不思議なのは冬子がこの火事についてほとんど数行しか触れていないことである。つまり彼女は日記に次のように書いているだけなのだ。

〝おそろしい焔。なんという鮮やかな色で燃え落ちたことか。哀れなホムンクルス。ああ、それは昔のことと、何から何まで同じではないか。〟

第四章

多くの人たちは、記憶のなかの物ごとを、霧に包まれたように、ぼんやりした姿しかもたず、それに反して、現実に経験する姿は、はっきり確実な形をもつと言うけれど、この北方の古い異国の都会《まち》での生活は、しばしばそれと全く反対のことを私に教えるように思う。たとえば街の飾り窓の冷たい反射がそのまま祖父の家の応接間のガラス戸の反射になり、ギュルデンクローネ家の廊下が、いつかあの書院へ曲る樟の家の廊下につづいているようなとき、現実から、過去を憶《おも》いだすというのではなく、現実と過去の閾《いき》口に立って、同時にその両方の世界を生きていたと言えないだろうか。

とはいえ、私は誰にその古い屋敷の物語をすべきであったろうか。私は、まるでこうした物語を、あの築山のある庭の池に沈めた絆創膏の罐のように、深い自分の内部に隠していて、誰に向っても話そうとはしなかったし、話す必要も感じなかった。かつてそれを話そうと試みたことはあったのだけれど、きまって聴き手の顔に疑わしそうな表情が、時には露骨に、時には控え目にあらわれるのを見たし、また、私の話を信じてくれるような場合でも、娘らしい私の空想がそこに混っていると考えている様子がありありと見てとれるのだった。

しかし、そうして閉じこめられた過去が、いつか私の前に立ちあらわれ、この都会の朝ごとの霧のように漂いながれるようになったのは、私がそれを呼びだしたからではなく、むしろ過去が私を呼びだしたからなのだ。あの頃――あの霧の多かった秋の朝の目ざめのあいだ、私はいかにしばしば、彼ら、すでにこの世になかった人たちのことを思いだしたことであろうか。彼らは、暗いながい廊下を、なぜかよその家に踏みまよったときのように、いかにも心もとない様子で、ただよい歩いていたのだ。それはなんと深々と樟の大樹に覆われた薄暗い屋敷だったことだろう。おそらく私が子供であったために、その果しないような奥の深さは、誇張して感じられていたのに違いない。しかし、その屋敷が焼けおちたころ、私が女学校にすでに入っていたことを思えば、かならずしもそれは誇張とのみ受けとれない。私は自分の記憶に残るあの奇妙な静けさ、荒廃した拡がりに、やはり執着していいのであろう。

そのかげに半ば浸された屋敷の広さと言えば、私は、容易に、あの夏の海に出かける前夜の、謎のような行列を忘れることができない。私たち――母と兄と女中の杉と時やと、それに婆やとが、居間から、旅行用トランクやバスケットの置いてある奥の書院まで、一列になって、なにか儀式の列ででもあるかのように歩いてゆくのであった。私はそうやって並んでゆく自分たちの行列を、あの兎や狸や狐や栗鼠《りす》などが月の下を並んでゆくぬり絵のようだと思って、思わず母の手にすがって、そう告げずにはいられなかった。それは前に私が肺炎にかかって、ながい病後を離屋《はなれ》でおくらなければならなかったとき、母が私のために描いてくれたぬり絵の一つで、私はそれにクレヨンで丹念に色をぬって遊んだのだった。母は自分でも時おり庭に出てスケッチ・ブックに花や草を写生していたから、私のために、兎や熊や狐をかくことは、あるいは愉しみでさえあったのかも知れないが、私はこの月の光の下で行列をつくる動物たちの絵を、なぜか執拗に毎日毎日かいてくれるように頼み、母もそれを夜おそくまでかかって描くと、朝、起きぬけに私をよろこばせようとして、それを枕許に置いておいた。私は私で、母が、「まあ不思議な色だこと。」とか、「お月さまが赤くって、気味がわるいわね。陰気ね。まるで今にも魔法使いがやってくるみたい。」などと言ってくれるのが嬉しくて、一枚一枚に新しい色の組合せを考え、床のうえに寝そべりながら飽くことなくクレヨンをぬりつづけた。もちろんそのぬり絵のことなど、もうずっと以前に忘れてしまったのだけれど、こうして私たちが列をつくって歩いていると、不意に思いだされてきたのだった。母は黙って、私に微笑した。そして、いくらか力をこめて私の手を握りしめてくれた。

私たちはそうやって仏間の障子にあかりのゆらいでいるのを眺め、昆虫箱のナフタリンの匂いのする書斎兼用の中の応接間をぬけ、父母の寝室のそばの長い廊下を通り、そこから鉤の手に曲っている書院の廊下へ折れていった。その書院の長い廊下からは、雨戸さえ閉めてなければ、築山や亀を飼っている池や古い樟の大樹がずっと見渡せるはずであった。しかしそのころ一、二度私たちの家に盗難さわぎがあって、人気のない書院と二階はほとんど雨戸をたてきっておくことにしてあったのだ。ところどころ一枚二枚と女中たちが風を通すために雨戸を繰っていったものの、そこから入る光が新鮮で白く眩しいだけ、それだけ書院の十二畳四間の襖に仕切られた薄暗い部屋部屋の、湿った、かび臭い、地下室のにおいに似たその空気が、よどみ窶《やつ》れた蒼白いものに感じられた。私たちが運びだす旅行鞄類は、この書院の廊下の奥の小さな納戸にあって、そこは天窓からの光が、北向きの窓特有の冷たい澄んだ色で流れこんでいた。私たちは紙袋や新聞紙をガサガサと音をたててやぶき、去年の夏の終りにしまったままの恰好で現われてくる籐編みの旅行用バスケットや赤皮の鞄や父の洋服袋などを、なにか、ながいこと忘れていた懐しいものを見るような気持で眺めるのだった。海岸で、前の年、あんなに私が片時も手許から離さないでいた小さい白いバスケット（ピクニック用のバスケットだった）が出てきたとき、私はなんとなく、こんなにながいこと忘れたまま放ったらかしておいたのが、はずかしいような気がした。私は自分がいかにも移り気な、実《じつ》のない、恩知らずな子のように感じたのだ。そのくせ私はわざとそれに気づかぬように他処《よそ》を向いて、白いバスケットのことを黙殺しようとした。おそらくそのころ、すでに、私は、不意に自分の気持を騒がそうとするものに反撥を感じたばかりではなく、自分のなかに反射的にあらわれる一種の自己反省に対して、嫌悪を覚えていたのにちがいない。私は、自分で自分のことを移り気で恩知らずだなどと考えたことに、我慢がならなかったのであろう。そのくらいなら、むしろ意識的に、そんなものは無視した方がどれだけいいか知れない——私は本能的にそんな風に考えていたにちがいないのだ。

その納戸のつづきにタイル張りの真新しい風呂場が造りつけられていて、まるで温泉の小浴場のようだったが、もちろん当時の私などには、誰のために、こんな湯殿がつくられたのか、見当さえつかなかった。ながいことそれが使われていない証拠には、いたるところ蜘蛛の巣だらけであったし、床タイルは埃りをかぶって、朽葉が空っぽの湯槽の底に落ちていた。母たちが納戸でトランクをよりわけているあいだ、私は兄と風呂場をのぞきこんだ。「誰がここに入るの?」私は兄にそうきくと、兄は何でも知っているという表情で、「そりゃ、お席にきた人さ。」と答えた。「お席にくるのはどんな人?」私は重ねてたずねた。「お席にくる人は、おじいさまみたいに立派な人さ。」兄はそう答えて、爪先立ちで乾いた湯槽のなかに入ったり出たりした。お席というのは、池のある庭に書院から突きだした茶席で、離屋の上を覆う樟の大枝がその水屋までのびていて、池に向った苔むした岩と燈籠と玉砂利を置いたその庭は晴れた日にも青く冷んやりと沈んで見えるのだった。お席から離屋まで、檜皮葺《ひわだぶ》きの片流れ屋根の下を、白壁づたいに、苔の青さに覆われた飛石が伝っていた。この茶席が使われることは一年に何度もなかった。そのためか、そこがいつか私の眼に神聖で近寄りがたい、ある種の厳しさを備えた場所と映っていた。私が兄の無造作な言葉（それは兄を偏愛していた祖母の言葉を、単純に、そのまま私に伝えたものだったろうが）に対して、いささかの不審も感じなかったのは、こうした畏れに似た気持があったからにちがいない。

私たちはトランクやバスケットが一通り揃うと、銘々でそれを分け持って、また一列になって、前とは逆に、書院から父母の寝室の廊下へ、そこから中の応接間をぬけて、仏間のところまで帰ってくるのだった。仏間のあかりがまだほんのり障子にうつっていて、線香の匂いが廊下の外へ流れだしていた。それは早暁と夕方、祖母が仏前のお勤めをするときに焚かれる香の匂いであったが、私には、それはいわばこの家にたちこめる上品で濃密な家霊の匂いのように感じられた。それは茶の間にいても、寝室にいても、書院の廊下にいてさえも、ほのかに漂っている匂いであって、その匂いが流れてゆくにつれて、どの部屋にも仏間に似た薄暗い、底冷えのする、透明な感じがみちわたってゆき、どんなに戸を開けはなってみても、その香りの漂っているうちは、妙に沈んだ、取り片づいた、儀式ばった印象を拭いきることはできなかった。たとえば中の納戸の唐櫃《からびつ》や様々な箪笥や木箱類のあいだに坐って、かすかに漂うナフタリンや防腐剤の乾いた刺戟臭をかぎながら、着物や晴着や父の洋服の匂いなどを感じているとき、ふと、仏間の香の匂いが細い糸のように流れてまじりはじめると、いままで私がそこに思いえがいていた絹の肌ざわりのなまめかしさも、木綿のすがすがしい感触も消えてしまって、納戸全体がまるでひっそりとした納骨堂か何かのような虚しさに取りつかれるのを感じた。それまで私はそこに四季の生活の細部が、あるいは淡い花の追憶を畳みこんで、あるいは新月の冷たい湿りをその絹地の感触に移して休らっているように思えたのに、仏間の香を感じた瞬間に、そうした美しい着物は、いきいきした生活から脱ぎすてられ、空虚になり、まるでその形さえもはや奪われた生の蒼ざめた抜け殻に見えてくるのであった。

それは、あたかも私が飛行とびやぶらんこに熱中するのを、女の子らしくないと言って叱るのと同じような祖母の眼ざしが、その香の匂いにこもっていて、この家のなかのすべてのものをじっと見つめているような感じがした。私は古いアルバムをめくって祖母のまだ若かった頃の写真を見るたびに、唇を固く閉じた、意志的な、きびしい表情が、すでに娘時代から祖母にそなわっていたのを知らされるのだった。その古い、色の変った写真には、二昔も前の写真館にはまだ見られた山や木立や石柱を描いた背景があり、大きなリボンや着物袴姿に靴をはいた若い祖母が、片肘掛けのついた長椅子に横向きに坐ったり、背凭《せもた》れの高い固い肘掛椅子に正面向きに両手を膝の上に組んで坐っていたりした。もちろんそうした若い娘の面影のなかに、現在の祖母をしのべるものは、この固い、きびしい表情のほかに何もなかったが、にもかかわらず、そこに、たとえば叔母たちの若いころの顔立との相似を認めて驚くことがあった。赤萩の叔母にしても、小日向《こひなた》の叔母にしても、また、いちばん年下の箕輪の叔母にしても、決して互いに似かよった姉妹とは言えなかったけれど、その一人一人の面輪《おもわ》は祖母の鋳型から打ちだしたものにほかならなかった。とくに結婚するまでながいこと、ほとんど年長の姉のようにして私たちと暮してきた箕輪の叔母と祖母のあいだには、性格から言っても、顔だちから言っても、似ているところなどまるでないように思えたのに、やはり祖母の娘の頃の写真を見ると、同じ刻印を受けた貨幣の肖像ほどにも似ているのだった。あるいは祖母の性格のなかにも、箕輪の叔母のような脆い、弱々しいところが隠されていたのだろうか。それとも私たち一家の世継娘として育てられ、早くから家の格式や家運の盛衰に縛られていたために、意志的なきびしい性格が形づくられていったのだろうか。私は時おり下《しも》のお席にひとり肩を落すように坐っている祖母の後ろ姿を青桐のかげから眺めたが、そういうとき、子供ながらに、祖母が決して人に見せなかった姿を見てしまったような気がして、自分でもそれに気づくまいとするかのように、わざわざそこから大声で「おばあさま」と呼んだ。祖母はどんなときであっても決して馴れなれしい言葉や態度を許すようなことがなかったから、私が、庭先から、きちんとした手続きも経ないで、いかにも気ままに声をかけたということは、祖母の生活やしきたりに反する侮辱であるように感じた。たとえば祖母は朝たまたま洗面する前に顔を合すようなとき、挨拶をすると、不機嫌になった。祖母の考えでは、朝の挨拶は、しかるべく身を整えてから後、それにふさわしい場所で交されてのみ意味があるのだった。そういう祖母はいつも姿勢を真っすぐに起し、きびしい、かたい表情をしていた。だから私が庭から声をかけると、この本来の祖母が一瞬に目ざめて、くるりと振りかえると、「何ですか。御用だったら、手を洗って、玄関から廻っておいでなさい。」と、ほとんどこうして話すのは例外なのだ、というような調子で答えて、距離をおくような眼で私をじっと見つめた。私は急にどぎまぎして、「何でもない。言うこと、忘れちゃった。」と叫んで、裏の庭に逃げだすのだったが、そんなとき、母はかならず後で祖母から何かしら私についての軽い叱責を受けた。私は、母からなぜそんな風にして祖母を呼んだのかと問われても、どうしても答えることはできなかった。よしんば答えることができたとしても、それを口にすることはなかったにちがいない。ただ私は早くからこうした事柄をめぐって、私たちが互いに気持を通じ合うことができず、何か冷たい黒ずんだ風がお互いの間に流れていることに気づいた。それは後年になって、私がいくらかでも物を知るようになるにつれて、薄らぐどころか、かえって深まってゆく性質のものだったが、もちろんそのころの私に、そんなことは思いあたろうはずはなく、ただ理由のない悲しみとなって、私のなかにいつまでも澱んでいた。

祖父が亡くなってから、祖母も昔のようには派手な生活を送ることはなくなり、父の代になって急速に傾いた店の経営状態のせいもあって、出入りの商人の数も減り、季節ごとの集まりなどもいつとはなく欠かされるようになって、私が物ごころつくようになってから、祖母が茶会を開いたという記憶は、数えるほどしか残っていない。祖母は五十すぎたころから片足を悪くし、歩くとき、いくらか跛をひくようになったが、そうした姿でも、いささかも悪びれるところがなく、落ちつきはらって、欠かせぬ接待やよその茶会に出かけていた。私は今でも祖母というと、あの樟の覆った家の長い廊下を歩いてゆく、ある調子をもった、ゆっくりした足音を忘れることができない。祖母が下のお席から上の手洗い（それが祖母専用のものだった）まで立ってゆくとき、ながい廊下を、とっちん、とっちん、と歩いてゆく音が、いつまでも聞えていたのである。夜半に、どうかした拍子に眼がさめて、庭の樟の大樹がざわめくのを蒲団の襟に首をうずめて聞いているとき、祖母が廊下を歩いてゆくあの、とっちん――とっちん――とっちん――という音が、遠ざかりながらきこえてきて、あ、おばあさまがお手洗いにお立ちになった、何時ごろになるのだろう、と思うのだが、その足音は遠く消えそうでいて、まだきこえていて、果しない暗い家の拡がりを、異様に不安な怖ろしいことのように感じながら、また深いねむりに入るのだった。

祖母のこうした性格にもかかわらず、樟に覆われた家が徐々に荒れ、古びていったのは、祖父から引きついだ店が、父の肩には、ただ重荷でしかなかったという事情からのみ説明されえたのであったろう。私が庭で遊んでいる折に、父がよく来客を送って大玄関まで姿を見せるのを見たが、そういうときの父の顔は、暗く、沈んでみえた。私は本能的にこうした訪問客を憎むことを覚え、大玄関にまわる来客には、どんなお愛想を言われても、かたくなに挨拶することを拒んだのだ。おそらく祖父が祖母の家に入ってから、そこに付け加えられた山林や土地がそのころ私たちの手から離れたのかもしれず、あるいは子供などに理解できぬ入りくんだ事情が介入していたのかもしれない。私は今でも、ある年の秋のことを憶えているが、それは私がすでに大人になり、自分の家の事情がわかるようになってからも、時おり私の心によみがえっては、ある種の感慨をあたえたものだった。

毎年秋が深くなると、北郊のずっと山地に入りこんだ松林で、松茸狩りをするのが私たちの家の年中行事になっていて、その日には母がたの祖父、叔父叔母、従弟妹たちとか、店の主だった人々とかが、赤萩の叔父叔母や小日向の従兄妹たちに加わって、一年のうちでも欠くことのできない親戚縁者たちの集まりになるのがつねだった。もちろん兄や私などにとっては、夏休みとは別の意味で心待ちにしているピクニックだった。その主な理由は、松茸狩りの行なわれる斜面の松林は私たちの家の所有地で、そこには無口な山番の老人がいて、私たち兄妹のために、あらかじめ松茸の在り場所をそっと耳うちして教えてくれるからだった。もっとも松茸の少い年には、山番がよそから松茸を持ってきて、枯松葉の下に隠しておくこともあったのだ。私は子供たちのなかではいつも兄についで、沢山の松茸を集めるのが得意だった。何も知らない大人たちが私や兄の松茸をみて、「やはり山に慣れておられるせいでしょうかね。」などと話しあっているのをきくと、私は思わず笑いだしそうになったが、兄はこわい顔をして、そんな私を眼で制止した。私には、そうした大人たちの言葉が半ば私たちの両親に対する阿諛《あゆ》の調子を含んでいるのを感じたが、兄はそれを逆に真《ま》に受けている様子をしていた。

斜面にある松林は深く、奥に迷いこむと下生《したば》えや斜面の起伏のために、すぐ他の人々の姿が搔き消すように見えなくなって、突然自分が松林のなかに一人で残されたような気持にとらわれた。なにか急にあたりがしんと静まりかえり、風はないのに、遠くで、木立が揺れているような音がきこえていた。それは、どこか山のずっと下を流れている渓流の音かもしれなかった。秋らしい午後の澄んだやわらかい日ざしが松の幹と幹のあいだに、蜜のような色で流れていた。いままで気がつかなかった向いの丘の中腹の日のかげりや、白く光る雲を浮かべた青空や、冷たい湿った空気や、静かに谷間へ下りてゆく松林の匂いや、そのなかにかすかに混じる松茸の香ぐわしさが、ふと私に、松茸狩りの気分とはおよそ無関係な、虚しい沈んだ気分を感じさせた。しかし、そうした気分は私にとって必ずしもそこから脱れたいと思わせるような種類のものではなかった。十歩も歩けば、はしゃいだ賑やかな気分のなかに入ってゆけるのが分っているだけに、その反対の気分を味わえるのは、いわば、この集まりの愉しさのもう一つの面であるような気がした。

私がしばらくそうやって一人で皆から離れていると、かならず従兄妹たちの誰かが気がついて、私の名前を呼ぶのだった。すると、それが二人になり、三人になりして、ちょうど隠れんぼをしているときと同じような気持に私を誘った。私は、自分の名前が向いの丘の斜面にこだましてかえってくるのをしばらく聞いてから、急に、みんなの見える松林の斜面に姿をあらわした。従兄妹たちは私がどこか松茸のいっぱい生えている場所を知っていて、そこへひとりで行ったにちがいない、と思いこんでいて、私に、その秘密の場所を教えるように迫るのだった。兄の方を見ると、兄もまた、私が兄に内緒で、そんな秘密の場所を見つけたのではないかと思っている様子をしていた。兄のそんな表情には、一種の不安と危惧のようなものが、ありありと浮かんでいた。

午後おそくなると、番小屋の前に焚火が燃えあがり、縁台がそのまわりに幾つかならべられ、山番の老人や女中たちを指図して、母が松茸料理をみんなに振舞うのが毎年の例になっていた。とりたての松茸を焙烙《ほうろく》で焼く香ばしい匂いが、大人たちの汲みかわす清酒の甘いすがすがしい香りにまじって、私たち子供の食欲を刺戟した。私たちは土瓶蒸しと松茸御飯が、湯気をあげる大釜から、爺やの手で渡された。子供たちは子供たちだけで二つの縁台を占領し、今年は誰が一番沢山集めたかという話から、去年のことや、もっとずっと前の話、愉しかった思い出や失敗談などに移って、笑いが波のように子供たちの間から湧きおこった。私はすっかり顔の赤くなった大人たちが同じように松茸料理をつつきながら談笑しているのを時々眺めたが、そのたびに、縁台の端で、自分では酒が飲めないため、ひとりで気を配って、徳利を手にしている父の顔が、妙に蒼白く冴えているのを、なぜか不安な気持で見つめた。私には父の平静を粧っているその顔のうしろに、よく大玄関で見かけた暗い表情が透いて見えるような気がした。店の人たちや酒好きの小日向の叔父などが、すこし酔いはじめたらしい度はずれな陽気さで話したり笑ったりしてゆくにつれて、それと対照的に父の顔は蒼白く冷たく暗くなってゆくように思われた。

松茸狩りが終ってからあとも、従兄妹たちのあいだで、半ば形式的な、半ば親戚らしい親しみと馴れなれしさをこめた手紙が交わされるとき、もうお互いに知りつくしているこの松林での一日の出来事を、まるで反芻しあうように、何度も繰りかえして書いたものだった。いまでも私には、そうした稚い手紙の、あの「＊＊ちゃん、君は松林で＊＊＊しましたね。僕はいつも思いだして、笑ってしまいます。」といった単純で素直な調子を憶いだすと、あのころの兄や従兄妹たちの顔がはっきりと眼に浮かばずにはいない。

その年——兄が小学校の終学年にいた年——の秋、この松茸狩りが取りやめになったときいたとき、兄が父や母にくってかかったのは、兄にしてみれば、長いこと待っていたこうした愉しみを、不意に取りあげられたような気持がしたからにちがいない。松茸狩りを誰よりも愉しみにしていたのは、たしかに兄だった。秋がきて、松林にゆけば、番小屋の爺やがそっと松茸の在りかを教えてくれる。兄は大得意で腕一杯の松茸を集めることができるのだ……。しかし兄はこの秋の松茸狩りの中止が何か私たちの家の出来事と関係していると感じるには、いくらか年も小さすぎたし、それに、単純に物を信じて、決して裏側の意味を詮索しないその性格からいっても、そんなことは思いも及ばなかったのだ。兄は執拗に父にむかって松茸狩りをするように懇願した。私は何度か兄が父の書斎で、半ば憤慨し、半ば泣き声になって、松茸狩りの中止をなじっているのを聞いた。もちろん私にも兄と同じような気持がなくはなかった。しかし、それと同時に私はなぜか父のあの暗い蒼白い顔を思いだすことができた。書斎で父が兄の言葉を暗い顔をして黙って聞いている様子がまざまざと想像できた。そうした表情を父にさせないためだけにも、私は、松茸狩りについては、触れてはならないのだ、と直感していた。にもかかわらず、あるいは何かの都合で、兄のあの執拗さに負けて、松茸狩りが行なわれるようになったら、どんなに嬉しいだろうという気持も隠すことはできなかった。

こうした何日かにわたる懇願がまったく無益だと知ると、兄は持ち前の癇癪《かんしやく》を爆発させて、火鉢をひっくりかえすやら、花瓶をガラス戸にぶつけるやら、唐紙をずたずたに引きさくやら、気違いじみて荒れ狂うと、中の土蔵に入りこんで、内側から鍵をかけて、夕食になっても、夜になっても出てこなかった。父は蒼白い顔をして、兄のそうした振舞いについて一言も触れなかったし、また自分から何かしようとする様子も見せなかった。ただ、いつもより早く書斎に引っこんでしまった。私は、兄の食事の仕度だけをそのまま残してある食後の空虚な食卓を、じっと見つめている母と二人で、柱時計が時間を刻んでゆくのを聞いていた。

私が兄から父母に内緒で松林の丘へ行ってみようと誘われたのは、その事件があってから数日後であった。登校の際にも、一緒に歩くことはおろか、姿が遠くに見えるのさえ厭《いや》がった恥ずかしがり屋の兄が、妹の私を松林に連れてゆこうと考えついたのは、よくよくのことだったにちがいない。それは誘いと言うよりは、ほとんど命令と言ってもいいものだった。もっとも、そこには兄としては珍らしく、懇願の調子も加わっていたのだ。

「どうせ誰も行かないんだもの。松茸がもったいないじゃないか。僕たちだけでも行って、沢山とってこようよ。爺やにもとってもらえば、お母さまなんかびっくりするくらいとれるよ。お父さまだって、松茸を沢山見せてやれば、よろこぶにきまってるんだ。」

兄は私にそう言った。

いよいよ松林の丘へ出かける日、私は朝から胸がどきどきして、食欲までほとんどなくなっていた。私は母たちに内緒でバスケットを持ちだせばよかったが、それが途方もなく困難な役割のように思われたのだ。しかし兄は私ほど昂奮している様子は見せなかった。しかしそれでも、私たちが市電に乗って駅まで出ると、私にはよく聞きとれない、妙に大人くさい調子で、全く骨を折らせやがるとか、全く気骨が折れるとか、そんな風なことを口のなかでつぶやいていたところを見ると、兄は兄で、松茸狩りを自分たちだけですることに、何かしら後ろめたいような、落着かないような気持を感じているらしかった。

私たちは駅で郊外電車に乗りかえると、あとは黙りこくって、窓の外の、次第に山の近づいてくる稲田のつづきを見ていた。四角くつぎはぎの布地のように、稲田のあちらこちらが刈りとられていて、脱穀機の音が通りすぎる車窓に追いすがって聞えることもあった。他の子供たちは、誰もが大人と一緒で、子供だけなどという乗客は見あたらなかった。そうした他の子供たちが賑やかで楽しげに見えるにつけ、両親に逆らっているというだけですでにどこか寂しい思いを味わっていた私たちは、いっそうみじめで、とりのこされたような感じがした。おそらく兄は人一倍そういうことに敏感だったからであろう、たえずキャラメルやチョコレートを自分でも頬張り、私にも惜し気なく与えるのだった。私は電車が山峡に入り、谷間に渓流が冷たく光って流れるのが見えはじめると、次第に心細くなり、何度か泣きだしそうになるのをこらえた。しかし兄は目的地が近づくにつれて、今までの不安も淋しさも消えてゆくらしく、バスケットを膝の上にかかえて、嬉しさに顔が上気してゆくように見えた。そして窓をあけて頭を突きだしては、もう何々集落が見えるとか、あと幾つ目だとか、そんなことを私に告げた。

山峡のその小駅から毎年私たちは自動車に分乗して松林までいったものだったが、もちろんその日は自動車などなく、駅員の妻らしい若い女が赤ん坊を背負って、駅の裏手で薪を割っていた。山峡は日がかげって、冷たく、黒ずんだ、妙に沈んだ秋の午後の気配がただよっていた。

その小駅に降りた近在の集落の人々らしい何人かが行ってしまうと、私は兄と二人だけ駅前の道にとりのこされた。

「歩いたって二十分で行けるんだ。前に爺やときたときも歩いたんだ。」

兄は私に言うというより、自分に言いきかせるようにそう言って、先へたって歩きはじめた。道は狭い山峡の、稲田の迫りのぼってゆく間につづいていた。どの山の雑木林も美しく紅葉していたが、遠い向いの山々のつづきは濃い杉の植林に覆われ、日に背いているためか、ほとんど寒いような暗い色に見えた。

岐れ道の地蔵堂や赤くそがれた崖や雑木林の中にある小さな鳥居など、今まで何度か自動車の窓から見なれていたものを、私はあらためて近くからしげしげと眺めた。道がのぼったせいか、その辺りの山の斜面はなお午後の日ざしに照らされて明るかった。私たちはしかし静まりかえった山峡の奥の気配に気押されて、黙りこくって歩きつづけた。「もうすぐだ。そこを曲ったところだ。」と兄が叫ぶまで、私たちは二十分以上は歩いたと思う。それでも兄のその言葉をきくと、私はほっとした。父母も親戚の誰もいなかったが、やはり兄の言う通り松茸狩りにきてよかったと思った。寂しいにはちがいなかったが、こうして兄と二人だけでくる松茸狩りも変っていて面白いと私は考えたのだ。

私たちの松林にはかなりの広さにわたって有刺鉄線が張りめぐらしてあり、入口を太い門柱と両開きの荒造りの扉が閉ざしていた。私たちの家の所有林であることを示す門標と、幾つかの禁止事項を書いた立札がその扉の上に掲げられていた。私たちは、鉄の頑丈な錠前が赤く錆びついている扉を、二、三度、前後に揺すったが、もちろんそれが外れることを期待していたわけではなかった。山はなぜかひどく荒れはてた感じで、下草が茂るにまかせてあり、私たちが上ってゆく道も草で覆われていた。番小屋のある松林の中の空地は、そこだけがテラス状に平らになって、斜面につきだしていたが、そこの花壇も小径も草に覆われ、その雑草にまじって花壇から独りでに咲いたらしいサルビアや鳳仙花《ほうせんか》の花が点々とまだ残っていた。松林全体もあの下枝を払った明るい、風の吹きぬけるような感じはなく、自然林に似た、粗野な、荒々しい印象をあたえた。しかし私たちを何よりおどろかしたのは、その番小屋の戸がこわれ、内部ががらんとして、屋根の一部の破れから、その荒れた土間や部屋が白々と光に照らされていたことだった。私は兄の背にくっつくようにして、おそるおそる小屋のなかをのぞいた。もちろん爺やどころか、爺やの持ち物の痕跡もなかった。

そのとき私は番小屋のこわれた戸の上に、板が打ちつけてあって、そこに「＊＊土地会社所有地」と書いてあるのを見つけた。

兄は一瞬それを見て顔色をかえたが、すぐ、「なんだ、こんなもの。」と言いざま、そのぐらぐら傾いていた戸を引き倒すと、その板標識の上を泥靴で踏みしだき、いかにも憎らしいという様子で、何度もその上に唾をはきかけた。それから私にむかって、「爺やが死んじゃったんだ。それで来る人がいないのさ。でも松茸はきっと沢山見つかるよ。」と言った。

私は兄の後について松林の中に入っていった。雑草の下生えにまじって、茨がからまっていて、私たちは何度も膝や腕に掻き傷をつくった。しかし兄が言うようには松茸は見つからなかった。私たちは前の年の例から考えてバスケットに一杯とは言わないまでも半分近くは集められると思っていた。しかし雑草が繁っていたためもあったのだろうが、それにしても一向に松茸は見つからなかった。兄はしきりと私に別の場所へ行って捜すように言うのだが、私は兄から遠く離れるのがこわかった。私は兄の姿を見失わないように、遠くからついてゆくことで精いっぱいだった。

谷間に早くからただよっていた冷たい、黒ずんだ影が、いつか松林の斜面を這いのぼっていて、空が明るく冴えて白く光りはじめた。そんな時刻になっても私の見つけた松茸は数えるほどしかなかった。私は、兄がそれを叱るかもしれないと思い、枯松葉を靴先で掘っては捜しまわったが、まるで別の場所にきたように松茸は見つからなかった。

これ以上いては足もとも見えなくなるという時間まで、兄は帰ろうと言いださなかった。しかし兄とならんで松林の斜面を下りはじめたとき、兄のバスケットの中にも大して松茸が集まっていないのを私は知った。私は自分の分を兄のと一緒にして、そのバスケットを持った。兄は地面に落ちていた枝を拾ってそれをやけになって振りまわし、草をなぎ倒しながら歩いていった。私たちは門の傍の鉄条網をくぐりぬけて外に出ると、もう一度、荒造りの木扉を仰いだ。そこには、前には気がつかなかったが、番小屋の戸に掲げてあるのと同じ会社名が書かれていた。私が兄の方を見ると、兄は顔をそむけ、黙って歩きだした。私はまだはっきりそこで何が起ったのか理解するには十分大きかったとは言えなかった。ただ父母に背いている淋しさと、人気ない山のなかで日が暮れようとしている心細さとが、荒れはてた松林を見た不安な思いと一つになり、時おり私の鼻孔を、刺戟的な痛みとなってのぼってきた。私はバスケットを提げ、半ば鼻をひくつかせながら、郊外線の駅まで下りていった。

その時、兄がどんな思いを抱いていたのか、私は知らない。しかし兄は地蔵堂の前まできたとき、私からバスケットをひったくると、あっという間に、その内容《なかみ》をそばの渓流の中に棄ててしまった。私はそれを見ると、それまで怺《こら》えていた悲しみが急に溢れてきて、思わず声をあげて泣きはじめた。兄はしばらく黙って暗くなった渓流の面を眺めていた。それから私の手をとると、「もうあの山は家のものじゃなくなったんだ。そんなこと、知らなかったんだ。でも、もう二度と来ないよ。二度と来るもんか。」と吐きすてるように言った。しかし兄はそれきり駅についてからも、プラットフォームの端の暗闇のなかに立って、私と話そうとはしなかった。

もちろん、こうした出来事がたえず私たちのまわりに起っていたというのでない。しかし祖父が亡くなってから後、樟の老樹の覆うこの家のなかに漂いはじめた、暗い、空虚な、沈んでゆく気分は、子供だった兄や私に、何らかの影響をあたえなかったとは言いきれない。私は裏庭のぶらんこで遊ぶのに飽きると、よくその裏庭の土蔵（家では下《しも》のお蔵と呼んでいた）の鉄格子に金網を張った窓から、中をのぞきにいったものだ。それは空気ぬきのために開けてあった窓だったのであろう。私は立てかけてあった梯子とか、あるいは何か木箱をつかって、その窓から中をのぞきこんだのにちがいない。私の記憶にのこっているのは湿っぽい、かびの臭いのする、土蔵特有の陰気な臭気にまじって漂っている別種の、すえた、黒ずんだ臭いであって、私は、それを、土蔵のなかにかくされた無数の紙の束が、ひそかに腐ってゆく臭いにちがいないと思ったのだった。それは何とおびただしい書類の山だったのだろう。綴じこんだのや、ただ束にして紐でくくったのや、黒い装釘のや、袋に入ったのや、木箱につめられたカード類や、しみのついたノートなどが、かすかに忍びこむ光の白さのなかに、おぼろげに浮かびあがっていた。その奥の方に何があったのか、いくら金網に顔をつけても見ることができなかったが、やはり同じような書類の山が続いていたのだったろう。私はそうした土蔵のなかの紙束の堆積におどろかされたというのではない。私がそのひそかに腐ってゆく紙の臭いをかいだとき、心をかすめたのは、何とも説明のできない不安であった。それはちょうど私が自分の理解をこえた事柄をすでに漠然と予感していて、その土蔵のなかには、そうしたこの世の不正とか悪事とか残忍さとかがひそかに隠されているのを、いや応なく知ってしまっている、とでもいうような不安だった。私はその鉄の細格子につかまって、もっとよく奥の方を見ることができるようになれば、そこに、蒼い顔をした男や、懇願している老婆や、すすり泣きや、絶望のうめき声をたてる人々が見えてくるのではないかという気がした。なぜそんな気持を抱いたのかわからない。しかし私がその書類の山から、不吉な、暗い、陰鬱な印象を受けるだけのものが、すでに、私たちの家のなかにも感じられていたのは事実ではなかったろうか。後になって、ある日突然に、何人かの見知らぬ黒服の男たちが入りこんで、家じゅうのありとあらゆるものに、白い奇妙な小さな紙片を貼りつけてまわったとき、私は母と居間にじっと不安な気持で坐っていたが、それでも、この奇妙な黒服の男たちが、あの不吉な書類と何か直接の関係をもっているのだと確信したのも、そのためだったと思われる。

もちろんその当時の私には、それがたとえ私たちの家の没落する雰囲気なり徴候なりだったと言っても、それ以外の生活や環境を知ることはできなかったし、また知ったとしても、やはり樟の大枝のざわめきを聞く日々の方を愛したにちがいない。私はこの祖父の家に単に住んでいたと言うより、子供特有の想像力によって、この樟の家と一つになっていたと言った方がいいかもしれない。

祖母のいた下のお席は、母や私のいる居間のある一劃から、まんなかに廊下を置いた反対側にあって、中の庭（北向きの庭）に、竹の濡れ縁をめぐらして突きだしていた。中の庭は、私たちの遊んでいる裏庭から、山吹を植えこんだ垣根でわけられていて、油蟬の群がる二本の青桐の大木が、その中の庭の入口に立っていた。夏の夕方、蟬の抜け殻を集めていると、ながいじりじりした暑い夕日がさしていて、日ざしの一部が、お席の簾《すだれ》と水屋の開けはなたれた障子に当っていたのを今も憶えている。

お席から見ると、ながい廊下が西側を鉤の手にかこんでいる中の庭は、もみじが広々とした間隔をとって並び、下生えはなく、その明るい優雅な葉むれの下に、苔が手の染まりそうな青さで拡がり、あたりの空気まで、水底のように、しんと澄んで見えた。その奥は白い古風な築地塀で終っていて、塀の根がたに、蛇《じゃ》のひげが庭隅の青木や石燈籠のあるあたりまでつづいていて、まるで塀のかげが濃いみどりになってそこに落ちているような感じだった。

そのこんもりした、密生した、冷たい、剛毛のような蛇のひげの葉ざわりは、夏の暑い日には、犬たちにとっても快かったのであろう、婆やの飼っている二匹の犬たちまでここにきて長く身体を横たえていた。しかし、そこは私には何よりも耳のぴんと立った老犬のクロの死んだ場所として記憶されていた。クロは父母がまだこの祖父の家にくる以前から飼っていたおとなしい、気のいい犬で、私がその背中に馬乗りになったり、耳を紐でしばったり、芸当をさせたりしても、いつも私の言うなりになっていた。あるいはもう年をとっていて、すべてを諦めきっていたのか、または何をするのも億劫《おっくう》だったのかもしれない。時おり私は、思いに打ちひしがれたといった様子で、首をうなだれて歩くクロの姿を見かけた。そんなとき、私がその名前を呼んでも、形だけ私の方に首をめぐらし、かすかに力なく尾を振るだけで、そのあてのない散歩をつづけていった。その死期が近づいたころ、クロはよく庭の隅で何かねばねばしたものを吐いていた。そして私のそばにくると、それでも尾を振ることは忘れなかったが、しかし私を見あげる眼は、どこか物をうったえようとしている人間の眼のように悲しげで、私はよく、クロ、クロ、お前は何が言いたいの、何か言ってごらん、何か言ってごらん、と叫んで、その頸にかじりつくのだった。

しかしあの頃——いまから憶えば、すべてが本当にあったのかどうかも定かではないあの頃、日がな一日、ひとりで遊びくらすという日々の習慣に変ったことはなく、私はその一日一日の深さのなかに、まるで、裏庭の古井戸の底に、小さく光ってみえた水面を見おろしているときのように、いつまでも吸いこまれてゆくような気がしたのである。いったい私たちにあたえられている時間は、あの時と今とでは、異なっているのであろうか。あの気の遠くなるような、もうほとんど永遠とよんでもいいような、時のゆっくりした流れと、今の、この急ぎ足に、あっという間もなく流される一日と、同じ一日の時間であったのであろうか。私の前にあらわれるすべては、私を吸いとり、私という存在はもはやそこにはなく、あるのは、たとえば赤々と樟の大樹のむこうに拡がる夕映えであり、あるいは、曇った空の下に白々と鏡になって光る池水の澱みであり、また、部屋から部屋へ忍び足のように漂っている、ひんやりした空気と上品な香の匂い、といったものだけだったのだ。その樟のざわめきの覆う屋敷のどの部屋、どの隅をとってみても、そこでは人の気配もないままに、ゆっくりと進む時間のなかで、まるで唐紙や置物や畳や天井や欄間の透し彫りが、逆に、人間の場所を占めて、勝手に話をしたり、目くばせをしたり、あくびをしたり、忍び笑いをしたりしているような気がしたものだ。私は、庭での遊びに飽きると、家のなかをさまよって、何か面白いものはないかと捜しながら、奥の書院に入りこんだのだったが、そこは昼でも、ながい廊下にそったガラス戸にカーテンが閉まっていて、後には雨戸をたてきったままになっていた。私がそこへ入りこんだころは、それでも雨戸だけはくられていて、カーテンをあけると、樟や銀杏の大樹の下に茶席から離屋につづく檜皮葺きの屋根や飛石が、日かげの冷たい光のなかに沈んでいた。書院のどの部屋も厚紙がしきつめられ、床の間の置物には紙袋や布がかけられていた。歩くと、がぼがぼと音をたてるその厚紙のうえを歩くこともせず、私は、書院の部屋の一隅に立って、この人気のない奇妙な光景にながめいった。たしかにそこでは、もうながいこと人間が自分の権利を放棄してしまって、部屋そのもの――白くほの暗んだ障子にとじこめられた部屋そのものが、いつか主人役についていて、勝手に自分たちの世界をつくっているといった感じだった。普通なら、人間たちによって使われる部屋、人間たちの開けたてする襖、人間が光をとる書院窓、人間の眼をよろこばす違い棚の彫刻や人形などが、ながいこと、誰もここを使わないうちに、もう人間への従属を忘れてしまって、めいめいが独立し、自分の権利を主張しはじめているような気がした。床柱も掛軸も額も天井も透し彫りも、自分たちがはじめからそこにいて、人間などまるで知らないというような顔をしていた。私は、こうした物たちのもつ無愛想、よそよそしさ、傲慢さには腹がたったが、同時に、物たちがお互い同士では、何とも言えない親密さで話をしたり、目くばせを交わしたり、うなずき合ったりしているのに気がついた。私はまるで物たちのあいだで開かれている会議のさなかにまぎれこんだような気がした。いったいそれまでに、こうして物たちがそれ自体で生きていて、自己満足したり、憤慨したり、仲たがいしたり、仲なおりしたりするなどと考えたことがあったろうか。ところが、このひっそりした書院では、人の気配がないばかりに、物たちは急にくつろいで賑やかになりはじめるのだ。で、私は息をころして、みんなが私のいるのに気がつかないように、そこにじっと立っていた。すると、私が襖をあけたとき、いっせいに取りすまして黙ってしまった物たちが、また賑やかに喋りはじめた。私には、床柱が急に調子づいて演説をはじめるのがきこえるような気がした。天井は笑い上戸だった。砂壁はいつも気取ってとり澄ましていたし、襖は頬杖でもついて気楽に耳をかたむけているようだった。カーテンにうつる日ざしが淡く、家のなかが静かであればあるだけ、この「物たち」のお喋りはだんだん賑やかになってゆくのだった。そのうち、物たちのうちの誰かが、ふと、私のいることに気がつくのだ。急にみんなは黙りこくり、ひそひそと私のことを囁きはじめる。幾つかの怪訝《けげん》そうな眼ざしが私の方にそそがれるのを感じる。奇妙にしんと静まりかえり、物たちがひそかに目くばせしはじめる。私は刻々としてみんなの反感や敵意があらわに示されてくるのを感じた。すると、そのとき、誰かが、「どうだ、この子をひっとらえては。」と言うのを聞いた。突然、物たちはざわめきたち、意見をかわしているようだったが、そのうち、「そうだ、この子をひっとらえてしまえ。」という声が圧倒的になっていって、みんながいっせいに私にむかって飛びかかろうと身構えた。私はぞっとして、夢中になって部屋からとびだすと、ながい廊下を息せききって走りながら、今にも後ろから床柱や天井や壁が長い手をのばして、声をあげて私につかみかかってくるのを感じた。私は悲鳴をあげ、歯をくいしばって、父の書斎をぬけ、中の応接間を通り、居間の廊下を駈けた。そして台所までくると、そこではあはあ息をつきながら、あらためて自分のまわりを見まわした。ここでは柱も煤《すす》けた天井も天窓も壁も梯子段も広い土間も框《かまち》も、人間に使いならされ、人間に心服しきっていて、声をあげるどころか、目くばせさえせずに、だまりこくって物のなかに閉じこもっているのだった。まるでうなだれて、飼主の命令を待ちうけている駄馬のように、疲れきり、使いつくされて、反抗する最後の力もないように見えた。しかしひょっとすると、私たちが眠ってしまった後、意外と、こうした物たちが元気をとり戻し、昼間の自分たちの苛酷な運命を嘆きあうために、がやがやと喋りだすのかもしれなかった。

もちろん、こうした感じを私は大人たちに話そうと試みた記憶はない。おそらく私は自分自身でもこうした感じ方に幾分曖昧な、疑わしいものを感じていて、あえて母にさえ話すことがなかったのであろう。にもかかわらず私は大好きなミカエルの話の入っている堅表紙の本をかかえて、自分では説明のできない、こうした感じの意味を解こうとして、台所の隅の梯子段に腰をかけて考えていたものだった。いま思えば、あの頃の私が感じた物たちのなかに沈んでゆく感じ——深く深く沈んでいって、感覚が消えそうにしびれながら、なおまた沈んでゆく、と言ったある種の恍惚と陶酔を、果して大人たちが理解してくれたかどうか。母でさえ時おり私のこのような放心を気づかっていたのではあるまいか。もちろん放心とはいっても、子供たちのそうした飽和した心は、単にぼんやりしていたとか、何も考えなかったとか、いうのではなかったであろう。いや、そうではなく、こうしたゆっくりした時間の歩みのなかで、たとえば夏の太陽の甘い光に愛撫されて豊醇に成熟してゆく葡萄の実のように、子供たちの魂のなかに、外から計算したり、推しはかったりできない何か全一の成長が約束されていたのだったのかもしれない。私はよく母とともに、中のお蔵に、夜、のぼっていったことがあるが、母が手燭をかかげて捜しものをするあいだ、私は私で、別の手燭をもって、土蔵の二階の四隅に置いてある大きな鉄製の甕《かめ》の上に、身をのりだしてみるのだった。竜の浮彫りのある鉄甕のなかには、口まで、なみなみと水が張ってあって、手燭のうえでゆれている蠟燭の暗い焰の、ゆらゆらと照らしだす私の顔が、その鏡になった水面にうつっていた。水の底は暗く、沼のように深い感じで、その鏡になった水面の下に、何か別の世界があるようだった。で、私は手燭をかかげて、自分の顔をその水面に近づけたとき、一滴の蠟がかすかな音をたてて、水のなかに沈み、白い花びら模様にひろがって、まるで暗い池に浮かぶ睡蓮のように、また夜の運河に散り漂う桜の花びらのように、ひらりと、浮かび上ってくるのだった。私は思わず息をのんで、この妖しい花の白さを見つめていたが、やがて、手燭を傾けると、もう一度、一滴、蠟を水面に落してみた。と、蠟はぽとりと暗い水面に沈み、やがて、同じ白い花びらに軽やかに開くと、まるで重さのないものが暗い空間をただよってでもいるように、夢のように、ゆらりと浮かびあがってくるのだった。蠟燭の暗い焰に照らされた水面は、鏡になって光っていて、白い花びらは、そこに映る私の顔の奥から、遠近感をうしなったはかない透明なゆらめきで漂いのぼってくるように見えた。

私は半ば息をこらして、蠟の白さの凍りついた水中花をじっとみていると、いつの間にか、それがまるで遠い暗い夜空から舞いおりてくる雪片のように感じられて、透明な自分の顔の上に降りつもってくるような気持になったのだ。私はそうして幾滴も幾滴も鉄甕のなかに蠟をしたたらせては、あきることも知らず、白く咲く花びらを眺めていたが、しかし今にして思えば、はたしてそこに開いた花の白さが、単なる一滴の蠟だったのか、自分の魂そのものだったのか、私にはわからない。少くとも、こうした些細なものの姿にあのような驚きと幸福感と酩酊感とを感じたことは、生涯に二度とあるまいと思う。よしんばあの頃私が何かそうした気持を言いあらわす言葉を持ちあわせていたとしても、果して、大人たちは、どこまであの恍惚とした甘美な酩酊感を理解してくれたであろうか。それはおそらく子供の魂の内側にのみ閉じこめられている青白い不可思議なおののきと無関係であるはずはなく、それゆえにこそ、幼い眼ざしは、あらゆる移りゆくものの姿のなかに、何か永遠の影に似たものを認めることができたのであろう。それはちょうど氷河の亀裂の底がこの世ならぬ透明な青さをたたえているように、それらの物の奥にある青ざめた裂け目であったかもしれないのである。

私はながい午後の遊びにあきると、二階の座敷の奥にある小さな隅にかくれにいった。そこには日当りのいい廊下特有の、埃りっぽい、乾いた、日なたの臭いにおいが漂っていた。幾段かに木箱や唐櫃などが重ねてあり、その上に使わない座蒲団が和紙に包まれて積みあげられていた。私がこの座蒲団の山によじのぼると、そこは、ちょうど眼の高さに窓になっていて、製材所の長屋根や運河の水門の塔や低い家並や高架線や運河に浮かぶ材木などを見ることができた。

私はその窓から西空の拡がりを見ながら（あのざわめく樟の繁みがその眺望の半分をかくしていた）そのころよく輪ゴムを頭にはめていたものだった。それにどんな意味があったのか、忘れてしまったが、あるいはただそうやって、無意味に、帽子でもかぶるつもりで輪ゴムを頭にはめていたのかもしれない。

窓から眺める西空は広く、その広い空に雲が光っていて、雲の下の遥か遠くに、港の方から煙が黒くリボンのように流れていた。時おり新聞社の伝書鳩らしい一群の鳥が輪をえがいて飛びさってゆく。私はそうしたものにぼんやりと見入りながら、頭にはめた輪ゴムが、まるで時限爆弾がじりじりと爆発点にむかって近づいてゆくようなのろさ、息苦しさで、ちぢまってゆくのを感じていた。輪ゴムは髪の毛のうえを眼に見えない動きで這いのぼっていて、そのむずがゆい気配が私を不安にした。もちろんそれは実にゆっくりした動きであり、ほとんど動きを感じないほどだったから、それはもううまく頭にはまってしまったのかもしれないと思うのだったが、それでも何か虫のような、じりじりと這いのぼる気配は感じられたのだ。そのうち、輪ゴムが頭を這いのぼってゆく動きは、少しずつはっきりと感じられ、少しずつ早くなり、むずがゆい感じはそれにつれて次第に高まっていった。すると、そう思う間もなく、輪ゴムは急に頭の頂点にむかって駈け足で這いのぼってゆき、それにつれて、むずがゆさも、背すじを伝わって全身に痺れたような感覚をひろげ、もうこれ以上我慢できなくなって、思わず私はきゃっと声をあげながら、座蒲団の山から飛びおりるのだった。その瞬間、輪ゴムがぱちんとはじけ飛び、私は、こうして飛びおりながら、きっと舌を嚙んでしまうわ、きっと舌を嚙むわ、という閃《ひらめ》きに似た想いが走りぬけるのを感じた。事実、私は、そうして飛びおりると、きまって舌を嚙んでしまって、しばらく口を半開きにしたまま、冷たい空気を口のなかに何度も吸いこまなければならなかった。

私は今も、輪ゴムの不安な動きを髪のうえに感じながら、夕づいてゆく空にひびく製材所の遠い機械鋸の音や、高架線を走ってゆくボギー電車の響きをきいていた瞬間を憶いだすことができる。西風の強い日、一段と濃くただよってくる湿っぽい材木の匂いは、運河の匂いとともに、私の窓のところまで流れてきたのだ。私はそうやってどの位の時間を費したことであろうか。おそらく時間などは忘れてしまって、この輪ゴムのむずがゆい動きに全身をちぢめるようにして、惑溺していたのであったろう。こうして私が沈んでゆく青い微光を漂わす淵は、氷河の裂け目のもつ底なしの深さを示し、大人たちのどのような理知の光をもってしても、その底を照らすことはできなかったのではあるまいか。遊び呆けた子供が、夕食に呼ぶ親たちの声にひきもどされるとき、この世に蘇生した人の定かならぬ眼ざしをしているのは、そのためなのかもしれない。子供たちの眼には、まだ彼らの見てきたこの青い微光にみちた世界の記憶が海藻のようにゆらめいているのにちがいない。事実、私は、時やに呼ばれて食堂にむかって歩いてゆくあいだ、自分が睡りから覚めたときと同じとまどいを感じていたのだ。

そのころ私は、長い散歩に出かけるときも、飛行とびに熱中するときも、自分の傍から離すことのできなかったロシアのある物語の本に読みふけっていた。それは父母に買ってもらったのでもなく、また贈物として誰かに貰ったというのでもなかった。私はそれを例の鉄の大甕のある中《なか》の土蔵で見つけたのだった。おそらく叔母の誰かが買って、読みわすれて、土蔵の書庫の端に、およそ物語や詩などと無関係な一群の書物のあいだに、ながいこと放置されていたのだ。それは背が暗紅色の模造レザーに金の飾り文字を押した大判の本で、その表題を示す飾り文字は、蔓やひげの多いゴシック風の字体で、一劃一劃の尖端が魔法使いの靴のようにそりかえっていた。それは金の花茨に覆われた繁みのようで、よく見ると、森の実をついばみにきた眼に見えない小鳥たちが、その茨の鳥籠のなかで、枝から枝へ伝わりながら歌をうたっているような感じがした。その堅い表紙は、貝殻の裏のような淡い虹色に彩られ、濃い楕形の枠で縁どられた中央の部分に、青い天使と赤い天使とが天秤を持って立っていた。その天使たちの子供じみた顔も翼も腕も衣も、すべて枠と同じ太い濃い輪郭線で示されていて、荒い網目を通してみているような気がした。今でもどうかして聖ゲオルギオス教会のステンド・グラスを見たり、市立図書館で中世紀の古写本の飾り文字を見たりするごとに、あの本の背文字——暗紅色の地に金箔で押した花文字や、蒼い固い顔をしたミカエルや、寒く凍えはじめるロシアの林や田園や、靴屋のセミヨーンの人のいい、小さな眼を、不意に思いだすのであった。おそらくこうしたゴシックまがいの花文字、魔法使いの靴じみた飾り文字の方が、中世紀の写本の文字から若い装釘家の手で写しとられたものであったのであろうが、私にとって、本ものはかえって、あの中の土蔵で埃りをかぶっていた一冊の童話集であるように感じられたのだ。市立図書館の油を塗った清潔な寄木床《よせぎゆか》をきしませながら、司書が車付き運搬台で運んでくるあの十三世紀の＊＊黙示録写本を、後になって、私が幾日も幾日も眺めいるようになった真の原因は、遠く、はるか遠く、このとるに足らぬ金箔の花文字の記憶にあったのであろうか。おそらくそれは、その全部とは言わないまでも、その一半の理由に、十分なりうると私は思う。なぜなら、いかに愚かしい幼い考えであったとはいえ、私という存在がただ一つのものであって、そこからしか世の中を見渡すことができないと信じていたその素朴な眼ざしが、その後幾つかの疑わしい考え方や見方を経験した今の私にとって、ようやく帰りついた故郷の谷間のように思われ、この暗紅色の地に押した金の花文字こそは、いわば疑いえない真実の一つの証しのように見えるからなのである。まさしくその本の厚ぼったい感触、古めかしく組んだ活字の字づら、不安な黒白のひきのばされた線で描かれた版画風の挿絵こそは、唯一の、身を託するに足る実在として、そこから昼も夜も（おそらく眠ったあとには、切れぎれに訪れる夢のなかで）果汁を吸いあげていた母体にほかならなかった。それを他の何かにくらべて、よしんば、後年私が追想したり、批評したりできたとしても、そうして捉えられたものは、私が腕にだきしめ、砂場の傍でも離すことのなかったあの本とはまったく別ものだったと言っていい。あの童話集、あの貝殻の裏の虹色にステンド・グラス風の青天使と赤天使を描いた表紙の童話集は、私にとって、いい、それ一冊しかなく、それはあの屋敷が燃えあがったとき、他の思い出とともに灰燼《かいじん》に帰したのではあったが、なお私のなかで生きつづけ、眠りがたい夜半に、あの樟のざわめきとともに私の耳もとに囁きつづけてやまないのである。

それにしても、どのようにして私はあの頃――あのほの暗い屋敷のなかをさまよっていた時代、あのように熱中し、没入して、蒼い固い顔をした天使ミカエルや、靴屋のセミヨーンの話に惑溺できたのであろうか。母は、夜、私が熱にでもうなされるように、寝言にまでミカエルの名を口走るようになると、何度か、私の手からその本を取りあげようと試みた。ある晩、母が私のうなされているのを聞きつけて部屋に入ってきたとき、私は、はっきりと叫んだ（と、後に母が私に語ってくれた）。「ほら、セミヨーン、あいつの後ろに死神が立っているじゃないか。」

母はそれをきいて真実ぞっとしたということだった。しかし母のそうした試みも私の熱中の前には効果がなかったどころか、最後には、私は、自分で読むだけで満足できず、風の吹き荒れる夜、屋根の上に立ちさわぐ樟の葉群れの音をききながら、母に声をだして読んでもらうまでになったのだ。まだ若かった母は、私を蒲団のなかに寝かしつけると、「それじゃ一章だけよ。」と念を押してから、まるで遠い空の奥から聞えてくるような静かななつかしい声で、読みはじめるのだった。まるで蒼ざめたミカエルの頭のうえで、樟の大樹がごうごうと吹き荒れているようだった。ミカエルが死の天使を部屋の隅に見つめたとき、あんな寝言を口走ったにもかかわらず、私は思わず寒気がして母の手を握ったものだ。そんなとき、母は読むのをやめて、私の頰に軽く触れ、「心配なんかしなくていいのよ。ミカエルは心の卑しい人だけを悲しんでいるのだから。」と言ってくれたとき、私はどんな感謝の気持をこめて、その手を握りしめたことであろう。それにしても幼い愚かしい私は、なんとあの不思議な靴屋の徒弟に驚いたことか。そしてそれがミカエルだったとは。天使ミカエルだったとは。私が母の声をききながら、それがどこか遠い空の奥でたゆたい、舞いをまっていると思ったのは、もう私が睡りのなかに入っていたからだった。そして母が、「もう寝たの?」と囁くと、そのときだけ、自分でも何を喋っているのか分らないで、夢うつつに、「まだ眠ってなんかいないわ。もっと読んでよ。」と答えるのだ。しかし、そのときはもう安らかな寝息をたてていて、ただ夢のなかに(そして、それは今も時おり憶い出のなかでそうであるように)静かななつかしい声だけが暗い空の白い鳥たちの飛翔のように漂っていた。樟の大木のざわめきがそこにかすかにまじっていたのではあるけれど……

もちろん私はその後、本好きの気質にまかせて、どれほどかの本を読んだにはちがいなく、その年齢に応じて好きになった小説や物語も少くなかったのに、あの蒼い顔をしたミカエルの話や、その頃読んだ二、三の物語、たとえばあの足の刺すように痛んだ青い北の海に住む姫の物語、また切られた首が不気味に語りだす千夜一夜の数々の物語ほどに、私を魅了し、恍惚とさせたものがあったであろうか。あの嵐とランプのゆれる不吉な小説はどうだったろう。あの霧に閉ざされた暗い大都会をさまよう孤児の物語はどうだったろう。枯草や家畜たちの臭いのなかで不貞な笑い声をあげる人妻の宿命の物語はどうだったろう。たしかに、その一つ一つは、それに読みふけった当時の気持を伴って憶い出されてはくる。しかしあの遠い時代、あの樟のざわめきのなかで、若い母の声が語っていった物語にくらべると、それはなお、あまりに知的であり、あまりに明瞭であり、あまりに説明されすぎていた。そこには昼の世界、割り切れる世界、物と計量の世界しかなかったのだ。

だが、いったいそうした陶酔はどこにいってしまったのだろうか。それは、ただあの一冊の、古い、金文字に飾られた本のなかに隠された何か秘密のようなものであって、あの本がなくなった今となっては、どこにも求めることができないのであろうか。私は、その消えはてた不可思議なものを、自分の手のひらのなかに見ながら、そこに何一つなく、何の痕跡も見当らないのを、悲しむ気にもならなかった。それどころか、その頃の私にとって、それがこの世の当然の成りゆきであって、私がもう愚かな飛行とびなどに熱中する幼い娘ではないのだということを、自分に確かめるよすがともなったのだが、時おり不意に私の中を吹きすぎる風――それはたとえば、この都会の市立図書館で＊＊黙示録写本を見るようなときおこるのだが――を、私はどう考えたらよいのであろうか。それを私は悲しみの風とは思えない。いや、むしろ明るい追憶の気分でさえあると言っていいのだ。にもかかわらず、それが過ぎたあと、私はなぜか自分がひどく空虚にとりのこされているのを感じるのだ。そこに多少の悲哀の色が漂うと言ってもいいかもしれない。ちょうど華やかな騎馬行列が走りすぎていったあとの広場のように……

とはいえ、私は決してその風の吹きすぎたあとを追おうなどと思ったことはない。私はむしろこの空虚さを自分に引きうけて立っていたいと、その都度、考えたものだ。だが、ただ一度だったが、私は、それを――そのミカエルの話を、読みなおしてみたいと思ったことがあった。それは戦争が終って何年もたったころのことで、私がかつて読んだあの古めかしい童話集などは、よほどの古本屋にいっても捜しだすことなどはできなかった。ところが、たまたま私はある場末の古本屋の書棚に、その暗紅色の背表紙に押したゴシック体の金文字を見つけたのだった。そのとき私のなかを通りすぎた甘美な痛みの感覚をまざまざと思いだす。私はその一瞬、自分があの古い樟のざわめく屋敷のながい廊下を歩いてゆく幻覚にとらわれた。私は息のつまるような気持でその本の方へ手をのばした。私には母の声や、部屋の隅にうずくまる倉いミカエルの顔が見えるような気がした。が、そのとき、何かが私の手を押しとどめた。私は急に身動きできなくなった。まるで夢からさめた人のように、はっとして、そこに立ち、ひんやりした冷たい感触を身体のどこかに感じながら、私はその本を遠く自分と無関係のもののように眺めていた。どうしてそんな気持になったのか、わからない。不意に襲ってきた追憶にまけて、なんらかの感傷に溺れるのに、私が急に差恥を感じたのか。それとも、その本に触れることで、自分が持ちつづける幻影が崩れるのを危惧したのか、その辺のことはわからない。私はただ身をさけるようにしてその本棚の前を離れると、本を手にもとらず、店を出ていったことを憶えているだけだ。

もちろんそうした追憶は、かつて自分が住んでいた世界を不意にかいま見させることはあったけれど、なぜかそれは私にある種の悔恨に似た痛みを感じさせた。古いトランクの底から見つかった貝殻は、夏の光や海や島の家を突然私の眼の前によびおこして、私は思わず息をのんでしまったし、古い本の頁のあいだに残っていた黄葉した銀杏のしおりは、従姉とひそかに、生涯結婚などはしまいと誓った日のことを、いきなり蘇らせたりしたのである。しかし、そうした追憶の情景が、雨に打たれる木の葉のように、濡れて、なまなましく光って感じられれば感じられるほど、私がそれを忘れはて、別の世界に移り住んだことが、不実、裏切りとして実感された。たとえば、あの中の土蔵で見つけた人形芝居などはそのもっともいい例と言えるだろう。

それは兄がながいことかかって組み立てた小舞台で、そこで人形劇を上演して、自分の誕生日に大人たちをあっと言わせようとしたものだった。

兄の計画は私にもかくされていたため、時おり、昼間から廊下の雨戸をたてきって暗くした兄の部屋の障子に、電気の光がぼっとうつっているのを訝しく感じていた。ある日、その障子に赤や青の色電気がほんのりとさしていて、その形は定かでなく、また動きもしなかったが、まるで火をとぼしたまわり燈籠のように、はかない、夢のような美しさがあり、私は、息をこらし、足音をしのばせて、兄の部屋のそばに近づいた。中では、しきりと独りごとを言っている兄の声がきこえ、時どき「だめだな。」とか「では皆さん、いよいよはじまり。」とか、前後の脈絡のないことを喋っているのだった。障子の色電気の数は少くなったり多くなったりしていて、その色彩の数がふえると、障子はステンド・グラスの光を浴びているように、一面に、赤、青、黄の色斑に染まった。そして兄のかげや、兄の動かしているもののかげが、黒く、その色彩の反映のなかを横切っていった。私は好奇心から自分を押さえることができず、障子の外から「お兄さま。」と声をかけた。すると、私の声にそうした作用がありでもしたかのように電気がぱっと消えて、一瞬暗闇になるとともに、兄の悲鳴のような叫びが私をちぢみあがらせたのだ。

「ばかっ。どうしてこんなところへ来たんだ。来ちゃだめじゃないか。前に言っておいたじゃないか。早く、むこうへ行けったら。早く、早く。」

私は兄のこうした激怒にもかかわらず、時おり廊下の遠くから、兄の部屋に映る五彩の色電球を見ないではいられなかった。いったい兄は何をしているのであろう。何をつくっているのであろう。私はそれを母にたずねても、女中にただしてみても、誰一人知らなかった。

兄の誕生日には何人かの従兄妹が、赤萩の叔父叔母につれられて集まった。そのころ箕輪の叔母はまだ結婚する前で、二階の一間に住んでいた。大人たちは祖母の部屋に集まっていて、時おり赤萩の叔父が太い声で度はずれた調子で笑うのが、部屋の外まで聞えていた。私たちは鉄棒や隠れんぼやトランプやゲームをして午後いっぱい遊んだ。しかしそんなときにも、兄は、急にどこかへ姿を消して、ながいこと出てこなかった。すると、従兄妹の誰かが気づいて、私たちは裏庭から築山のある奥の庭までぞろぞろと列をつくって捜しまわる。私たちの声が庭から庭へ、部屋から部屋へと伝わってゆく。そしてどこにも兄の姿が見あたらないと、まるで本当に隠れんぼでもしているような気持で、胸をどきどきさせながら、そっと納戸の戸をあけたり、書院の襖をあけたりした。しかし兄は煙のように消えてしまって、どこを捜しても見つからなかった。こうしてみんなが捜しつかれ、がやがや騒いでいるころになって、兄は、どこからか、ひょっくり現われた。もちろん兄はどこへ隠れていたか絶対に言うようなことはなかった。こういうときの兄はまるで大人のように分別があって、黙ってにやにやしていることができるのだった。

兄が人形芝居を見せるとみんなの前で言ったのは、夜の食事の直前のことだった。

「どこでやるの?」

赤萩の上の従姉が訊いた。

「中の応接間だよ。これから仕度にゆくからね、誰も入ってきちゃいけないよ。」

兄はそういって姿を消した。私は急に動悸が激しくなるのを感じた。

「そうだった。あれは人形芝居だったのだわ。」と私は心のなかで叫ばずにいられなかった。

「赤や青や黄の電球がうつっていて、お兄さまがぶつぶつ何か喋って、黒いかげが動きまわっていたのは、このためだったのだわ。時どき私の持っている端きれがなくなったり、古洋服の裾が切りとられていたりしたのは、このせいだったのだわ。いつか台所の大竈でお兄さまが新聞紙をどろどろに煮ていたっけ。私が『新聞紙を煮てどうするの? 喰べられるの?』ときいたら、『ばか。新聞紙が喰べられるか。』ってどなられた。そうなんだわ、あのときからずっと人形をつくっていたんだわ。板を切ったり、木片を集めているのを見たけれど、あれは舞台をつくっていたんだわ。そう言えば手に泥絵具をつけたまま御飯を食べようとして、お母さまに叱られたこともあったっけ。でもお兄さまったら、何でも秘密、秘密だもの。今まで何のことか、さっぱりわからなかった。それに、もし秘密のことを訊こうとでもしようものなら、ひどい目にあわせるんだもの。でも、それが人形芝居だったなんて、ほんとうにびっくりしてしまった。人形芝居ってどんなものだろう。あんなに綺麗な豆電球をつけて、何かがゆらゆら動いているなんて、夢をみているような気になるんじゃないだろうか。でも人形はどんな風に動くのだろうか。私にだってそれはわからないけれど、うまくゆくといいのに。叔父さまや叔母さまたちは何と言うだろう。赤萩の従兄妹たちを驚かすことができるだろうか。もし皆がつまらないなんて言ったらどうしよう。そんなことになったら、くやしいわ。私、秘密をまもることができるんだから、一緒に手伝わせてくれたらよかったのに。もし手伝わせてくれたら、ヒューロイだって、そのかわりに上げたのに……」

食事が終ると、私たちは一人ずつ兄の懐中電燈に案内されて、中の応接間に連れてゆかれた。応接間はまっ暗で、人の気配がするだけで、誰がどこにいるのか、わからなかった。従兄妹のうちの誰かが闇のなかでくすくす笑ったり、動物の鳴き真似をすると、大体どの辺りに誰がいるか見当がつくのだった。兄の懐中電燈の光の輪の中に捕えられるようにして、最後に母が連れられてくると、兄は舞台の方へ進んでいったらしく、暗闇のなかでごそごそ音がした。

私の胸は期待と不安で痛いようにしめつけられた。動悸が高まって、その音を誰かに聞かれそうだった。闇の奥で、兄らしい人物が動いていて、みんなの眼もその方へ向かっているらしかった。すると、突然、私たちの眼の前に（今でも忘れることのできない）小型の舞台が、五彩の豆ランプに飾られ、ぽっと照らされて浮かびあがった。それはきらきら光る銀紙、金紙、クリスマスに使う銀の花飾りで飾りつけた、両端に赤屋根の尖塔をもつ城館を形どった舞台で、城館の壁は赤煉瓦からできていて、その煉瓦の一つ一つの輪廓が白く丹念に描かれていたので、まるでそれは本物と同じように、くっきり鮮やかに浮きあがって見えた。塔と塔のあいだに青い幕が垂れていて、それが上がると舞台になるのだった。私はそれを見た瞬間、思わず、「まあ、綺麗ねえ。」と叫んだ。私はそんな叫びをあげるなどとは思いも及ばなかった。口が勝手にそう叫んでしまったのだった。すると、電気がぱっと消えてしまって、ふたたびまっ暗になると、兄の声が私にむかって激しく浴びせかけられた。

「だめじゃないか、はじまる前に騒いだりしちゃ。しんとしてなければ、気分がこわれるじゃないか。やりなおしだよ。こんど何か言ったりしたら、ひどいよ。」

私はおそらくまっ赤になったことだろう。自分の口がこんども勝手に動きだしそうで、口に手をやって、待っていた。ひどく重苦しい沈黙が応接間にただよっていた。すると、こんども、城の形をした舞台は、鮮やかに、童話じみた色彩で、闇のなかに浮かびあがった。私は息をのんで、その美しさに見とれた。

青い幕があくと、舞台は森の中の場面だった。深いみどりの森に、日の光が差しこんで、光がゆらゆらと躍っていた。そこに一匹の狐（私ははじめ狼だと思っていた。頭は茶色で、うちのシェパードのクロに似ていた。しかし兄の説明で、それが狐なのだということはすぐわかった）が、ひどく、ふわふわと、あたかも空中に漂っているかのように、その森の中にやってきたとき、私のよろこびは胸の痛くなるほどに高まって、手で口をいっそう強く押さえなければならなかった。

闇に区切られたこの枠の中の明るい舞台――その明るい舞台は森なのであり、森のなかには、ふわふわと（兄の手の動きにつれて）歩いている一匹の狐がいるのだ。本当に、そうやって、そこにいるだけで、そうやって歩いているだけで、こんな甘美な歓喜をよびおこすとは、いったいどういうわけであろうか。いまこの世にあるものと言っては、その光に照らされた森と狐のほかには、深い暗い闇だけなのだった。その舞台を照らすのは、夕日のような、黄色い、静かな光で、そこに色ランプが、打ちあげられた花火がそのまま中空にかかったように光っているのだ。そしてそのほかには、ただ闇があるだけで、その闇のなかに、私も、従兄妹たちも、樟のさわぐ家も、明日も、宿題も、早く起きて学校へゆくことも、何もかも呑みこまれている。しかも、その闇から舞台だけが浮かび上っているということ、それは何か信じられない魔法のような感じだった。森のみどりと、ふわふわ動きまわる狐、それに白い輪郭のくっきり浮きあがる赤煉瓦の城壁、二つの尖塔などは、ただそこにあるというだけではなく、闇のなかに消えた一切を代償に、その分だけ濃厚に、稠密《ちゆうみつ》に、鮮やかに凝集している感じだった。それはもちろん色や細々した形の美しさについてもいえることだったが、私は、それらが何よりも幸福とか、楽しみとか、お菓子の国といったものと直接に結びついているような気がした。誕生日の午後とか、葡萄入りパンとか、雪の日曜のあたたかいココアとか、夏の海辺での冷たいジュースとか、そうしたのどかで、怠惰な、うっとりした気分を呼びおこすものが、兄の人形芝居の舞台にはかくされているように思えたのだ。その背景の森や動かない白い雲、狐の退場した後から現われる猟師(藁帽をかぶり、藁靴をはいていたのは、後に雪の場面がつづくためだった)、こうしたものは、ただそこにあるだけで、もう十分に私の歓びを高めてくれたが、そのうえ狐や猟師が兄の声色であたかも本当に喋りでもしているように身体を動かすと、そのたびに、幸福感が、白く、羽毛のように、私の身体を包んで舞いあがった。

兄はどこで覚えてきたのであろう。妙なせりふを使って、時どき、舞台の上の人形を、誇張した身ぶりで動かして、みんなを笑わせた。たとえば食いしん坊の狐はすぐ物を拾って喰べてみる。「ほほう、これはオツな味がするわい。」と言って、両手で交互に胸をたたくような身振りをして、舞台をひとまわりする。あるいは、「妙なアンバイに葉が散ってくるぞ。」などと猟師は両手をすり合せて叫んだりするのだ。その話は兄が自分で考えたものか、何かの本から翻案したものか、もともとそんな話があったのか、それはわからなかったし、今もわからない。ただその話は今から考えれば単純なもので、森のなかの狐が猟師に狙われている。猟師は罠をかける。食いしん坊の狐は危うく油揚げを喰べそうになる。友だちの栗鼠《りす》がそれは罠だと教えてくれる。狐はそれでも惜しそうに立ち去れない。そこで森の仲間の鳶《とんび》に飛んできてもらう。鳶は油揚げを狐にやらないで、くわえたまま、いってしまう（叔父がそのとき暗闇のなかで、「ほほう、鳶に油揚げとはこのことか。」といったので、みんながどっと笑った。気むずかしい兄も笑ったにちがいない。しばらく舞台の上の狐が空を見ながら、せりふも言わず、くっくっと震えていたのだから）。猟師はこんどは落し穴を掘る。狐はこんども友だちの栗鼠に教えてもらう。そこで目じるしの枯枝を別のところに立てなおしておく。そこへ猟師がきて、自分で落し穴におちてしまう。やがて森は秋から冬になり、背景が紅葉の森から枯木の森になり、最後に雪がふってくる。雪片の中に時どき銀紙がまじっているらしく、きらきら、きらきら、と輝きながら落ちてくる。そして幕がおりた。

闇のなかから拍手が起り、従兄妹たちが、衛門ちゃん、うまいねえ、自分でつくったの、またやってよ、と口々に叫び、椅子をがたがたいわせて立ち上る気配がした。

あかりがつき、兄のまっ赤になった、照れくさそうに笑った顔が、舞台の後ろに現われた。従兄妹たちは人形芝居のまわりに集まり、狐や猟師や栗鼠を持ったり、動かしたり、着物の裏をのぞいてみたりした。明るい電燈の下で、みんながとりかこんでいる舞台からは、暗闇のなかで、照明されていたときの、あの不思議な神秘さは消えていた。父の大机のうえに蜜柑箱に似た木箱があって、そこに泥絵具で描いた書割が貼りつけてあるだけだった。二つの尖塔をもつ城も、城壁の白い輪廓をとった煉瓦も、青い幕も、つい今しがた見た通りのものにはちがいなかったが、それは、この部屋の他のもの、椅子や本立や地球儀や花瓶などとまるで同じただの物にすぎなかった。乾いて埃りのかかった剝製のふくろうや棚の上に置き忘れた電気スタンド、動かなくなった置時計などと大して変らない、当り前の木箱であり、青い端布であり、ボール紙の絵であった。私は、はじめは、自分の放心から急に醒めることができず、いくらかぼんやりと、兄や従兄妹たち、叔父叔母たちが舞台をとりまいて、賞讃したり、驚いたりしているのを見ていた。それから、ふと、さっき見ていたものと今眼にしているものとの信じがたい差異に気がついて、胸をつかれるような気持になった。やがて、それが私を新しい放心のなかに投げこんだ。「それでは、これで終りなのだろうか。そうなのだ。もうそれは終ってしまったのだ。もう森もなければ、狐もいなければ、猟師もいない。いまみんなが触っているのは、さっきの人形劇とは何の関係もないものなのだ。お兄さまは、この人形や舞台を使ってあの話を上演したにはちがいない。でも、今こうしてここに力なく横になっているのは、ただの物なのだ。」

私はそうつぶやいて、机や床に転がっている人形たちをじっと眺めた。たしかに、さっき私を眩惑したあの不思議な世界は、もうどこにも見当らなかった。それは、こうして机の上に残骸をぬぎすてたまま、どこかへあわただしく逃げさってしまったのだ。私はおそるおそる猟師の人形をとりあげた。おどけた、大きな眼は、いつまでたっても、動きも、まばたきもしなかった。でも、さっきは、この眼がぎょろぎょろ動き、目配せをし、物まで言っていたのだ。それをみんなが面白がっていたのだ。それなのに、いま、こうして猟師の眼が、死んだ魚の眼のように、うつろに見開かれていても、誰もなんとも感じないのだ。なぜなら誰もこのことには気がつかないからなのだ。兄のつくった舞台に、私たちの世界とは別の世界が生れていたのに、誰も気がつかないからなのだ。しかし誰も気がつかないとしても、それは、今、私が住んでいる世界とはまったく別の独立した世界であることに変りなかった。この世界か、あの世界か、のどちらかを選ぶほかないほどに、それは異なった世界なのだ。それなのに、このおどけた、眼の大きな猟師は、ただの人形として、机の上に横になっている。置時計や電気スタンドと並んで置かれている。それはもはや眼も動かさなければ、物も言わない。なぜなら、それがあの世界からこの世界に転落してきたからなのだ。あの別の世界は消えてしまったからなのだ。青い幕が、きりきりと割箸の心棒のきしる音をたてて下りたとき、あの世界は終ったのだ。世界が終る——それはなんと不思議な、理不尽な、理解のできないことであろう。私は、その後、兄が人形芝居を見せてくれるたびに何度となくこうした思いを味わわなければならなかった。

私が女学校に入り、兄は東京の中学の寄宿舎にいっていて、すでに家にいなくなった頃のある日、私は、この昔の人形芝居を偶然中《なか》の土蔵の二階で見つけたことがある。それは前に私たちが本箱や玩具箱に使っていた千代紙を貼った木箱のなかに入れてあり、舞台の土台と枠はがたがたにゆるみ、城館の書割は乾いてそりかえっていた。そこには鮮やかな丹念な白の輪廓線をひいた赤煉瓦の壁面がえがかれていたが、その色も褪せ、埃りをかぶり、背景の森は、青葉のも、紅葉のも、裸木のも、やぶれたり、折れたりしていた。青い幕は割箸の心棒にからまったまま舞台の枠組の外へはみだし、金紙や銀紙の飾りはばらばらにはがれて、木箱の底に落ちていた。その底には、他に、あの狼ではない狐が、首だけ、やはり狼みたいな風に見えて転がっていた。首にくくりつけた洋服、兄の手がその中に入って、親指と小指で両手が自由に動くようになっていたあの洋服は、狐の首に、だらりと前掛のようにくくりつけられたままだった。それは昔の私のスカートの裾を切りぬいてつくったものだった。私はふと、赤や青のランプの明滅する兄の部屋が見えたような気がした。「来ちゃだめじゃないか。早くむこうへ行けったら。早く行けったら。」そう叫ぶ兄の声が聞えるような気がした。しかし、もうあれから何年か長い歳月がたっていて、私の前に転がっているその狐の洋服は、虫の食いあとがぽつぽつと穴になっているのだった。私は猟師や栗鼠や、兄が後からつくった動物たちを箱から出して、一つ一つ土蔵の床にならべた。まるで落盤か何かがあって、地底に閉じこめられた人々を、一人一人助けだしているような感じだった。あるいは、それは、時間と忘却の重い地層の下から、事実、そうして掘りおこしてきたことになるのかもしれないのだ。私は、まあ、狐さん、久しぶりね、まあ、猟師さん、あのときのまま、剽軽《ひょうきん》な顔をしているわね、などと思わず独り言を言いたくなるほどに、それはどこか遠くから戻ってきた懐しいものの顔をもっていた。いや、なかには顔のないものもいたが、しかし昔のままの一座なのだった。

私はその人形芝居のがらくたを木箱ごと自分の部屋に運んでいった。私は狐や猟師や栗鼠やその他の動物たちを丁寧に掃除して、舞台をなおし、書割は裏に厚紙をあて、もう一度、しっかりした城館型の舞台をつくりあげた。狐には、私の好きな灰色の洋服の残りぎれで、前とはちがって、もっとずっと恰好のいい洋服をつくってやった。猟師にも他の動物たちにも、私は、新しい、色とりどりの衣裳を新調した。しかし昔の衣裳を私は棄てる気にはならなかった。私はそれを洗濯し（人形の着物よりも簡単に洗えたのだ）アイロンをかけ、きちんと畳んで、小さな箱のなかにしまった。私はその箱に、「お兄さまのつくった人形劇の衣裳」と書いて、本箱の上段の、ガラスのネックレスや木の実のブローチのしまってある透し彫りのついた小箱のわきに置いた。

銀紙や金紙、それに赤や青の豆ランプは新しく買って、昔兄がやったのと同じように、舞台のまわりに、ちょうど星座が中空にかかって光るように、とりつけた。私は雨戸を閉め、兄がしたと同じように部屋を暗くして、そこで舞台に照明をあててみた。障子には、あのときと同じように、赤や青の光がぼんやりとうつっていた。舞台は青葉の森を背景に夏の朝の気配であった。この小さな舞台は、この世界とは関係ない、別のもう一つの世界なのだった。この世界よりもたのしげに、夏の光がそこに輝いているのだ。今にも、そこに、ふわふわと漂うような歩き方で、狼ではないあの狐が歩いてこなければならなかった。

「そうなのよ。お前は、あのときと同じように、そこを歩いてこなければならないのよ。」私は自分の手にはめた狐に向ってこう言った。「お前は、あんなお蔵の片隅に忘れられていてはいけなかったのよ。こうして、この小さな、たのしげな、何の害もない、いや、害だって愉しみであるような、そういう無邪気な世界に、生きていなければならなかったのよ。そして私たちが笑ったり、泣いたり、おこったり、愛したりするのが、決して害のないものになりうることを、お前は教えてくれなければいけなかったんだわ。それは、ほんとに小さな世界なのに、このお城の二つの尖塔に切りとられた明るい場所は、どんなことでも、私たちの慰めになってくれる。お前だって悪さをするし、猟師だって決して本当にいい人かどうかわかりはしない。それなのに、お前たちは、その一つ一つの行ないや言葉によって、私たちを笑わせたり、はらはらさせたり、しんみりさせたりする。お前たちの愚かさも悪さも、善良さと同じように、許されるばかりか、それを愉しい、甘やかな、ばら色の糸毬か何かのような感じで受けとっているんだわ。そしてこのばら色の糸毬は、舞台のうえで、物語のつづいているあいだ、私たちの心のなかを、なにか愉しげな音楽と一緒に、踊りでも踊るように動きまわっているのだわ。そして何もかも終って、あかりが消えて、それが夢と同じように、本当に一時のまぼろしにすぎないことがわかっても、それでもなお、私たちは、お前や、お前の歩きまわる背景の森や、猟師の生活や、鳶の悪知恵や、栗鼠の友情を、いつまでも忘れないで憶えている。なぜって、お前や、お前たちの住んでいるこの小さな世界、この舞台というものだけが、どんなことでも無邪気な、愉しみの色合いに変えることができるんだもの。もしお前がこの世に住んだらどうだろう。お前は猟師にすぐつかまってしまうし、あんな友情に厚い栗鼠だっていやしない。私だって本当にお前が好きになれるかどうか、わからないわ。ただこの舞台という枠があって、その中にお前が暮しているときだけ、このもう一つの世界の中にお前が生き、そこの清浄な、甘美な、詩的な空気を吸っているときだけ、お前は、私たちをたのしましてくれるものになるのよ。そうなのね、それだから、お前は忘れられないし、また忘れてはいけないのね。お前やお前の住むこの小さな明るい世界を憶えてさえいれば、もしこの世にどんなことが起っても、お前の世界を舞台の枠で限って眺めたように、この世を同じような枠で区切って、遠くから眺められるようになるかもしれないからね。そして、そうやってこの世の事柄を舞台の枠で囲んで眺めることができるようになれば、どんなつらいことも、そのままで、愉しげに見えてこないともかぎらないのだもの。私はまだそんなことができるとは思えないけれど、いつかきっとそうすることを覚えるわ。でも、それまではお前と一緒に遊ぶだけよ。お前たちをいつも私のそばにおいて、もう二度と忘れてしまわないようにね。二度とお蔵のなかで埃りにまみれたりしないようにね。」

私は誰も見ていない舞台のうえに、狐を登場させた。それは兄の口調をそのまま真似したせりふだった。「おや、これはオツな味がするわい。」とか、「なんだか妙なアンバイに葉が散ってくるぞ。」とか、私がはじめて耳にしたとき、どうしても意味のわからなかった妙な言葉を、私はまるで一言も忘れていないかのように、再現していったのだった。

物語が終って、舞台が冬景色となり、裸木の森となったとき、雪は降らないままに、青い幕が、こんども、割箸の心棒をぎしぎしと軋ませながらおりてきた。幕をおろすと、私はあかりを消し、その闇のなかで、ぐったり疲れて坐っていた。それはかつて兄が演じてみせたときと同じように、終ってしまった。指から砂がこぼれるように、刻々と流れつづけ、そして終ってしまった。それはつい今しがたまで生きていた一つの物語の世界であり、森があり、栗鼠や狐たちが住んでいた明るい場所なのだ。私は闇のなかにぐったりと疲れて坐りながら、今まで、そこに、私の声と指と光によってつくられていたものは何だったのだろうか、と考えた。そして、兄がやったときと同じように、今もまた、あんなに生きいきとしていたものが、まったく死にたえている、ということが、何か信じられない出来事に感じられた。

私は部屋にあかりをつけ、その電燈の下で人形芝居の一座をながめた。青い幕をあげると、舞台はただの書割の森が立っているだけだった。それは単なる木箱にすぎなかった。狐も猟師も栗鼠もその他の動物たちも、私には無関心に、大きな眼をあけたまま、そこに転がっていた。それは空虚な、疲れた、物質のむきだしになった姿だった。私はそうした無意味な、固い、暗く窪んだような物体を見つづけることができなかった。私はふたたびあかりを消して、暗闇のなかに坐ると、顔を両手に埋めて、こうつぶやいた。

「明日から毎日お前たちを愉しく生かしてあげるわ。こんな残骸になって、お前たちが自分の運命に驚いてでもいるかのように、固くなり、空虚になるなんて、あまりにひどいわ。私はきっとお前たちを救ってあげる。お前たちを生かしてあげる。いろいろお話も考えるし、衣裳だって、他につくってあげるわ。そうやってお前たちが生きつづけることができれば、もうこんな固くなって、転がっていなくていいのよ。そうよ、お前たちだって、独り立ちで生きることができるようになるかもしれないものね。」

しかし何度か私はそうやって、人形芝居を上演してはみたものの、それが終ったあとの空虚さは、幻影が生命にみちていればいるだけ、いっそう深かった。私はそのたびに狐や猟師やその他の動物たちを抱いて言ったものだった。「こうなるのも当り前ね。こんなにながいこと、忘れていたんですもの。そうすぐ元気になろうなんて無理なことね。でも、そのうちお前たちだって元気になるわ。元気になって頂だいね。私ももう決してお前たちを忘れないからね。決して忘れないわ。決して忘れないわ。」

たしかにある期間、私はあの樟の葉群れを鳴らして雨の降りこめる午後など、狐や猟師やその他の動物たちと、森や町や、私が新しく工夫した幾つかの場所、泉や牧場や川のそばで、小さな明るい愉しげな世界をつくって遊んだのだ。春になれば、そこには自由に花の香りが流れていた。冬になれば、兄がしたように雪は降らさなかったけれど、そこには北風も吹き、木の葉が舞い、子供たちは背をまるめて、家路をたどっていったのだ。たしかに私はそうして狐や猟師たちと一緒に愉しげな世界をつくっていた。私にとってばかりでなく、それは人形たちにとっても、仕合せな短かい期間だったにちがいない。なぜなら私があのように誓い、あのように人形たちに同情を覚えていたはずなのに、いつか——いつとは決して思いだすことのできないある日——私は狐や猟師や友情に厚い栗鼠を取りだしてやるのを忘れていった。そればかりではない。あの城館も二つの尖塔も、金紙や銀紙も赤や青の豆ランプも、いつか忘れていった。その後、それらはその頃の多くのこととともに——樟のざわめきとともに、私の心の外に出ていってしまった。私があの人形劇の舞台をながめたその眼ざしも、その忘れさっていったものに含まれていたと思いあたったのは、ずっと後になってではあるけれど……

第五章

私が住みなれた古い樟のざわめく家のなかで、果して大人たちがどんな暮しをしていたのか、私には、いま思いだせないのは、奇妙な気がする。それはまるで、その屋敷の広さが祖母や父母の存在を稀薄にしてしまっていて、よしんば祖母なら祖母の姿をさがそうとすると、奥の書院にも、香のたちこめる仏間にも、あるいは、まぶしく紅葉《もみじ》の若葉が照りはえる下《しも》のお席にも、同時に祖母は坐っていて、上体をまっすぐにしていたが、しかしそのどれもが本当の祖母ではなく、いわば祖母の分身がいたるところに、同じ恰好で、同じ上体をまっすぐにした姿勢で、坐っているような印象をうけたのである。父については、記憶はさらに曖昧で、夜おそくまで書斎の障子にうつっていたあかりと、妙にひっそりしたなかでの咳こむ音のほか、とくにこれと言って思いだすことはないのだ。学校にゆく前、いくらか蒼い顔をした、疲れた表情の父を、内玄関から、廊下の向うに見ることはあったが、そんな父に声をかけたことも、声をかけられたことも、記憶にはない。そういうときの父は、無口で、静かで、何かを考えるような眼をして、庭の方か、渡り廊下をこえた向うの築山や、古い樟の大枝に差しこむ朝日を見ていたのだ。それは、父が夜ふかしをし、結局は本をよみあかして迎えた朝だったわけで、蒼ざめた父の顔に、疲労とともに、考えに落ちこんでいる人の集中と放心とを見ることができたのである。

父が果してそうした日の朝、いつものように、祖父以来の店に出ていったのか、あるいは午後になって出かけたのか、私は知らないが、すでに祖父の代で、数代つづいていた古い商家の重みが、複雑にからむ植物の巨大な根のように、そうした朝の父の肩にのしかかっていたのであろうことは、いまの私にはわかっているのだ。

そうした父のそばで、母がどのように暮していたのか、それも、今の私には、ところどころ彩色の残っている古い絵巻のように、おぼろげに思いうかぶだけだ。奥の書院の一間を機屋に改造して、そこで終日、ころん――ぱたり、ころん――ぱたり、と単調な音をたてながら、機を織っていた母の姿のほかに、どんな母が浮かんでくるだろう。父が書斎にこもっていたように、母も書院に入りこんで、私などは、学校から帰っても、あまり顔を合せた記憶がない。もちろん例外は何回もあったのであり、私がようやく学校に入ったころ、母が冠木門の外で待っていてくれて、二人で友だちのように抱きあって、ふざけながら、土塀にそった玄関の道を歩いたこともあったのだ。私はそういうとき、授業の話や、途中でみた跛の赤犬の話や、深い編笠をかぶった懲役人たちに会った話などをし、くぐり戸をあけたり、しめたりして遊んだ。それは冠木門のわきの木戸で、古い鉄の鎖の一端についた黒い木の錘りの力で、自然と、しまるようになっていた。私は、その錘りにひかれて、鉄の鎖が、一輪ずつ、ごとり、ごとり、ごとり、と音をたてて、ゆっくりしまるのを見るのが好きだった。私は母にそれを見せて、「ほら、ごっとり、ごっとり、ごっとり。」と鉄の輪がずり落ちてゆくのに合せて叫びながら、それが終りに近づくと、急に早足になって閉まるのを眺めたのだった。母が私と同じ興味をそれに示したかどうか、わからないが、少くとも、そういうとき、私と一緒に、普段はおそらく注意もしないような鉄鎖の動いてゆく音に、耳をかたむけていた。そして時おり、その閉まってゆく木戸と、それを面白がる私とを、半々に見くらべて、私に理解できない、真面目な、思いつめた表情をしていることがあった。で、私が、母に同意を求めるように笑いかけると、母もはっと気がついて、とってつけたように笑って、私の気持にこたえようとし、私を友だちのように抱いてくれたが、それは、なぜか、いつもよりずっと激しく、息苦しくなるような抱き方だったと、いまでも私は思うのである。

私たちはこうして遊んでから、やっと内玄関に入るのだが、母の手も私の手も、鉄の錆で赤く汚れていて、家にあがるまえに、私たちは台所の大甕から杓子で水をくんで、手を洗わなければならなかった。そういうとき私たちをいちばん怪訝な顔でみるのは、婆やだった。婆やの表情には、私と友だちのように遊ぶ母を、何か母親の資格のない女をでも見ているような様子があり、母は母で、そういう婆やの様子に、ひどくどぎまぎするのだった。

私が祖母や両親についての曖昧な記憶にくらべると、婆やや時やや杉ややたちの記憶の方が遥かにはっきりしているのは、彼女たちが私の日常ともっとも多く交渉があったためであろうか。それとも私なりの愛情がそこに大きく働いていたためであろうか。それはわからないが、あのころの私の周囲から婆やたちの姿をとりさるなどということは、ほとんど不可能な試みだと言えたろう。

私は事実あの大竈をすえた広い台所の隅の階段に坐って、婆やが火をたきつけたり、時やや杉やが料理をつくったり、皿を拭いたりしているのを見るのが好きだったが、とくに離屋の座敷に客のある日の、ごたごたと忙しい台所で、祖母や母が時おり自分から何かを言いつけたり、注意したりするのを見るのが、何より気にいっていたのだ。そこは、裏の鉄棒や、ヒューロイのいる池や、製材所を見おろす屋根の上などと同じく、私にとって、巣のように、自分にしっくり合った場所と感じられていた片隅だったのだ。私はその階段の中段に坐って見た大釜から立ちのぼる湯気や、竈からはじける焰や、天窓から太梁にさしこむ午後の淡い日ざしや、その日ざしの線条のなかを渦まいてゆく煙を、いまも眼の前に見るような気がする。口数の少い働き者の婆やが薪を割ったり、火を見たり、雑巾をかけたりしているあいだに、杉やが時やを助手といった恰好で使いながら、野菜をゆでたり、いためものをしたり、まな板をひびかせて大根や人参を切ったりする姿が、煤けた梁や壁や広い冷えこむ土間とともに、なお鮮やかによみがえってくるのだ。

私たちの家の使用人のなかで、おそらく婆やが年齢から言ってもいちばんながく勤めていたのであろうが、単にそうした勤めの長さのためばかりでなく、その山国の気質のせいも多分にあって、婆やのなかには、かなりかたくなな、負けず嫌いな独立心があって、ことごとに、自分のもの、自分自身の所有物をもたないと気がすまないのだった。たとえば私たちが婆やの花壇、婆やの仏壇、婆やの犬、婆やの部屋と呼んでいたのが、そうしたものなのであって、婆やの花壇は裏の土蔵のそばにあり、春になるとタンポポがぼたんのような花をつけ、ここだけに咲く仏前用の花が春から秋にかけて絶えることがなかった。私の兄もよくこの花壇から幾輪かの花をむしりとったが、少くとも私は、そのたびに、いくらか婆やに対して気の毒なことをしたような気がした。それは母や兄の花壇でたとえばスイートピーが芳香を放って蜂や虻を集めているときに、いかにも婆やの花壇は花の色もくすみ、貧しげで、葉や茎だけがやたらに繁茂しているように見えたからだ。しかし婆やは自分の花壇と母や兄の花壇の差について無関心ではなかったのであろう。私はある日婆やが兄のチューリップの花壇にむかって、拳をつきだし、こんなもの、なんでもない、とでもいうように、こわい顔をして睨んでいたのを、見かけたことがある。もっとも、この婆やほど屋敷内の空いている地所を借りて、自分の領土の発展をはかっていた人物もめずらしかったのだ。まるやお茶（婆やの飼犬）の住む犬小屋とか、仏壇のある中二階の婆やの部屋とかは、何か神聖不可侵の場所であって、婆やをものともしない兄ででもなければ、わざわざそこに近づこうとはしなかったのである。中二階の仏壇には、婆やの良人と戦死した一人息子の位牌が置かれていて、婆やの花壇の花は、もっぱらこの仏前を飾るためのものだった。私はよく花立の水をかえ、階段をぎしぎしのぼってゆく婆やを見たが、そういうときの婆やの顔には、やはりある種の寂しさのようなものがあり、いつもよりは、ずっとこわい顔をしていたように思う。婆やの仏壇は、祖母の仏間にある豪華な両開きにひらかれた仏壇にくらべると、ほんの小箱のようなものだったし、位牌も仏具も花立も小さく貧弱だった。そしてお盆とか命日とか年の暮れとかには、汗かきの坊さんが台所からとびこんできて、汗をふきながら中二階の階段をのぼり、仏壇の前に坐るやいなや、とぶような早さで、お経をよみはじめるのだった。坊さんは読経をおえると、婆やがおそるおそる差しだす紙包みを、その場でひらき、内をあらため、二こと三こと、お愛想を言うと、また階段をころがるように駈けおり、外へ出ていった。何かあわただしい風が台所口から吹きこんで、たちまちのうちに出ていったような感じがした。

それはたしかに祖母の仏間でまる一日読経をし、講話をし、ごちそうをたべ、茶菓をとり、談笑してゆく僧侶たちとは、様子も態度も、ちがっていた。

私がそのころすでにそうした相違をどの程度に理解していたのか、わからないが、それでも、祖母の部屋から出てゆく僧侶たちの足袋の白さと、婆やの部屋から駈けおりてゆく坊さんのゆがんだ頭や骨ばった顔とのあいだにある別個の印象には、気がついていたのだと思う。

もちろんそうした事柄のなかで、当時は何も気づかずにいて、あとになって、あれこれと真相に思いあたることも少くなかった。たとえば、私たちがもと住んでいた新宅（そう呼ばれていたのだ）から、祖父のいた本宅へ移ったとき、私たちと一緒に連れてきた女中の時やが、本宅の女中たちのあいだで、いつも小さくなっていたということ、また婆やはながいこと邸に勤めていたにもかかわらず、仕事は風呂焚き、庭掃除など外廻りの雑用ばかりで、女中たちも大体その仕事のわりふりが決っていたことなどは、当時、私は何も知らなかった。そのころ女中頭のような格だったのは、杉やと言って、細ぶちの眼鏡の、冷たい、無口な、瘦せた女中で、女中と言うよりは、学校教師とか看護婦とかに見え、御用聞きたちは杉やの前では顔もあげられなかった。いつもむっつりしている婆やにしても、泣き虫だった時やにしても、私は、その笑顔を憶いだすことができるが、杉やが笑うなどということは、ついぞ考えることもできない。杉やの眼鏡の奥の眼も冷たかったが、杉やが通っていったあとの空気も、ひんやりと冷たくなっているような気がした。

祖母について私が今もなまなましく記憶しているのは、早暁、祖母が仏間であげる読経の声であって、それが時おり何の脈絡もなく、ふと聞えるような気がすることがあるのだ。それは一つには、祖母の晩年があまりにも死の匂いを濃くただよわせていたためであろうが、そうしたことは、子供の魂には、意外に深く刻印をあたえるものであり、それをどの程度頭で理解したかということとは、あまり本質的な関係はないようである。私は夜ふと眼ざめて、祖母の足音を、樟が風にざわめく音とともに聞くおり、あの黒い、名づけようもない、不吉なものが、祖母のまわりに浮かびただよっていて、不思議と、祖母を孤独な、寂しい、小さな存在に感じるのだった。それは紅葉のある庭にむかって背をまっすぐにして端坐している祖母とは、とても同一人とは思えない、ひどく頼りない、影のうすい感じだった。

祖母の読経は朝五時からはじまるのだが、冬だと、それはまだ深夜の感じの残る、暗い、星の凍りついて光る時刻であり、仏間のあかりが庭の方へ流れ、暗い池の端から石燈籠が浮かびあがっていた。私は何かのおり（多分、修学旅行か何かで早暁に家を出たときだったろう）そうした光景を見たのであり、それは祖母の読経の声とともに、私から離れられぬものになっているのだ。まるでそれは前の晩から徹夜で、そうして煌々とあかりがついていたのではないかと思われるほど、そこには、何かがすでに、ずっと前からはじまっている感じがしたのだ。閉まった障子の向うからは、すでに祖母の読経の声がきこえており、それははじめは低く、つぶやくようにはじまるが、いつか次第に高く激しく、ある熱烈な調子にかわってゆくのだった。私は早暁の床のなかから、夢うつつに、そうした祖母の声を何度も聞いたが、その声には妙な若々しさ、妙なすべすべした張りがあって、それがなぜか祖母にふさわしくないように感じた。それはまるで肉体がだんだんと老年にむかって衰えてゆくのに、声だけが昔のままに残っていて、年齢とはまるで無関係に、いつまでも若いような気がしたのだ。しかし今でも私の耳に残っているのは、その声の若々しさもさることながら、その仏間で「おつとめをする」ときの祖母の読経の激しい、ひたむきな調子である。それは夢うつつの耳に、まるで泣きながら、何かを訴えつづける女の声のように聞えたのだ。「いいえ、どんなことだって、どんなことだって、いたします。必ずいたします。」祖母の若い、つやのある声が、肉体という深い井戸の底から響いていて、その声の主は、実は、その深い古井戸の底に立っていて、そこから外へ出ることを懇願している、といった調子に聞えたのである。「お願いです。お願いです。お願いです。ここから出して下さいませ。ここから出して下さいませ。」

しかしそれは次第に高まってゆき、熱気を帯び、なりふりかまわぬ訴え、とりすがるような調子になってゆくのだった。それは祖母の中にもう一人の若い女性が住んでいて、祖母の肉体が滅びるとともに、自分も滅びなければならないので、その深い井戸のような肉体の底から、救いをもとめているようにさえ思えたのだ。私は早暁のそうした眼ざめからまた睡りのなかに沈んでゆきながら、ふと夢に、若い女が真っくらな空中を、海底に沈む人のように、もがきながら、落ちてゆくのを見るのだった。だが、私がそのとき耳にしたのは、本当に祖母の声だったのであろうか。いや、それとも、ほかに、人間のなかには、ほんとうに永遠に生きのびる誰かがいて、肉体がほろびることがなければ（あるいは別の元気な肉体にうつることができれば）なお生きつづけることができるというのであろうか。そしてそうした永遠に生きうる誰かが祖母のなかにいて、ほんとうに懇願しつづけていたのであろうか。もしそうだとしたら、その誰かとは誰だろう。その誰かは、祖母が死んで、灰褐色の骨と灰になったとき、いったいどうなったのだろう。結局は救いだすことができなかったのであろうか。祖母とともに、ほろんでしまったのであろうか。

冬の夜、いや、それはもう早暁だったわけだが、その凍てついた、星のきらめく、痛いような寒さのなかで、庭へあかりを投げている仏間から、聞えていたその声は、いまもなお、樟の大枝のざわめきとともに、虚空をさまよう精霊のように、私の耳にきこえてくる。次第次第に高くなり、熱を帯び、懇願するような調子に変りながら。「お願いです。お願いです。お願いです……」すると、私は、それだけは耳にしてはいけないものを聞いた人のように、不安と陰鬱な恐怖が、ゆっくりと、私の心の片隅から身をおこしてくるのを感じる。私はずっと昔にそうやったのと同じように、耳をふさぎ、蒲団のなかにもぐりこみたいような衝動を覚えるのだった。

昼間、祖母を見るとき、こうした印象はまるで感じなかったのは、たしかに奇妙なことだった。祖母の外見には、そんなことを感じさせるものがまったくなかったか、それともそうした不安は、光の訪れとともに、消散する性質のものであったためであろう。むしろ祖母がお席にいたり、花をいけたり、来客を迎えたりしているときは、広い家のなかに、一種の重苦しさがあって、いわば祖母の支配が見えない形で、部屋から部屋へと、のしかかってゆくような感じがしたのだ。

それは、ある年の秋のおわりのことだったが、私たちは幾夜も幾夜も、屋根を鳴らしてゆく不思議な音を聞いた。そうしたある一夜、私はふと夜なかに目ざめて、屋根のうえを川水でも流れるような、絶えまない、さやさや鳴る音を聞いた。それは耳を澄ますと、屋根に鳴り、庭に鳴り、私たちの家を包んで、さやさやと鳴りつづけた。夜半に降りだしたしぐれの音であろうか。それとも、どこか夜を通して渡ってゆく渡り鳥の羽音であろうか。しかしそれは雨音にしては、あまりに軽やかであり、渡り鳥の羽音にしては、あまりに絶えまなくつづくのであった。

「なんだろう。風でもでたのだろうか。樟がざわめいているのだろうか。」と私は耳を澄ましてみるのだが、樟のざわめきと違って、それは、ひとときも止むことなく、高くなりも低くなりもせず、幾時間も幾時間も同じ音で鳴りつづけているらしかった。

たしかにそれは、時には、急ぎ足で空をわたってゆく、何かせわしない季節の足音のようにも受けとれた。しかし何よりも、やはり、それは、遠くを流れる瀬音に似ていて、たえまなく、家をつつみ、透明な音をたてて、夜を通して鳴りつづけた。私はそうした音を耳にしながら、また深いねむりのなかに落ちていったが、そういうとき、私のまわりを、まるで澄んだ川水が流れていて、その音をききながら、身体が上へ上へと浮かびあがってゆく夢を私はみるのだった。

やがて翌朝、私が廊下から外をみると、庭も屋根も燈籠も垣根も、いちめん、一夜に落葉しつくした夥しい銀杏の葉で、黄色く、分厚く覆われているのだった。私は一瞬息をのんで、そのいちめんの落葉をみつめた。ちょうど深い雪が、ものの形を覆いかくすように、その黄色い落葉の層は、丹念に、すべてを覆いつくしていたのだ。

たしかに、昨日、一昨日あたり、銀杏の葉が風につれて、透明な光のなかを、ひらひらと舞いおちていたのは、私も気がついていた。しかしそれがある寒い晩秋の夜、羽音をたてて南へ去ってゆく渡り鳥の群れのように、一時に、夜を通して、ひたすら降りそそぐように散りつづけていたということ、そしてそのさやさやと屋根に鳴る音が、まるで家をつつんで、瀬音のようにきこえていたということ、こうしたことは、私に、自然の、限度をこえた激しい力を感じさせた。

こうした初冬の光景が祖母にどのような影響をあたえたのか、私にはわからなかったが、しかしたとえば老年というものが、自然からさまよい出た人間がふたたび自然に近づいてゆく過程であるとしたら、その夥しい落葉は、また祖母の心に、私とは異なった印象をあたえていたにちがいない。祖母はよく「年をとると、ほんとうに春の日ざしが待ちどおしい。」と言っていたのだから、あるいは自分が自然のめぐりと一つになるのを感じていて、春になって草木が萌えはじめるとき、自分の身体にも元気が戻ってくるのを敏感に知っていたのかもしれない。もしそうだとすれば、この銀杏の一夜のすさまじい落葉は、祖母の身体から、何ものかが大きく欠落してゆくのを、おそらく感じさせたのではあるまいか。長い廊下を行きがてに、足をとめて、祖母がほとんど呆然とした表情で、このいちめんの落葉をみつめている姿を私はおぼえている。一夜の津波で流れさった自分の家あとをみる漁師の面持で、祖母は、霜のくる前の冷えて澄んだ空の青さをながめ、庭の面へ眼をかえした。祖母が顔にあらわしたその表情は、あるいは単純なおどろきであったのかもしれない。しかし私はそのとき、なぜか、そこに暗い、ひどく陰気なものを感じた。そしてそれが、あの暁闇《ぎょうあん》のなかで、若い、なまなましい声で読経する祖母の姿と重なってみえた。祖母の姿は普段よりは一まわりも二まわりも小さくなって、頼りなげに、そこに立っていた。その姿には、背をまっすぐにして端坐する、強い、冷たい祖母の面影は感じられなかった。

　もちろん私自身がとるに足らない子供であった以上、細かい印象を、そのとき、どこまで理解しえたか疑問だが、それらは、私のなかにその姿のまま定着されて、後になり、あれこれと考えたり判断したりするもとになったのである。そうした子供の印象は、よしんば忘れさられることがあったとしても、なおそれが心につけた一すじの傷であることには変りなく、ながい忘却のあとで、それをふたたび見いだすようなとき、その傷は年とともに大きくなり、傷痕となっていて、かつて気づかなかった多くのものを、そこに発見することがあるものなのだ。祖母の暗い表情が私の心に一すじの傷となって残ったとすれば、それはおそらくそれから半年ならずして訪れた祖母の死が、それを強く補っているからにちがいない。それは私が知った最初の死というものの姿であり、いや応なく、私たちは、自分の身うちの死によって、自らの死ぬべき宿命をそこに読みとらなければならないように、今も感じるのだ。おそらく祖母の死は、なお愚かしく幼い私の眼を通して眺められた死であるだろう。しかしそれがどのような眼を通してであれ、このような出来事を経ることによって、私たちは自分の無知な、幸せな、平穏な世界から別れをつげる。自分がもはやいつまでも飛行とびに熱中していられないこと、日ねもす築山の下の池で亀と遊んではいられないこと、いつかは学校の宿題や、叔母たちが悩まされていた試験を、同じようにやりとげなければいけないこと、などを漠とした形で理解するのだ。

私たちは本能的にそれにおびえ、それを嫌悪し、それから脱れようと努めるのだ。私たちは急に学校にゆきたがらなくなったり、寝床のぬくみを懐しがったり、自分の部屋に閉じこもったりする。しかし心のどこかでは、それが無益な抵抗であり、幼い我儘であることを感じてもいるのだ。だから、たとえば従兄妹の誰かが、すでに級長になったり、一番になったり、むずかしい本をよんだりしていて、それが両親や叔父叔母たちの口で賞讃されるのを聞くと、いつか自分の気持も、そうした大人たちの見方と一つになろうとして、学校にもはげみ、ミカエルの話などではなく、もっと退屈な、しかしずっと有益な本を読むようになるのだ。それはちょうど谷間の渓流で遊んでいた人間が、谷間を見おろす高い場所へのぼってきたのに似ていた。水遊びの面白さにくらべると、眺望なぞは何の価値ももたないように思えるのだ。しかし多くの人々はその遠望のあちこちに巨大な都市や工場や港湾を指さして、その素晴しさを強調するうち、いつかそうした見方に慣れていって、かつての水遊びのたのしさは忘れられてゆく……。

たしかにこの時期の私たちのまわりには、祖母の死が私にあたえた印象と同じような働きをする幾つかの出来事がつづくように思う。私たちはそれを通って、いわば幼時というものから決定的に離れてゆく。あのように執着したやわらかな寝床のぬくみも、いつか私たちがかつて感じていたような、あの幾重にもまもられた感じをあたえなくなるのだ。私は前に箕輪の叔母から貰った人形をどこへゆくにも持っていった時期があり、そんなことで、人形はぼろぼろになり、眼も口も鼻も手垢で真っ黒によごれていた。母から他に幾つか同じような人形を貰ったものの、私はこの汚い人形を離す気にはなれなかった。しかしある日のこと、私は人形をもって紅葉の木にのぼり、その枝に忘れたまま、夜になってそれに気がついたのだった。その夜は豪雨が降って、私は一晩じゅうあの人形がどんな思いで枝にぶらさがっているかを考えると、ろくろく睡ることもできなかった。屋根を打つ雨の音と、樟の大枝のゆれる音を、私はその夜まんじりともせず聞いていたのだ。そのくせ翌日、人形が雨にぬれたまま、逆さになって枝にぶらさがっているのを見ると、それを取りにゆく気持になれなかった。たしかにその人形に私は一種の恐怖を感じたことも事実だろう。人形が私をうらんだり、のろったり、なじったりしていた様子が、その濡れそぼった、気味のわるい姿のなかに、感じることができたのだった。しかし私がその人形をとりにゆかなかったのは、自分でも説明のつかない突然の変化、突如として生れた心変りのためだった。私は自分で信じられない程に、人形に対して冷淡だった。何の愛着も湧かなかった。一晩じゅう、あんなにも悩んだのに、雨にぬれたその姿を見ると、何の理由もなく、私はその哀れな犠牲者を見殺しにしたのだ。それは、愛する人形を忘れたという忘恩行為を、そこで正当化しようという衝動によって、突然、愛していた人形を、愛さない人形へと変えるような心の動きが、自分のなかに起ったのかもしれない。それはともあれ、私は人形を無視し、そこに忘れてきたことに気がつかぬふりをし、雨があがってからも、それを取りにゆくことをしなかった。私たちはこうしたことによって、自分のなかにひそむ残忍さ、冷酷さにぶつかり、自分自身に傷つくことがあるのかもしれない。私の場合は、ただ枝から逆吊りになった人形におびやかされるということで、ながいこと復讐をうけたのだ。それは日がたつにつれて、依怙地に人形を無視しようという気持に私をかりたて、またそういう気持になっただけ、私は自分を正当化し、はじめから人形なんか愛していなかったと思いこもうとしたのだ。

人形は最後には雨にうたれ、風にさらされて、形もなくなり、一片のぼろぎれのようになって、枝にかかっていた。そのうち私もいつかそれを忘れ、かなり後になって、そうした残酷な、忘恩の行ないを思いだして、憐憫《れんびん》やうしろめたい気持にかりたてられて、その木の下までいってみると、人形らしいもののかげは何もなく、ただ白っぽいしみが、その枝のあたりにこびりついているのが見られた。後年私はそのことを思いかえすたびに、私がそうやって一つ一つ失っていったものの姿が、その枝の白いしみに集約されていたように思ったものである。

*

幼少期が一つのながい眠りの期間であり、その安らかな夢想が、樟のざわめきをこえ、製材所の音の染みる西空の遠くまで、自在に羽ばたくことができたとしても、そうした無限の時間や空間に対して、おそかれ早かれ、何らかの制約、苦い限界が訪れなければならないのは当然であり、その予兆は、舞踏会の夜の仮面のように、不意に木下闇から現われては私たちをおどろかし、あっという間に、また闇にまぎれて消えてしまうものなのだ。私の場合、それはまずあの駿《すぐる》の異様なマスクをとってあらわれたのではなかっただろうか。

駿は祖母のところに以前いたことのある女中の末の息子で、末が私たちの家に手伝いに呼ばれていたとき、一緒に連れてきて、女中部屋に住まわせていたのである。それは末の良人が戦死して、家業の菓子商をつづけるか、末の郷里にかえるか、決心のつかなかった一時期であり、私たちの家の方でも箕輪の叔母が結婚して、はじめての子供を産もうとして祖母のところへ戻っていて、なにかと人手が足りなかったため、自然と話が末のところにいったのであったろう。もちろんこうしたことだけだったなら、子供の私などに関知するところも少かったし、記憶にのこるようなこともなかったにちがいない。しかしたまたま、この駿が私と同じ年恰好であり、知能のおくれた子であったりして、そんなことからその前後のことはかなり鮮明に思いだすことができるのである。

私は末がくる前からこの子のことを母からきかされていたように思う。末さんの子は普通の子供とちがって、病気のために、知恵おくれの子だから、そのつもりで親切にしてあげなければいけない、と母は私や兄に言っていたのである。だから私が他の子供とちがって、動作ものろく、ものを見る眼もひどくぼんやりしているその子を見たとき、さして驚かなかったし、そういう子供たちを私は学校で見なれていたのも事実だったのだ。しかし学校で見るときは、やはりそれなりの距離があり、口をきいたり、そばにいったり、ものを貸したり借りたりしたことはなかった。ところが同じ邸内にその子が住んでいるというのは、もはや二人のあいだに共通する何ものもなくなっていたとしても、やはり他人ごととして無視するわけにゆかなかった。

私が下の土蔵の前でよくみかけたその子は顔色がわるく、手足もやせ、粉のふいたよごれた肌をしていた。頭の形はいびつに歪んでいて、額は狭く、その寄り合った眼は、いつまでも同じところを見つめているように見えた。そばに寄ると、脂肪《あぶら》っこい、白けた匂いがし、私を見る眼になんの反応もなかったので、私は、はじめのうち、奇異な思いもした。しかしあるとき、末が母にむかって、この子のために、どんな苦しみをなめてきたかを話しているのをふと立ち聞きしてから、以前のようには感じなくなった。たしかに私は末が、時やとは別の意味で好きだったし、いま思いだしても、優しい気持の女だったと思うのである。末はよく私が学校にゆくとき、冠木門のところまで送ってきて、「どうか駿《すぐる》の分まで勉強してきて下さいましね。」と言うのだった。「あの子はあんな風ですから、学校にゆこうにも、ゆけませんわ。あの子が学校へでもゆけたら、どんなに心強く、私の気持もはれるでしょうに。」

私はそういう末を見ると、あの頭のいびつな、どんよりした眼の子に、何か親切なことをしてやりたいと、心底から思ったものだった。すくなくとも、駿のことを、これまでのように考えたりするのは、やめなければならない、と決心するのだった。

駿は一日の多くを女中部屋の片隅ですごしていたが、夕方になると、まるで光の薄れてゆくのを敏感に反応する動物のように、外へさまよいでてくるのであった。そのどんよりと暗い眼で、青桐のあたりまで歩いていって、そこで道を失ったように佇《たたず》んでいたりする。たとえ私がそばに近づいていったとしても、感情の動きらしいものは、その表情にあらわれることがなく、重そうな、いびつな頭をうなだれて、何を考えているのか、そこへじっと立ちつづけているのだった。

しかしそういう駿の頭上を遠く、たとえば鳥のかげなどが横切ることがあると、まるで特殊の感覚がこの男の子のなかにそなわってでもいるかのように、敏感にそれに反応して、空をふりあおぎ、あ、あ、あ、と叫ぶのであった。私は、そのとき、駿の表情をみたす歓喜に似た輝きを、なにか信じられないものを見たように感じて、おどろきもし、また同時に、そうしておどろいたことを、ひそかに恥ずかしくも思ったりしたのだ。私はふと前に、もみじの庭の奥にある蛇のひげのうえで冷たくなって死んだクロに感じたのと同じある痛ましい感じを、この駿の歓喜の表情に感じたのだ。クロはそのころすでに死期が近く、ほとんど動くこともなく、終日、台所の隅の大竈の火のぬくみの残っている場所にじっとうずくまって、眼をとじていた。

私がまだずっと小さかったころの、毛並の光った元気な姿——庭をはねたり、父がかえる前に門のところで吠えたり、砂場のまわりをかけたりした姿が、まだ眼にのこっていた。しかし老犬になってからは、歩くその足どりまで力がなく、私たちを見あげる眼は悲しげであった。私は、そういうクロの、つぶらな、うるんだ、黒い、物悲しい眼を見て、よく思ったものだ。

「クロはいったい何を言いたいのだろう。何をうったえようとしているのだろう。だって、こんなに思いつめた眼をしているんだもの。きっと何か言いたいことがあるにちがいないんだわ。ねえ、クロ、お前、何を言いたいの。どうして何も喋らないの。」私のこうした言葉がわかるかのように、クロの眼は、いっそう物悲しく、じっと私を見つめるのだった。私は時おり、そうしたつぶらな黒い眼に、人間の眼を感じることがあった。まるで、なにかの罪で、誰か、本当は心のやさしい人が、その犬の身体のなかに閉じこめられていて、喋ることもできず、なに一つ思ったことを伝えることはできないのに、それでも、その魂は、人間と同じように感じたり、考えたりできるというように——。すると、私はそのつぶらな黒い眼が、まるで私の心の動きをすっかり読みとっているように思え、気味のわるい思いがすると同時に、またひどく、クロの中に閉じこめられている誰かが痛ましく感じられてくるのだった。私には、ものをうったえるようなその眼を見ていると、いつか、私の考えが疑いない真実のものに思えてきて、思わずクロの頸にだきついて、その耳にこう言ってやるのだった。

「ねえ、クロ、お前って、本当は誰なの。そしていったい何をそんなに言いたがっているの。きっと何か言いたいことがあるんだわね。それが何であるか、知れたらねえ。」

しかしクロも死ぬ前には、もうそうした眼で私を見ることもしなくなっていた。ただあてもなく眼をさまよわせ、外界にはまったく無関心となり、時どき、なにかきたないものを裏庭に吐いたりして、婆やがそれに灰をかけて、掃除しなければならなかった。それなのに、日によると、クロは庭のあちらこちらをとぼとぼ歩きまわることがあった。いったい何を捜しているのだろう、と、私は、そうした力ないクロの姿を見ながら考えたものだ。そういうとき、この物言わぬ動物のなかに、めしいた生命の哀れさを私は感じたのだ。

こうした同じ思いを、この空を横切る鳥かげに、うめくような声をあげた男の子へ感じたと言っても、なにも私が駿を動物視していたのではなかった。むしろ動物も家畜も、幼い私の眼には、人間の変形に感じられていた、という証拠と言えないまでも、痕跡だったとは、言えるような気がする。駿には、さすがに不思議と、はっきり感情のよみがえる瞬間があり、しかもそれは沈黙し、陰鬱に沈みこんだ平生の状態であるだけに、なにか瞬間に、ほとばしりでる激しい集中を感じた。私は、そうした感情が、顔色のわるい無表情な顔の壁をつきやぶって、あふれ輝くとき、たしかにそれは不気味ではあったけれど、それでも私の心を動かさずにはいなかった。それに、そうした魂が厚い表皮をつらぬいて、自分をとりもどし、外にあらわれるということが度重なるにつれて、私は、駿の閉じこめられた人間が、それだけ恢復してゆくのではないか、と思ったのだ。ちょうどそれは壁のなかに生きたまま閉じこめられた人間が、なにか不思議な透視力によってよびおこされるとき、何度も復活しようとこころみて、その度に元に引きもどされ、最後に、はげしい集中によって、ようやく蘇生するという、あの奇怪な物語のように、駿のなかに閉じこめられた人間の、何度も、くりかえして外に出ようとするあがきに似た努力が、そうした瞬間の感情の迸出《ほんしゅつ》だったのではないかと思ったのだ。駿のこうした感情奔出の瞬間がたび重なって、連続してゆけば、あの物語にある壁のなかの人間のように、駿の身体をかりた人間がよみがえってきはしまいかと、真実考えたのだ。古いぬいぐるみの犬や兎を駿に貸してやったり、ばねではねるバッタや自動車の玩具を持っていってやったりしたが、それはただ駿をよろこばしたいためだった。しかし駿の気持がそれによって動くことがあったにせよ、多くの場合ながつづきはせず、ぬいぐるみの動物などはよく引きさかれて捨てられていた。一度など私がなお愛着をもっていたゴムの握りのついた蛙の玩具を貸してやったが、駿は蛙がはねとぶたびに、あ、あ、と声をあげて狂喜したのだ。しかし、しばらくしていってみると、蛙はあとかたなく引きさかれ、ゴムの握りも、ゴムの細管もばらばらになっていた。私は思わずかっとして、それを駿の前につきだしながら、「え？　どうしたの？　どうしてこんなことしたの？　わけを言って頂だい。」とどなった。しかし駿は黙って私の顔をみているだけで、そこには何の反応もみられなかった。

そのころまだ離屋《はなれ》の池に飼っていたヒューロイが生きていた。すでにながいこと私の手で飼いならされていたこの亀は、私が一枚石の橋までゆくと、池の端から首をのばし、ゆっくりした動作で歩みよってくるのだった。

「ヒューロイ、お前は今日なにをしていたの。樟の青大将と喧嘩なんかしなかった？　お前がいくらえばったって、蛇にはかなわないのよ。おとなしくお池のなかで遊んでいなければいけないわよ。」

私は夕方になると、橋の上で、ごはん粒や煮ぼしをヒューロイにやりながら、そんな風に話しかけた。亀の方は亀の方で、眼を上目づかいにして、私の言うことがわかりでもするかのように、首を上下にふっていた。

このヒューロイがどうして駿の眼にとまったのか、なんとも不運と言うほかないが、ある夕方、橋の上にいって、いくら待ってもヒューロイが出てこなかったこと、まさか駿の手につかまえられているとは夢にも思いつかず、池から流れだされたのかもしれないと思って、暗くなるまで、池水の流出口の鉄柵から落葉やごみを取りのけて捜しつづけたことなどを思いだすと、私はいまなお、当時と同じような不安な、心細い気持を感じる。私はなさけない気持で築山から樟の老木の根元、あちらこちらの庭の隅、縁の下まで捜しまわった。そして最後に姿やたちにその行方を知りはしないかと訊くつもりで、台所に入っていった。ところが、ヒューロイはその台所へぬける途中の中の土蔵の石段のうえに、じっとうずくまっていたのだった。私は安堵やら歓喜やらでヒューロイを掌のなかに入れて思わず土蔵の前のたたきのうえを跳ねとんだが、安堵感がすぎるとすぐ、無性に腹立たしい思いがこみあげてきた。私は台所で杉やや時やたちに当りちらしながら、「誰なの？　こんなところへヒューロイをつれてきたのは？　誰がやったの？」とどなった。

その時だった。それまで台所の隅で、坐りこんでいた駿が、突然、私の方を指さしながら、あ、あ、あ、と叫びながら、よたよたと近づいてきたのだ。顔には、私がそうなることを願っていたあの喜悦の表情があった。

「あ、あ、あ。」駿はなおそう叫んで、後《あと》じさる私に迫ってきた。私はヒューロイを胸にあてて、駿の手からのがれようと、台所から土間へ逃げた。そのとき、駿のうしろから、末が抱きかかえるように押さえた。駿は母親からとめられたと知ると、突然、見たこともないような激しさであばれはじめた。駿は「あっ、あっ、あっ。」と私を指して叫びながら、とびかかろうと、身をもがいた。杉やは駿のふりまわす手に顔を打たれて、そこにうずくまってしまった。

私は生きた心持もなく、土間の隅に立ちつくした。

「お嬢さま、申しわけございません。どうか、あちらへ、駿から見えないところへ、逃げて下さいませ。」

末はあばれる駿を押さえながら、息を切らして、そう叫んだ。駿はなおも私にとびかかろうとした。

「早く、お嬢さま、早く、早くお逃げ下さいませ。」

しかし私は足がすくんで動くことができなかった。時やが私をかかえて納戸にひきずるように連れていった。台所から、駿の叫びと末の懇願する声とが入りまじって聞えた。

「すぐる、すぐる、お願いだよ。おとなしくしておくれよ。何をあげようかね。すぐる、すぐる、おとなしくして、かあちゃんを困らせずにおくれ。」

そうした末の言葉にもかかわらず、駿のうめき声はつづき、なにか激怒する獰猛な獣のように、みたされぬ欲望のままに荒れくるっていた。物の倒れる音がし、誰かが悲鳴をあげ、末の声がまじり、やがて戸がはずれる音がした。駿は戸外へとびだしたらしく、末の声が、それを追って、裏の方へ遠ざかった。急に台所も土間もひっそりして、そのときになって、私は急にヒューロイに湿った池の泥と水の匂いを感じた。

もしこうした出来事がなく、末を可哀そうに思う必要もなければ、私はヒューロイを駿に貸しあたえようなどという気にならなかったかもしれない。しかし末の哀れさや駿の喜悦の表情を考えると、気が鎮まるまでヒューロイを貸してやってもいい、という気持になった。「駿はどうせすぐ飽きるし、それにヒューロイは丈夫だから、ばらばらに引きさかれるはずもない。」と思った。私がそのことを時やに話すと、「まあ、お嬢さまったら。」ともう綺麗な黒い眼に涙をためて、私を見つめた。「そうして下されば、お末さんは、どんなに助かるでしょう。お末さんはどんなにお嬢さまに感謝しますでしょう。」

時やがそう言って私から亀を受けとって、末や駿の方へ出ていったあと、私は、駿がヒューロイをみて、動物じみた叫びをあげてかじりつくだろうこと、末がほっと肩を落して、子供を見つめるだろうこと、時やは時やで、末にむかって、「お末さん、しっかりしなければいけませんわ。いまに、駿ちゃんだって、気ながに待てば、きっと、もっとよくなりますわ。」と言っているだろうことを想像した。下の土蔵の前のあたりに三人は立っていて、お互いに何も喋らず、じっとしているかもしれない。末も時やも、そうやって、立って、黙って、泣いているのかもしれない。そう思うと、私はヒューロイのことが気がかりではあったが、それでも、やはり駿に貸してやってよかったと思った。そして明日はヒューロイのために新しい隠れ家をつくらなければならないと考えた。

もちろん駿の挙措《きよそ》のなかに、当時の私の眼にも、何か異様な、不気味なものを感じないではなかったが、それでも、その重苦しい肉体の奥から、人間らしい、明るい魂が、いつかあらわれてくるにちがいないと信じていたのも事実だった。私がヒューロイを駿に貸しあたえた動機のなかには、優しい末に対する憐憫が含まれていたとしても、それよりも、もっと多く、私が、駿の喜びの表情を高めてやり、その閉じこめられた魂を、重苦しい肉体から解放してやりたい、と考えていたためであったと思う。駿の陰鬱な、土色をした顔に浮かぶ微笑、空をかすめる鳥をみて笑う微笑は、なにか無垢の、柔和な、ういういしい微笑であり、やさしいものが唇のあたりにほころびるような笑いであった。私は駿のこうした微笑のやさしさ、単純さを信じることは、もちろん、できたのだが、夜になって、また、樟の大木がざわめくのを聞くと、よたよたと歩いてゆく、頭をかしげた駿の異様な気配が思いだされて、私は不安になりはじめた。それは不吉な、落着かない、妙な胸さわぎであったのだ。

私はそれまで人間の身体を鈍い重苦しい肉体であるなどと思ったことはなかった。祖母や両親や叔父叔母の誰にせよ、女中や学校友達の誰にせよ、そこに肉体という存在を、わざわざ、その当の人から切りはなして、感じるなどということはなかったのだ。私たちはふつう、お互いの話や考え、心配ごと、よろこびや悲しみを伝えあって生きていて、いわばこの物体の水準よりは、ずっと高いところ、肉体や物質をあからさまには感じないところに、立っている。健康な人が肉体を意識しないのと、それはまったく同様である。肉体などという自明なものは通りこして、いきなり生活の内容に結びついているのだ。

ところが、そういう人でも、ひとたび病気にかかると、いや応なく、自分の肉体を感じないわけにゆかなくなる。私が駿に感じた重苦しい鈍い肉体という感じは、ふだんならば自明の透明な前提となるこの身体を、砂袋のようなものとして感じていた、ということに他ならない。私ははじめ暗い途方にくれた気持になり、やがて次第にそれに慣れていった。私は自分の肉体というものをあらためて、両手で確かめてみないではいられなかった。風呂のなかに沈めながら、ようやくふくらみはじめた胸のあたり、まるくなりはじめた肩のあたりを、信じられないもののように眺めた。自分の考えや感じとは別に、妙な重い他の生きもののような肉体があるということ、それは、その後ながいこと、私には、最後まで、なじむことのできない事実となったのだ。

しかしともあれ、夜、樟の大枝が風にざわざわと音をたてると、駿のことがまざまざと感じられて、私を不安に陥しいれたのであろう。あの動き、足どり、口もと、そうしたもののもつ物体感、肉体感が、私を、あらためて虐《さいな》んでいたのであろう。しかしこの奇妙な不安の思いに虐まれたのも、翌日、ヒューロイが池の一枚石の橋のうえで、甲羅を割られて死んでいるのを見たとき、理由のないことではなかったのを知らされたのだ。可哀そうに、ヒューロイは、青い液体のようなものを引きずって、それでも、三十糎か、五十糎か、最後の苦しみにあがきながら、這いずっていったあとが残っていた。私はそれをみると、急に、胸がむかついて、蔦のからんだ岩のかげに何度か吐いた。おそらく私は蒼ざめ、穴の奥でおびえている小動物のように、そこにうずくまっていたにちがいない。私には、ヒューロイの死を悲しむ力も、駿の残忍さを怒る勇気もなく、ただ、空をうつして光っている池を、遠く、小さく、見つめていただけであった。

末には気の毒ではあったが、駿を早急に何とかしなければならないということは、祖母や両親のあいだでも、すでに幾度か話題にのぼっていたし、離屋《はなれ》にいる箕輪の叔母などは、駿が築山のある庭に入ってくるのをいやがって、その都度、末を呼んでは、逆上したような調子で（ときには泣きだしそうな調子で）「なぜ駿を裏で遊ばせておかないの？　ここにこさせないようにって、あれほど言ってあるじゃありませんか。」と言うのを、私も、よく耳にしていた。末も、十分に注意はしたのであったろうが、いつか眼を離しているあいだに、築山や池のある奥の庭に入りこみ、離屋の廊下を、蒼い、やつれた顔をして通ってゆく叔母の眼にふれるのだった。

それは、私が蔦の覆った大岩の根元で、亀のヒューロイの墓をつくっていた午後のこと、渡り廊下を通ってゆく叔母が、不意に、うずくまり、手すりに身を支えて、廊下の外へ何かを吐こうとしていたことがある。私は前にもよく何度か、叔母の苦しそうな、喘ぐような嘔吐の声をきいた。しかし身体を痙攣させる叔母の姿を見たのは、そのときがはじめてだった。それは、ふだんのやさしい、綺麗な箕輪の叔母と同一人物であると思うことはできなかった。蒼ざめた顔は発作のたびにゆがみ、まわりの黒ずんだ眼は焦点の定まらぬ風に、あたりをさまよっていた。離屋から杉やが駈けてきて、叔母のからだを後ろから支えた。杉やに背中をさすられながら、それでも、何度か、廊下の外へ吐こうとして、身体をひきつらせた。

発作が落ちついたとき、叔母は池の向う岸のどうだんの繁みのなかに、駿が、重い、鈍い動きでやってくるのを見たのだ。叔母は悲鳴をあげて杉やにかじりついた。

「どうしてまた駿をここで遊ばせておくの？　あれほど、いけないって、言ってあるじゃないの。私は、ふだんなら、平気よ。でも、いまは、いやなのよ。いまは、だめなのよ。」

どうしてそんなことになったのか知らない。叔母は逆上してこう叫んでいるうち、真っ蒼になって、ひきつり、杉やの腕のなかに倒れてしまった。私は呆然として祖母や母や女中たちが電話をかけたり、廊下を急いだりする姿を、遠い出来事のように眺めていた。しばらくして、私が裏にまわると、中の土蔵の前の段のところで、末が畳に突っ伏して泣いていた。泣きながら畳を掻きむしっていた。私はそっとそこを離れ、砂場にきて、鉄棒にのぼり、飛行とびを二、三度して遊んだ。末の声はその鉄棒のところまできこえていた。それは、そこからは、泣き声と言うより、絶えだえのうめき声にきこえた。血のような、どす黒いかたまりが、喉の奥から吐きだされるたびにあげられるような、そんな断続した、うめき声であった。

叔母の容態が普通でなくなったことが、こうした出来事と関係していたのかどうか、その辺のところは確かではないが、もともと娘時代に療養生活を送ったことのある叔母が、早くから祖母のもとに帰っていたところを見ると、叔母の健康はそれほどすぐれたものではなかったのであろう。しかしこの出来事があってから、叔母の神経的な昂奮は病的なものになっていったように思う。私はよく離屋で叔母が激しく泣いている声を聞いたたし、仏間に祖母とこもって、ながいこと読経していたり、台所で女中たちに当りちらしていたりするのを見ていた。それは、あのやさしい叔母に何かがのりうつったような風に見え、たとえば、「まだ駿をおいているの？早く出して頂だい。どこかへやって頂だい。早く、早く、出ていって。」と叫ぶ姿をみると、叔母の方が痛ましく狂いはじめているのではないかと思われたほどだった。

夜、母が不在で、父は書斎でいつものようにおそくまで障子に電気スタンドのあかりを投げているようなとき、私は、屋根のうえを、樟の繁みをざわざわと揺らして渡る風の音をききながら、「今は、叔母も落着いたろうか。祖母はどうしているだろうか。末や駿は女中部屋の隅で障子のかげにかくれるようにしてねているであろうか。末は今後駿をどうするつもりだろう。駿はまだよくなる見込みがあるのだろうか。」などと考えていると、不意に、風の音にまじって、叔母の悲鳴がきこえるような気がした。私は、はっとして、耳を澄ますと、ただ聞えるのは風の音だけであって、それは空耳だったにちがいなかったが、それでも、どこか空中に、叔母の声がさまよいただよっていて、風の吹く夜、樟のざわめきとともに、泣きさけぶような気がした。

黒ずんだ隈《くま》にとりまかれた、ぎらぎら光る熱を帯びた眼で何かを見るというのではなく、ただあてもなく、落着きなく庭や屋根や空にさまよわせながら渡り廊下に立っている叔母を、私は、おそろしいものを見るように、遠くから眺めた。

それはまるで、かつての綺麗な叔母の中に、もう一人の別の人物が住みついていて、いつか叔母にとってかわって、表面にあらわれてきた感じがした。箕輪の叔母は様子の綺麗な人でもあったが、いまでは、髪はほつれ、眼のぎらぎらした、蒼い、やせこけた顔は、病的な、荒れはてた感じをあたえた。私は母から、そういう叔母は数カ月後に子供をうまなければならず、そのため叔母が精神的にも肉体的にも大きな犠牲を強いられているのだ、というふうに説明されていたが、もしそうだとすると、出産という女に課せられた仕事は、私には、異様に神秘な苦悩にみちた世界であるように考えられるのだった。

もちろん私には、こうした叔母の変化の実体はわからなかったけれど、しかしこうしたことは、すべて、女たちにとって、大へんな仕事であり、山を築いたり、岩を動かしたりするような、大がかりな、汗みどろの、ながい歳月をかけた仕事と同じような性格をもっていると、なぜか漠然と感じていた。そして叔母の蒼ざめてはいるが、落着いた、すがすがしい顔をみた翌日、信じられないような苦悶する姿、あの憑《つ》かれたような、ぎらぎら眼を光らせた叔母をふたたび見たりしたのだ。

ある日のこと、祖母の激しい声や、母の電話をかける様子や、杉やや時やたちが廊下を走ってゆく気配から、なにか変ったことがおこったらしいことを、私は子供なりに直感した。母がめずらしく私のことを忘れたように顔をこわばらして、離屋にいったり、女中たちに物を言いつけたり、父に電話したりしていた。その日、私は不安な暗い午後を部屋にこもって送った。夜になって、時やが私を近所の闇森《くらやみのもり》神社の縁日に連れていった。

縁日からかえると、家の前に黒い箱型の自動車がとまっており、玄関から奥へ、いつもひっそり闇に沈んでいる部屋部屋に、煌々と灯が入っていた。

私たちが裏にまわり、中の土蔵にそった露地を入ってゆくと、杉やが勝手口から外へ駈けだそうとしているところだった。

「いったい、どこへいっていたの。離屋の奥さまが流産なさったのよ。それに、駿がまた見えなくなって大騒ぎよ。早く駿を見つけてきてよ。」

杉やはそう激しい口調でいうと、また奥へばたばたと駈けていった。私には杉やの言った流産という言葉が理解できなかった。しかし女中たちの声をひそめた話し方や、離屋のひっそりした感じから、叔母が待っていた子供は、なにか不幸な偶然から、生れなかったのだということは、はっきりわかったのだ。

私は台所の隅の階段の途中にすわって、不安な、暗い気持にとらわれていた。いったいどんなことが起ったのであろうか。急に子供をうみたくなくなったのだろうか。それともうみたかったのに、なにか故障があったのだろうか。あるいは、望んでいたものとは別なものが生れたのだろうか。なにかぶよぶよした黒いものだとか……。私は思わず声をだして、違う、違う、と叫ばないではいられなかった。しかし一度自分で想像したこの気味のわるい黒い軟かな感触は、いくら手で追いはらっても、私の心の中を去らなかった。

そんなとき、台所のガラス戸をあけて、駿がよたよたと入りこんできたのだった。暗い電気の光がその土間の先まで十分に照しだしていなかったため、はじめは、私も、駿が何を手にもっているのか、よく見えなかった。しかし駿が台所の板の間にあがり、奇妙な叫びをあげて、私の方へ手を差しだしたとき、私は、首をたれた生れたばかりの仔猫を見たのだった。濡れた灰色の毛なみや、縮んだ眼鼻や、小さな肢をみると、私は急に胸が悪くなるのを感じた。声をだすことも、立ちあがることもできなかった。ただたえず、心細く、胸がむかむかして、何もかも小さく遠くなってゆき、身体には、おかしいほど力がなかった。私はそうやって失神し、階段の下へすべり落ちていた。

私と兄とは学年は二年違ったが、年子だったので、ほとんど差別を感じさせないように、男の子のように育てられたが、それは、あの控え目な母がもっていた人知れぬ好みでもあったのだ。私はつねに灰色か紺の洋服を着ていたし、靴は男の子と同じ深編上靴だったし、ランドセルも兄と同じ黒い特別に上等の皮だった。鉄棒は兄よりも私の方がうまく、飛行とびは最後まで兄にはできなかったが、木のぼりや屋根を伝わって遊ぶことにかけては、兄の方がうまかった。ただ兄はそうした遊びからは早く遠ざかって、自分の部屋で飛行機の模型を組みたてたり、顕微鏡で虫の足を見たりするのを好み、学校に入ってからは、私とあまり遊ばなくなった。私が飛行とびに熱中していたころ、兄は昆虫採集や幼虫飼育に夢中になっていて、兄の部屋はナフタリンと乾いた草原の匂いがまじり、標本箱や展翅板《てんしばん》や捕虫網などが机のうえと言わず、本箱のうえと言わず、つみ重ねられていた。畳のうえには、ボール箱に蚕が盲にでもなったような様子で頭を動かし、乾いて縮んだ桑の葉に疑わしげに触っていた。広口壜のなかには黒いさまざまな昆虫がいたし、青い草の葉のなかに、かまきりがじっととまっていて、下腹のあたりをひくひく呼吸させていた。

兄は時おり気がむくと、こうした標本を私に見せてくれたし、顕微鏡で花粉などをのぞかせてもくれた。しかし、それはごく機嫌のいいときであって、多くの場合、私を誘うどころか、頼んでも決して見せてくれるようなことはなかった。しかもその秘密主義が徹底していたので、私が前に毛虫であると思っていたものが、いつか蝶になって、目も鮮やかな鱗翅《りんし》を標本箱のなかに飾るようになっていたことも、まるで知らずにいるなどという事態もおこったのだ。で、私が、「この前見た気持のわるい黒い毛虫、まだいる?」などと訊こうものなら、兄は顔じゅうに軽蔑の色を浮かべて、「毛虫がいつまでも毛虫でいられるかい。もうあげは蝶になって、この箱のなかにおさまってらあ。」と叫ぶのだった。

しかし、こうしたことはまだまだはじめの段階であって、兄の後年の好みのごく僅かな、かすかな徴候といったものにすぎなかった。子供の科学雑誌や園芸雑誌、小鳥通信、愛犬新聞などが兄のところに送られてきたし、子供のくせに、どこからおぼえてきたのか、図書館の本のように、ラベルを貼って、それらを記号別、番号別に整理することなどもはじめていた。兄が写真をとったり、現像をはじめたのは、いつごろだったか、私ははっきり記憶していないが、一時写真に熱中したことのある父のところから、黒い、ずっしりと重いドイツ製カメラを自分の机のなかにもってきて、しまっていた。誰からどうやって教えられるのか、兄は中の土蔵の隅に暗室をつくって、一日じゅうそこから出てこなかったり、ぬれた写真を廊下で陰干ししていたりした。時どき、耳の大きな、頭のうしろが絶壁となった坊主頭の書生の遠藤が、兄の相手になって、汗を拭き拭き、将棋を差させられていた。この遠藤がきたとき、杉やが母のところへ苦情をもってきたのを私は憶えている。杉やはこう言っていたのだ。

「こんどの書生さんは、とても真面目で、よく働いてくれますのですが、あの、何ですか、変な癖がございまして、いつも、あの、新聞を、どういうわけなんでございましょう、読みながら、あの、赤鉛筆で線をひくのでございます。そのうえ、あの、二重まるや三重まるを、つけるので、新聞が、真っ赤になってしまいまして。それに、ながいこと独りごとを言って、なかなか読ましてくれません。」

母が杉やの言葉をどのように遠藤に伝えたかわからないが、この無口で真面目で、いくらか鈍重な書生は、兄の気に入りであったのだ。兄は遠藤を暗室で手伝わせたり、標本を買いにつれていったり、何か新しい計画を話したりしていた。私はこの書生のおかげで前よりいっそう兄たちのところから閉めだしを食ったので、遠藤がにくらしくもあり、ねたましくもあった。

耳の大きい遠藤は夜になると、女中部屋とは納戸一つを隔てている玄関わきの小部屋で、法律書などを読んでいたが、私がのぞきこむときは、かならず机のうえにうつ伏せになって眠っていた。赤萩の叔父などは玄関で遠藤に靴の紐をむすんでもらいながら、こんな調子で話をする。

「これからは、努力しないで偉くなれると思うかね。」

「いいえ、努力しなくては、偉くなれませんです。」遠藤は身体を固くして言った。

「そうだろう。どのくらい偉くなれると思うかね。」

「さようです。どのくらい偉くなれますでしょう?」

「奏任官ぐらいまでゆけば大したものだ。」

「さようです。大したものだと思いますです。」遠藤は結んでいる叔父の靴のうえに頭をさげて、そう答えた。

兄がなぜこの遠藤を好んで相手にしたのかわからないが、いつ何時《なんどき》でも、兄が呼べば、すべてを投げだしてやってきたこの書生の、どこか風変りな生真面目な様子を、あるいは兄は気に入っていたのかもしれない。そういえば兄のなかにも、打ちとけにくい、暗い、無口なところがあったし、私などが兄をじっと見るのを極端におそれていたらしいし、その点、遠藤は、兄のもっとも気をゆるせる人物の一人だったのであろう。

兄はまだそのころ採集や写真に熱中することがあっても、そのあいまには居間にいて雑誌を読んでいたり、私と一緒に婆やにいたずらを仕かけたり、廊下に蠟を塗って祖母をすべらせようと計画したりしていたのだ。家庭教師が来たり、習字の先生が来たりすると、兄は土蔵にかくれて、一時間も二時間も出てこなかった。結局私ひとりが鉛筆をけずったり、墨をすったりして、時間をもてあましながら、兄のかわりに授業をうけた。私はいまなお八字髭をはやした羽織姿の老人が、「よいかな、筆は垂直にな、手のひらには卵をもっているような心持でな、よいかな、肘を高く、高く、もっと高く……」と言っている声が聞えるような気がする。習字は時には母も紙をのべて、私と一緒にやることもあったが、そんなときは、奥の書院の一間があけられて、そこに静かな午後の日が差しこんでいた。初夏の樟の若葉のにおい（なぜか私にはそれが初夏でなければならないような気がする）、墨のひんやりした香り、老人の莨《たばこ》のにおい、若い母の真剣な、眼をこらして筆の行方を追っている眼《まな》ざし、池で水のはねる音、遠くかすかに唸っている製材所の機械鋸の音、そうしたものとともに、私のまわりを、明るい、静かな、みたされた時が流れていたような気がする。「よいかな、肘を高く、高く、もっと高く」と言っている老人の声が不意に思いだされるとき、私は、樟の家のはてしない午後のながさを思わずにはいられない。

しかし兄はそのあいだ姿を見せるということはなく、私も気が散りだすと、兄のことや兄の新しく買った鉱物標本のなかにある赤い石や青い石の美しさなどが頭について、はなれなかった。もちろん私は半ばこうした兄をうらやみもし、畏敬の念《おも》いにとらえられてはいたが、その真似をしようという気持はまったくなかった。それは一つには私が女だったからということもあっただろうが、それだけではなく、そのころ私は自分のまわりにある自分の嗜好や愛着とは別の世界を、ごくおぼろげな形ではあったが、気がつきはじめていて、なんとかそれに適応することが自分の務めの一つなのだ、という風に感じていたためであろう。

私は兄のように宿題を無視したり、投げだしたりはしなかったし、成績表をやぶって、父に激しく叱責されるようなこともなかった。兄にとっては、学校も、宿題も、成績も、まるで意味のないもの、存在しなくてもいいものだった。母はそういう兄に対して、いつもの真剣な、しかし静かな眼ざしをむけるだけで、ことさら注意したり叱責したりすることはなかったが、厳格な父には、時おり、その放恣に見える行動が、どこか腹にすえかねたらしく、書斎に呼びつけて、きびしく叱ることがあった。兄はそんなとき黙って頭をたれていたが、父のところから帰ってきても、何ごともなかったように、顔色ひとつ変らなかった。ただ兄が無視した学校にせよ、実際の生活にせよ、それが存在し、なんらかの力をもつ以上、当然、それを無視しただけの復讐なり罰なりは受けなければならなかった。兄はごく少数の教師たち、理科や地歴の教師たちから可愛がられるほかは、ほとんど劣等生と見なされたし、そのうえ性格的に不安定な生徒だという風評にさらされていた。

そういう兄の評価に対して、私の存在は、かならずしも好ましいものではなかった。私の名前が優等生として呼びあげられるとき、列席者の大半は、それと対照して、兄の暗い、反抗的な、打ちとけない態度を思いだしたし、私が運動会で飛行とびをしたり、競走に勝ったりすると、反対に、無気力に走っている兄の姿が一際目立ったのだ。

私は今でも兄のこうした生き方、態度に反対したいとはいささかも思わないが、それでもそのころ私がすでに感じたこと——土蔵の暗室のなかや温室のなかでそうであったように、なぜ学校でも快活で男らしく振舞うことができなかったか、その原因は何か、と問うことはできるように思う。事実、兄は暗室や温室の外では、ひどく頼りなげな、不安そうな様子をしていたのだ。学校ではますます暗い、いじけた、無口な生徒と見なされるようになっていた。しかし、なぜそうでなければならなかったのだろうか。兄がそれほど無益で無価値だと思った学校なら、そこでどんなに成績がわるくても、平気でいられたはずだし、また平気でいなければならなかったのだ。私は兄のために今でもそう願わずにはいられない。それは、なにも私が学校でいい生徒だったり、八字髭の老人のそばでおとなしく習字をしたからそう言うのではないのだ。

これと同じ感じは、もっと後になって、母の弟である叔父にももったことがある。この叔父は大学を中退していて、私の家にきていたころは、父の知っているある通信社のようなところへ勤めていた。

その若い叔父は蒼い顔をし、痩せた身体つきで、細い曲った脚をしていて、外出するときは、ベレー帽をかぶっていた。杉やだったか、婆やだったかが、叔父のところには刑事がついているのだ、と、なにか恐しいことのように私に話してくれたか、あるいは自分で私がそう思いこんでいたのか、ともかく、叔父はひどく訪問者に対しては神経質で、それがどんな男か、何を訊いたか、どんな服装をしていたか、根掘り葉掘りきくのだった。そしてそんな日は一日じゅう、その蒼い痩せた顔を暗くして、妙にびくびくした風で暮していた。

出勤はあまり正確ではなく、かなり怠惰であったように思う。叔父が平日も家にいるようなことはしばしばあったし、私が学校から帰ると、庭をぶらぶら歩いている叔父とよくぶつかったものだ。

「叔父さま、もうお帰りになったの?」

私がそうきくと、叔父は妙な具合に笑って、

「いや、今日は休んじゃったのさ。つまりその何だね、ずる休みっていうやつだね。」

と言った。しかし私には、叔父のそういう笑いは、単に照れかくしといったものではなく、もっとかげのある、暗いものであることを、なぜか早くから知っていたように思う。それは、母が、兄の場合とはちがって、この叔父には、なにか低い沈んだ調子で、懇願するようなことを言っていたのを、私は、何度か聞いたことがあったからであろう。

叔父は私や兄といるとき、逆立ちをしたり、鉄棒で蹴上りや大車輪などをしたり、石蹴り、縄とびで遊んだり、まるで私たちと年が違わない人に見えた。機嫌のいい日など、屋根にのぼって私たちに高等学校の寮歌をうたってくれることがあった。婆やや杉やたちにも叔父は必要以上に親切で、よく母にむかって女中部屋の日当りや通風について非難めいた言葉を口にしていたのを聞いたことがある。

しかしそういう叔父は、いわばその一面にすぎず、多くの場合、唇の端を妙な具合にまげて、薄笑いを浮かべ、わざと無関心を粧ったり、急に腹をたてたり、また皮肉になったり、不自然

に周囲を無視したりするのだった。

それは兄がちょうど本格的な温室を裏の土蔵のそばにつくってもらったころで、叔父はそうした子供に不似合いな温室を好まなかったにもかかわらず、兄の偏屈な、ひたむきな、人間嫌いな情熱とは、どこか深く共鳴するところがあったのであろう。兄が温室で栽培をはじめた蘭や熱帯植物や草花の種類を図鑑で調べたり、標識札にラテン語名を書きこんだり、ボイラー小屋に石炭を運んだり、兄と一緒に百貨店や専門店に出かけたりして、かつて書生の遠藤が受けもっていた相棒役をそっくりそのまま引きうけていたのである。

兄は、ずっと小さかった時分、「わが家の新聞」という自筆の新聞（小さなわら半紙の、タブロイド型新聞を真似て幾段もの欄やコラムや見出しなどがついていたのだ）を発行していて、ニュースがなくなると、自分で悪戯をして、お茶やまるにメリケン粉をかけて真っ白にしたり、天窓から杉の葉束に火をつけて落したりしたことを、自分でニュースにして書いていた。もっとも、この杉の葉束のときは、あいにく女中の一人が天井の下で揚げものをしていて、火はその油にもえうつり、女中が火傷をするやら、危うく火事になりかけるやらで、家じゅうが大騒ぎをしたのだったが、兄は早速、号外と称して「女中の美枝さん火傷、台所の大火事」と書きたてた速報を出して、父母を啞然とさせたことを、私はいまも忘れられない。にもかかわらず、このころの兄はまだ明るい気質が残り、凝りに凝って発明に熱狂したり、蒐集に眼の色を変えても、たとえば家じゅうの時計という時計を片っ端から分解してしまうとか、夜になっても電気がつかず、書生や可児《かに》さん（店からくる手伝いの人）がヒューズを捜しても、蠟燭を捜しても駄目で、宵の口の何十分か邸のなかが真っ暗だったりする程度の悪戯でしかなかったのだ。しかし温室を本格的につくりはじめるようになったころ（それはおそらく父にはとうにわかっていたことだろうが）兄は一種の厭人《えんじん》的な、暗い、病的な熱中を示しはじめ、温室のある裏庭には、婆やや女中はおろか、父母や私まで入ることを禁じていた。温室の奥に花や植物にかこまれた小部屋があり、そこに机や本やベッドを運びこんで、気に入ると、三日でも四日でもそこにこもって暮していた。ある冬の一日、いまから憶うと、兄の機嫌が相当によかった日であったろうが、私はその温室を見せてもらったことがある。温室はL字状にできた白塗りの鉄枠にガラスをはめた明るい無機質な細長い建物で、天井や窓壁に日よけ用の滑車やロープがつき、天候や温度によって自由に日よけをかけられるようになっていた。内部は花屋の店のように、むっと甘く湿っていて、土や水の匂いが季節に先がけて、春めいた、やわらかな、沼のほとりのような気分をあたえた。私は高価な蘭の幾棚や、根別けして小さな鉢に植えてあるゼラニウムや、すでに花を開いているアネモネや三色菫などを見てまわった。淡いあたたかな日ざしが戸外の木枯しとは無関係に、斜めに、静かに一群の花や葉のうえに差しこんでいた。兄は私に何の説明もせず、先に立って歩いていたが、時おり足をとめ、手をのばして棚から鉢をとり、注意深く、まるで陶器か何かに見入る人のように、その花や葉群れを眺めた。

もちろんこうしたことはごく例外のことであり、そのころの兄は夕食時でさえ顔を合さないことが多かったのだ。兄は学校から帰ると、温室の小部屋に入り、婆やに食事やお八つを運ばせ、あとは机に向ったり、温室の棚に如露《じょうろ》で水をそそいだり、花を写生したり、肥料をまぜたり、煉瓦造りの燃料小屋でボイラーを調整したりしていた。

私は夜になって、屋根の向うにざわざわと樟がざわめくような時刻、兄はいったいあんなところにいて寂しくないのだろうかと考えた。私の方は、まるで兄がどこか遠い地方へ旅行にでも出かけてしまったような、ひっそりした、空虚な、ほかのものでは埋めきれない、頼りない広さを感じていたのである。時やの話だと、兄はおそくまで電燈をつけていることがあり、その煌々と輝くあかりが青桐の影を黒くえがきだしながら、中庭の上へ白い光芒《こうぼう》をのばしていたということだ。

叔父がこういう兄に対して、はたしていい影響を及ぼしたのか、それとも悪い結果をのこしたのか、いまでも私にはわからないが、すくなくともその当時、兄にせよ、叔父にせよ、他の人々から避けて自分のなかで暮すという点で、暗黙の、深い共感と信頼がうまれていたことはたしかで、私は叔父が園芸用の鋏やシャベルをもって裏庭に花壇をひろげ、兄と二人で黙々と球根を植えているのをよく見かけた。叔父は以前のように、私に会っても、困ったような曖昧な笑いをうかべることもなく、ひどく真面目な顔で、「やあ、お帰り。どう、だいぶ拡がっただろう? ここはずっとチューリップ畑にする予定だよ。他のはまぜないでね。赤いチューリップなんだ。きっと、素晴しいよ、いちめん赤いチューリップが咲くのは。」と、あたかも風にゆれる花畑を眼の前に見ているような様子で、花壇の黒々と掘りかえされた土を眺めるのだった。

母がそれに対してどんな態度をとっていたのか、私は知らない。私にわかっていることと言えば、そのチューリップ畑が花盛りになり、蜂や虻がせわしく明るい光のなかを飛びかう季節に、兄は東京の寄宿制の学校にやられていたこと(これは父の厳格な性格から、兄を放任できなかったからでもあるが、母もそれを望んでいたのだ)、また、あんなに花盛りのチューリップ畑を見たがっていた叔父は、まだ黒い湿った土塊のあいだから、白い芽が出ないうちに、満洲か、どこか、そういった遠い地方(父母は正確にその話を私にしなかった)へいってしまったことくらいである。兄の場合はともかく、叔父のほうは、自分からそうした僻地の仕事を求めたのか、父母が何らかそこに関係していたのか、私のような子供には知るよしもなかったが、ただ兄や叔父のいない温室や花盛りのチューリップが、私に、なにか説明のできない空虚な、はかない、無力な気分を与えたことは確かだった。叔父は出発の日、玄関を出てゆくとき、送ってゆく母にむかって、「姉さん、もういいよ。駅まで来て、泣かれちゃ、たまらない。場所が変れば、ぼくの気持だって一変しないともかぎらない。いや、心機一転するよ。心配しなくていいよ。ぼくだって、最後まで堕落したわけじゃない。最後まで腐ったわけじゃない。なんとか自分をくいとめる機会はあるよ。そりゃね、姉さん、ぼくは、まるで、大きな機械のあいだに挟まれて、自分でも知らないどこかへ運ばれてゆくみたいな気がするけれどね。でも、人生ってものは、誰の場合だって、多かれ少かれ、そうしたものだろうからね。ぼくは、よろこんで出かけるんだ。ぼくは機会をつかむよ。ぼくには、なんだか、いいことが、むこうで待っているような気がするんだ。」

そういって、笑ったが、私には、その笑いが、決して明るく晴れやかなものだったとは、思うことができなかった。いや、明るく晴れやかであるどころか、心細い、不安な表情が、その笑いを歪めていたのを私は見たのだが、それは、どこか軽薄な、人の気を読むような、なさけなく打ちのめされた風であったと、私は、感じたのである。叔父は痩せた、脚の曲った、寒そうな恰好で玄関を出ていった。母や私のほうへ、もう一度、ふりかえりながら、頼りなげに手をふったが、それは、どうして引きとめてくれないのだい、とでも言っているように見えた。車が叔父や叔父のトランクを運びさった後も、しばらくのあいだ母は放心して、玄関に立ちつくしていた。私はその母の顔に浮かんでいた悲哀と言うか、憐憫と言うか、諦めと絶望のまじりあった表情をいまも忘れることができない。おそらく母は叔父の運命を知っていたのであろうし、それがどうすることもできないことも知っていたのであろう。事実私たちが叔父を見たのはそれが最後であったたし、その後幾らかの便りはあったにせよ、それはほとんど音信不通になるのを前提にしたような形式的なものであった。

私が兄や叔父からどのような影響をうけ、また兄や叔父をどのように考えていたにせよ、無意識のうちに兄たちに似まいとしていた自分を考えると、奇妙な気がする。私は決して兄や叔父を父が言うほどには、だらしがなく、ぐうたらで、偏屈だとは思っていなかったが、叔父が昼間から庭を歩きまわっていたり、兄が教室で立たされていたりするのを見ると、いくらか情けない気持になったのだ。なるほど兄の陰鬱な、ひたむきな情熱や、精巧な模型をつくるのに払う異常な注意力などを讃嘆にみたされる思いで見ていた。しかし東京の、兄の行っているその寄宿制の学校で、自由に生徒の創意や意志をのばすという特殊な教育方針の結果、兄がよい成績をとっているという話をきいても、なにかそれがごく限られた、甘やかされた環境のなかでの出来事であるように感じて、言葉どおりに信じることができなかった。私には、いつか、兄や叔父が自分の気ままに生きることができても、周囲の堅固な、忍耐のいる仕事や習慣にたえられない特殊な人の姿として映っていたのだ。私がもはや飛行とびに熱中したり、ヒューロイを遊ばせて築山の庭でながい午後を過したりすることがなくなったのも、一つには、学校の宿題や予習が時間をとったからには違いなかったが、もう一つには、兄や叔父の姿を通して、いつかはっきりと、この動かしがたい学校や社会や習慣や人間関係などが、我儘なぞ許しえないものとして、不機嫌な重い物体のように存在しているのを、私が知るようになったからであったのだ。

私はちょうど鉱夫にとって鉱山や採鉱という仕事が動かしがたい厳とした現実であり、農夫にとって大地や農耕が同じく不動の現実であるように、私にとっても、黒々と堅い現実が存在しているのを理解したのだ。そうした現実は、泣いても叫んでも、何一つ与えてくれない。ただ鉱石をとるためには、坑道にもぐって採掘するほかないように、私たちがこの不動の黒々とした現実から何ものかを手に入れるためには、泣いたり叫んだりするかわりに、それに従い、それに働きかけることしかないのだ。私が夜おそくまで父の書斎の灯を見ながら勉強していたころ、もちろんこうした事柄をはっきり理解していたわけではなかったが、それでも、樟をざわめかせて夜風が渡る音をききながら、私が考えたのは、こうして自分がいま一人でいること、この一人が問題だということだった。

祖母が亡くなったのは、叔父がいなくなってからどのくらいたった頃だったか、いま、はっきり記憶していない。あるいはまだ叔父がいたのかもしれず、ただ私の記憶にだけ叔父が祖母の死と結びついていないのかもしれない。祖母の葬儀に集まった親戚のなかに、この叔父の顔を思いだせないのを見ると、やはり叔父が少くとも出発してからあとのことでなかったかと思う。

私はその祖母の突然の死を思うと、いまでも何か黒ずんだ、冷たい、不吉な、たとえばかたくなった粘土とか、墓石とか、立ち枯れた木とかを連想しないわけにゆかないのだが、それは何よりその死が私に与えた最初の印象と関係しているのだ。

それは夏のある暑い日の午後のことで、私は祖母があけ放した下《しも》のお席に、暗い、陰鬱な顔を、すこしうつむけるようにして坐っているのを、青桐の下を通りすがりに、ちらりと見たが、その姿は、後からそう思ったのか、そのときそう感じていたのか、はっきりしないが、私には、ひどく力のないものとして記憶されているのだ。肩のあたりの力がなく、いつも背中をまっすぐにした祖母に似合わしくなく、まるく、小さくなっているように見えたし、私が庭を通っても、何か考えにふけってでもいるように、こちらを振りむかず、自分の前に眼をこらしているように見えた。もちろん私はその祖母に変ったところがあると感じたのは、あとになってからだし、そのときは、ただ漠然と、祖母が、陰気で黒ずんでいると思ったにすぎない。しかし私が祖母の生きた姿を見たのはそれが最後で、祖母はそれから数時間後に渡り廊下を離屋にゆく途中で倒れ、そのまま意識をうしなって、翌日の早暁、離屋の祖母の部屋で亡くなったのだ。

私は外から帰ってくると、家じゅうが普段とちがって、妙に重苦しい雰囲気に包まれていたのを、今でも、はっきりと憶いだす。内玄関には、小日向の叔父叔母をはじめ、赤萩の叔父たち、従兄妹たち、その後子供に恵まれない、蒼くやつれた箕輪の叔母など、父の妹たち、その良人や子供たちがすでに来ていて、靴や草履がぎっしりと並んでいた。

親たちが離屋に集まっていたので、居間のほうには私たち子供だけが残っていて、いつの間にか、祖母が危篤だというのも忘れて、ふざけたり、トランプをしたり、兄の話をしたり、正月にでも集まるのと同じような、はしゃいだ気分になったこと、離屋から叔母たちが出てくるとき、誰の眼も真っ赤に泣きはれていて、とくに箕輪の叔母は私たちのところに戻ってきてからも、ハンケチをたえず眼に当てていたこと、杉やや時やがたえず電話に出たり、外に急ぎ足で出ていったり、父母から何かを言いつけられたりしたこと、祖母をずっと診ていた主治医のほかに、大学から黒服を着た老人の先生が呼ばれて、離屋の一角がなんとなく息づまるような期待と緊張でふくらんでいるように感じたこと——こうしたことが、いま私の眼の前にはっきりと思い浮かんでくる。しかしそれらに較べても一段と鮮明で、忘れがたく心に刻まれているのは、翌日の早朝、私が洗面所で歯をみがいていると（なぜか、そのときの洗面所の湿っぽい木の匂いや、石鹸や髪油の匂い、小窓の外に葉を繁らせているもみじの色と一緒になって）蒼い、沈んだ顔をした母が、私に、祖母が明け方に亡くなったので、食事の前に、お別れに離屋にくるように言ったこと、香や線香の匂いの立ちこめる離屋の冷んやりとほの暗い、樟の葉の青さのただよう祖母の部屋で、白い布をかけられた祖母の姿を見たとき、その一枚の白布の異様な気配、まるでこの世のすべてから、その一枚の白布がそこに横たわる人を切りはなし、覆いつくしているような、重く、厳粛で、妙に虚しい気配を感じたこと、父の手で静かにあげられたその白布のしたから、祖母の、眼を閉じた、いくらか残念そうな表情の顔があらわれてきたとき、私は、その黒ずんだ蒼さ、なんとも名状しがたい蒼白い硬さ、人間でありながら、もはや一個の物体でしかなくなった、一種の紫を帯びた灰暗色に、ほとんど肉体的な嫌悪と恐怖を覚えたこと、そして母に手をとられて、その白くなった祖母のかさかさの唇に水を湿さなければならなかったとき、その水を含んだ綿から、一滴の水が祖母の唇から顎をつたわって流れるのを見て、私は思わず祖母が冷たかろうと思い、その一瞬、はじめて祖母は死んでいて、そんな冷たさなど感じないのだと思いかえし、我にもあらずぞっとしたこと、などである。

この蒼白い硬い祖母の顔の印象は、死というものの具体的な姿として、その後、眠れない夜とか、樟の大枝がざわめく夜半などに、ふと記憶のなかに浮かびあがって、私は思わず頭をふり、その陰気な映像をはらいのけようとしたが、なるほどそうした祖母の、眼を残念そうに閉じた顔は消えたとしても、そのとき感じた、物体の硬い冷たい肌ざわりに似たある感触は、ちょうど冷血動物の湿って冷んやりした肌に触れたあとのように、いつまでも私のなかから消えなかった。それは言ってみれば、それまで生きていた祖母の生命が、枯れて、音もなく折れた、その灰暗色の断面のようなものであり、祖母の死と言うより、何か死そのものの姿を、そこに感知したとも言えるものだった。

これにひきかえ、祖母の葬儀の記憶は遠い夢のようにぼんやりしている。その理由はわからないが、私はただ黒い衣服の叔母たちが、いつもよりいっそう細っそりした姿で、互いに寄りそうように立っていたこと、それに対して、叔父たちは逆に普段よりはずっと元気で、勢づいているように見え、大勢の会葬者の一人一人に頭をさげ、そのなかのある人々とは、列の流れから外へ出て、前にそう話していたと同じように、祖母の臨終の話を繰りかえしていたことなどが、明瞭な記憶といえる程度のものだ。

読経や、盛花や、会葬者の列や、冠木門の外へ、坂道の下の方まで並んだ花輪、暑い日ざし、気の遠くなるような蟬しぐれのなかを立ったり、坐ったり、横切ったりする喪服姿の人々、白い棺がゆらゆらと人々の列の間を通ってゆくこと、はじめから終りまでひそかに線香や香の匂いにまじって執拗ににおいつづけた黒ずんだかすかな屍臭《ししゆう》(そしてそれは一切が終り、家のなかががらんと空虚に広くなってからも、どうかして、ふっとにおってくることがあったのだ)、台所や納戸に並んだ夥しい食膳や食器、塗椀、酒器、それに杉やや時やや婆やの他に、赤萩や小日向の家から手伝いにきている女中たち――そうしたものが、秩序なく入りみだれて、私の眼の前を影のように動いているだけである。

郊外の火葬場にながいこと待たされて、泣きはらした叔母たちに囲まれた父が、沈んだ顔で、白く包んだ骨壺をもって現われたとき、すでにあたりは宵闇になって、私たち子供のいた待合室には、ひどい藪蚊が襲っていた。私たちは何台かの自動車に分乗して火葬場を出たが、途中で、最後まで残った叔父叔母たちも別れ、家にきたのは、箕輪の叔母だけであった。叔母はこの数日のあいだに、急に面変りがしたようにやつれて、その夜も、仏壇の前に坐って、遺骨箱を両手でさわりながら、「お母さま、こんな風におなりになって……とうとう、こんな風におなりになって……」と啜り泣いていた。

祖母のいた離屋も、渡り廊下も、書院も、下のお席も、ひっそりと暗く、不気味なほど空虚で、仏間と、居間と、父の書斎と、女中部屋だけに、あかりがついているだけだった。私は眠る前に洗面所で歯をみがくのが、その晩は、ひどくこわかった。樟の大木は、いつもよりいっそう暗く、黒々と、月光のなかに枝をひろげ、時おり、その月光を細かく光らせて、生ぬるい夜風に、ざわめくことがあったが、あとは死んだように、むし暑く、しずまり返っていた。

私が死というものの物体的な感触を感じるようになったのは、むしろこの葬儀のあとからだったと言ってもいい。祖母がいなくなってみて、私は、はじめて、いかに祖母が私たちの邸のなかで、幾つもの部屋部屋を専有していたかを知ったほどだった。それほどにも、祖母がいなくなってからあとの部屋部屋の空虚感は、深く、濃かったのだ。そのうえ私は、この不在という感じ、この居ないという感じに、すぐには慣れることができなかった。それは、ちょうど祖母のいたそこだけの空間に、真空のように空洞ができていて、あたかもポンペイの火山灰が逃げおくれた住民たちの姿を空洞の形で保存していたように、その不在感が、妙になまなましく、存在感以上に感じられてくるのだった。

祖母の死後、兄は東京の寄宿制の学校にかえり、父は商会のほうに出かけることが多かったので、家には、母がひとり書院で機を織ったり、中の応接間で、新しい織物の図柄のために花のデッサンをしたり、時には居間で本に読みふけっていたりするのを、学校から帰った私は見いだすのであった。祖母の死を挟んでいたせいか、その年の夏は、ひどくあわただしく、親戚が集まったり、法事がつづいたりして、家のなかがひっそり静まりかえったころは、すっかり秋になっていた。父の帰りがおそい夜、母と二人きりで、その広い邸のなかに住まなければならないことが、いかにも心細く、不安に思えたのはその頃のことだ。離屋も書院も、昼間から、たいていは閉めきったまま誰も入らなかったから、渡り廊下にも築山のある奥庭にも、どこか荒れたところが目立って、まだ光のあるうちでも、なぜか急にこわくなることがあるのだった。樟の大枝やどうだんの繁みをうつした池には、一枚石の橋の下に落葉がたまり、空を鏡のように映した水面には、雲が白く冷たく浮かんでいた。

週に一度、離屋や書院があけはなたれて、杉やや時やが掃除する姿を見かけたが、そんなとき私はすっかり取りかたづいた祖母の部屋を何かめずらしいものを見るように見てまわった。しかし、そういう私自身も受験準備の補習があって、その秋は暗くなってからしか、家にかえってこなかったのではなかったかと思う。

母は月明りの夜に、よく築山の庭に面した中の応接間のガラス戸をあけて、暗いなかで、じっと坐っているようなことがあった。虫の音が母をとりかこんでいて、そうしたなかに冴えてりんりんと鳴く鈴虫の音が、私の窓にも聞えていた。

私の記憶するかぎり母の生甲斐と言えば、ただ書院の一室を機屋《はたや》に改造して、そこにこもって、新しい意匠の布地を織ることしかなかったのであろうが、それも、身も世もあらぬという激情にとらわれて、それに没頭するというのではなく、むしろどこか諦めと言うか、遠慮と言うか、幾分かの冷ややかな距離をおいて、自分の仕事や作品を眺めていたように、私には思えるのである。事実、私は今にいたるまで、この母ほど物静かな人を見たことはなく、母が情に激したり、取りみだしたり、笑いこけたりする姿は、記憶に残っていない。叔父が遠く大陸のどこかへ出かけてゆくときにも、母はただ黙って立っていただけだったし、従兄妹たちが集まって、みんなで馬鹿笑いするようなときにも、母だけは、ほんのかすかに微笑するだけであった。むろんそうは言っても母が冷淡に周囲のものを無視していたというのではなく、たえず自分を押さえ、弱々しく人々のそばに立っているといった印象の方がはるかに強く、叔母たちでさえ、母に対しては、「お義姉《ねえ》さまは、あんまり遠慮なさりすぎるわ。もっとずけずけおっしゃってもいいと思うわ。」などと言ったりしたのだ。

母が御用聞きや出入りの商人たちに一種の敬慕を感じさせていたのも、その弱々しい性格から出ている思いやりや親切のためだったのであろう。母は女中たちが釣銭を間違えたり、母の望んだ買物をせずに、もう一度買いなおしにやられたりするときなどには、憂鬱な、ぼんやり放心したような表情をすることがあった。私はそういうときの母が何を考えているのか見当もつかなかったが、その表情は、いま思うと、一種の悲しみの表情ではなかったかという気がする。もちろん何に対しての悲しみであったのか、知るよしもないが、母はよくそういう放心した暗い顔をしていたのは事実だったのだ。

その樟のざわめく家のなかで、まだ祖母が生きていたころ、母がどのように暮していたのか、私は、漠とした記憶をたどるほかないが、そのなかで幾つかの、前後の脈絡のない断片になった映像が、奇妙な鮮明さで残っている。たとえば私は、機屋になっている書院の一部屋が、埃りだらけで、機にも布が織られている様子もなく、雨戸のたてきった薄暗がりのなかに沈んでいたのを見た記憶があるが、それがいつごろのことか、母が機を織らなかった時期がどのくらい続いたのか、という点になると、私はなぜか母に訊ねそびれたまま、今も知らないのである。

もっともそれが本当にそうであったのか、あるいは何かを誤って記憶しているのか、その辺のところも確かではないのだ。ただ私には、その書院の裏側の廊下から、上の土蔵につづく庭の、湿った匂いのする地面やざくろの花を集めるためにのぼった白い築地塀や、青い苔や、繁みにかくれた石燈籠をよく見たのは、この機屋に人気のなかったことと無関係ではなかったろうと思えるのだ。機を織るあの一種の調子をもった、ころん——ころん——ぱたり、ころん——こ
ろん——ぱたり、という響きを、この陰気な庭と結びつけることができないからである。

私は学校にゆかないころ、雨の日には、母と折り紙やぬり絵や姉さま人形で遊んだことを記憶しているが、それは機のことなどまったく忘れているような母だったことを思うと、あるいは母にそうした染織を放棄した時期があったとすれば、私が学校にゆく以前のことだったのかもしれない。ただ私はそうして私や兄と遊ぶ母に、妙に真剣な、本気で子供になっているような、息苦しい気持を感じたが、それは、いかにも戸外の青葉をしとどに濡らして降る長雨と、母のそうした張りつめたような気持とが、似つかわしいように思えたのである。母はよく自分の指から指ぬきをとっては、それをこまのように、机の上で上手にまわして面白がっていたが、それは兄や私などよりも、夢中になって、面白がっていたのではあるまいか。私は後年、自分で時おり指ぬきをはめたり、店先で見かけたりすると、何気なく、それをこまのようにまわしてみたいような気持になったが、それは必ずしも私が思い出をたのしむというよりも、指ぬき

をこまにしてまわすというような単純な事柄を通して、母から娘へと、何か説明しつくせないある感情、言ってみれば、女であることの言いつくせぬ感情が受けつがれ、伝えられていたのを、あらためて思いしらされたからである。こうした感情は、小さな首飾りや、指輪、あるいは匂いのこもる古い優美な着物から細かい端布にいたるまで、さまざまの形を通して、心のずっと奥、本人でさえ気づかず、あえて言葉にとらえることもしない、影の部分にうずくまって、世代から世代へと生きのこりつづけるものではあるまいか。私は青葉を濡らして降る雨の午後のことを思うと、自分が女であることを知ったのは、そうした母の張りつめたような悲しみの感情を通してであることがよくわかる。それがなぜであるのか、またどんな風にであるかを十分に説明はできないのだが、私たちが女であるということは、単に自然からそのように決められたからではなく、こうした自分でも気づかぬ形によって伝えられ、受けとったのだということは、はっきり感じられるのである。

　それよりも前だったか、あるいはずっと後になってからだったか、兄が私に、夜になると蛇が天井裏を這いまわるのだ、という話をしてきかせた。

「それ、私たちにもわかるの?」私はびっくりして兄の顔を見つめた。

「わかるさ。夜になると、天井裏を、ざわざわって這ってゆくんだ。蛇の這う音がするんだ。」

兄は顔をしかめ、大へんな秘密を洩らしているんだぞ、という表情をした。

「でも、それは樟の葉の音じゃない？　ざわざわというのは。」私は驚いてきいた。

兄は口もきけないというように呆れた顔をして言った。

「ばかだなあ。樟があんな音をたてるものか。もっと重い、ざ、ざ、ざ、という音がするんだ。葉っぱのゆれる音とは違うんだぜ。」

兄はついでに蛇が全身真っ白であって、樟の洞に住んでいて、夜になると、天井裏の鼠を食べにくると言うのだった。

そのことがあってから、夜半にふと目覚めて、樟のざわめく音をきくと、ひょっとして、あれは兄のいう白蛇が赤い眼をらんらんと光らせて、鼠を求めて、天井裏を這いまわっている音ではなかろうかと、背すじが寒くなるのだった。もちろんこうした目覚めと恐怖は私の信じていたほど長くはなく、あるいは、ほとんど夢と似たようなものだったのかもしれないが、それでも時には蒼い顔をしたミカエルや、よたよた歩いてゆく駿のいびつな頭などを部屋の隅に見たような気がした。おそらく、そうした不安な夢のなかのことだったのであろうが、私は時おり、夜風が樟にはげしく吹きつける音のなかに、母が悲しげに啜り泣く声を聞くような気がした。それはいかにも悲しげに、私たちのために母が泣いているのにちがいなく、私もまた、母のために涙を流したのだ。私は自分の眼から涙がとめどなく流れ、枕がぬれていたのを感じたのだから、自分はいま目がさめており、母は、夢ではなく、本当に啜り泣いているのだと思ったが、実はそれも夢であったらしく、次の瞬間に、暗いしんとした闇のなかで、私は目をさました。私は本当に泣いていたので、枕はしめっていたが、部屋のなかでは、兄の寝息がきこえるだけで、白蛇でさえそうした夜は天井を這ってはゆかないらしかった。私はこんな夜、自分ひとりが目をさましたことに、なぜか罪深い気持を感じて、枕に頰を押しつけて、むりに眠りのなかにもぐりこもうと努めるのだった。もちろんその眠りは、薄い煙の皮膜のようであり、その下に入ると、自分では半ば目覚めていながら、半ばは私を重くつつんでくる眠りを感じるのだが、その下にさらにまた次の薄い煙の皮膜があって、それにももぐりこもうと自分では努めるのだが、その途中で、ふと、まだ自分は本当には眠ってはいないのだ、と思って、眼をあけてみようとする。すると、眼はもう一度闇のなかに開かれるが、見開いていると思っているのは、実はもうそういう夢をみているのであって、やがて闇のなかを、重々しい、ゆっくりした動きで、なにか黒い動物のようなものが歩いてくるのを見ているのだった。私は自分で眼をあこうなどと思ったことを悔やむのだが、その黒い動物は容赦なく私の前へ近づいてくる。それは両側に黒い高塀のつづく細い道であって、よくみると、その黒い動物は牡牛《おうし》なのであり、さらに気がつくと、その牡牛には、首がないのだった。その切られた首のところから、重い粘液のような血が、一滴一滴とたれていた。その首のない牛は、そうやって血をたらしながら、黒い高い塀のあいだの狭い露地をゆっくり遠ざかってゆくと、私は、自分が言いようのない悲しみにみたされているのを見いだすのだった。いつか、どこかこの世のはてで、冷たい風にでも吹かれて立っているような悲しさが、私の身のうちにあふれて、その牛の去った闇を見つめると、樟をざわめかせて吹く夜風はそこにも吹きあれていて、その風にまじって、あの啜り泣きがまた聞えるように思ったのだ。

私にとって、こうした大人たちの世界をかいまみる機会があるにしても、それは前後の脈絡のない断片以上のものではなく、そこで話されている言葉は、あまりにも意味のとりにくいものだったし、意味がまがりなりにのみこめたとしても、本当はどういう意味なのか、理解できたとは言えなかった。とくに私があの樟の大枝の覆う古い静かな家で、父のことを憶いだそうとつとめるとき、それはいっそう漠とした霧につつまれていたと言ってよかった。私が父について、もっともはっきりと憶えているのは、その書斎兼用の応接間であって、昆虫の棚や、陰気な木彫のついたガラス張りの本箱や、植物標本の入っている戸棚や、試験管や壜やコップやその他のガラス製品の置いてある一劃、羽のぬけた犬鷲の剝製《はくせい》のある大机などが、陰鬱な午後の光のなかで、父のぬぎすてた殻のように、乾いて、古ぼけた、埃りの臭いのなかにひしめいていたのを、いまも眼の前に思いうかべることができる。大机のそばには、石仏や仏頭や化石や、その他わけのわからない石が整理されている箱があって、そこからも、また標本箱、戸棚からも、乾いた薬品の刺戟的な臭いや、ナフタリンの匂い、古い書物の匂い、埃りの臭いが立ちのぼっていた。祖母が死んでから（だと思う）種々の理由から、商会の仕事に専念しなければならないため、決定的に放棄するまで、父はしばらく、ある中国奥地の遺蹟の発掘や研究に従事していた一時期があって（それは私などのまだごく小さかったころだ）、そうした研究の仕事が、不本意ながら中断され、また翌日すぐ取りかかれるという恰好のまま、一年たち、二年たったというような父の書斎の様子を思いうかべると、私は、それなりに、いまも、母に対するのとはちがった感慨を覚えずにはいられない。そこでは、私はあの奇妙な文字、赤い輝かしさと端麗な黒さを感じさせる文字、それが何を意味するのかも知らず、どう読むのかも知らなかった文字、そしてながいこと、そのままの形で私の心の奥底にしまわれていて、あたかも、一度地下に消えてからふたたび現われる砂漠の河のように、記憶の表面に浮かびあがってきた文字——そうした文字が、厚いファイルの背や書物の背に並んでいたのを憶いだす。「資料」とか「報告」とか「発掘」とか「計画」とかいう文字が、その端麗な文字の下や上に加えられていて、その文字を後になって私が理解してからも、それは決して単独で存在するということはなく、父の古い書斎の匂いを私の心に呼びおこさずにはいなかったのである。

私はそこで父がやったことについては何一つ理解しなかった。まして父が商会の仕事と、そうした学問の仕事のあいだに立って苦しんでいたなどということは、後年になってやっとわかった事柄なのだ。しかし父の考えたこと、感じたこと、言ったことは理解できなかったが、私は父の書斎で、どの標本棚でどの虫が繭《まゆ》をかけているか、どの蝶の翅がいたんでいるか、どの棚の書物が一番重いか（雨の日に、私は、その陰気な木彫のある本箱のなかから、重そうな、厚い本をえらんで、一つ一つ秤りにかけて遊んだのだ。そして「ヴィコの哲学」とか「赤光」とか「柿本人麿」とか「語原探索」とか、その他古い、かび臭い書物の大群を、仏頭や小石仏のあいだに、つみ重ねたのだ）などということについては、何から何までよく知っていたのである。それは大人たちの世界が子供に閉ざされていると同じく、大人たちののぞくことのできない子供の世界に属することであったのだ。

私は父がここで仕事をしていたのを時どきしか見かけなかったのではないかと思う。とくに商会の方へ出かけるようになってからは、夜になってかえると、和室の書斎のほうに引きこもることが多かった。それに兄ほどには、私は、父が調査旅行に出かけたという記憶をもっていない。兄は、父の留守のあいだの長い、おそろしい静けさについて、よく話していたが、それは兄の空想か、そうでなければ、母が話してきかせたものだったにちがいない。中国奥地への旅行がもちろん短時日ですむはずのものではなく、もしそれが続けられたとすれば、私も父の不在を味わうことになったはずである。もちろん私たちは父のこうした学問の仕事を中断させた商会の仕事がどうなっていたかについて、はっきり知らされていたのではない。私はただ漠然と下の土蔵のなかにつみあげられているあの書類の山を思いうかべて、それが父に何か重大な責任というか、脅迫というか、そういった力で働きかけていたように思ったのである。

こうして父が使わなくなった書斎で私は遊ぶことが多くなっていったが、それはさらに、そのころの私の遊びには恰好の嵌木床の洋間であったことも原因していた。築山と池をへだてて向いあった母屋の角にあり、庭を全面に見わたせる一枚ガラスの重い戸がしまるようになっていた。父が徹夜したような日の朝、すこし髯ののびた、疲れた、放心した表情の父を私が見たのは、このガラス戸のところであり、そういうときの父は、樟の頂きに差しこむ朝日をまぶしそうに見あげているのであった。

祖母が亡くなり、兄も東京の寄宿学校にいってしまった樟のざわめく静かな家で、父は、時おり池にそって散歩した、何か考える風で、顔も暗いままに。私はそうした父から、商会の仕事が決して順調にすすんでいないこと、それが途中からその仕事へ向わなければならなかった父に重荷であったらしいこと、一度流れた人生というものは、もはや決して元に戻せない思いを噛みしめているにちがいないことなどを感じとれる年ごろに、いつか、なっていたのだ。しかし一方では私はもう音をたてて散る青桐の幹に耳をつけて、初夏のころのあのほの温かい樹液の流れにかわって、遠くどこかで鳴っている風の音のようなものを、そこに聞くこともなくなっていた。裏庭で飛行とびに熱中したのも、遠い昔のことになったし、蟬の殻を集めたり、池で亀に餌をやったことも、もう半ば忘れかけていた。私は樟のざわめきにも、天井を走る蛇の音にも、心を動かすほどに幼くなかったのを、むしろ誇らしく思う年ごろに達していたのだ。私はそのころ書斎のガラス戸のむこうに、背をこちらにむけて、書きものをしている父の姿を、池ごしのどうだんの繁みから眺めたものだ。白く光ったガラス戸の奥に、父のスタンドの灯だけがくっきりと見えていて、まるでランプの火屋のなかの焰のように見えたが、その白く光るガラス戸の全面は、池水の面のように、夕方になると、空が赤々と反射して、その夕空のなかに、樟の大枝が、まるで六双の屛風にえがいた横枝のようにのびていて、父の姿と明るいスタンドの光と重なって見えるのだった。ちょうど池の倒影をながく眺めていると、その池の奥に、もう一つ別の空が拡がっているような気がするように、私は、ガラス戸の何枚かの上にうつる秋の終りの寂寥《せきりよう》とした赤い夕焼けをみていると、そのうち、父の姿が、向うをむいたまま、そのまま遠ざかってゆくような気がした。しかしその赤い雲が次第に色をうしない、宵闇があたりに深くなるにつれて、そのガラス戸の奥は、急に実在感をとりもどし、書棚やスタンドや犬鷲の剝製などが、まるで舞台照明を浴びた一角のように浮かびあがってきたのだ。だが父の向うをむいた姿は、そこでも、一つの黒いかげであり、ほとんど動くとも見えず、何かそうした人形《ひとがた》の置物が、古びた書斎に置き忘れられたような印象から、私は離れることができなかった。

第六章

支倉冬子の追憶をこうして整理してみると、なぜ彼女があのように執拗に過去に消えていった人々へ新しい愛着を感じたか、よくわかるような気がする。それはまさしくあの古い北国の都会《まち》と、ひっそりと歴史の外に忘れられているギュルデンクローネの城館の雰囲気とによって、あらたに生命と意味を与えられて甦った一つの生なのである。

ここで支倉冬子が樟の大木におおわれた家にくりひろげられた人生絵図を、あの人形芝居に見いったとき感じていた世界——現実世界とは別の独立した世界——と同じように見ていたであろうことは、彼女の筆づかい、呼吸、眼ざしからうかがうことができる。しかしそうした人生への感じ方は、いつか彼女の過去だけではなく、現在の生活をも、この一般の日常生活と切りはなした、独立の世界と見なすようになったであろうことは容易に想像できるし、またそれは、むしろ自然の成りゆきであったように思う。その証拠と考えられるような日記の一節も見いだされる。たとえば七月初旬に次のようなことが書かれている。

〝人間の生とは、閉ざされた部屋のようなものだ。各人が自分の思い思いの装飾を壁にかける。天井には青い空や雲を、夜になると月や星を、また都会の屋根屋根、隣人たち、田園、小川、森、鳥の声などを。そして誰もこの部屋に入るわけにはゆかない。私は母や叔母たちが教えたように、壁や天井に絵をえがき、本でよんだように、部屋のなかを人々や犬や猫でみたす。こうして誰もが自分の部屋の装飾は、ほかの人の部屋の装飾とまったく同じだと信じている。互いに天井には青い空が描いてある、と話しあえば、二人は同じ装飾があると信じるのだ。もしこの二人が互いの部屋に入って、これらの装飾を比較することができたら、余りの相違に驚くことだろう。〟

また同じころの二、三日後にはこんなことが書かれている。

〝私たちが生きているのは、何か蜜のように甘美な同じ質料でできた拡がりを少しずつひろげているようなものだ。私たちは一人一人が大洋に浮かんでいる島なのだ。そしてこの島は少しずつ大きくなる。けれどもその島に住み、その島を知るのはただ一人の人だけなのだ。すくなくとも私たちの生はこうした閉じた一つの庭園なのだ。〟

もちろん私はこれだけの記録からただちに冬子が現実に目をふさいでしまって、自分のなかに閉じこもったのだとも、また、観念の世界に逃げこんだのだとも結論しない。なぜなら文倉冬子の内面の推移を眺めてきた私の眼には、彼女のこうした発言は、自己を喪失していたかつての自己に対する、新たに恢復した自己の主張の意味合いが強いことを、知っているからである。彼女が追憶のなかにもぐりこんだのも、別の言い方をすれば、この恢復された自己の領域を、はっきりさせるための探索であったと言えないこともない。

むしろ冬子はこうして自分の世界のかけがえのなさを見いだしてゆくとともに、彼女をとりまく現実の人物、事物、出来事に対して、もはや冷淡な、無関心な態度をとることをせず、それにむかって自分の内面のすべての感情を使いはたそうとしているかに見える。これには(冬子も書いているように)マリー・ギュルデンクローネの考え方、態度なども大きな影響をもっていたのであろう。たとえばすでに私たちは冬子の日記から、マリーが都会《まち》の貧民街や病人たち、労働者などに特別の関心を払っていたのを見て知っている。こうしたマリーの態度は、冬子が自己の生命のかけがえのなさに目ざめてゆくに従って、今まで以上の意味をもちはじめてきたように見える。おそらくこういう考え方、見方に影響された冬子が、閉ざされた部屋と言うとき、それは彼女のまわりに疑いなく動き、活動し、実在しているこの世界そのものを意味していたのではあるまいか。そしてこの「閉ざされた」という言葉によって、かけがえない現実のどのような部分とも、深い親密な関係を結ぶ態度をあらわそうとしたのであろう。最後の頃の支倉冬子は、野の道の傍らに立つ、夏の微風《そよかぜ》に葉をゆらしている一本の白樺にさえ、無限の愛着を感じたことを告白している。

夏の休みのあいだ、冬子がマリー・ギュルデンクローネとしばしば車で都会《まち》まで出かけたのは、彼女のこのような態度と無関係ではなかったのだ。マリーは図書館に勤めるかたわら、ある種の団体と関係をもっていて、そこの仕事として、主として城壁下の地区の老人や病人たちを見舞ったり、世話したり、慈善バザーを開いたり、若い娘たちと読書会や討論会を主催したりしていた。もちろんマリーができること、また、していることといえば、老人の話し相手となったり、病人に本を読んだり、町の噂話を伝えたりする程度の仕事でしかなかった。しかし冬子の心に、ギュルデンクローネの城の森閑とした書庫の片隅で、黙々と古い物語の翻訳をつづけている若い女性が、その瞑想や集中をすてて、暗い階段を掃いたり、拭いたり、病人にほほえんだりするのを見るのは、何か信じられぬ事柄と思えたのである。

冬子はマリーとともに訪れたある家での出来事を日記のなかで次のように記している。

〝私たちの訪ねたのは城壁下のある老婆の家だった。その家は、この界隈でも一段と貧窮した幾家族の住んでいる家の一つで、建物の正面は黄土色の陰気な壁で、上塗りは剝落し、ぼろぼろになっていて、家全体が皮膚病にでもかかっているように見えた。階段の窓は小さく、午後の薄日が辛うじて差しこみ、廊下は暗く、ひんやりしていて、葡萄酒の匂いがただよっていた。

私たちの入った部屋は西日の入る暑い角にあって、壁紙はそのため色褪せて、ばらの花がかいてあったのに、今は、赤いしみが点々と薄れ、かすかに残っているだけだった。

床に横たわっている老婆は、蒼い透きとおるような顔色と、やさしい表情をしていた。

マリーが老婆の身体をアルコールで拭いたり、下着やシーツをかえたりするあいだ、私はお湯を鉢にとったり、新しい着がえをバスケットから出したりした。私はベッドの裾に立って、やがて遠くない死を待っている一人の老婆を見つめていた。それは単純な自明な事柄にちがいなかったが、しかしそこに感じられる事実の重さ、厳粛さといったものを、私は十分に理解できるだけに成長していないような気がした。このむきだしの部屋、何一つ飾りのない部屋、それだけに、あまりにも生活の肌をむきだしにしている部屋――そうした部屋そのものに私は圧倒された。どんな言葉も観念も、それだけの単純な事実の重さに打ちかつことはできないように思った。そこには、こうした言葉をこえた、ひどく厳粛な、頭を垂れさせるようなものがあった。隣りの小室に行くドアが半開きになっていて、そこから食器戸棚と、小さな調理台と、流しが見えていた。下着や、枕カヴァが、そこの紐に吊ってあった。そのドアのかげに尿瓶がのぞいていた。そこには一人の老いた病女の生活が、何一つ美化されず、かくされもせず、ただそのままに示されていた。まるで生物の標本のように、死の床の老婆は横たわっていた。

このベッド――いま死を迎えるために、その乾いた軽い身体では、ほとんど撓《たわ》ませることもできない、飾りのない、この木製のベッド、そのベッドは、長い年月のあいだに、何を見てきたであろうか。生誕や愛欲や苦悩や病気を見ただけだろうか。おそらく貧困のために蠟燭もつけない暗い寒い夜々を見てこなかったであろうか。酒に酔った男の悪態や、壁を這う青かびに似たすっぱい体臭や、餓えにふるえる子供の泣き声や、若い女の黒ずんだ眼のふちや、乳吞児の甘い白濁した匂いを知らなかったであろうか。ただ一本の蠟燭を老婆の誕生日の祝いにもってきた足の悪い孫娘を見なかったであろうか。その母親は市の病院に入っていて、良人は戦死して、ただその娘だけが川向うの工場で働いているのを見なかったであろうか。

私はマリーが老婆と何か話しあっているのを聞いていた。暗い、低い、気息音の多いこの都会の言葉が、か細く、とぎれがちに、老婆の口からもれていた。マリーは吸い口で果汁をあたえ、小さくビスケットを折っては、それを一つずつ老婆の皺にかこまれた口へもっていった。その顔は、やさしく、柔和だった。静かで、上品で、おだやかだった。どこか従順な、単純な、自由になった感じがあった。

この老婆についてマリーは、ここへくる道々こんな話をきかせたのだ。

「そのお婆さんはね、小さいときに両親をなくしたので、学校を出るまで孤児院にいっていたのね。やがて幾らか年長になると、孤児院で下の子供たちの世話をして、そんなことをして小学校を出たのよ。その後は、女工をしたり、住込み店員になったり、女中をしたり、子守りをしたりして、職を転々としたのね。それから若い男と結婚して、しばらく幸福だったのに、その人が会社のお金のことで間違いをおこして、それで会社をやめさせられて、それから飲んだくれになってしまったんですって。アル中の良人と、知恵おくれの男の子と、身体の弱い女の子を養うために、彼女はまた仕事に出たのね。こんどはもう家政婦の口しかないので、朝から晩まで、牛か馬みたいに働いたのよ。でも知恵おくれの男の子は、まだ小さいうち、近所の工事場で、石が頭に落ちてきて、それがもとで死んでしまって、アル中の良人は、それを妻のせいにして、いじめぬくんですって。その良人は、気の小さな、善良な人だったと牧師さんなどは言っておられたけれど、その人は、本当は、ひそかに知恵おくれの男の子を愛していたのかもしれないわね。せまい家のなかで、身体の弱い女の子は、蒼ざめ、蠟のようにやせて、ただ泣くだけだし、良人は酒乱で手がつけられないし、自分は子供をなくした悲しみでいっぱいだし、職は毎日あるとは限らないし、僅かばかりの貯えは良人が何とかして捜しだすと飲んでしまうし、あのひとは、本当にどうすればよいのか、途方に暮れたのね。何度も神さまに命をお召し下さるようにお願いしたこともあるんですって。もうこのまま眼をつぶって、翌朝、目がさめないように、と祈ったあとで、次の朝、自分の眼にうつる室内、窓、戸棚などほどに、自分にみじめな敗北感を味わわせたものはなかったそうよ。あの人は、良人も、良人の一族も養ったし、後には、不幸な結婚に破れた娘や、その孫娘の面倒をもみなければならなかったのよ。言ってみれば、あの人は生れたときから不幸のなかにいたし、すこしよくなりかけると、その分だけ、前よりいっそう不幸になってしまうのだわ。あの人が一度も不幸でなかったことはなかったのね。あの人はいつもせっせと働いたし、こんど病気になるまで、養老院などに行く気をおこすどころか、留守番や子守りや下仕事をして働いたのよ。不況がきたり、戦争があったりして、その不運な生涯は、波浪のように翻弄されたのに、その不運が吹き落ちるということはなく、あの人のところにだけ、じっと足をとどめているように見えたのよ。ただ私はあの人の話を問わず語りに聞いていてね、おどろくのは、私の知るかぎり、自分の不幸のことを他人のせいにしたり、神さまの悪口を言ったりすることが一度だってなかったことよ。不幸を余分にわけられたその不公平に対して、あの人はじっと耐えているのね。それはいまも変らないわ。あの人を見ていると、冬の暗い夜に、蠟燭をつけて、それにじっと手をさしのべる姿が見えてくるのよ。娘がそばで宿題をやっているとき、それを見ながらね。でもそうやって自分が暖をとっただけ、それだけ光が弱くなりはしないかとおそれてでもいるように、おずおず蠟燭に手を近づけているあの人の姿がね。」

この老婆は、ただ見ただけでは、死の床にいる人とは思えなかった。ましてマリーの話の中の人であるとは信じられなかった。彼女は、こういう言い方がゆるされれば、今の病気をさえ、心をこめて自分の身に引きうけているような様子をしていた。彼女のまわりには、この都会に感じる澄んだ静けさがあった。その人は孤独であるだろうし、また、かつてと同じく、これからも不幸の中にいるわけだが、それは、この人にとって、避けなければならぬもの、いまわしいものと考えられていないように見えるのだった。マリーが私のことを話したとき、そのやさしい眼は、にっこりして、私の方へじっとそそがれていたのだ。しかし通りに出たとき、マリーは老婆の部屋の窓を見上げるようにして言った。

「昨日ね、あの人、粗相をしたのよ。看護尼が朝のうちくるものだから、ひどく叱ったらしいわ。あの人、それを、とても苦にして、すまながっているのよ。でも、職業だから、そんな扱い方も仕方がないけれど、あの病人にむかってなんとかほかに言いようはあるはずだわ。」

私はドアのかげに見えていた黄色い尿の入っていた瓶を思いだした。人間はこうして死に向って這ってゆくのであろうか。こんなにまでして、じっと耐えて、死んでゆかなければならないのであろうか――私は老婆の静かな眼を思い、そんな考えが頭からはなれなかった。

それから二カ月ほどした後の日記に次のような一節がある。もちろんこの老婆は同一人物であるように思われる。

〝昨夜、あの老婆が亡くなったとマリーがしらせてくれた。彼女は雨のなかをお通夜に出かけていった。私は黄色い尿瓶や、割れた床石や、ひしゃげた湯たんぽや、貧しい、さっぱりした部屋を思いうかべた。深くくびれた口もとや、落ちくぼんだ暗い眼窩《がんか》や、蒼い冷たい固くなった顔を想像した。あの歪んだ、薄暗い、古い家に、いま雨が降りこめている。その静かな夜、誰も知らずに死んでいった老婆のうえに、どのような天使が訪れてくれたのか、私は知らない。窓の外に降りしきる雨を見て彼女は何を考えていたのだろうか。若いころの思い出だろうか。孤児院のことを考えていたのだろうか。それともただ翌朝くる厳しい看護尼に叱られることをおそれていただけだろうか。――だが私には、あの老婆のやさしい静かな眼を忘れることはないだろう。彼女は、そのやさしい眼で、降りこめる雨を最後に眺めたにちがいない。彼女を苦しめ、そしてなぐさめてくれたこの北国の寂しい雨の夜を。こうして終った生涯は、小さな、とるにも足らない、誰ひとり知ることのない死であるのかもしれない。花環一つない、寂しい、寒々とした最後であるのかもしれない。足のわるい孫娘が、今夜は泣きながら、蠟燭を一本持って、訪ねてくるだけなのかもしれない。しかし私には、この人が死の床で見ていたものに匹敵できるほど充実したものが、他にこの世にあろうとは思えない。そのようにして眺められたものだけが真に存在する――なぜか私にはそう思える。真に事物を存在させるためには、こうした死を必要とする。このような死だけが死に価するものだ――そんな気もする。もしそういう死であるなら、私たちはそれを白い花でおおう以外にどんなことが許されよう。またそうした死以外のどんな死を願えよう。それがたとえ、あの人の死のように、その終りにむかっての、ゆっくりした苦しい足どりであったとしても。私には、あの黄色い尿瓶が、冷たく、なにか生の象徴のように、そこに立っているような気がする。〟

私がこうした日記を引用するのは、何も支倉冬子の死が刻々に近づいているという理由だけではない。彼女の日記のなかに、こうした種類の記録が事実多くなっているのである。しかし私はそこに冬子が眺めた人間なり、人間の宿命の姿なりを感じられるような気がしてならない。おそらく冬子があの夏の静かな夜々、ギュルデンクローネの館《やかた》で、森にざわめく風の音をききながら「グスターフ侯年代記」の翻訳をつづけたのも、こうしたマリーの考え方や態度、あるいは人間の宿命なり、変転なりに示した関心と切りはなしては考えられないのである。

私は、支倉冬子がエルスとS＊＊諸島を出航する最後の事件を述べるだけとなった今、ここで冬子の真の遺稿とでも呼ぶべき「グスターフ侯年代記」の翻訳の一部を引用して、間接の方法ながら、彼女の最後のころの気持をぜひとも知りたいと思う。

この年代記そのものは、この地方伝承のサーガの形式をもち、古雅簡朴な散文で書かれているという。全篇ではかなりの量に及ぶものであるらしいが、冬子が夏のあいだに訳したのは、例の「グスターフ侯のタピスリ」に関係のある十字軍に関した部分（これはごく一部分）及びとくに冬子の興味を示した死神遊戯の挿話（これは全篇七話を全部含んでいる）だけである。もちろんマリー自身がなおその仏訳を完成していないし、今も前半をティリシュ夫人と共同で手を入れているということだ。（なお最近のマリーからの手紙によると、パリの「南方手帖《カイエ・ド・スユド》」

誌にその抜粋が掲載されたそうで、近々それが送られてくるはずになっている。）

冬子はこの仏訳から日本語に訳したわけで、おそらく原文の古雅な味わいは喪われたのではあるまいか、とこれは自分で言っていたそうである。そのためマリーに原語の暗い重い、時には嘆くような音調を読ませて、それにじっと耳を傾けたり、一語一語の意味を聞いたりしていたということだ。

私としては冬子が苦労したかもしれないそうした言語的な問題に関しては、まったくの素人であるし、どのように評価してよいかわからない。ただそこに私は私なりに、冬子の心の動きが読めればそれでいいような気がする。したがってここでは何の解説も加えず、その訳文だけを示したいと思う。

『グスターフ侯年代記』

一、グスターフ侯、出陣の事、及び諸々の驚異のあらわれる事。

グスターフ侯の十字軍に参加の挙は、かねてより、諸侯、諸公子の間に広く憂慮と論議をまきおこしていたが、当地にては、侯の奥方、姫君はじめ御血統の方々の慰撫、御説得も空しく、侯の御大願と不抜の御意志はいささかもゆるがず、侯の手勢五百、騎馬百、弩《いしゆみ》隊百を率いて、出陣の事と相成った。出陣前夜、侯が城内広間にて別離の宴をはられているところ、折からの明月が突如血のごとき色に変じ、皎々《こうこう》と明るかりし前庭、城中の庭々、城外の広場に、不吉な暗闇が訪れ、折しも、東方の地平線より彗星の長き尾を曳けるものが北天に向って走りさり、宴につらなる方々、流石《さすが》に案じ顔にて、侯をうかがうに、主座に坐せる侯は、顔色いささかも変ぜず、さてこそ雹霰《ひょうあられ》など降るとも意に介せじと仰せ出されしに、突如、一陣の風吹ききたって、広間の燭台の焔という焔を消したれば、暗黒のなかを、すさまじき響きにて、雷鳴とともに雹の降り来り、天地を閉ざして鳴りどよもしたのであった。されば、人々、今回の挙は神意にあらず、いささか思いとどまらんことを、と再度、侯に言上せしに、侯の言いけるは、かかる異変こそ、神意のあるところにして、ながき征途の苦難辛労を示されしものならん。されば兜の緒をしめてこそ征でたたんと人々を励まされるのであった。

……………………

……………………

一、グスターフ侯、十字軍本陣に入らざる事、及びそれにまつわる諸々の紛議と煩労の事。

侯は帝国領内に入られしも、十字軍本隊と合流するに、いささか障害が生じ、侯の計画は早くも変更を余儀なくせられた。その主たる原因は、領内諸侯の多くはヴェネツィア、ジェノヴァよりの飛脚、風説にて、今回の十字軍の挙は、三王国間、また帝国領内の諸侯間の確執によりて、なお集まりたる軍団は数えるほどにして、これらの兵らの士気も挙らず、逃亡相つぎ、諸侯のうち、すでに長征を断念せられ、故国に軍をかえされしものもあるという事情にあった。十字軍も今や諸侯の思惑と確執により、昔日の荘厳華麗な隊伍戦列を期待するはおろか、軍の体《てい》をととのえるのがようやくという状況であった。さればグスターフ侯は帝国内の諸侯と合流するを見合せ、ただちに峻峰幽谷を南にとりて、北伊に入られ、ヴェネツィアの本陣に合流されんことを決められ、前後一カ月の旅程ののち、ヴェネツィア近郊に野営の篝火《かがりび》をたくことができたのである。

されどヴェネツィア本陣にては、なお侯を憤激せしめるに足る出来事が生じたのであり、その一つは軍団輸送の艦船に関するヴェネツィア共和国の拒否であり、またその一つは、この拒否を利用して船舶を巨大な報酬と引きかえに供与しようとするヴェネツィア人船長、船主らの挙動であった。彼らは長路の危険と難航に対する法外な代償を要求し、それに応じれば、共和国の指令に反して出帆することも辞さないであろうと言明したのである。ヴェネツィアは当時ユダヤの商人、金貸し、トスカナの銀行家、企業家、金工家、ジェノヴァの船主、インド人、黒人、フランス人、ドイツの傭兵など無頼漢や悪党や詐欺師にみちていて、東方との交易を一手に引きうけた大貿易市であった。交渉の遷延にともない、野営も長期にわたり、侯は手勢の秩序と規律に厳重な態度で臨みしも、暴行、傷害、窃盗、逃亡など日夜、事件の絶えることなく、侯の憂慮は一段と深まったのである。折しも侯の遠縁にあたるS**老侯の死に際会せられた。老侯は聖地に骨を埋めんものと、病軀と老齢をおしてヴェネツィアに来られたのであったが、如上の事情にて一向に出航のことは決らず、宿営の館に赤い落日を眺められては、今日も聖地へむかいえなんだ、と涙を落されしに、さる日、ついに御悲願も空しく、館の窓辺にて、黄金色に輝く大運河の彼方に、落日を背にしてならぶ艦隊にお恨みの言葉を述べられつつ、御他界に相成った。グスターフ侯の嘆かいもさることながら、厚き御信仰とともに、激しい御気性の持ち主ゆえ、ヴェネツィアの船主、船長、船員、商人衆にむかって激怒したまい、余一人たりとも、聖地へ赴くべしと仰せいだされ、ただちに野営をとかれ、ブリンディジへの出発を計られた。

…………………

一、グスターフ侯、ヴェネツィア出帆の事、及び高位聖職者、商人らとの協調、その失望の事。

侯のヴェネツィア発進は、船主らに大きな動揺を与えたが、たまたまさるフランスの高位聖職者にして巨額の財貨をもって一船を求め、かつ聖職騎士団の協力と指揮にふさわしき人材を物色されておられし御人、グスターフ侯の急遽の発進の事情を耳にとめられ、急ぎ軍を追って使者をたてられ、侯のヴェネツィア帰還を要請し、かつ一船の提供を申し出られたのであった。その代償としては、聖職騎士団の人々とともに首都をめざすことただ一事なるのみ、と申しこされたのである。さればグスターフ侯もヴェネツィアよりの出帆を決意され、軍をかえして、高位聖職者と行を共にすること、首都をともに奪還することを誓われた。さて船上にての討議の席にて高位聖職者の言われるには、拙僧の壮挙はただかかって首都の聖遺物の遷移にあり、そのため万難を排しても目的を達せねばならぬ、たとえトルコ人、回教徒らを懐柔し、籠絡するとも、その手段はえらばぬ、と。されど資性高邁《こうまい》にして気性激越なるグスターフ侯は、この言葉を容易に聞き流す能《あた》わず、申さるるには、もし目的のために手段をえらばぬとすれば、聖地にての戦いそのものはいかなるものにてもよろしいか。基督教徒にふさわしき行ないこそ、この長征の窮極の目的ではないか、と。高位聖職者は笑って申されるよう、貴下の申さるるは、いと徳高き心、まことに基督教徒にふさわしき考えである。拙僧とて貴下のかかる心情に組し、かつそれを讃うるに、他に伍して、おくれをとることはあるまい。されど、聴くところによれば、今や聖都は蛮族の囲むところとなり、また聖地もトルコ人らの破壊を蒙ること多し。もしそれ、このままに放置せんか、すべての聖遺物、聖画は煙塵に帰し、主なる御方の記憶をとどめるもの、その痕跡すら失わるるに到るやも計りがたい。これは拙僧として、極めて残念に思うところである。能うべくんば、これらの聖なる遺物、画像、布、細工品にいたるまで、西なる我が郷土に持ちかえって、その遺徳と深き御教えを伝えることこそ、基督教徒にふさわしき壮挙である。グスターフ侯はこれをきかれ、なお反論されて言わるるには、されど、その持ちかえりようは、ただ基督教徒にふさわしい形にてなされるべきであって、目的のために手段をえらばれぬとは、これはいささか心外の言葉である。さらに貴殿は首都を蛮族によりてうばわれ、聖遺物のすべてが破壊されるのをおそれらるるが、主は、偶像崇拝はみとめられず、ひたすら心情の高邁さのうちにあることを勧められた。さるを、いま、聖遺物なる具体物を目ざされるとは、いささか拙者の思いいたしかねるところである。むしろ聖遺物は失わるるも、蛮族らに、聖戦の鋭鋒をみせ、かつ主の御旨を拡め、伝えることこそ、このたびの長征の意図ではあるまいか。高位聖職者はグスターフ侯の申さるることに大きくうなずかれて、答えられるには、拙僧いかにも貴下の心ばえには打たれ申した。まさしく貴下の心こそ、基督教徒にふさわしきものと申されるべし。されど、拙僧はなお西方の故地において、信仰の高まりを強め、その兄弟らの結束を固め、教会の権威を高むる務めも残されておる。拙僧はそのためにのみこの聖遺物の破片なりともにぎにぎしく故地へ遷移せねばならぬと存じておるのじゃ。信徒らはすべて貴下のごとき心ばえの士のみとはかぎり申さぬ。ただ聖遺物に触れ、奇蹟を願うという者の数こそ、信徒の実態と申すべく、拙僧は、この実態を見ずして、ただ高潔なる心に生きらる貴殿が羨しく存じておるのじゃ。かく高位聖職者の申されしとき、グスターフ侯のみ心、ひどく憂悶に閉ざされ、以後、日々の勤め以外には、かの僧と会われることもなく、船室にこもられて、ひとり深い思念にとらわれておられた。また同船せし商人ら、侯の率いる部将以下番卒にいたるまで、酒肴にてねぎらい、首都にては、ただ金銀細工、絹布、宝石などをのみ集めたまえ、厚き報賞にてそれと取引せんとぞ言いしに、かえって士気の盛んに挙るを見て、グスターフ侯の憂苦はいよいよ募ったのである。

…………………………

一、グスターフ侯、首都に入城の事、及び部将らの騒乱と、首都住民らの失意落胆の事。

十字軍の将兵は多かれ少かれグスターフ侯と同様の運命にめぐまれ、部下の統率と自己軍団の孤立、無秩序になやみたれば、聖地を通過せるは、ただ一群の野盗の戦列のごとく、かくてただコンスタンチノポリスへ集結すべく行旅を急がせたのであった。げにかのビザンチウムの首都こそ厚き高き城壁と要害堅固なる地の利をもて、数万の東方蛮族の十重二十重の攻略にも、いささかも動揺の色なく、地上の奇蹟として永《いに》しえにながらえる如く見えし都にして、永劫の美の結晶として、全都これ黄金と宝石をもって飾られたるごとくに想像されたのである。されば首都をのぞみし西方よりの基督教軍団の讃仰と驚異はいかばかりなりしぞ。されどそれに増して、ながき戦に耐え、窮乏を生きたりし首都コンスタンチノポリスの住民こそ、基督教軍団の到来をのぞみ、いかに心強く思いしか、想像に余りあるところである。遠望すれば、聖十字の黄金の旗をなびかし、戦列をつくり、騎馬に美々しく打乗った甲冑の部将たちも、近寄ってみれば、グスターフ侯の憂慮の因となれる孤立し、統制なき軍団の集合にすぎず、また各将卒は首都の財宝を故国に持ちかえり、またヴェネツィアの商人らに売らんと心積りせる盗賊にすぎざる事実を、いかにして窺知し得ようぞ。されば飲料水の搬入のために、ボスフォロス門を開扉せる首都側の信頼を裏切って、いまや飢渇せる豺狼《さいろう》のごとく、狂乱疾駆せる怒濤のごとく、城門をなだれ入った西方の聖軍団は、さながら一個の盗賊の集団と化し、略奪、暴行、放火、破壊、殺戮の信ぜられぬ愚挙を、この首都、彼らが救出に赴きしこの都のさなかにおいて、行なったのである。グスターフ侯は手勢をひきいて、都内各所にて、彼らを罵倒し、愚挙を押さえ、叛乱をとり鎮め、縦横に走って秩序を取り戻さんと努めたのであるが、衆寡敵せず、首都内の各所より煙立ちのぼり、焰は軒をはって、逃げまどう無辜《むこ》の住民たちは口々に西方の仮面をつけたる十字軍の将兵をのろい、かくなりせば、基督教徒より、いかばかり回教蛮族の方が優れたりしぞ、回教徒にこそ城門を開かまほしけれ、と叫ばしめるにいたったのである。さればグスターフ侯は各所にて怪我人を収容し、難民を救済せるのみならず、東奔西走、各寺院の門をかため、基督教徒による基督教教会の破壊からまぬがれしめたのであった。

………………

一、グスターフ侯、帰還の事、及び憂悶去りやらぬ日々の事々。

出陣以来二年ぶりにて帰還されたグスターフ侯は、ただちに城内の高天守にこもられるや、斎戒沐浴《さいかいもくよく》と瞑想のほか、奥方、姫君、近親の方々と顔をあわされることなく、日々を孤独のなかで送られた。美々しく出陣した三分の二は遠い僻地で失われ、侯とともに帰還したものも、疲労困憊、衣服は破れ、甲冑は破損し、瘠身にて顔色すぐれず、幽霊の一群か、死の舞踏者の到来かと、町の人々も戦慄を禁じえなかったのである。まして侯の憂悶と蟄居《ちっきょ》は、出陣の日の天変地異を人々に想いおこさせ、何ごとか侯の身辺に起ったかと、風説は風説を生んで、町の人々もともども深い憂慮に沈んだのであった。

故国の静寂と雲多い暗い日々は、侯の心身を休め、憂慮を軽減したかに見えたが、日が進むにつれて、ヴェネツィアの滞留のあいだ目撃せる商人、船主らの狡猾、厚顔と聖職者らの利己心と策略、ビザンチウムの首都の火焔、叫喚、逃げまどう住民が夢寐《むび》のあいだも眼をはなれず、あたかも一場の悪夢のごとく去来するのであった。

侯をもっとも苦しめた思い出は、かの首都コンスタンチノポリスを奔馳《ほんち》して、治安を恢復せしめんと努めし折、たまたま聖ゲオルギオス寺院の門前にて、かのフランスの高位聖職者とその騎士団が、聖遺物の黄金象牙に宝石をちりばめた箱を運びさろうとするのを目撃したことであった。盗みだされた教会の権威の品は、そのまま西方で信徒たちの信仰を支えるというこの奇怪な矛盾に、侯は悩まされたのである。侯の眼には、遺物を手に入れて昂奮し、歓喜しているかの聖職者の顔がまざまざと浮かんでくる。侯自身の意図如何にかかわらず、侯もまた、この略奪に手をかしたことになる。侯は聖遺物の搬出を阻止できなかったのであるから。侯は思う、はたしてあの遺物の中に、真の信仰の保証があるのか。ないとしても、それを求める多数のために、それを否定もせずに搬出してゆくのが正しいことであるのか。それにしても首都の住民たちが、異教の蛮族らをむしろまだしもと観じたあの基督教徒らの背信行為は何として弁護できるであろうか。いかに多くの金銀象牙、宝石、硬玉、絹布、金糸銀糸に飾られた織物、聖像、聖画が剝奪され、略取され、運びさられたことか。ヴェネツィアの異常な隆盛はどうか。広場広場には町人や役人の子女が着飾ってあふれ、運河運河をゴンドラが唄をうたいながらすべってゆく。毎日が祭のような賑やかさ、陽気さである。ここでは力業士《ちからわざし》が鉄球を持ちあげていると、あちらでは火を吹く男が客を集めている。こちらでは猿まわしが芸をみせていると、あちらでは軽業の一行が梯子のりをやっているといった具合である。しかもその繁栄はすべて東方の国々から奪取した、いや強奪した交易の上に成りたっている。これが聖なる長征として、幾多の血や汗や命を代償に得た結果であるのか。これが純真なる青年、信仰に燃える老将、聖地への悲願に生きた兵隊たちの魂の報償であるのか。よしんば、こうした諸々の姿があったとしよう。これが地獄絵さながらだとしても、ひとまず、あったこととして認めよう。そうしたうえで、なお、かの信仰はどこにあったのか。神はどこにその御顔を示しておられたのか。グスターフ侯はそう自問した。余は果して神の御顔を仰ぎに聖地へ出かけたのであろうか。聖地に何を期待したのか。自分と同じように熱烈にして純真なる信仰に燃える聖騎士団の軍団を見たかったのであろうか。聖地恢復という行為におのれの信仰をためそうとしたのであろうか。そして余はそれを見たのであろうか。信仰は保証されたのであろうか。いま、いかに強弁しようとも、あの辛苦と憂悶の長征のあいだ、神は御顔をあらわされたといえるか。神は、いったいどこにおわすかを余は知りえたのか。否、否、余が眼にしたのは、神の在《いま》しまさぬ地獄であった。狂気と貪欲と血と病気と死がのたうちまわる地獄であった。もしその揚句のはてに、神の御顔を仰ぐことができれば、この地獄めぐりも、いかに心打たるる壮挙であったことか。されど地獄の果までいって余の見たものは、神の不在の姿であった。神が在《おわ》すと求めていった方角に、地獄しかなかったということはいかなることであるのだろうか。ああ神よ、爾《なんじ》はいずくに在すか。余は爾を心から認めえられる日こそ、死をもおそれず、深き安息のうちにこそ死するを得るであろうに。神よ、神よ、爾はいずくに在すか。かくて侯は天守の礼拝堂に打ち伏して、暁の星の窓辺に白く残るころまで、終夜、祈りを捧げたのであった。

……………………

一、グスターフ侯、日夜研鑽の事、及び各地より学者相集まる事、不吉なる風説の事。

かくてグスターフ侯は日夜研鑽と瞑想の生活を送られ、城内に一大書庫を備え、各国よりの著述を集め、ギリシャ、ラテンの諸書をはじめ、遠くアラビア、エジプトから書写生とともに、豪華な写本を求められたのであった。さる砂漠の修道院にて筆写され、精巧絶妙な彩色をほどこせし聖書写本をはじめ、ギリシャ語による諸哲学書、神秘なアッシリアの星占術、カルデアの錬金術、カルタゴの航海術、エチオピアの刺胳《しらく》術、エジプトの医学治療術、造園水利術、ヒッタイトの乗馬術、農耕術よりなる各写本、またローマの諸詩人の手になる農耕詩、寓意詩、修辞字、風俗文学まで、あるいは厚い金襴の巻物《ロチユルス》、あるいは金文字を打ちだした革装の羊皮紙の華麗な書冊《コデックス》の形で、書庫を飾ったのである。書庫には、各書棚にならぶパピルス本、羊皮紙本のかすかな乾いた匂いがただよい、中央に天球儀と望遠鏡が置かれ、星占術を学ばれるとき、侯は終夜ここにとどまっておられたのである。書見台、大机、天秤、錬金術の各種器具などがこの書庫の片隅にひしめいていた。侯は各地より訪れる学者を歓迎し、客として迎え、幾日幾夜となく、向学好奇の心に燃え、学者からもはや学ぶもののなくなる瞬間まで、その話に耳を傾け、質疑に時を忘れるのであった。されば、時には遠くアラビアの数学者、エチオピアの刺胳師、アッシリアの星占術師、アレクサンドリアの文献学者らが訪れることがあり、侯は年余にわたり、彼らの知識と技術を修得せられたのであった。かつての武将たりしグスターフ侯の剛毅不敵、高邁激越なる面貌も、いつか白きものに取りまかれ、瞑想と研究と思索の日々は、侯に新たに沈鬱、禁欲、厳粛さを刻みこんだのである。されど侯の燃ゆる眼、光鋭き眼は、一日として安らかなりしことなく、研鑽の重ねられるに従いて、かえって、ビザンチウムの首都にて眼にせし地獄絵がなお虚空にありありと見ゆる心地を与えたのであった。人呼んでグスターフ叡智侯といい、歴代君主のなかでも一際高潔英邁な君主とたたえられたのであったが、時には、ひそかに都人のあいだでは、侯は夜な夜な悪魔や悪霊たちと魔法に興じ、夢魔とまじわっているなどという風説もまことしやかに流れていたのである。

…………………
…………………

一、グスターフ侯、トルコ人武将と遭遇の事、及び七夜の闘技の不思議なる開始の事。

さるほどに、侯の日夜懊悩《おうのう》せしは、やがて侯の身辺に忍びよる死について、いまだ何らの明澄なる思念にも、また諦念にも達しておらぬという一点であった。死は蒼白き顔もて王者をも貧民をも等しく訪れると言えることがあるが、侯もまた死の訪れをさける能わず、また逃ぐることも不可能であった。されば侯はひたすら死について、そがいかなるものなるか、単なる肉体の衰頽、腐蝕なるか、また霊魂の救済は可能なるか、を知らんと努め、そのため新たに霧深きブルターニュ、イングランドより謎めいた学者、神秘家、呪術師らが招じられたのである。されど神において何ものも侯の心をみたしえないのと等しく、死においても、何ものも侯の心をみたすことができないのであった。学者が意見を一つ加えるごとに侯の心は動揺し、呪術者が新たな解脱を説きすすめると、侯の憂悶は一段と深まるのであり、一冊の書物は迷路を複雑にする新たな迷路となったのである。かくて侯は日夜憂苦のうちに解決の道を見出されんとされしも、短かい夏の夜はすでに白々と明け、また長い冬の夜ですら、侯にとっては、幾束かの薪が白くなるだけの時間でしかなかったのである。

かかる憂慮に明け暮れするさる夏の一夜のこと、侯が城の奥の広間にて、瞑想にふけられし折、突然、露台に向って開かれし大扉の口より、一人の見なれぬ大男が現われたのである。大男は丈余《じょうよ》の身体を持ち、頭に白いターバンを巻きつけ、赤い袖口のふくらんだサテンの衣服をまとい、金襴の帯、金銀の頸飾り、水晶の耳飾りをつけ、右手に半月刀を冷たく光らせ、顔貌はあくまで蒼白にして、ほとんど土気色を帯び、鼻梁高く、その全身からは、夏なるにもかかわらず、なお凍りつく冷気がただよっているのであった。侯は驚きて、思わず壁側に走り、三叉の鉾を手にするや、やよ、何者なるか、何の仔細でここに来るか告げよと申された。くだんの蒼白なる大男は、微かな声にて、グスターフよ、おどろくこと勿《なか》れ。この者は地上にありし仮の姿じゃ。余の本性は死にして、陰府を司る者である、というのであった。されば侯はいたく驚き、爾はでは死の神なるか、余の命をうばうべく今宵、この城に現われたるか、と申されしに、死神、深くうなずきて、左様、今こそ、我は爾の命をもらいうけるべし、そは爾が出生の日より定まればなり、と答えた。これを聞きしグスターフ侯のおどろき、周章、悲哀はいかばかりなりしぞ。むろん研鑽と瞑想を経し侯のことゆえ、おのが身ひとつのために悲しまれもおそれもされなかったが、ただ、己が死を迎えんとき、死の何者なるかを見きわめ、知りつくしておかんものと念願せられし身にしましませば、いま突如、蒼白なる死神、トルコ人の武将の装束にて現われしとき、侯の驚愕と周章は察するに余りあるというべきである。

ここにおいて、グスターフ侯死神にむかいて申されるよう、余すでに生を享けて六十余年、いささかのおそれも未練もあるわけではない。ただ、しばし余が心中にて祈念せしことあり。こが祈念を果すまで、あとしばらくの猶予を与えられることは許されぬであろうか。広間の中央に立ちし死神は、凍る冷気を放ちつつ、かすかなる声にて、そは虫のよき願いではないか、グスターフならずとも、いかなる賤《しず》が家の卑奴、卑女にいたるまで、汝と等しく、いましばらくの猶予を乞わぬものがあろうか。さればじゃ、爾は爾の言い分もあろう。爾の思惑もあろう。余はここに七夜の闘技を爾に申し出でん。もし爾七夜の闘技に敗れざれば、なお幾許《いくばく》かの命を得るならん。もし爾七夜のうち一夜でも敗れることあらむか、余ただちに爾の命を申し受くべし。爾において異存なきや、と言いしに、グスターフ侯も同意せざるを得ず、ここにおいて侯は七夜の闘技を誓約せられ、かくて蒼白なる死神、夜風にとけこむ川原の霧のように消えはてたのである。

一、グスターフ侯、第一夜の闘技の事。

闘技の行なわれた第一夜は、死神のあらわれた翌夜、おそい月がのぼってしばらくした深更であった。闘技はまず剣で行なわれた。侯は約束の城内の大広間に、愛剣を手にして待つこと数刻、やがて一陣の凍りつく風とともに蒼白なる死神は、ふたたびトルコ人武将の装束にて現われた。手に半月刀を光らせ、さらば、と言って、近より進みしとき、侯はにわかにかつての聖地、また首都コンスタンチノポリスにおける戦のさまを思いおこした。侯は異教徒の大軍のなかに斬り入って、半月刀の下をくぐり、槍ぶすまの間に身をおどらしたのであった。されど、首都の背信を眼のあたりにした侯は、以来、剣を棄て、槍をかえりみず、もっぱら内省に日を送って今日に到りしばかりか、かつて聖地を占拠せるトルコ人に燃やした己れの敵意、憎悪にいささかの自責、悔恨をおぼえていたのである。されば、いま死神がトルコ人武将の姿をとって、侯の眼前に立ちしとき、侯は思わず自己の剣がひるむのを感じられたのである。されど死神はいささかも容赦する気配もなく、半月刀の切っ先は鋭い音をたてて、侯の左右上下へと打ちおろされた。侯は辛うじて身体をかわしつつ、じりじりと広間の一隅に追いつめられ、剣を打ち合う割れるような金属音が広間にひびき、そのたびに飛び散る火花で、侯の汗にぬれる顔が光ったのであった。窮地を脱して、ようやく広間の中央にとってかえすと、休む間もなく、蒼白き死神は、執拗な半月刀の攻撃を浴びせ、ふたたび侯をじりじりと広間の一隅に攻めたて、侯の必死の反撃もものかは、半月刀の鋭い切っ先をただ剣にて受けとめるのが精一ぱいであった。かくて戦は数刻に及んだ。侯はそのたびに窮地を脱し、いささかの勝利の機をつかまんと努めたれども、それは空しい願いであった。死神の刃をかわし、剣にて受けとめ、じりじりと押されてゆくのが精一ぱいの戦いであった。グスターフ侯は剣をとっては、この地方随一の武将であった。たとい思索瞑想の生活に隠遁すること久しきに及んだとはいえ、その太刀すじにいささかの狂いのあるはずはなかった。されど死神の半月刀は、はるかに侯の腕をしのいだ。侯はしばしば己が命を断念せざるを得ぬ羽目に陥った。ただ侯の希求の激しさ、純一さが、己が命を死神の刃から救いだしたのであった。

かくていつかあたりは白みそめ、広間の窓や戸口より露台にのびている木々の梢が黒く見わけられるようになり、遠く城内の森々も夏の不吉な闇のなかから姿を現わしはじめていた。されど広間にては最後の攻撃が侯の上に加えられていた。侯は肩で激しく息をつき、全身の力をふりしぼり、死神の打ちおろす半月刀を剣で受けとめた。そのとき、黒い鋼のくだける不気味な音とともに、侯の剣は柄《つか》もとから折れて、大広間を半転して、あざわらうような響きをたてながら、石の床の上を転がった。冷ややかな死神の顔に一瞬自足したような微笑の通りすぎるのを見たグスターフ侯は、もはや後退する余地はなかった。侯は思わず観念の眼を閉じられたのであった。

されどそのとき侯は半月刀の次の一撃がいっこうに己が頭上に感ぜぬのをいぶかりつつ、ふたたび眼をひらかれると、鶏鳴のおちこちにする中に、まさにそのとき、地平線に、夏の早い黎明《れいめい》が金色の光を一すじ、アポロンの矢の如く、大広間の一隅へ射しつらぬいているのであった。侯はすでに死神が朝の光とともに立ち去らねばならぬのを知っていたが、それが今の瞬間侯の上に訪れたのを見ると、二あし三あし広間の中央へ歩まれ、そのまま一夜の疲れと困憊《こんぱい》から、どっと打倒れ、深い睡りの中へ沈まれたのである。

一、グスタ－フ侯、第二夜の闘技の事。

第二夜は城内の切石を敷きつめた中庭で、槍を用いての闘いであった。すでに夜の闇にのまれた城内は森閑たる静寂の中で睡り、夏空の星のみが燦然と輝き、前夜より一段と欠けた月が地平線に傾きつつのぼった。

待つこと数瞬にして蒼白き死神はトルコ人武将の衣裳にて現われ、ただちに槍をかまえると、侯をめがけて突きかかった。グスタ－フ侯は槍をもっても当代に名だたる武人であった。されど死神の槍先は電光の鋭さをもって侯の胸もとを襲い、あるいは槍にからみつく蛇のごとく、あるいは斜に空から舞い下りる鷹のごとく、秘術をつくして、攻めたてるのであった。侯の顔貌はふたたび汗にまみれ、その形勢は侯にとって思わしくなかったのである。されど侯は死力をつくして戦われた。侯の悲願はかくも激烈であって、かつての侯の資質の一端がここに現われたかと思われた。かくて戦いは数刻に及び、侯はしばしば窮地を脱して反撃し、槍先をかわし、相手の手もとを襲われたのであった。されど数刻の後、さすがの侯も体力は尽き、中庭の一隅の泉水の前に追いつめられ、辛うじて相手の槍先をかわしておられた。このとき、蒼白き死神が、これを最後と突きだす槍の穂先が胸元の鎧をつらぬき、侯は仰向けに泉の中へ、水しぶきとともに打ち倒れたのであった。しかるにこの時、鶏鳴ふたたび四所よりあがり、黎明の光が泉の水を薔薇色に染めた。侯は泉のなかからずぶ濡れの姿にて立ち上られたが、死神はすでに姿を消していた。侯は鎧の胸元をあらためると、死神の槍は厚い胸甲を見事につらぬいてそのまま侯の肉体をも刺しつらぬいていたはずであった。しかるに侯の胸にかけられた黄金の十字架がその鋭い槍先を受けて、かすかな傷あとをとどめ、折からの朝日にきらきら輝いていたのである。

一、グスターフ侯、第三夜の闘技の事。

第三夜は城中の馬場であった。侯は馬術を北方草原の民族の名人たちに幼少時から薫陶《くんとう》を受け、さらに後年アラビア、ヌビアの馬術を修得され、侯の乗馬を見たほどの者は、果してそこに乗るは人か神かと見まがえたのである。侯は疾駆する馬上から容易にとびおり、また容易にとびのることができた。また走りくる馬の胴下に吸いつくようにとびこまれて、そこからひらりと馬上に現われることもあった。疾走する馬上に、突如として侯の姿が消えることもあれば、人馬もろとも、高々と空中にとびあがることもできたのである。されば死神と馬術にて争われるとき、侯はいささか成算をもたれたことには疑いの余地はないのである。

この夜も星はさんらんと輝いていたが、月はようやく戦いのはじまる時刻にのぼった。侯は全身雪のような純白の馬にまたがり、死神の到来を待った。やがて城中の黒い森の木立を一陣の風がざわめかせつつ、死神は蒼い馬に乗って現われた。蒼き馬は筋骨隆々として、威圧するごとき足なみをもって歩み入った。このとき侯の愛馬はあたかも怪獣の出現におどろき、わななく動物の本性をあらわし、絶叫に近い恐怖のいななきとともに、棒立ちとなり、眼は血走り、一刻として侯は手綱に従えることはできなかった。白馬は馬場のあなたこなたをただ馳せめぐり、侯の叱咤も何の甲斐もなく、かくて死神は蒼き馬をかりつつ、ふたたび半月刀をかざして躍りかかったのである。さればこのとき白馬もろとも侯の身体も両断されたと見えたのであるが、一瞬辛うじて剣で受けとめた侯は、逃げまどう白馬の顔へ衣服をぬいで眼かくしを為したまい、かくてようやく白馬はただ侯の手綱のみに従いて縦横に疾駆しはじめたのである。侯は眼かくしせる白馬をあやつりて、いまや五分と五分の激烈な戦いを交わされたのであるが、あわれ、侯の愛馬は、その激しき休みなき疾駆と跳躍に加うるに、己が眼の見えざる苦痛は、いかに畜生なるとも、侯の白馬をして疲労の限度にまで追いやったのである。されどかの名馬は、動物の本能もて、己が主人の危機を知ったのであろう。全身汗に光りつつ、よろめきつつ、息を荒げつつ、侯と一体となりて、蒼き馬と戦い、あるいは身をかがめて走り、あるいは横ざまに身体をひねってとび、あるいは後足で立ちあがり相手を威嚇《いかく》したのである。かかる戦いも数刻に及ぶやついにかの白馬も息はつき、足はよろめいたが、侯の手綱が命を伝えるや否や、また最後の力をふりしぼって疾駆するという有様であった。かくて今や馬場の一隅に駈けさりし白馬は片膝を折って地につき、侯のゆるしを乞うがごとく頭を垂れた。このとき侯は愛馬の可憐な心根をいたく哀れと思召《おぼしめ》され、死神が蒼き馬もて、最後の一太刀をと、馬場の彼方から走りくるもかまわず、愛馬の眼かくしをとり給うや、その頸をかき抱かれた。そのとき白馬の潤んだ黒眼が金色に光って、遠く森のかなたに現われた夜明けの光を反射した。白馬が眼を閉じたのと、蒼き馬もろとも死神が消えさったのはまさにそのときだったのである。

一、グスターフ侯、第四夜の闘技の事。

第四夜は城中の大広間につづく球戯場で死神とのあいだに九柱戯を争わねばならなかった。たまたまその昼は城中で姫君たちののどかな球戯が行なわれたのであって、明るい夏の光、石の建物に冷んやりと吹きこんでくる風、つめたい果汁、氷菓、泉のようにあふれる音楽など、ふだん静寂と森厳の気配のただよう城館に、時ならぬ幸福な笑いと陽気な歌をもたらしたのであった。その中にただ黙々と坐るのはグスターフ侯ひとりであった。侯はいま姫たちが興じるこの子供じみた遊びが、その夜、己が命をかけねばならぬ闘技の一つになるのかと思うと、奥方や姫君や美しい侍女たちと笑い興ずる気にもなりなさらなかったであろう。

かくて夜、夜半をすぎてようやく上った歪んだ月が、わずかに光を窓からそそぐ暗い、ひっそりした球戯場で、侯は死神を待ったのである。昼間の球戯会では、いちばんふさぎこんでいる侯が、どの勝負にも勝つのであった。されば姫君などは、こはまたいかなる御事ですか。父上は近ごろになく御不興げにわたらせられるのに、今日ほどの見事な球戯をなさったことも私どもの見なかったところです。まるで父上は獲物をねらう鷹のよう、いいえ、追いつめられてじっと敵を見つめている窮鳥の眼をなさっている。あれは遊びではなく、まるで真剣勝負のようです、と申されしは、まことに、ことわりあるお言葉であった。されば夏の夜の静寂と暗黒のなかにあるとはいえ、昼間のさざめきが、かすかに漂い残っている果汁の甘い匂い、正餐の油っこい匂い、香料の匂い、女性がたの香水の匂いとまじって、今もなおそこに聞えるような気がしたのである。

さるほどに、死神は球戯場の入口を暗くふさいであらわれ、二人は、かくて勝負をはじめたが、グスターフ侯も死神もともども九柱を倒しおえぬということなく、かくて戦いは坦々として、緊張と沈黙のうちに進められたのであった。かくて夜明けの気配の近づくとともに、ようやく侯の顔にも疲労の色が浮かび、汗がふたたび全身に流れていたのである。されど侯は最後の気力をふりしぼって、一球一球を慎重にころがした。ところが最後の一球が、額からしたたる汗で手からすべり、空しい音を曳きながら、グスターフ侯の失望落胆の気持をそのままに転がってゆき、八柱を倒して、ついに一柱を残してしまったのである。さればいよいよこんどこそ最後の時である。余は死に対して何事も知りえなかったことが、ただ心残りである。されどここで死なねばならぬなら、それらしく立派に死に果してやろうぞ、と球戯場の一隅に腰をおろしたのであった。されば死神はおもむろに重き球をとりあげて、さて一足ふみだしたとき、昼のあいだに置き忘れてあった胡椒《こしょう》の大椀につまずき、蒼白き森厳な死神は思わず飛びちる胡椒の粉を吸うや否や、二度三度大きなくしゃみをしたのであった。このとき球がちょうど死神の手をはなれて、ころがりはじめたために、百発百中の死神に、不慮の一失が生れたのである。折からさしのぼる朝の光のなかで、死神の倒し残せる一柱は、遠く聖都エルサレムのダヴィデの塔さながらに、薔薇色に輝いていたのである。

一、グスターフ侯、第五夜の闘技の事、及び第六夜の闘技の顚末《てんまつ》の条々。

第五夜は城中のはずれの、馬場につづく矢場において弩《いしゆみ》の腕くらべが行なわれた。すでに死神のあらわれた夜半にも、なお月はのぼらず、標的は暗く、さしものグスターフ侯も、一瞬途方に暮れられたのであるが、たまたま夏の夜のこととて、森を出でたち、流れにそってとぶ蛍の大群は、矢場へと群れ集い、標的にとまり、まるい形をそのままに、闇にほんのりと描きだして明滅するのであった。時おり死神の発する氷のような冷気が蛍の群をとび立たせるのであったが、なお流れから、明るい光点の群は、上になり下になりして輪舞しながら、矢場へ集まってきたのである。かくて互角の勝負がつづくうち、一匹去り、二匹去りする蛍はふたたび森へ消えて、最後の一匹が淡い銀黄色の光を薄明のなかにえがいて飛びたったとき、折しも暁の曙光が黄金の矢をひたと、標的に射とおしたのである。かくて第五夜はつつがなくグスターフ侯の前をすぎていったのであった。

第六夜は城中の泉水のある中庭で相撲《すもう》が行なわれたのであった。グスターフ侯は上半身、裸となり、死神もまた白ターバンをまいた上半身の裸体姿であらわれた。かくて月暗き夏の夜半、侯と死神は死力をつくし、その秘奥の技を競って相争った。グスターフ侯は死神の身体と牡牛のごとく組みあったとき、その身体は氷のごとく冷たく、それに触れた肌は、まるでしびれたように無感覚になるのを覚えた。されど死神もまた侯のごとく息を荒くついており、心なしかその蒼白の顔貌にかすかな汗をすら浮かべているのであった。侯はこの六夜のあいだ一言だに言葉を発せざる敵に対して、ある種の友情のごときものを覚えた。けだし武人が勇武なる敵を賞讃せずんばやまざるあの心情のおのずからなる動きであろう。が、その瞬間、死神は侯の身体を高く投げあげた。侯の身体は軽々と空を一転して石のごとく中庭へ落ちた。されどグスターフ侯は、生来、重心の低い、容易に倒れることを知らぬ身体の所有者であった。その身体は猫のごとくいかなるところから落されても、半転して地上に立つことができた。侯はこの利点をさらにマケドニアの力士たちと研鑽され、一つの妙技に鍛えられたのであった。侯は相手の力を利して、容易に、相手方を四、五米も投げとばす術をはじめとして、立技、寝技、横転技、逆転技など、その入神の境に達した諸技を自由自在に駆使された上、この相撲は、死神のごとき大男に対して、もっとも効果ある技であったがため、さすがの蒼白き死神も、侯の変幻自在の活躍に、しばしばたじろがねばならなかったのである。かくて数刻の時が早くもすぎて、侯の全身は汗でぬれたが、死神もまた大きく息をつきつつ、されば、しばし共に休息せん、とて、かたわらの泉にゆきて、杓子をとり、一口、二口、水をのみしに、折しも、オーロールの光は杓子の水に黄金に反射しつつ揺れたため、死神はやや周章しつつ、彼方、暁闇の残る西の方へ急ぎとけ入ったのであった。

一、グスターフ侯、第七夜の闘技の顚末とその心境の変貌に関する条々。

さて最終夜の第七夜がめぐりきたり、場所は第一夜と同じ城中の大広間であった。広間中央には大いなる黒白市松のチェス盤がすえられていた。第七夜は死神とともにチェスが戦われることになっていたのである。さればグスターフ侯は暗き大広間に坐して、蒼黒き夜空より花のむれた香りを漂わす夜風が吹きこむ大扉口をじっと眺めつつ、死神の到来を待たれたのである。侯にとっては、死神が出現してよりわずか七夜が経過したにすぎず、その間死神と口一つききかわすこともなかったのであるが、この七夜のあいだに、死神に対する侯の気持のいかに変ぜしか。昨夜はよき戦いの相手として賞讃の念すらおぼえたではないか。心気高き武人は、よき敵手に出会うことをこそ無二の誉れとこそ念じ、その手に倒れむことは、いささかの恥辱であるどころか、大いなる名誉と観じている。さればこそ侯もまた死神に対してかかる友情を感じたのである。今宵はチェス盤を囲みて、なおいくばくかの言葉をかわしうる時間ももちうるにちがいない。されば、余の年来の疑惑を、死神その人を前にして問いただすことも可能である。ましてそこにおいて余の疑義の氷解せんか、死神はむしろ余にとってなつかしき心友ですらある。されば、今宵こそ余の待つべき唯一の夜となるかもしれぬ。かく侯は思案しつつ、戸口を見守りていたのであったが、夜はすでにすぎ、かのおそき夜明けの月が白くのろのろと地平線に歪んだ細い顔を出しても、なお死神はあらわれないのであった。グスターフ侯はチェス盤の向いの空席を眺めつつ、死神はなぜ余を見すてたのであろうか、と危惧した。今宵こそ心落着けて、死神と相対しうる唯一の晩である。しかるを、死神は余をまさに見すてんとしている。見よ。早や鶏鳴はあたりにひびき、黎明の気配はすでにみちわたっているではないか。左様、黒い森からは一群の早起き鳥がつぶてのように飛び立ったのである。かくて暁の光は森の梢をこえ、露台をこえて、大広間へと差しこみ、空しく一夜を待った死神の空席を赤く染めたのであった。グスターフ侯は呆然として死神がすでに侯を見はなした故に、侯はいくばくの生を得たというむなしい実感にとらわれた。暗い大広間に一夜のあいだ、不吉に沈んでいた黒と白のチェス盤は、いまや朝のかがよう光のなかで、青と薔薇色の模様にかわり、そこに立ちならぶ駒たちは、物々しい深夜の黒い影から、今は爽やかな午前を躍る一群の舞姫へと変ったのである。

……………

………………………

一、グスターフ侯、森にて木を切る男に出会う事、及びその問答の詳細の事。

叡智侯グスターフの瞑想は、死神の退去をもっていささかの動揺も示さず、さらに一段と深さを加えたとも申されよう。侯はいまや城中の高櫓なる書庫にても俗塵の身に迫るのを感得され、城外をさる数十里の山奥に石室をつくられ、聖書一冊をともなわれて、日夜瞑想と祈念にすごされたのであった。

されば、侯の顔貌は山野の風に厳しく鞣《なめ》され、眼光鋭く、白髪白髯におおわれ、粗末なる革衣をまといて、かつて美々しき甲冑を帯され聖地長征に赴かれし侯とは、いかに歳月の径庭《けいてい》ありとはいえ、御同一人と見たてまつれなかったのも当然であろう。ただその鋭き憂苦にみちた眼《まな》ざしは、魂の激しき力を物語り、侯の求道のひたむきな心を示していたのである。されば侯が朝夕歩かれる道のべに、小鳥が舞い集い、さわやかな歌を囀っては、侯をなぐさめようとしたのであった。さるほどに、侯は一夕、遠く森の奥にて、何者かが木を切り倒す音を聞かれたのである。それは一斧一斧、澄んだ音となって、遠く山や谷にこだましていた。侯は久しき孤独なる暮しの揚句にわたらせられたので、今や、いくばくかの話を、賤が木樵《きこ》りと交わさんものと、森の道を進まれた。森の奥には、一人の身分いやしき男が、大斧にて、数本の木を倒し、これからそれを引こうと準備しているところであった。されば侯は男に問われて、汝は何人なるか、この倒せし木は何になすやと申さるるに、男は答えて、私めは、城外に住むさるしがない猟師でございますが、この日頃、鳥も獣も野山に隠れて見えず、私めの放ちます矢は、ただでさえ獲物を失いますのに、矢までが私めを見はなすのか、藪に見えなくなり、流れに落ちて失い、ほとほと難儀が重なりました。また僅かばかりの田畑も、日照りと洪水で、種まけば枯れ、芽が出れば流され、いっこうに生活のめどがつきませなんだ。私めには病める妻と飢えた子が二人おりますが、これらに石や木を食わせるわけにもまいりません。お代官さまはそれでも貢物《みつぎもの》は日時計よりも正確にとりたてに参られる。前年の借金は利子がついて重くなる。日がたてばたったで、ただで過ぎてゆくこの世でないことが、私めには悲しくて、とうとうある日のこと、御禁猟のお城の森に忍びこみ、兎、猪、鳥、獣たちを獲り、妻にはあたたかい猪汁を、子らにはやわらかい兎の肉を、こころゆくまで食べさせてやりました。それをたまたま借金をとりたてにきた町の商人に見つかり、これだけの馳走を家内で食うて、借金の利子を払えん道理はないと、私を代官所に訴え出て、私めはとうとう御禁猟をおかした旨、白状いたしたのでございます。御承知でもございましょうが、御禁猟をおかしますれば、死罪でございます。しかも自分みずから、絞首台の木を切りまして、台をつくり、そこで自分でくびれなければならないのでございます。それで、ごらんの如く、私めは木を切っておるのでございます。

この話を聞かれたグスターフ侯は大いに驚かれて、されば汝は自らの絞首台の木を切りだしておるのか。汝はそこにてくびれて死ぬのか、と申されしに、憐れなる猟師は、静かに答えて、さようでございます、と首をたれた。侯は重ねて、されば汝は自らくびれ死ぬことが苦痛ではないのか、それに悩まされぬのか、と問われしに、猟師の答えて、お裁きがありました以上、私めには、何ともなりませぬと申上げるのであった。侯はさらに、しかし汝とて人の子、自らくびれ死ぬとあらば、なんらかの思いもあろう、まして自らの手で絞首台の木を切りだすとは、と問われしに、猟師の申すには、私めはこのようなお裁きを知っていて御禁猟の森に入ったのでございます。されど私めは御禁猟の森に入らなければ妻子を養うことはできませなんだ。これは止むを得ないことでございましたが、禁を犯しておりましたのも事実でございます。私めは妻子への愛憐に従いましたように、いままたお裁きに従うよりほか道はございませぬ。いや、愛憐に従いて禁を犯しましたことは、お裁きに従うことを前提としておったのかも知れませぬ。されば、私めは今やお裁きに従い、自らくびれることを、とやかく言うすじ合いはございませぬ。

侯はかく申し述べる猟師の言葉を聞きおえると、深い瞑想にふけりながら、石室へと帰ってゆかれたのであった。この猟師の考え方も生の一つの諦念である。花が咲き花が散るように、この男は裁きを引きうけ、また愛憐の促しをそのままに受けている。この男は裁きの不当について不平を鳴らすこともない。禁猟の是非について非難がましい声をあげようともしない。この賤が男は、ただそれをあるがままのものとして受けている。それに従おうとしている。自らの絞首台をすら黙々としてつくろうとしている。それはあたかも、一夏の生命を終えんとする蜂や蝶のごとくである。数日のはかない生命を咲きほこる薔薇ははじらいの深い莟のなかで、その開花の純粋、無償な行ないについて、短かい生命の輝きについて、思いまどうであろうか。蟬は一夏を鳴きあかして、やがて固い骸となって林間の空地に転がるのであり、輝く美しさで咲きほこる花は季節の空しさを嘆くことも知らず、ただ生命のままに散りはてるのである。されば、などて人のみが己れの死について思いなやむのであろうか。われらは空とぶ鳥のごとく、野に咲く花のごとく、おのが生命を空に開くことはできないであろうか。池水が雲をうつし、睡蓮を花咲かしめるように、おのが生命を開き、野や山や町や人々の運命《さだめ》をうつすことはできないであろうか。かの賤が猟師のごとく、ありしままの宿命を引きうけることはできないであろうか。われらの望むのはただ己れ自身であり、また己れの未来だけである。ああ、などてわれらは空とぶ鳥のごとく、己れから逃れさり、とびさる能わざるか。などて己が未来を半ば望みて、現在《いま》のさなかに花のごとく開かざるか。されば見よ、余は神を求めて海路千里、聖地へ赴きしも、神の御顔はついにあらわれなかったのである。されば見よ、死を知らんとて追いもとめしも、死はいまだに正体を示すことはなかったのである。されば、我をして空とぶ鳥のごとく自己の外へ逃れ飛ばしめよ。野に咲く花のごとく現在《いま》のさなかに全き開花を遂げしめよ。

現在《いま》のさなかへの開花にこそ、未来はらまれるを知れ。そこにはもはやグスターフもなく、グスターフの死もなく、グスターフの憂慮にみちた未来もないのである。そこにはただ光があり、風があり、野のひっそりした道があり、雲があり、雨にしぶく窓があるのみ。道が白く光り、村々が草深く埋もり、町が城壁のかなたに身をよせ合う。余は、かくて、光と闇の、花と雲の、別離と邂逅の、あけ放った明るい水面となるのである。

かく考えられつつ石室に着かれた侯は、ようやく深まり来る秋の気配にあらためて驚かれつつ、久々に、森を去って、城内に還られんことを思いたたれたのであった。

…………………

…………………

一、グスターフ侯の大いなる死についての条々、及び鳥と花の不思議の事。

グスターフ侯の還御《かんぎょ》は、城中の諸公子、諸騎士をはじめ城内外の町方衆にまで大いなる吉事として迎えられたのであった。なお侯の帰還を祝賀して、大赦令が発せられたのはいうまでもないことであって、かのあわれなる猟師は辛き生命を救われたばかりではなく、城主より金子数枚を贈られたのである。されば国の内外に瑞兆はあふれ、夏は日に輝き、秋はたのしき収穫を迎え、冬は豊かな薪と貯えに人々の生活は下々まで潤ったのである。

されど侯の健康はこの冬を迎えてすぐれず、大いなる天蓋付き寝台に伏され、昏々とした眠りに過されることが多かった。眼ざむればなお侯の眼は輝き、この日頃、侯のもとに献上せられし名匠の織りなせるタピスリを深く観照せられ給いて、早咲きの花をその前に飾られなどしたもうた。

かくて一夜大雪のしんしんと降りこめる日、奥方、姫君、近縁の諸公子を枕頭に集められて申されるには、余はいまやこの世に最後の挨拶をなすべき時に立ちいたった。これより母なる闇の大地へふたたび帰りゆく。なぜなら余は卿《けい》らと等しくそこから生れきたった者だからである。されば余は今やよろこばしき大いなる死を死せんと思う。卿ら、等しく余を清浄の花にて覆いたまえ。かく言われると、眠るがごとく瞑目された。時あたかも、暁の光、大雪に埋まる城内城外を薔薇色に染めたが、鳥ら森よりいっせいに歌い飛びたち、また早咲きの花たちも厚い雪をやぶって、色とりどりに咲きいだしたのである。


…………………

第七章

その年の夏はいつもの夏と変りなくはじまったように思う。祖母が死んだあと、島の家にゆく前に、書院の奥の廊下を、一列になって鞄やバスケットをとりにゆくという習慣もいつかなくなっていた。夏のはじめの物うい午後、樟の青葉のきらきらした輝きが、ほとんど金緑色の魚鱗のような細かさで光っているのを、私は学校から帰ってくる道々、遠くから眺めながら、こうして汗ばんで学校から帰ってくるのも、もうあと数日の辛抱だと考えたりした。

私たちが島の家にゆくようになったのは、祖父の代からのことで、もちろん私などは記憶にないころから、島の夏を知っていたことになる。叔母たちや従兄妹たちの話すその頃の出来事は、記憶されているはずがなかったが、何度か繰りかえされるうち、いつか自分もそれを憶えていて、「そうだよ、＊＊ちゃんはお池に逆さまに落ちて、鯉と頭をぶつけたんだよ。」とか「＊＊ちゃんは水上飛行機に乗りたがって泣いたんだよ。」などと言ったものだった。

私の記憶に残っている島の夏は、もう祖父が死んだ後だったから、叔母たちの話すような私たちの家の最盛期はすぎていたが、それでもなお祖母が生きているあいだは、東京や関西や九州から幾組もの叔父叔母が子供たちを連れてきて、一夏を水泳や魚釣りに過すことになっていた。

私たちは次第に集まってくる親戚を迎えに島の駅まで出かけた。夏のはじめには、私たち兄妹と母だけだったのに、七月終り近く、その頃東京の学校にいっていた箕輪の叔母を迎えにゆくときには、総勢二十人近くになっていた。駅は木の柵を立てただけの閑散としたプラットフォームがあるだけで、柵の向うに淡紅色の立葵が強い太陽の光を浴びて透明な感じで咲いていた。

その頃は母も叔母たちもまだ若く、子供たちは誰も中学生になっていなかった。駅で叔母を待っているあいだも、私たちは、鬼ごっこをしたり、陣取りをしたり、駈けたり、叫んだりして、一瞬もじっとしていられなかった。列車が着き、女学生姿の叔母が降りてくると、私たちはわっとそのまわりを囲んで、鞄やトランクを我勝ちに奪い合って、島の家まで騒ぎながら歩いていった。

こうした夏、子供たちは林間学校のような共同生活をすることになっていて、箕輪の叔母がその監督に当っていた。日課表が貼りだされていたり、何日にはピクニック、何日には夏祭り見物、と予定表が黒板に書かれたりして、私たちはちょっとした小さな寄宿舎にいるような気がしたものだった。朝のうち勉強を終えると、午前の海水浴、昼食、昼寝、午後の海水浴と日課通りに一日一日は進んだ。後になって、私が童話や物語に熱中するようになると、こうした日課がいくらか窮屈に感じられたし、また従兄や兄が私の本をかくしたり、本を読んでいる部屋でわざと相撲をとったり、大声で歌をうたったりして邪魔をした。私が夏の午後、島の家の裏手のせんだんの木にのぼって、そこでよく本に読みふけったのは、そのためだった。

その頃はもうあのセミヨーンの話ではなく、美しい都会へ来た少女の物語や、南海の島に船出する海賊の物語に読みふけったが、頁がだんだん薄くなってゆき、終りが近づいてくるのが、残念だった。それはちょうど箕輪の叔母のつくる蜂蜜を塗ったとろけるようなプリンが次第になくなってゆくときと同じような感じだった。

夜は夜で、私たちは大きな蚊帳《かや》のなかに入って寝た。昼の疲れで、私たちは健康な深い睡りのなかに落ちたが、それでもはじめのうち、私たちは興奮していてなかなか寝つかれない夜があるのだった。そういう夜、従兄弟たちはクスクス笑ったり、羊の鳴き真似をしたり、枕をぶつけたりした。

こうした夏の生活が頂点に達するのは、私たちが全員で、二艘の和船に分乗して、島から、外海の砂洲までピクニックに出かける日だった。それは毎年、休暇をとって島の家にやってくる叔父たちを待って行なわれた。私たちは前日から弁当をつくったり、冷たいお茶を水筒につめたり、輪投げや縄やシャベルを用意したりした。

島の掘割をぬけ、内海を横切って、外海の砂洲まで一時間ほどで到着する。そこから私たちは袋やバスケットやビーチ・パラソルなどをめいめいで持って、砂洲の背をこえて、外海の側に出るのだった。そこは砂丘状の丘になっていて、灌木や浜防風などがまばらにはえていた。この丘をこえると、次第に眼の前にひろびろと外海の濃い青い水平線がひらけてくる。砂洲の海岸線が弓なりに左手にのびて、レースのように、白い波がその海岸線にそって砕けていた。

私たちは砂丘の斜面にビーチ・パラソルを立て、喚声をあげて波打際に走っていった。叔母たちも水着姿になって、波のなかへ水しぶきをたてて駈けこみ、私たちと一緒になって、笑ったり、叫んだり、水を掛けたりした。しかし若い叔母たちより水泳の上手だった母は、真っすぐ波に向って歩いてゆき、それから沖へと泳ぎだしていった。私たちは母の黄色い海水帽が波の間に小さくなるのを不安な気持で眺めていた。しかし母は間もなくゆっくりした泳ぎ方で戻ってくると、身体から水滴をしたたらせながら、私たちのほうへ眩しそうな眼をむけて、波から上ってくるのだった。私たちは毎年のように母から泳ぎ方を教わった。母がビーチ・パラソルに戻ると、私たちは波乗りをしたり、ゴムボールを投げあったりして遊んだ。浮輪にのって波の上にゆれていたり、従兄弟たちに足をすくわれてひっくり返されたり、海に飽きると砂丘のほうで輪投げや西瓜割をして遊んだ。

兄はもうそのころから釣りに夢中になっていて、叔父たちと並んで、遠くはなれた波打際に、長い竿を構えて立っていた。打ちよせる白い波に足を洗われながら、大人臭い、真剣な眼つきで、波にゆれている浮きを見つめていた。

私たちは喉が渇くと、ビーチ・パラソルに戻って、冷たいお茶やジュースをごくごくと飲んだ。首すじを温かい水滴が一すじ流れていったり、砂が乾いて皮膚から剝がれたりする感触は、やはりそうした日の午後の楽しさと一つになって残っている。

私たちは砂の城をつくったり、それに飽きると、綺麗な貝殻を拾ったり、すべすべした石を集めたり、打ちあげられたほんだわらを海へ投げこんだりした。時おり私は漂着した空壜や靴の片足や木ぎれや船具の破片を見つけたが、そんなとき、時やの家へ遊びにいった幾日かを思いだした。そして海で溺れたという時やの父や兄の船体の一部が、こうしたもののなかにあるのではないかと思った。

私たちは貝殻集めに飽きると、また浮き袋につかまって泳ぎ、波に巻きこまれて悲鳴をあげた。鬼ごっこをしたり、水しぶきをたてたり、歌をうたったり、子供同士で相撲をとったりした。そしてまた思いだしたように砂の城に戻ってきて、厚い城壁をつくったり、濠を掘って湧きだす海水を汲みだしたり、広い内囲いを築いたのだ。その内囲いのなかは子供がひとり寝られる広さがあり、私たちはかわるがわるそこで仰向けに横たわった。私が最後にそこに横になってじっと眼をつぶると、絶えまない波の音と、遠くで騒いでいる子供たちの叫び声が、どこか円天井にでも反響するように微かに聞えていた。微風がかすめ、時どき外航船の汽笛などがそれにまじっていた。眼をひらくと、その青い空の奥に雲が眩しく光り、ほとんど動くとも見えなかった。そこには深い、はてしない休息があるような気がした。私はふたたび眼をとじ、ながく深々と息を吸った。爽やかな潮の匂いがあらためて私を幸福な感情でみたした。そうやって仰向いたまま、私にはこうした瞬間がいつまでもつづかないのがなぜか信じられないような気がした。鷗の声、波の音、子供たちの叫び、そしてたっぷりと過ぎてゆく夏の時間が、いつか私たちから奪いさられるということが、信じられないことに思えたのである。

しかしそれは他の多くのことと同じく、いつか気がつかないうちに、消えさっていった。祖母がなくなってからあとは、時代もいくらか慌ただしくなったために、島の家には、ただ母と兄と私と、それに誰か女中が一人来るくらいであった。そういう夏々に、私たちが外海へ和船で出かけても、海は荒れた感じで、風だけが強く砂丘に吹きつけていた。かつてあのように愉しかった夏の日は跡かたもなく消えはてていた。しかしまた別の意味では、そうした静かな夏を母などは好んでいたのではなかったかと思う。島の家にも一間だけ機屋に改造した板敷の部屋があり、母はそこで涼しい午前ちゅうよく機を織っていた。

島の家は、私たちの祖父の代からのものだったから、時代もたっていたし、夏の他の季節には、特別の場合をのぞき、使われたことがないので、毎年、私たちが住む前に、幾らか手入れをしなければならなかった。風のよく通る座敷が幾間かと、居間と、台所と、湯殿があり、玄関わきに洋間が一つあって、これは南西に面していたので、午後は、西日をさえぎるために、鎧戸をおろし、いつも薄暗くひっそりとしていた。夕方になると、西側の鎧戸から反射する細い幾すじかの金色の光の帯によって、ほのかな縞目をつけられて明るむなまぬるい澱んだ空気が、ぎしぎしする籐の肘掛椅子やニスのはげた古い四角いテーブルや、本箱のなかの辞典や小説や古雑誌から生れる、乾いた、古い、埃りっぽい匂いをとじこめていた。

私は、記憶にない幼年期のころには、この島の家にきて、はじめて床につく夜に、ひどく泣いたということを母から聞かされたが、思いだしうるかぎりでも、この家ではじめて寝る夜の糊のついたシーツの感触や、耳の下できしんでいる枕の固さや、どのようにむきを変えてみても逆さに寝ているような感じになる寝心地の悪さや、それに遠く、どこか青白い月の光の下で、黒く、動物のように、たえず打ちよせている波の音や、また時によると、底ごもりして鳴りつづける松林をすぎてゆく風の音などは、私の部屋での寝心地のよさ、身体ばかりか、趣味や不安や数々の思い出をすら、やわらかいぬくもりで包んで、外界の寒さ、窓に鳴る風、戸にうちつける雨から護ってくれるあの甘く、すべすべした感触とは、まったく異なったものであることを、刻々と鋭く感じさせてゆき、島の孤独にまだ慣れていない私の感覚を、注意深い、神経質なものにさせた。

その島は私たちにとって季節のうちのただ一つの表情をしかもっていなかった。ちょうど四季を織りだす四聯の古い壁掛け《タピスリ》や、細密画写本《ミニアチュール》から、あたかも他の三つが欠けていたように（たとえば一つはベルリンの国立博物館に、一つはパリの国立図書館に、最後の一つはヴァチカンにあるというように）私にとって、その島は、ただ夏の光のなかでしか記憶されていないのである。

そしてその島が夏の表情しかもっていなかったとすれば、私たちの家もまた夏の容色、夏の装いにつつまれてのみ記憶されていたわけで、それだけに、いっそう、記憶の断片の上に組みたてられる、幾重にも時間を重ねたモザイクのように見えるのだった。海にゆく前、あるいは夕方の散歩から帰ってよく乗ったぶらんこは、紅葉の木のそばにあって、大きく漕いでゆくにつれ、ちょうど膝のあたりにその小枝のさきがさわるので、島の家につくと、かならず出入りの植木屋に、そこの部分の枝を刈りこんでおいてもらったが、その翌年になると、また前の夏のはじめと同じように、その小枝のさきはのびていた。夏のはじめ、ぶらんこをこぐと、そのひんやりした葉群れのなかに身体ごととびこむような恰好になったが、それは私に前の年の夏を思いださせたり、また島の家にかえってきたという感覚的な実感を味わわせたりした。

たしかに祖母がなくなってから後、夏になっても、島の家はかつての賑やかさを取り戻すことはできなかったが、島そのものも、少しずつさびれていった。戦争がはじまるようになると、海浜ホテルなどは最後には海軍の病院に使われるようになったのだ。

もちろんそうしたことは当時の私には、どのような変化であるのか、よく理解できなかったにちがいない。子供だった私はただ夏のはじめのまだひっそりした島のあちらこちらを掘割や海岸通りにそって、あてもなく歩きまわるだけだった。その島の夏を特色づけ、他から区別しているのは、あまねく砂の道や夾竹桃の繁みや松林や青いきらめく海をつつんでいる明るい、まぶしい夏の光だった。私には、この光を考えないでは、島の風物を心にえがくことができない。それは初夏の山地や高原に見られるような、純粋な、透明な、それだけに軽々として重さを感じさせない、稀薄な、ひんやりした空気の中を通ってくる光とちがって、同じ純粋で透明な光でありながら、強烈で、じりじりと灼けつき、明るくて、まぶしい光の粒子を四方八方に拡散させる白熱する過剰な力だった。そしてそのため座敷の奥も、家の裏手の物置も、薄暗い土間も、この光の粒子を防ぎきることができず、あるいは戸の節穴から、あるいは板と板の隙間から、あふれ落ちてくるその粒子が、洞窟内の燐光のように、淡い菫色を含んだほのあかりをそこにひろげることになるのだった。日盛りの道をゆく行商人の麦わら帽子は金色に燃えたつような色で輝き、乾いた砂の道は、浜へ向う道も、駅への道も、透明にゆれるかげろうの中に半ば形を失っていて、もしそのまま道をまっすぐ歩いていったとすると、私たち自身が、そのなかでゆらゆらと透明に燃えあがって、そのゆらめく光の踊りから立ちかえったとしても、もはや元の形のままではいられないのではないか、と思われた。道端の草地のみどりは、乾いた砂地のなかで、朝夕、光が弱まると、どこよりも先に涼気の戻ってくる場所だったが、日中は、道や広場や畑よりも、いっそう暑気を集めていて、ほとんど銀灰色の光の埃りをかぶって、強い濃い草いきれを絶えず吐きつづけていた。駅から私たちの家までの道は、鉄道線路の下のガードをくぐってこなければならなかったが、ガードに入る手前に、鉄橋の巨大な橋梁台のコンクリートが打ちこんである、草のおおった斜面があって、そこには、潮がのぼってくるせいか、一部の草は立ち枯れていて、草地の向うの低くなっている辺りから、濃い潮の匂いが草いきれにまじっていた。枯れた草の葉や茎に、紙や、布ぎれや、海藻のようなどろりとした、みどりの、黒ずんだものがぶらさがり、乾いていたが、それは鉄橋から投げる列車の乗客たちの紙屑や空壜の破片であって、島の中でも不潔で、陰気な印象をあたえる唯一の場所だった。だから兄から、ここで漁師の娘が投身自殺をはかったことがあるときいても、さして意外な感じがしなかった。

島のなかには幾すじかの水路が通っていて、それにそって、島の別荘の簡易な船つき場がならび、夏のさかりには、ボートや和船でひしめき、掘割にそった道々には、よしず張りの氷屋も何軒が店をだして人々で賑わっていたが、しかし夏のはじめの人気ない桟橋の上からみると、細い、ひっそりした水路には、見るともなく潮がながれ、その鏡になった静かな水面には、真昼のあかるい積乱雲と、幾艘かの舟のかげがひっそりと映っているだけだった。しかし、ずっと桟橋に近い水面をみると、空の反映の奥に、水底のやわらかい砂地がところどころに黒い瓦礫や石や錆びた鉄具の頭をのぞかせながら横たわっていて、そこに太陽が、どうかした拍子に、金色の波紋をゆらゆらえがきだすことがあって、そういうとき、それはちょうど砂地のなめらかな起伏にそって、甘美な旋律が鳴りひびいていて、それが水底であるために、響きとなって聞えてこないとでもいうように、幾重にも、淡い金色の輪となって、ひろがっていった。また時には、一群の銀色のきらめきが、耳にきこえぬフルートの音のように、水にうつる雲の奥をかすめて過ぎていったが、それは、やがて兄と四ツ手網でとることになるどんこつやはぜの群れなのだった。

夕方になると、私たちは掘割の石垣の蟹をつかまえにいったが、そこはまた、小さな芝えびの集まる場所であって、兄が四ツ手網を沈めているあいだ、私は小さな網で、船つき場の板のうえに腹這いになって、芝えびをすくった。芝えびは半透明な身体を斜めにして水中をはねとんでゆくが、それはまるで道化た、ぎこちない甲冑をつけてでもいるような様子で、また石垣の苔の上に密集してくるのだった。私は、頭に血が重くさがってくるのを感じるまで、片手に網をもったまま、顔を水面に近づけて、水中のこの世界の小さな出来事をのぞきこんでいた。しかし、ふと眼の前の水面にうつっている自分の、血の重くさがった、陰気にふくらんだ顔に気がつくことがあったが、その背後には、暗くかげになった顔とは反対に、明るい淡いサーモン・ピンクの雲が、まるで食欲をそそるクリームのように、水にうつっていっそう冷たく見える青ざめた空の奥から、ゆっくり盛りあがってくるのだった。

島はいたるところ砂地だったが、夾竹桃の群生する荒地をひらいた乾いた白い畑地が、漁師の集落のまわりには多かった。天然に群生する夾竹桃は、むしろ野生的な、荒々しい感じで高くのび、風の激しい日には、白い葉うらを返して、気が違ったように大きく揺れ、いちめんに咲き乱れた花が、泡立つ波間に投げこんだ供養花のようにいっせいに身もだえていた。そういう嵐の日には、いたるところの松林がごうごうと鳴って、まるで島全体が鳴りどよんでいる感じがした。私は、あわただしく走りぬける雨脚のすぎさった間をねらって、髪の毛を吹きみだされながら、夾竹桃を見に外へ出てみるのだった。まるで酔いでもしたようによろよろする足は、重い液体かなにかに似た弾力ある湿った風圧のなかを、前のめりになりながら、海岸のほうに向うのだった。雨を含んだ風が、潮の匂いを濃くただよわせて一段と激しく吹きつけると、私は、途中の松の幹や塀に背をもたれて、まるで吹きとばされてきた紙が壁にひたと貼りつくように、いかにも中空に、風の力でとめられているような気持になるのだった。海の近くでは、夾竹桃の繁みは、片方へ激しくなぎ倒されたまま、身をふるわし、もだえ、ざわめき、声をあげていた。それはまるで風の追い手をのがれようとして、右へ左へと散乱して、手をのばしたり、身体をよじったり、頭をふったりしているように見えた。私たちは大人であるよりも、子供であるときの方が、一般に、より多く自然に近づき、自然と一つになっていることが多いのであり、ちょうど夕暮れに鳥たちが黒ずんだ森へ水平の線をえがきながら戻ってゆき、また、赤く染まる西空に、鴉《からす》がごまをまいたように渦巻きとぶのに似て、子供たちもまた、一日の日の長さを惜しむかのように、夕暮れのひととき、ひときわ声高に、喧《かまびす》しく、熱狂して遊び呆ける時間があるが、それも子供たち自身の習癖よりは、なにか、よりいっそう自然に所属した一群の生物が、光の弱まりとか、あるいは空気中の温度や湿度の変化とかによって、とつぜん鳴き叫んだり、飛びたったりするのと同質の、盲目的な、根源的な動きを感じさせるのである。

こうした子供たちの本性は、おのずと天候の異変に対しても信じられない敏感さを示すのであり、あるいは血のしたたるような夕焼け空がひろがるとき、あるいは楕円にゆがむ赤い月が浮かびあがるとき、あるいは雷雨や雹が限度をこえて荒れるとき、早く眠りについた子供でさえ、悪夢のなかで叫び泣くのである。暗い森のなかで鳥たちが羽音をたてて鋭く鳴くのを、私は、そんなときよく連想したものだ。嵐の日に私が味わったあの興奮、あの異様な昂揚感は、こうした子供の本能と切りはなしては考えることはできない。私は風のなかに立ち、風圧によろけながら、風にむかって突進し、喚声をあげ、手をふり、まるでそれが一人の大きな人間であり、そうすることで巨人を打ちたおすことができるとでもいうように、ますます昂揚し、ますます快活になってゆき、最後には、風のなかで踊りまわり、くるいまわって、あげくの果てに、息をつき、片手で松の幹に身体を支えながら、泡だらけの海をながめるのだった。海はごうごうと鳴り、獰猛な波が牡牛のように砂浜に突進して、咆哮《ほうこう》し、崩れ、もみ合い、押し合いして、波打際を荒れまわった。対岸の岬も、町も、灰色に垂れた雲の下にかくれ、その灰色の雲も、よく見ると、幾層かに重なっていて、淡い灰色の地の前に、暗紫色を含んだ濃い灰色の帯が、ゆるやかに形を変えながら動き、さらにその手前を、黒ずんだ雲の断片が、いっそう足早やに、黒い帆をはらんだトリスタンの葬列のようにすぎさっているのだった。

母は自分の部屋での機織りに疲れると、よく海浜ホテルのテラスで午後の時間を送っていたが、それは、そこが海水浴客のなかにいながら没交渉に時間をすごすことのできる唯一の場所であったばかりでなく、ホテルの支配人が私たちの家とどこか遠いところで何かのつながりがあって、ずっと以前から母も面識があったからである。時おり母は気をかえるためか、あるいは特別な食事をとりたいと思ったのか、昼か夜かに、ホテルの食堂にゆくことがあり、それは兄や私にとって、やはり幸福感を押さえかねる出来事ではあったのだ。昼には、私たちは海とは反対側の、暗いポーチをこして大きいヒマラヤ杉の並んでいる中庭にむかったテーブルを予約したが、それは、風がよく通るというばかりではなく、そこからだと、母の考えによれば、海に向って開いている窓ガラスいっぱいに、青い海と、その青よりは一段と淡く、それだけに軽く、上に浮かびあがったかと見える晴れた空が広く見えていて、単純化された装飾壁面の見事な背景をつくっていたからだった。夕食は逆に窓際のテーブルにつくことが多かったが、それは、夕焼けの美しさが、食堂のシャンデリアによって、食堂の奥からだとさえぎられて、十分見えないためだった。ここから見る夕映えは窓をばら色に染め、海を金色の動揺と真紅の輝きの反射にかえ、流れる雲を金の羽毛に燃えたたせる、壮麗な、広々とした、官能的な夕焼けなのだった。私たちが席につくとき、年をとった背の高い給仕長が自ら母のところに挨拶にきて、若い給仕と半々で皿を運んだ。私はこの老人の給仕長が好きで、彼はいつも紙ナプキンで折った兜や三宝や帆かけ船を私のスープ皿の上にのせておくのだった。私はテーブルにつき、それをみて思わず老人の方をふりむいて笑うと、これは二人だけの黙契ですぞ、誰にももらしてはいけませんぞ、とでも言うような表情で大きな眼をぎょろつかせたが、それはなにか果物の種でものみこんで狼狽しているようにも見えるのだった。

夏のはじめは、なお海浜ホテルには客が少く、海岸は主に土地の子供たちや、近在の町から集まる人たちが多かった。私が海から上ってくると、母はテラスの奥でたいていは本を読んでいた。時おり私のためにジュースを若いボーイに頼んだり、本を伏せて海を見たり、客たちを見たり、指先でテーブルの上になにか字のようなものを書いたりしていた。母は日盛りに砂浜を歩くことはあったが、海に入るのは、早暁か、夕方ほとんど暗くなってからだった。母は波打際からまっすぐ沖に向って歩いてゆき、胸のあたりまできてから、ゆっくり沖へと泳ぎだし、ほとんど海岸からは見えないほど沖まで出てから、またまっすぐ岸に泳いでくるのだった。母が泳ぐそうした時間には、砂浜にはほとんど人の姿は見えず、海も沖の方は暗い菫色を帯びた灰暗色であり、海岸近くは濃い緑青色に沈んで、冷えびえした波が打ちよせ、砂浜は黒く濡れていた。早暁、光がようやく地上に達しようとする夜明けのばら色の空を背景にした母が、波から立ちあがり、ゆっくり歩いてくるようなとき、海はすでに暗いかげを失って、銀青色のさわやかな波をきらめかせ、母のしなやな身体からしたたり落ちる水滴はほとんど金色と赤に染まるのだった。私にはいまも、朝、水平線にあらわれる太陽の赤い球を背にして、きらきら輝く黄金の海から全身をばら色に染めながら現われる若い母の裸身が眼に見えるような気がする。私の差しだすタオルで身体をくるんだ母は、いくらか色の変った唇をかんで、海水帽の下にほつれた髪が頰にぬれてまつわりついたまま、昇ってくる太陽をふりかえる。金色に、ばら色に照りはえたその顔は、ながい遊泳の疲労から、どこか偶然海辺の砂から掘りだされた古代彫刻の首のように、表情を失って、ただ太陽の方へ向けられているにすぎなかった。

しかし夕方おそくなってからだと、母が波からあがってくるとき、海はもう暮れていて、波は暗く重くうねり、いくらか疲れて、ゆっくり波を踏んでくる母の姿は、黒い見わけがたい影でしかなく、それはまるで遠い海の向うの楽園を追放された女が、悲嘆と悔恨の重みに打ちひしがれて、海を渡ってこちらの陸地にあがってくるのに似て、孤独な、頼りない、黙々とした足どりに見えるのだった。

母はよく夜私たちをつれて、あかりの残るホテルの方から、海岸にそって長いこと散歩することがあり、兄は花火をしたり、模型づくりに熱中したりして、家に残ることが多かったが、私はいつも母と一緒に出かけた。もっとも兄がこの散歩に出かけたがらないのにも理由がないわけではなかった。母は散歩のあいだ、たとえば燈台の光をみたときとか、漁火《いさりび》が暗い海に鬼火のように揺れていたりするときとかに、「きれいね。」とつぶやくぐらいで、あとはなにか考えこむように黙りこくっていた。私がこうした母と散歩を好んだのは、母の沈黙のなかに不安な神秘な雰囲気があったためか、私自身そうした雰囲気に憧れていたためか、それはわからない。松林を通って私たちが海岸に出ようとするときなど、月がまるく、白く、大きく、ちょうど海の上にのぼったところで、砂丘が黒く盛りあがっているために、海はまだ見えず、月の前に松林の黒いかげが松傘形に打ちだした同じ模様のように、ある一定の幹の傾きと枝ぶりを見せて並んでいた。空は夏の夜らしいびろうどのような艶を含んだ黒ずんだ藍であり、古い版画のように、深く落ちついた幾重にも色をかさねた不思議に澄んだ夜の気配なのであった。私たちの歩いてゆくかたい砂の道は、海からの風に湿っていて、砂の粒がきらきら光り、草は露で白くぬれていた。波が黒い砂丘の向うから、低いつぶやきとなって聞えていた。

私はこうして母と歩く夜々、島の家も、ホテルもひっそりと静まりかえり、ホテルのあかりも二つ三つ洩れているだけであって、暗い海の漁火は、私たちの前にゆれている赤い鬼火の列であり、私たち自身ももうとっくに死んで、そうした鬼火の一つになって、こうしてさまよっているのだ、と言うような気がした。

その年の夏はこんな風にしていつもより静かに過ぎたように思う。その年、私がとくに記憶していたのは、母が春のうち、しばらく神経症で入院していた病院に、週に一度、汽車に乗って診察を受けにいったということである。もちろん外見には何の変りも見られなかった。幾分、黙りがちであったこと、毎夏、朝夕欠かしたことのない水泳をその夏は余りしなかったことなどが、変ったところと言えば言える程度であった。ただ後になって気がついたことであったが、その夏、母はめずらしく機を織らなかった。私は機に糸がかけてあり、布地が途中まで織ってあるのを見て知っていた。だから、母は、なにかの理由で、その機を織りつづける気力がなかったに違いない。こんな風にして八月になると、時おり空は晴れているのに強い風が吹き、波の荒い日がくるようになった。飛びこみ台の下につないであるボートは右に左にもみぬかれて、波しぶきの下で今にも転覆しそうに見えた。船つき場まで出てみると、防波堤にならんだ船のマストはゆっくりゆれているだけで、そこには思ったほど波はなかった。ただ防波堤には、外海の波が雨のように降りそそいでいた。海岸には、波乗りをしたり、ゴムボートを乗りだそうとする人々がいたが、ボートはすぐ岸に打ちつけられ、転覆して、人々は総がかりでそれを海に押しだそうと騒いでいた。

そうした日々、夾竹桃の繁みを波立たせ、白い葉をかえして、さわやかな風が立ち、雲の白い輝きにも、ひんやりした翳りを感じた。午前など、ホテルのテラスから事務所のある奥を眺めていると、まるでオランダ派の室内画のように、水のように澄んだ落ちつきがみちていて、窓枠の黒さやガラスの輝きが、中庭の光にさやぐ木立を背景に、ひときわ引きたって見えた。その頃になると海岸に出ていても、町を通ってゆく太鼓の音がよく聞えた。それは島の夏祭りが近づくのを告げる太鼓だったが、私たちの家の門燈にも赤い提灯がゆれるようになった。駅前広場には見世物小屋がたち、土産物や雑貨玩具の露店も並んでいた。雲の多い、風の強い日、見世物小屋の幟《のぼり》はいっせいにひらひらと揺れ、天幕張りの小屋は、まるで大きな帆か何かのように風をはらんで波打っていた。背の低い陰気な男が口上台のうえに坐って、しわがれた声で通行人を呼びとめていた。その小屋のまわりには、厩《うまや》に似た臭いや、アセチレンの臭いや、生ぐさい水の臭いがただよっていて、暗く、不潔で、じめじめしていた。私は駅前の店をひとわたり見て歩くと、またホテルまで帰ってきた。夜になると花火があがり、それは私たちの頭上で大きく開くので、まるで暗い夜空をおおう火のドームのように見えるのだった。その一すじ一すじの青や赤の火箭《かせん》が蜘蛛手に開いて、大きく、ながく、のびてゆくとき、私は、自分の身体のほうがすっと上にのぼるような気がした。そして上に身体がのぼりきったときに、乾いた、耳に痛みをあたえる鋭い音で花火が鳴りひびき、それは遠く暗い海にこだました。こうして花火が大きく開くたびに私の身体は夜空を斜めにのぼっていったが、その空は、花火が消えると、月はなく、満天きらめく星で埋まっていた。そのおびただしい星は、きらきらと濡れたように光り、星座を形づくる星と星のあいだにも無数の星屑がひしめき、夜空が一段と濃く狭くなったような感じがした。

祭りの前後には近在の人が集まって、神社の境内は駅前と同じように露店で賑わっていた。杉や欅におおわれた境内は湿っていて、山道も、石段も、鳥居も、燈籠も、苔が青々と冴えていた。木立をすかして海がきらめいていた。夕方になって、日が入ると、夕焼けが大きくひろがり、それは杉木立や社殿や苔むした石垣や露店のあいだを歩く人々を赤く染めていて、古い雑誌のなかの色刷り頁のように、赤い色だけが輪廓から外にはみだして、人も木も家も赤く隈どりされたようになっている——ちょうどそうした感じにそっくりだった。夜になると、兄と私は女中と夜店を見にいった。私たちは金魚や虫屋の前でながいこと足をとめた。玩具屋では、お面や鉄砲や磁石や日光写真や笛やめんこが裸電球の下にひしめいていて、子供たちは店の前から離れようとはせず、物ほしげな眼、ずるそうな眼、人のよさそうな眼、気の弱そうな眼が、きらきら輝きながら、あるいはお面から水鉄砲に、あるいは人形から笛に、あるいは軍人将棋から水中花へとさまよいつづけるのだった。あたかも、汗まみれの手に握りしめた銅貨の与えてくれる快楽の可能性をしゃぶれるだけしゃぶろうとでもしているように。彼らは、そのあげく、もうそこからしぼれるものをしぼった滓でもあるかのように、首をうなだれて、その銅貨を、店の、眼の赤い老婆の皺だらけの手のひらに渡すのだった。

私はまたアセチレン・ランプの下でさしている将棋をかこむ大人たちを眺めた。その大半はこの辺りの漁村の人々で、黒く日やけした顔には一様に、寛大な嘲けるような微笑が浮かんでいて、なかには、将棋の駒を握っている若い男にむかって、舌うちでもするような調子で何か声をかける人もいた。しかし、たいていは黙りこくって、あるかなきかの微笑を浮かべ、ぎっしりと顔を集め、暗い焔の下の盤上の勝負を見つめていた。相手の人物は、四角い顔の、口髭を短かくたくわえた、教頭とか代書人とかいった感じの男で、腕を組んだり、わざと相手の気をそぐように笑ったり、片方の肩をそびやかしたりした。私はふと、そうした顔の集まりが、薄暗いあかりの中に重なりあって、吊りさげられている仮面のように見えてきたのだった。あたかも仮装舞踏会が終ったあと、城館の屋根裏部屋に、ピエロも大臣もサルタンもアラビア人も一束になって、天井から吊りさげられ、あたりは埃りと静寂しかないのに、彼らだけが、まだその華やかな晩と同じように、笑ったり、眼をむいたり、道化たりしているように……

私たちは縁日の人ごみの中でホテルの老人の給仕長に会った。彼は制服ではなく着物をきて、手に団扇《うちわ》をもっていたので、役を終って化粧や衣裳をはずした役者に出会ったときのように、地の彼の方が、いかにも仮りの姿であって、どこか物足らない落着きのわるい感じをあたえた。老人は私たちに鈴虫の籠を買ってくれた。籠の中に輪切りにした胡瓜《きゅうり》が二切れ入っていて、その上に二匹の鈴虫が眼をきらきら光らせていた。私たちがそれを持って帰りに暗い道を歩いていると、いきなりそれが鳴きはじめた。しかし二匹のうちのどちらが鳴いたのか、あかりにかざして見ると、その声はやんで、二匹とも籠のむこうからじっとこちらを見ていた。いかにも驚いたというように、触覚をたえず動かしつづけながら。

夏祭りが終ると、ホテルでも海岸の管理人のあいだでも、「これであとお盆までだあね。」という言葉が交わされる。夏場の稼ぎも、旧盆がくるまでだというほどの意味で、そのころになると、みんなが挨拶のようにこの言葉をくりかえす。おそらく今年はよく稼げたとか、思ったほど客がでなかったとか、これで今年の夏も終るのか、とか、それぞれの感慨が短かいその言葉にこめられていたのであろう。

えびす屋の裏の畑ではすでに裾まわりから黄ばみはじめた胡瓜の葉が、白い、剛い、針のような毛を光らせながら、崩れかかった棚から垂れて、じりじりする午後の日ざしの中で、白く乾いた地面に横たわる熟《う》れすぎた胡瓜のいくつかを、あたかもヨナにかげを差しだす瓢《ひさご》の葉のように隠していた。草地という草地ではヒメジョンが白い花を咲かせたまま、一夏の踊りに疲れた踊り子たちが、眠気と疲労から、いくらか汚れた薄い舞台衣裳を着て、前後もなく重なり合って眠りこけているように、ここかしこに、なだれをうって倒れているのだった。私は、犬のいない犬小屋や、一匹だけが草をたべている片眼の兎のいる小屋をのぞき、風にさやさや鳴る唐黍《とうきび》畑のそばを通り、夾竹桃の繁みのある空地の水溜りをのぞき、青空に浮かぶ雲が、白く、そこにうつって流れてゆくのを眺めた。

駅前にいってみても、夏祭りの賑わいはなく、露店も、夏のはじめから出ている二、三の氷屋をのぞくと、すべて姿を消し、見世物小屋もなくなっていた。石材をつんだ荷馬車が広場の隅で日を浴びてとまっているだけで、耳のところに穴をあけた古い麦わら帽子をかぶった馬が、時おり、頭を大きく上下にふり、耳をぴくぴくふるわせては、私の方をふりかえって眺めていた。駅には鶏頭が赤く咲き、イチモジセセリが狂ったように舞いながら花のまわりをまわっていた。列車がとまることがあっても、降りる客は少く、町へ買物にいった婦人たちや老人が降りてくるくらいだった。駅員室には誰もおらず、ただひとりで電信機がことこと鳴っていた。私は、乾いて木目が浮きだし、その木目も多くの人々の手によってまるく滑らかに磨滅した改札口の木組を、なにか新しいものであるかのようにさわってみた。

おそらくこうした改札口の木目の記憶は、その年の夏、何度か都会の市立病院に通っていた母を送って、島の駅まで来たことを意味したのであろう。母が最後に島の駅をたったのは八月の終りだった。私たちもあと一週間ほどで家にかえることになり、島の家の二階は、もうほとんど雨戸を閉めきっていた。

私は兄と二人で、都会の家に帰る前に、もう一度、和船で外海の砂洲まで出ることに決めた。私たちは心のどこかで、なお今でもそこに、あの夏の賑やかな一日が残っていて、行きさえすればそれとふたたびめぐり会えるような気がしていたのかもしれない。

私たちは風の吹きすさぶ砂丘を幾つかこえて、ようやく最後の高みから、この荒れた外海を見おろした。砂洲の頸部ははるか左手に遠ざかり、その広い海岸線には磯釣りをする疎《まば》らな人かげのほか、家も小屋もなく、半ば崩れた舟小屋が砂丘のかげに見えていたが、それすら使えなくなって何年もたっているものだった。砂丘の斜面には、はげしい風にさからって、乏しい草や木がこびりつき、露出した岩は白く風化して水平なすじ目が刻まれていた。砂丘の斜面に露出するこうした岩の一つに途中私たちは、おびただしい鳥の白骨をみつけた。もちろん、もはや鳥の姿態を想像させるような骨は一つもなく、注意しなければ、砂か小石の堆積としか思わなかっただろう。小さな頭蓋骨らしいもの、細い骨らしいものはなくはなかったが、しかし私をぞっとさせたのは、そうしたものではなく、そのおびただしい骨の数であった。それはおそらく数百羽、数千羽の鳥が、そこで死に、そこで太陽にやかれ、風化していったものにちがいなかった。もちろん、どのようなことが起きて鳥たちがここで死んだか、私にはわからなかった。私はただ、幾日も幾日も飛びつづけた渡り鳥が、ある日、この岩の上に最後の翼をとどめたのが想像できるだけだった。彼らは疲れからか、病気からか、他の鳥に襲われたのか、一夜をあかすつもりで、この岩の上に翼を休めたにちがいない。夜明けとともに、黒く渦巻く無数の群れとなって、南をさして飛びたつつもりでいたのかもしれない。しかしその夜明け、彼らはすでに冷たい死骸となって、岩の窪みに横たわっていたのであろう。その翼は動かず、羽毛は朝風に吹かれながら。こうして彼らは腐爛《ふらん》し、乾き、風化し、白骨となり、骨片とくだけていったにちがいないのである。たしかに、それは誰一人知るひともない自然の一隅の些細な出来事であり、あえて考えてみるまでもない事柄だった。それは無数の葉が秋とともに凋落《ちょうらく》し、春とともに生きかえる、そうした自然の自明な出来事にすぎなかった。しかし私に感銘をあたえたのは、やはりその数の夥しさであった。十羽、二十羽の鳥ならまだ私にも納得ができたかもしれない。しかし、そこには数百羽、数千羽の鳥が白骨となって横たわっているのだった。この砂洲の岩という岩に、こうした白骨が横たわっているとしたら、ここに死にはてた鳥たちの数はどれほどであったろうか。

吹きすさぶ風のなかに立って、私は兄に寄りそうようにして、砂丘の斜面を見おろした。鳥たちの白骨や、荒れた海辺の風物のせいで、私は、ふと、いつか兄と二人きりで松茸狩りから帰ってきた夕暮れの、孤独な、わびしい気持を思いだした。この地上で、私が兄と二人だけで取りのこされたような、心細い思いが胸のなかに忍びこんできたのだった。

砂丘の斜面には、前の夏と同じように、流木や漂着物が散乱し、船具の破片や、靴や、罎や、空罐などが半ば砂に埋れていた。私たちは風に吹かれながらその斜面をおりていった。海は荒れ、波は泡を噛みながら崩れおちていた。私たちはしばらく黙って波打際を歩いた。砂の城をつくる気もしなければ、波乗りをして遊ぶ気にもなれなかった。

そのうち兄は「おや、あれは難破船じゃないかな。」とつぶやいて、遥か遠くの海岸線のつづきに、黒い点になって見えている岩のようなものを指さした。「岩かもしれないわ。」私はおそるおそる言った。「いや、岩なら、もっと波が打ちあげているはずだ。」兄は分別臭くそう言った。それから私たちはその黒いものを見に、ながいこと海岸線にそって歩いていった。近づくと、それはやはり難破船の残骸だった。

それが浜に坐礁したものか、半ば浸水して打ちあげられたものか、よくわからなかったが、その船体は半ば砂に埋没し、舳先を高く空にむけ、海に向って進み入ろうとしているように見えた。打ちよせる波が船腹にひたひた当ると、船はいまにも生きかえって動きだすかと思われたが、甲板も船室も舵もマストも、およそ船についているほどのものは何もかも剥ぎとられていた。漁船であったらしいがっしりした木造の船体だけが辛うじて形を保っているだけだったが、それでさえ、斜めにかしいで、より深く砂に埋った右舷の船腹は、おそらくその形もすでになかったのかもしれない。

私たちはその難破船の上に乗って、自分がこれから大洋に乗りだしてゆく様を空想した。朝焼け夕凪に飾られた海原を、こんな船に帆をはって走ることができたら、どんなにすばらしいことであろう。帆をかすめて飛魚が銀色にきらめき、いるかの群れが道化た身ぶりで舷側のそばに躍りあがるかもしれない。南海の碧緑の波をすかして大くらげが白く幻影のように流れてゆき、鱶《ふか》の青白い腹が不気味にそりかえってゆくのを見るかもしれない。嵐が怒濤を巻きあげ、木の葉のように船を翻弄することがあるかもしれない。風が疾駆し、波頭が砕け散り、帆柱がきしり、帆綱が雲の乱れる空に異様な音をたてて唸るかもしれない。あるいは時に北の海の入江に錨をおろすことがあるであろう。切り立つ峡湾の静けさのなかで、鷗が舞い飛ぶのを見るかもしれない。また南洋の港でジャンクや帆船の群れのあいだから、物語にあるような金モールの筋の入った制服の船長や、肥った貿易商や、裸足の労働者が歩いてゆくのを見ることがあるかもしれない。もしそんなことが本当に実現するのだったら、なんてすばらしいことだろう。ひょっとしたら私は本当はこうした船に乗って、世界じゅうを旅してまわるように宿命づけられている人間なのかもしれない。そうしたら私はいつか世界の国々の不思議な物語を集めた本を書くようになるのだ。めずらしい港の風俗や、遠く異郷に暮している孤独な人間の話を、私はきっと本に書いて残しておくのだ。そうした南洋の港には、どんなに多くの男や女が、物語のような生涯を送っていることだろう。私はいつかきっと本を書く人になって、あの青ざめた靴屋の話や、雨の降る大都会をさまよう孤児の話と同じように、こうした海洋の物語、東洋や南洋の港の物語を書くのだ。きっと書くのだ……。

私は舷側にひたひたと打ちよせている波の音をきいていた。そしてそうした波に耳をすませ、舳先に立っていると、ふと船が大海原を進んでいるような幻覚にとらえられた。

砂丘を駈けおりてくる人影を私が見つけたのは、ちょうどそんな空想にふけっている最ちゅうだった。その人影はなかなか私たちのところには近づかなかった。しかしその姿が次第にはっきりしてくると、それは島の家に働きに来ている植木職人だった。その老人は息を切らせながら私たちのところへ来ると、

「お宅からすぐお帰りになるように電話がございました。」

と言った。兄は未練がましく船の甲板に立って、なお舳先などを撫でながら、

「すぐじゃなくたっていいじゃないか。」

と答えた。植木職人は、私たちを連れてきた船頭と二こと三こと言葉をかわした。

「坊ちゃん、さ、急いで帰らなければいけません。お母さまの容体がお悪いんですよ。」

実直な船頭は兄に向ってそう言った。兄もその言葉に一瞬驚いたようだったが、すぐには船からおりてこなかった。しかし私はその言葉が毒をもった矢のように胸をつらぬいていったのを感じた。なぜその瞬間、反射的に、私が母の死を感じたのか、よくわからない。が、船頭の言葉をきいたとき、私は、もはやどうにもならないことが起っているのを知った。ああ、なんとその船頭の言葉が口にされる前には、仕合せなことがみちわたっていたのであろうか。その言葉が口に出ると、そこには乗りこえることのできない仕切りが生れていた。それ以前のことは、どんどん過去のなかに繰りこまれ、手をのばしても、もうつかむことはできなかった。ああ、どうして、もう一度、その前の状態にかえることができないのか。そのとき突然、悲しみの発作がこみあげてきた。あの静かでやさしかった母、いつも機屋に坐って庭の青木に降りそそぐ雨を見ていた母、つい先日まで島の家にいて、私たちと一緒に歩いていた母——その母が死んだのだ。もう二度と会うことができないのだ。もうどこにもいないのだ。船頭の背におぶわれて、ゆらゆら砂洲の背をこえてゆくあいだ、私はひたすら泣きつづけた。

私はこうしてその年の夏の終りに母を失った。翌日早く私たちは列車に乗り島の駅をたった。駅を出ると間もなく、私たちは鉄橋を渡った。それはあの賑やかだった夏の日々、私たちが従兄妹たちを送るために島のはずれまで出ていって、ハンケチを振り合う場所になっていた。しかしその日、島の家のあたりはひっそりとして人影も見えなかった。外海にのびている砂洲は鉄橋からは逆光のなかに青く霞んでみえた。砂洲の先端に白い燈台があり、そこに、外海の水平線がしばらく見えていた。しかし鉄橋を渡ると、もう夏らしい気配は急に消えた。海の色も、松林も、海岸の小屋も見えなかった。

こうして私たちは夏と別れをつげた。母の葬儀が終り、祖母の死のとき以上に樟のざわめく家がひっそりしたとき、私の感じたのは、すぎさったのは夏だけではなく、もっと大切な何かだったということであった。しかしそれが何であるか当時の私には理解することはできず、ただ季節の喪失感だけが心にいつまでも空白な映像となって残っていた。

終章

私は伝記作者でもなければ、歴史家でもなく、単に一個のエンジニアにすぎないが、こうして支倉冬子が死んで以来三年というもの、彼女の日記、手紙類を整理し、とくにこの半年、それを引用し、抜粋して、私なりの註解を加えながら、彼女の生涯を跡づけてきてみると、いよいよその最後にふれなければならない今、多少の感慨をおさえることができない。私は故郷の家の座敷でこの仕事に夜の時間と休日の午前を当ててきたのだが、前後十数回しか会ったことのないこの女性に、今は生前以上の愛着を感じていることは事実である。ここで彼女に関する二、三の報告を終えれば、もはや支倉冬子について書くことがなくなるということは、何よりもまして悲しいことだ。私がもう少し文筆の才に恵まれ、冬子との十数回の出会いから、ながい一篇の作品でも書けるのであったら、どんなに仕合せなことであろうと思う。しかしそういう気持があるだけで、ただエンジニアの正確さを偏愛する気質から、冬子の書いたものを配列しえたにすぎない。とまれ、そこには、少くとも彼女自身による彼女の人生が幾分かは示されているはずである。私はそれで満足すべきであろう。もともと私は彼女のなかに何か心を打つものがあったがゆえに、その実体を知り、またそれによって彼女の誤解を解こうと思ったにすぎなかったのではないか。

とすれば、ここで最後に、やはり同じようにして私は冬子の手紙（私宛のもの）を示すことによって、この記録をしめくくるべきではあるまいか。この手紙はたしか前にも触れたように彼女がＳ＊＊諸島からフリース島へヨット周航に出かける前、そこで書いたものである。もしあの夏の終り、私が支倉冬子に会っていれば、この手紙は書かれなかったかもしれない。しかし私はずっと冬子と会えなかったし、また、その頃彼女の意見に対して、私なりの考えを書いておきたかったりして、その夏、ギュルデンクローネの城館にあてて手紙を出しておいたのである。冬子はそれの返事としてこの手紙を書いたのである。

〝ご親切なお便り、ありがとうございました。あなたのお考えになる都会についてのご感想は大へん興味ぶかく読ませていただきました。たしかに一つの都会というものは、刻々に表情をかえ、まるで私たちのなかで生きているもののように思えさえいたします。たとえば戦没者記念堂が突然市役所に変ったり、普通の家並に大学の建物が出現したりするというような極端な場合もあるのです。

私がいまこれを書いておりますのは、都会から河にそって車で二時間ほどの港から、船で半日がかりで着く、ある小さな島なのです。あなたのお手紙は、実は、こちらに廻送されてきたので、一週間ほども受けとるのがおくれてしまったのです。

この島の住民がどれくらいいるのか、どのくらいの広さの島なのか、そうしたことは私はまるで知りません。全島が漁民で、貧しい小さな低い粗末な石造の家に住んでいるのです。島は東へいっても西へいっても、あるものと言えば岩ばかりで、その硬い、白い、すきとおるような鋭い岩におおわれていて、遠くからみると、北海に浮かぶ最初の流氷の巨塊かと見まごうほどです。島には二台のバスがあるだけで、これが朝夕定期的に動き、あとは何かあると臨時に運転されます。

私たちはこの島の郵便局長の家にとまっています。私たちというのは、私と、エルス・ギュルデンクローネです。このエルスたちの家の遠縁に当るのが、郵便局長なので、夏の終りのヨット旅行をするために、私をここへつれてきたというわけです。私ははじめ夏休みのあいだイタリアやフランスへ廻ってみるつもりにしていました。が、それより先に、私はギュルデンクローネ館《やかた》に住むことに決めてしまいましたし、このヨット周航の計画もそこからおのずと生れてきたものなのです。ヨット旅行の主な理由は、一つには、今まで考えてきたことを、もっと荒々しい自然のなかで、もう少し検討してみたいということもあり、またこの島は貧しい何一つとれない島ですが、この国で有名な織物が、ここの島の女のひとたちによって、きわめて原始的な方法で織られていて、それが私を強くひきつけていたこともあるのです。今日はあなたのお便りをよみながら、ふと噴水のある広場のアーケードの下のカフェでよくお喋りした問題のつづきを、あれこれとお話ししたいような気持になりました。私の問題はあれから、あまり前進してはいませんけれど、すくなくとも跡切れることなく続いていたことだけは事実なものですから。

　この島はいま書きましたように、全島が白い硬い岩でできていて、岩山が島の中央に連なり、その岩角に、一日じゅう東から吹く風が鳴っています。ヒースに似た低い草と、黒ずんだ灌木が岩の割れ目を埋め、それが遠くから見ると、白くさらされた地肌のところどころに、なおさらし切れないしみが残っているように見えます。平坦な海岸線には、怒濤がたえず白いしぶきを叩きつけ、それが霧となって、バス道路まで流れてきます。港の防波堤の先には鷗が群れをなして高く低く飛んでいて、そのしわがれた引きさくような声が、風のまにまに聞えます。私たちの部屋の窓からは、港の一部と、広い白い海岸線と、うねる黒ずんだ海が見えています。どこを見ても荒涼としていて、空が晴れていればいるで、雲が垂れていればいるで、風景のなかに、何か暗い不気味な底光るものが感じられます。たとえば胸を病んでいる人の肌が、異常に蒼白くすきとおっているようなとき、その蒼白さの底に感じられるような、不思議と澄んだ暗さというようなものなのです。空も青く晴れ、海も濃青に重くうねっているような日、白い硬い島は、海の上に、伝説の島のように浮いているのですが、そんな日にも、このほの暗さが、風景の全体にただよっているのです。それは夜がなかなか訪れない、あの白夜特有の奇妙な感じが、昼になっても、私たちの感覚にまといついているせいかもしれません。この明るい夜は、はじめ私には不安で、ただ明るいというせいではなく、しばらく眠れない夜がつづきました。風の音、波のとどろきをきいていると、窓の外には、暗い夜がとざしているように思えるのに、カーテンをそっと開いてみると、薄明のなかで、色を失って、ただかげのように蒼ざめている白い岩や荒れさわぐ波が、どこか幽暗な地の涯の風物のように、見えてくるのでした。

　島の男たちが厳しい暗い表情をしており、若いのに、もう年寄りのように深い皺を顔に刻んでいるのは、ここの現実生活の苛酷さを物語るばかりではなく、この島のこうしたほの暗い不思議な自然のせいだと考えないわけにいきません。ひとりで波のしぶく岬に半時も立っていると、この世の涯にいるような寂寥感に襲われて、いやでも自分や、自分の過去のことを考えずにはいられなくなります。ちょうど離れ島に置きさられた人の気持って、こんなかしらと思うようなこともあるのです。

　そのせいでしょうか、島にある家々の内部では、外とちがって、暖かい色彩の織布を多く飾りにつかって、心地よい、落着いた気分をつくっております。これは暗い厳しい自然を前にした人間の、ほとんど本能的な防禦作用なのかもしれません。私は波しぶきに濡れながら、海のうねるのを眺めてきたあとで、こうした織布の暖かな心地よい色彩を見いだすときほど、心のくつろぎを感じるときはありません。たとえばそこにヴァミリオンの華やかな色の筋が織りこまれていると、それは単なる感覚的な色彩というだけではなくて、すっかり孤独のなかで冷えきった心に、じかに語りかけてくれる相手のあたたかな心づくしという風に感じられるのです。同じ青や紺や緑の織りこまれた掛布をみると、それは濃紺にゆれうごく北の海や、ほの暗い青空とはちがって、それを織りこんだひとの息づかいや、甘い息や、ためらいや、物想いが、私の冷えきった頰をかすめてゆくように感じられるのです。一方が自然という物質の冷ややかさであり、他方が毛織のあたたかな感触だという素材的な相違はもちろんあるでしょう。しかし私が言っているのは、そうした素材の相違ではなく、人間がつくるその平凡な色彩の組合せ、配置のなかには、それをこえて伝わってくる、その人物の血の暖かさとでもいうものがあるのだ、という驚きなのです。外から帰ってきて、誰もいない部屋の中に入ってさえ、そこに、人声や、陽気な笑いや、寂しそうな溜息などが聞えるような気がするのです。私はこれまで、織物のもつさまざまな表情や、その感情をもりあげた図柄、色彩を、普通の人よりは、数も多く、それに内部的にも幾分つっこんで眺めてきたのですが、この島でのように、何か素朴で、直接的な感じで、それと触れあったことはなかったように思います。ここでは、私は織布を見ているという感じはまるでありません。私が見たり、感じたりするのは、そこにある生あたたかい息づかいであり、身体のぬくもりであり、冷えきった身体を抱いてくれるあたたかな腕や身体の動きなのです。それはまた幾らかしわがれた暗い声でうたう静かな歌であり、ゆらゆら影を壁にうつしだしている暖炉の火であり、深くこころよく組みあわされた指と指との感触であり、すべすべした頬にさわる唇の乾いた甘さであり、長くのばされた脚と脚のしなやかな感触でもあります。あるいはまた布地の織り目、触感、幾何学的な図柄、複雑に織りこまれた紺と暗紅色の組みあわせから、私は、この島の女たちの、暗い嘆き、つきることない生活の苛酷さ、つぶやき、うったえ、諦めを感じます。私は島の織り女《こ》たちが機を踏みながら唄うという機織り唄をきかしてもらいましたが、それは織地の複雑な色彩、暗く深く、それでいて、どこか異様に澄んで冷たい色彩、の感覚と、なんと似ていることかと驚いたものです。この国の人々は、いったいに、南国の人とはちがって、ある種の淡白な、簡素な、飾り気のない、率直な魂の表現を好みますが、そのせいか、彼らの織地は、たとえば衣服の襟とか袖口とか裾まわりとかの帯状の飾り、あるいはショール、帯、あるいはテーブル・クロスの縁どりとか、壁布でも、同じ図柄を繰りかえしたもののように、余白の空地の広さのなかに、その色彩を効果的に使うのを好みます。それは織りの効果というより、むしろ刺繍の効果に近いものですが、その簡素さが、かえって現在この島での織物を、単なる民芸品として以上の価値を与えているのかもしれません。もちろんいまでは専門の織り女《こ》たちもいるのですが、もともと島の女たちはすべて小さいときから見よう見まねで機を織ることを学びます。昔、私たちの国でも、田舎では、どの家の裏の部屋にも、古い黒ずんだ機が置いてあったものですけれど、この島では、現在でも、それと同じなのです。もちろん専門の織り女《こ》と言っても、手機をつかって、他の女たちと同じように織っているのですが、ただこの人たちは、島の外からの需要にこたえて、それを日夜仕事にしているというだけのことです。私たちが専門家というと、仕事そのものが独立してしまって、生活全体から切りはなされ、その専門の分野のなかだけの規則や習慣、仕きたりが生れてくる場合のことをいうのですが、ここでは、そうした織り女たちも、他の女たちと同じような暗い荒れた自然と戦うことを余儀なくされているのです。専門の織り女だからと言って、とくに彼女たちを別格にしたり、切りはなしたりすることはなく、また彼女たち自身も、そんなことを思ってもみないでしょう。他の女たちが網をつくろっているのに対して、彼女たちはただ手機を踏んでいる、といった相違があるだけなのでしょう。でも、このことは、織り女たちが、この島の伝統的な図柄や色彩を、そのまま引きついで織っていても、いささかも機械的にもならず、惰性的にもならず、つねにある素朴な情感をつたえることができる原因かもしれません。なぜなら伝統的に次第に洗練され定着されてきた図柄や色彩こそが、この白い岩に風の激しく吹きつける島でのさまざまな情感を刻々に鋭く率直に表現しようとして辿ってきた道程の結果であるからです。ただそうしたものが固定した形式とならないためには、こうした情感の生きて辿ってきた道と同じ道を今も辿ってゆく必要があるのです。しかし多くの場合、一度伝統なり様式なりがつくりあげられ、完成した形で定着され、固定してしまうと、その創造の体験の生きいきした内容は、失われるのが普通ですけれど、この島では、いまもなお、そうした伝統がうまれたときと同じ条件に置かれているので、それが内側から、生きた体験として支えられているのでしょう。

島におりますと、一種の離在の悲しみと一つになって、自分の魂が、明るい飾り窓の光のこぼれる大都会の夜とか、暖かな燈火のもれる窓とか、恋人たちの手紙とか、よみふける本とか、談笑しあう居間の方にさまよってゆくのがよくわかります。おそらく島人たちのこのような憧れの感情は、あの黙々とした暗い表情の下に流れているのではありますまいか。彼らの笑いの人なつっこさ、善良さ、眩しいものを見るような目ばたきなどからもそれは分りますし、また、ここの織物が暗い色調のなかに、スペクトルの中に見える輝線のように、一すじ二すじ暗紅色や、時には暗朱色の帯状の縞を織りこんでいるとき、それは、そうした押さえられた感情の下の激しい情感の迸りであるような気がします。暴風雨が近づいて、空の気配が普通でなく、黒い雲があわただしく連なって走ってゆくような夜明け、その白々と冴えた激しい風のなかで見る朝焼けは、暗い雲間のなかににじみ出る僅かな赤い糸のようなすじ目の縞でしかありませんが、その赤い幾すじかは、希望を半ば失いかけた漁師の妻たちにとって、いわば辛うじてすがれる吉兆の一つであり、彼女たちが浜によりそう黒い影は、点々として、夜明けの赤い雲の色に、はかない祈りを託しつづけるのです。そうした雲を染める色は、そのまま織物のなかにも織りこまれていますが、様式化されていて雲の形とは見えないものの、それでも羽毛のように斜めにずれてゆく菫がかった赤紫の、かすりに似た模様などは、そのどこかに、この嵐の朝の不安と希望とのこもごもの思いがこめられていることを感じさせるのです。あの皺に刻まれた老婆たち、無表情な、浅黒い、沈黙した老婆たちは、風につけ、雨につけ、沖に出る良人や息子たちの生命を気づかってこのような激しい感情を味わったため、いつかそれは次第に身体の奥深く沈みこんで、ちょうど休火山の奥に、なお灼熱する熔岩がかくされているように、それはただ織物の中に、一点、火をとぼすような色彩を加えることによってのみ、鋭く噴出することができるのだというような気がします。

この島にきて、私は、はじめて素朴な、生活に密着した、まるで潮の干満のような感情の動きを眼のあたりにしたような気がします。ここでは、感情の動きに――悲しみや歓びに――なんら人工的な味わいも加える必要もなく、また抑制する心理の屈折もなく、どこか蒼古の悠久な感じ、太古の人々の健康な率直さなどを呼びおこすような自然らしさで、それらは動いているように思えるのです。それは潮の干満、風の動き、雲の流れに似た何か大きな自然の動きなのです。先日の夕方のことでしたが、夕焼けが次第に色あせて、空には樺色の雲や菫色の雲が帆をおろした船のように連なる頃、私はエルスと港を出はずれて、しばらく海岸の平坦な砂地を散歩しておりました。海は暮れかけていて、さっきまで薔薇色に染まっていた鷗の翼も刻々に闇のなかにまぎれてゆくのでした。そのとき私は、はるか遠くに、何か黒いつみ藁のようなものが、点々と十幾つか並んでいるのを眼にしました。私は思わず傍らに歩いていたエルスの方をふりかえりました。彼女のいうところによると、難破した身内をもつ女たちがその命日に浜に出て供養しているのだということでした。黒衣の女たちは低く単調な憂鬱な歌をうたっていました。私は彼女たちのそばを通りながら、その単調な歌になんという悲しみがこもっているのだろうと、胸をつかれました。ここでは事件はあまりに少く、住民の数もわずかで、時間はのろのろと這うようにしか進んでゆきませんから、死んでいった者たちは、つねに、彼女らのかたわらに濃い現存感をもって残っているにちがいありません。良人や親の難破した日、彼女たちは浜辺でそうやって死者と悲しい対話をかわすのでしょう。あるいは死者たちは、死者となって、かえって彼女たちの心のなかに、よりはっきりと生きはじめたと言ってもいいのです。そして、ただ愛する者だけが死者をこうして生かすことができるのでしょう。私はかつて祖母が死んで、その土色をした肌や、深く内側へくびれた唇や、組みあわされた手の蠟のような蒼黒さをみたとき、それを、なにか生からの脱落、喪失という風に感じました。その死が一切を終りにしてしまう。死はあらゆるものにもまして暴力的で、その前では、いかなる言葉も無意味だ、と思ったものでした。祖母の死が、祖母を愛する人にとって、たとえばあの端正な父にとって、祖母が、より身近かに、心の中に生きることだ、などとは思いも及びませんでした。死が一切の終りだという痛いような感じ、この苛酷な喪失感は、小さな私の心に決定的な影響をあたえました。それは後になればなるほど、はっきり自分でわかってくるのでした。そうした死という事実、もしくは、それに匹敵するような苛酷な事実、の前では、言葉や空想や観念などは、煙よりも実体のない、無力なものに感じられるのでした。

あの当時、私は、この苛酷な事実、動かしがたい事実、この岩や鉄や病気や暴力のような事実というものに、とりつかれ、悩まされ、ふりまわされていたのでした。たとえば、私にとっては、橋をつくったり、道路を切りひらいたり、ダムを築いたりするといった仕事、あるいは奥地へいって医療活動に従事するとか、巨大な行政機構を動かすとか、船を航行させて物資を輸送するとか、航空機で大陸と大陸とを短時間で結ぶとかいうような仕事こそ、単なる空想や言葉の遊びではない、真に客観的な（私はこの言葉で、祖母の死に象徴されるような苛酷な事実を指ししめすことにしていました）仕事だと思われたのでした。

それでいて、私は、母がそうだったように、自分も、いつか何か美しいもの、心に豊かさをもたらすもの、甘美な永遠を感じさせるものをつくりたい、という気持をも強くもっていたのでした。ところが、こうした美的な仕事は、橋をつくったり、ダムを築いたりする仕事とちがって、自分がただ美しいと思ったものをつくってゆく仕事ですから、言ってみれば、それは自分の判断だけで決めてゆかなければならぬ、純粋に自分だけの仕事です。その仕事の内容を決定し、支え、保証しているのは、この自分だけなのです。それがもし橋とかダムとかだったなら、あるいは耐久力とか、あるいは用途への適応度とか、実際的能力とか、いろいろその価値と性格を判断する基準がはっきりしています。逆の言い方をすれば、橋もダムも、そうした客観的な基準によって、支えられていると言ってもいいのです。どんな美的な空想や、途方もない気まぐれが設計者の頭の中に生れても、それは力学的な設計上の制約を無視することはできません。その橋の形態は、単なる気まぐれな美的要求よりも、まず構造的な要求の方が優先します。美的な要求は、ただその範囲の中においてのみ働くことをゆるされているにすぎないのです。この点では橋やダムの設計者は芸術家のように自由ではない、と言えそうです。彼らには無際限の自由は与えられていません。少くとも芸術家のような自由は与えられていないのです。あなただったら、大いに、この自由の重要性を強調なさるでしょうが、私にはこの無際限の自由に不安を覚えるのです。設計者にとって制約と感じられ、自由を拘束するものが、私には、むしろ外部からの暖かい保護の手、支え、という風に感じられるからです。と言うのは、芸術家に与えられている自由とは、言ってみれば、まったくの自由、無際限の自由であって、そこには制約など何一つないのです。カンヴァスを横にしようが、斜めにしようが、黒一色で塗りつぶそうが、それをナイフで切り裂こうが、一切はゆるされているのです。何でもできるのです。白地のカンヴァスのまま提出することだって許されているのです。それでもそれが芸術だと信じられれば、その人は芸術家でいられるのです。だって、芸術家って、完全な自由を持っているのですもの。だから、彼がその作品をつくるのは、ただ芸術家自身がそう確信し、それを支えている結果です。その芸術家をのぞいては、誰ひとりそれを支えている者はありません。鑑賞者や同調者がいるということは、何らこの本質を変えるものではありません。芸術家の自由は、いわばこうした無防備の自由です。風のなかに吹きさらされた自由です。その自由には、どこか荒涼とした感じがあるのです。考えてみて下さい。その芸術家が、かりに、書かない自由、画面や形体をつくらない自由の故に、自分がただ歩きまわることで芸術をつくっているのだ、と主張して、毎日、大都会の雑踏の中を歩いたとします。それはたしかにこの芸術家にとって、芸術制作の行為であるのかもしれません。しかしその人を雑踏のなかに見いだしたときの私自身を考えると、いささか憂鬱です。彼は歩いている。彼は大股に闊歩《かつぽ》している――そこには何か彼の表現欲求がうずいているのかもしれません。しかし彼は歩いているだけです。そしてそれをその人は芸術であると信じ、自らを芸術家だと信じる理由もあるのです。

しかし作品がまったくの自由の中に置かれている以上、たとえ伝統的なモチーフや様式を用いるにしても、それが、この歩いている芸術家、書かざる芸術家と本質的に何一つ異なるところはないということは、十分考慮されなければなりません。たしかに何人か、何十人か、時には何万人、何十万人が、芸術家が芸術であると確信するところの作品を認めてくれることもあります。しかし零を何倍しても零であるという意味において、主観をいくら集合させてみても、真の客観的基準には達しません。多くの人々の保証も、所詮、芸術家その人が与えた保証以上に、何の効能もつけ加えてはいないのです。

私は、自分が美的な仕事にたずさわっていたにもかかわらず、少くとも、このような事実の重さによって、しっかり支えられ、疑えない保証を得たいと望んでおりました。これは明らかに大きな矛盾した願いでした。なぜなら美的な仕事は自分の確信の上に成りたっているし、ただ自分だけが是認して、虚空に孤立せしめるような趣きを持っておりますのに、それを外界の事実というものによって支えようというのでしたから。でも私は恣意《しい》の波の中に沈みたくありませんでした。それにそうした恣意の中にいることが不安でした。自分が信じるだけで作品になるという虚無の中での力業《ちからわざ》には、とても耐えられそうにありませんでした。私はそれほどにも祖母の死以来、この世の事実の重さをじわじわと味わわされていたので、この苛酷さ、抵抗感をもたないものは、現実に意味のあるものと思えなくなっていたのでした。

こうした私が、あなたにむかって、よく、中世のカテドラルをつくった巨匠やタピスリを織った名匠たちを羨しがって話していたのは、当然だったと思って下さるでしょう。中世のカテドラルを築いた人々にとって、上はその建立を命じた王侯貴族や大司教から、下は一介の石工にいたるまで、そこに、神を象徴する集会《エクレシア》の場をつくろうという、はっきりした純一な意図と熱意があったのです。そこには芸術などという曖昧な、疑わしい観念なぞ、微塵《みじん》も混入してはいなかったのです。それは建築という事実上の制約も大きかったのです。これは橋の場合と同じです。さらに付属する彫刻、浮彫にしても、芸術家の全き自由にゆだねられているのではありません。そこには個人をこえたその時代の、その地方の（いいえその工房の、と言った方がいいのですが）様式が確乎として支配していました。それは彫刻なら彫刻の、型の規範のようなものとして受けとられていました。そしてさらに、そのカテドラルの全体の目的と秩序にしたがって――正面の浮彫は最後の審判であるとすれば、左のタンパンの浮彫はマリアの生涯に、右はキリスト受難にという風に――つくられなければならなかったのです。その細部や、あるいは大きな構成についても、芸術家たちの創意、つまり自由にゆだねられている部分は、もちろん少くなかったにちがいありません。それでもなお形式、図柄、様式は伝統の重みの中にあったのです。ここで私に大切に思えるのは、そういった外面的な制約ではなくて、個々の芸術家が、自由な創意にゆだねられている時でさえも、彼の心情が神という中心の観念に敬虔に身を託し、神の家なる映像を自分の中に熱く感じ、その観念を実現しようとして、無言の石に、雄弁な形態を与えようとした、その姿勢なのです。建物の正面に一人の聖人を彫刻するというのは、決して現代の芸術家が裸婦を彫ったり、トルソをつくったりするのと同じ意味ではありません。教会装飾を彫る石工は、十字軍の篝火が町々に燃えた時代、巡礼たちが聖地を目ざして宿場を遍歴していった時代での、一つの疑いない事実——神の存在——を眼に見える形で、示そうとしたのです。現代の芸術家は、からみあった針金と八方に突きだす鋭い鉄のとげによって、それを裸婦と名づけて出展することもできますが、それとこれとでは、まったく精神の様相がちがうのです。現代の芸術家のは、自ら激しく緊張してもちこたえている力業であるのに対して、石工の方は、神の懐に安らかに憩う自然の生業であるのです。この石工には、もちろん、自我の意識もなかったでしょうし、独創などという野心もなかったにちがいありません。彼を支えているのは、ながい、厳しい、苦しい徒弟時代に習得して、もはや彼の肉体の一部のようになった技術だけです。彼は隣家の靴職人が靴をつくってゆくように、そのようにこつこつと、疑いない事実に保証され、まもられて、聖人なり装飾模様なりを彫ってゆくのです。そこの目的も役割もはじめからきちんと決っていたのです。それにもかかわらずそこには芸術作品がうまれました。そこには、その無名な石工の、生きた精神のあとが、くっきり刻みこまれていますし、またたとえばその細長い、飄逸《ひょういつ》な姿態、様式化した衣の表現などに、その石工の属していた時代の好みといったものが、愛らしいものに触れたときの人間的な温もりの感動をともなって、感じられてくるのです。

私がこういう中世の芸術にどんなに憧れていたか、あなたがいちばんよく知っていて下さいます。私は氷のような暗黒の虚空で、ただ力業によって、自分の世界を支えている芸術家という存在に、不安や疑惑を感じれば感じるほど、この中世の職人たちの充足した仕事ぶりや、その力強い表現力が、現代のどのような作品よりも、私を魅きつけるのでした。私が「グスターフ侯のタピスリ」に魅かれた理由もこれと同じです。作品がただ当人の恣意だけで支えられるのではなく、事実という確実な根拠の中に立っていることを、私は願ったのでした。

しかし作者の任意な情熱ではなく、そのような必然の流れの如きもの、芸術作品を根底から支えてくれるものは、いったいどこにあるのでしょうか。もしそれがあるとしたら、私はそれに身を捧げ、それにみたされながら仕事ができるはずです。それはしかし私だけの必然ではなく、十字軍の時代の神のように、いわば個々人をこえた、時代全体、民族全体の根拠であり、中心でなければならないものでした。

もちろん現在は神を喪った時代、神々の死を迎えた時代です。そうした暗い空虚な時代のなかで、私たちを支えているもっとも確実なものと言えば、祖母の死に象徴されるような苛酷な事実というものです。この事実、この客観性と言ったものが、神の死んだ時代の、神の座に立ちはだかったものなのです。科学と言い、技術と言い、すべてこの苛酷な事実と同質な苛酷さ、確実さをもつ故に、それらは、この時代の支配者になりえたのです。あの橋梁工事のような事実、その事実を可能にする力学や工学や化学やもろもろの技術やまた労働といったものが、私には、疑いえない根拠に立つものに思えたのでした。私が美術学校にいるころ、自分の美的な仕事が任意な、曖昧な、根拠の薄弱なものに感じられてくるようなとき、なんど私は医学部とか工学部とか農学部とかに学んでいる学生たちを羨しいと思ったことでしょう。私があなたのお仕事がうらやましいと申しあげたのは、まさにこの意味からだったのです。根拠あるもの、動かないもの、確実なものを私は望んでいましたし、そうしたものに力を尽すことが、ちょうど鉱夫が鉱脈につるはしを打ちおろすように、意味もあり、生産的でもあると思われたのでした。私が学校を一時休学しなければならなかったのは、家のこともありましたが、それ以上に、こうした問題を解決できなかったからでした。休学しているあいだ、私はこうした認識や技術と、作品とが融合しえないものだろうかと考えてみました。また、作者の恣意をこえた美の法則性を求めて、本をよみあさったり、考えたりしました。その結果、私が知りえたのは、こうした問題に当面しているのは自分だけではなくて、実は時代そのものなのだ、ということでした。と言って、それが時代状況だというだけでは、なんの解決にもなりません。私はむなしい努力だとは思いましたが、なお自分の恣意をこえるもの、確乎とした美の必然性といったもの、にむかって、手をさしのべようと努めたものでした。その私を励ましてくれたのが、中世の暗い空に立つカテドラルであり、また百合の香る広間を飾っている「グスターフ侯のタピスリ」であったのです。

しかしそのうち、こうした私の努力のなかに、ある動揺、疑惑が生れているのに気がつきました。それは、私がこうして自分の恣意をこえた客観性、法則、事実の重みを求めているあいだに、いつか、自分自身が感じたり、真底から生きたりすることが、軽視され、二の次になっていったということでした。

もちろんこうした傾向は美術学校に入ってからはじまったものではありません。祖母の死が、私に、苛酷な事実というものを教えてくれてから、(あるいはもっともっと前から、と言ってもいいのですが) ずっと、それは私の心の奥底にひそんでいて、この事実からはずれたこと、事実に匹敵しえないもの、を、無価値なものと見なす習慣を育くんでいったのです。

以前に、たしか私は、あなたに、祖父の家——あの樟の老樹が葉群れをざわざわと鳴らしている古い家で、母の死後、ただひたすら学校の勉強にはげみ、世間という事実に適合しようと努力したことを、お話し申しあげたような気がします。私は、寄宿舎に送られた兄や、どこか満洲か遠い外地へいった叔父や、自殺した母などより、よほどはっきりと苛酷な事実、動かしえない事実を知っていたような気がします。おそらく私は、父よりも、ある意味では明白に、そうした意識をもっていたのかもしれません。

それは母も死んで、家のなかに父と二人で暮すようになった戦争末期のことでした。私たちは、もうながいこと書院も離屋も使わず、ただ母屋の幾つかを使って暮しているにすぎませんでした。人手もなく、植木職人も庭師も来ませんから、池はどんより濁り、一枚石の橋は朽葉でおおわれ、庭はいたるところ荒れ放題でした。植込みものび、軒や雨戸には蜘蛛の巣がかかり、築地塀も崩れたり、瓦が落ち、そのまま湿った泥に埋まったままになっていたりしました。私はもう鉄棒にのぼって飛行とびをやらなくなったように、すでにその頃は、築地塀を伝って屋根にのぼったことも、無花果《いちじく》の木をすべり下りて、婆やに赤チンを塗ってもらったことも忘れていました。婆やはとうの昔、亡くなっていましたし、婆やの花壇もそれ以前から姿を消していたのでした。

時どき私は休みになると、書院の雨戸を開けて、風や光を家のなかに入れることがありました。そんなとき、離屋へゆく渡り廊下に立って、いつか一度思いきって池の水を入れかえたり、朽葉をさらったり、庭木を手入れしたりして、昔通りとは言わないまでも、もう少しなんとか恰好のつくようにしようと思ったものでした。「これでは、まるで化けもの屋敷だわ。」と私は独り言を言ったものでした。しかしこの「いつか」はなかなかやってきませんでした。そのうち都会にも空襲が激しくなると、とてもそんな時間もゆとりもなくなりました。私は配給品を取りにいったり、防空演習にかりだされたり、出征兵士を見送ったりしました。

ちょうどその頃、港に近い地区に住んでいた末が子供の駿ともども焼けだされて私たちの家に住むようになりました。駿はかつての私の願いとは反対に、年だけとり、身体は大きくなりましたけれど、気の毒なことに、知能の発達はとまったままでした。光のない眼も、涎のたまった唇も、よたよた歩く歩き方も前の通りでした。

たしかに駿が私たちの身近かに現われたことは、余り気持のいいことではありませんでしたけれど、それでも末が私たちの食事や身の廻りの仕事を引受けてくれるようになったことは、勉強に打ちこみたかった私にとって、望むことのできないような幸運でした。勤労奉仕や野外作業などで勉強時間は少くなる一方でしたが、末のおかげで私は家で父の蔵書を読み暮すことができるようになりました。

私はいまでも上《かみ》の土蔵の地下室で、暗い電気の下で読みふけった陰惨な暑苦しい犯罪の物語、雨に打たれる夜の大都会をさまよう孤児の物語、あるいは朝霧のなかで乳しぼりの女たちの影が現われてくる田園の物語のことを憶いだします。それは大部分、ながい、憂鬱なあの空襲の夜々に読まれた書物なのでした。雨もよいの夜空を圧した、不気味な、底ごもる、いつ果てるともない爆撃機の響きに気がついて、私は、時おり眼がさめたように、本から顔をあげることがありました。そんなとき、防空壕の隅に末に抱かれた駿が頭巾をかぶったまま睡っており、末は暗い一点をじっと見つめて、何か考えこんでいます。父は父で、昔買った「赤光」などを読み、また時には「テンペスト」などを開いていました。

こんな風の生活が何カ月つづいたことでしょうか。私は今では正確に憶い出せません。父のことですから、世間の疎開騒ぎがはじまって後、店に残っていた可児《かに》さんやその他二、三人の人が手伝いにきて、簞笥とか納戸の唐櫃などを何個か疎開させました。父の考えでは、三つの土蔵に分けておけば、わざわざ家財すべてを疎開させる必要はないと思われたのでしょう。それに、事実、駅では疎開荷物が滞貨していて、火災の危険があるという警告もでていたのです。

それは戦争の終る年の青葉の季節のある夜のことでした。私も父もその頃は空襲に慣れていましたし、蒸し暑い地下室に入る気はしないので、母屋の一室を二重に遮蔽して、そこで本を読むことにしていました。しかしその夜は、なぜか、いつもより爆音が低く近く聞え、どーんと胸にしみこんでくるように響いていて、それがあとからあとから押しよせてくる感じがしました。

「冬子、ちょっと今夜は様子が違うね。防空壕に入ったほうがいいかもしれないね。」

父がそんなことを言ったときでした。私たちは、地面がゆらぐような衝撃を感じました。父はあかりを消し、遮蔽幕をあけました。外は照明弾の光で青く異様な明るさに照しだされ、樟の繁みが黒くそのなかに浮きだしていました。そのとき、末が廊下を這うようにしてやってきました。さっきの地響きにおびえて、様子を見に出てきたというのです。父は、私たちもこれから壕に入るところだから、そんなにこわがらなくても大丈夫だと言ってやりました。私たちがそんなことを話しているうち、底ごもった爆発音とともに地響きが二度、三度と伝わってきました。ちょうど父の書斎の角まで来て、その廊下から私たちが空を見あげたときでした。異様なしゅるしゅる空気の軋るような音が連続して聞えてきました。私は思わず父の身体にしがみつきました。それはあっという間もない瞬間の出来事でした。銀色に輝く火花が私たちの周囲にとび散りました。書院の障子が見る見る赤くなりました。私は本能的に防火用水のほうへ走っていきました。父が何か叫ぶのを聞いたように思います。でも私は台所の大甕まで走ってゆき、二杯のバケツに水を入れると、それを持って書院へ走りました。しかし書院はもう火の海でした。私は父の腕にだきとめられました。銀の火花は庭でも噴きだし、渡り廊下へ火が燃えうつっていました。

「冬子、この火は消えはしない。それより早く逃げなければいけない。末にもそう言いなさい。」

父は書斎から二、三の重要書類と非常持ち出しの箱をもって、廊下から中の土蔵へ廻りました。末はバケツで火を消そうと何回か台所から水を運びだしていたのです。私は咄嗟に柱時計をはずし、茶簞笥に入っていた茶碗類（疎開させるつもりですでに箱詰めにしてありました）

をとると、それを持って、裏庭の空井戸へ走ってゆき、なかに投げこみました。今から思うと、なぜ柱時計などをわざわざはずして、空井戸へほうりこむ気になったのか、説明がつきません。あるいはただ、その瞬間、最初にそれが眼についただけだったのかもしれません。しかし結局、その家のなかで助かったのは、この空井戸のなかに投げこまれた柱時計と茶碗だけだったことを思うと、それには何か象徴的な意味があるような気がしないでもありません。

ともあれ、もうそのときは書院も離屋も火の海で、狂ったような焔が欄間を走り、軒から赤い舌を動かし、乾いた木の燃えるごうごういう響きが聞え、樟の葉群れがはじけるような音をたてて燃えていました。

そのときでした。末が台所から廊下を走って、「駿《すぐる》っ、駿《すぐる》っ」と叫びながら、火の海の前で気が違ったように、火叩きを振りまわしているのに私は気がつきました。私は空井戸から父のところに走ってゆき、そのことを父に叫びました。父は庭を横切って廊下に駈けあがると、末を抱きかかえ、引きずるようにして、裏庭へ連れてきました。

「旦那さま。駿が地下室に寝ております。駿があっちにおります。駿があっちにおります。助けないと、助けないと。ああ、ああ、ああ。」

末は身悶えしていました。しかし火は書院から出たので、上の土蔵と母屋の間はまっ先に通れなくなっていましたし、それに煙が今はあたりを低く這いまわって、家のそばに立っていることもできませんでした。父は嗚咽する末の背中をかかえ、私の手をとり、家の前から五百米ほど離れた神社の境内に逃げました。火に追いたてられた人々で、境内はごった返していました。火の手は八方にあがり、時々、どこか遠くに消防のサイレンが聞えましたが、これだけの火の海を消し去るには余りにかすかな力しか感じさせませんでした。火事は刻々に家々を襲い、熱気と煙が神社の境内まで迫っていました。人々のあいだで誰言うとなく、ここは危いから運河まで逃げろという言葉が拡がりました。人々は恐怖のどん底につき落されていました。子供たちが泣き叫び、老人が声を立てて泣きながら歩いていました。人々は境内から雪崩れをうって運河のほうへ駈けだしてゆきました。しかし父は私の手をとり、末の肩を抱きかかえ、石燈籠のそばに残っていました。私たちは手拭を水でしめして顔にあて、そこにじっとうずくまっていたのです。焔は神社のそばまで迫りましたが、それより一段と激しい勢いで、運河のほうへ燃えひろがってゆきました。そうやってどのくらい時間がたったか知れませんが、気がつくと空気の軋るような音も、暗い夜空ではじけ、花火のように拡がりながら、妙にゆっくりした感じで落ちてくる焼夷弾も、いつか跡絶えていました。なお雲の奥に重い爆音がつづいていましたが、それですら刻々に遠ざかる感じでした。末はうずくまったまま時おり嗚咽をもらしていましたが、あとは死んだようにひっそりしていました。

やがて長い長い夜が明けてきました。夜が薄れてゆくなかから現われてきたのは、一面の焼野原でした。いたるところからぶすぶす煙がいぶっていました。しかし境内に近い一劃には、道路と風の加減で焼けなかった家々が奇跡的に残っていました。私たちは今思えばその家々のおかげで助かったわけです。（運河に行った人たちの多くは、煙にまかれて焼け死んだのです）しかしそれをのぞくと、見わたす限り、焼けただれた廃墟でした。黒こげの電柱とか、崩れた石塀とか、灰色に焼けて立ち枯れた木立とか、屋根のぬけた土蔵の残骸とかが、眼に入るすべてでした。

私たちは夜が明ける前に郊外の祖父の生家に向けて歩きだしました。もはやあの古い樟におおわれた家には何一つ残るものはなく、そうやってひとまずどこかに身を寄せる以外にどうすることもできなかったからです。私たちは夜明け近くから降りだした雨の中を黙りこくって歩きました。やがて私たちの家が遠望できるあたりで足をとめたとき、父はふと誰に向って言うともなく、こう言いました。

「いや、あれでいいのだ。あの家は焼けたほうがいいのだ。駿が焼け死んだことは気の毒だった。しかしあの家は焼けたほうがよかったのだ。あの家が焼けて、私たちはやっとあれから自由になれたのだ。」それから私を振りかえると「冬子。私たちはもうこうした過去に蓋をしてしまおうね。私たちはこれから新しい未来にむかって歩きだそう。ちょうど今こうやって歩いているようにね。もう過去に未練を持つんじゃないよ。いいかい。」と言うのでした。

私が樟の家をふりかえったとき、夜明けの薄明りの中で辛うじて樟の太い幹の一部が土蔵のそばに立っているのが見えるだけでした。鬱蒼とした木立も、屋根の深々とした勾配も嘘のように消えはてていました。それは信じられない光景でした。末が嗚咽を噛みころしていました。私の眼にも涙があふれてきて、見るまにその焼け残った樟の幹がにじんで見えなくなりました。

そうです。私はこうしてあの樟のざわめく古い広い家を失ったのでした。父の言ったように、それは私の眼の前から失われると同時に、私の心の中からも消えていったのでした。しかしそれはまた、なんという恐しい苛酷な事実が、むきだしになって、私たちを襲いかかった瞬間だったのでしょう。私はその瞬間夢想や空想の無意味さと無力さを痛いほどに感じました。祖母の死にはじまった苛酷な事実は、こうして最後には、この樟のざわめく家そのものを滅ぼし、そこにまつわる一切の思い出を消し去ったのでした。

私がこの苛酷な事実を自分の生き方の基準にしたのは、家が焼けるより以前のことでしたが、家が焼けたことによって、それがさらにいっそう徹底したものになっていったのです。こうした生き方、考え方の結果がどんなものだったか、私は、あなたに、織物の制作が次第に困難になり、不可能になっていった過程に触れながら、たしかお話し申しあげたと存じます。そうなのです。私は自分の過去を見すてることによって前に進みでたわけですが、この過去とは、多くの場合、前へ進む力を汲みだす深い豊かな源泉であることがあり、それに私は気がつかなか

でした。

この事実に気がついたのは、「グスターフ侯のタピスリ」を見にここの都会へ来てからでした。とくに私がマリーやエルスと知り合い、ギュルデンクローネの館《やかた》で暮すようになってからでした。

すでに新聞でご存じのことと思いますが、この夏、ギュルデンクローネ家の仮装舞踏会の夜、思いがけぬ偶然から、火事が起り、その火事で、ある憐れな小人が焼け死んだのでした。その瞬間、私は自分が焔と熱気に吹き倒される思いで、突然、あの樟のおおった祖父の家の燃えあがる姿を思いだしたのです。駿まで、私ははっきりと思いだしたのでした。

そうなのです。その瞬間、私はあの父の言葉の呪縛から解かれたのを感じました。私の前に過去は蓋をひらき、どっとあふれてきたのでした。同時に私は、この古い都会やギュルデンクローネ家において、かつて無益なもの、無意味なものとして、自分の中から棄てさっていったものが、かえって人々の中で愛しまれ、保存されて、生きつづけているということを見いだしたのでした。それはいわば私の喪った過去、棄てさった過去と出会うのに似ていました。あの澱んだ、ひっそりした、人の気配のないような空気、ものにじっと囲まれて生きている老人たち、沼の底のように、枯葉が積み重なり、朽ちてゆく閉じられた部屋部屋——そうした気分こそ、私がずっと以前に身近かに持っていて、すこしずつ、自分から脱落させ、消失させていったものに他ならなかったのです。

私には一人の兄がおりますが、この兄は、昔私たちの家の別荘のあった島へ引っこんで、そこで魚類の養殖や花の栽培をしています。学校を中退して、しばらく叔父の住んでいた土蔵に暮していましたが、そのうち私たちからも離れて暮したかったのでしょう、この島の家に移ってしまったのです。私はこの都会に来てから、よく、まざまざと島で送った夏の美しい日々を思いだすようになりましたが、それにつけても、あの無垢な兄に、しきりと会いたい気がしてなりません。こんなことは、いままで一度もなかったことなのでした。ただスイートピーの畑にうずくまっている兄を見るだけで、私にとっては、もう付け加えるもののない、充実した姿に、ふれられるような気持になるのです。もし兄が学校を中退もせず、また子供の頃夢みていたような橋の設計者や、建築技師になっていたとしても、今の私の眼には、スイートピーの畑にうずくまる兄とさして大きな相違はないように見えます。おそらく兄はそのどちらの場合にも、あの人形芝居に熱中したと同じような、子供じみた純一さを喪うことはなかったでしょうから。

この都会やギュルデンクローネ姉妹が教えたことを要約すれば、私たちが現実と考えているものは、私たち自身がつくるのだ、と言うことでした。変幻するこの暗い古い都会や城館を見たときに、私はその端緒がつかめたような気がしたのです。それは、私が、現実という苛酷な事実をこえて、なお自分が参加し働きうる力を持っているのだという自覚を、すこしずつ恢復していった道程と見られなくもありません。私は都会や城館のいたるところから自分の過去の断片を拾い集めた、と言ってもいいほどです。その、とっくの昔に喪った自分の世界を見つけると、それだけ自分のなかに、働きかける力が増えてゆくような、そんな気がしたのです。

かつて恣意のまま、勝手に感じたり考えたりすることを、あのように無意味だと痛感させられていた私——その私が、逆に、感じられ、自ら考えた世界だけが、実は、存在する世界なのだ、と思えるようになったのは、こうした過去を取り戻した結果です。私の喪った世界、ヒューロイや人形やセミヨーンの本にみちていた世界、決して外に流れでることのない、円をえがいて時間のたゆたっていた世界、人物や風物がただ挿話として感じられた世界、木や草花が本文の挿絵のように庭や道のべを飾っていた世界——そういう世界は、私自身によってつくられていましたから、私がそれを消失させようとすれば、容易に霧散する性質のものなのでした。たしかに道のべの花を見ても、それが頁の余白にかきこまれたやさしい花と感じられるためには、その花が自分自身の本の頁に書きこまれている必要があるのです。しかし誰しもが自分の本の頁にこうした映像を見るとは限りません。私は、ずっと以前に、自分の書物にかきこまれた青い海や、淡紅色の立葵や、廊下にうつる青葉の色を知っていたような気がします。夕日に照らされて、まるで多色刷りの、赤だけがずれてしまった絵本のように、木立も、人々も、家も、赤にふちどられていた風景を、私は自分の本の頁のなかに、大切にしまっていたように思います。たしかにそれは橋や道路やダムをつくるには役立たない、一頁一頁に閉じこめられた世界ではありますけれど、橋やダムをつくった人たち、それを使って生活する人たちが、最後にやってくるのは、この本の頁に閉じこめられている世界なのです。

この都会に来てから、私は、毎日、工芸研究所に通いました。自分に追いすがってくる雑念から逃げるようにして、技術の習得に没入しました。その間、実習で美術館にゆく以外、自分からそこへ行ってみようという気にはまるでなりませんでした。私はこうして全身的にこの国の伝統的なメチエの習得のなかに自分を忘失しているあいだに、今述べましたような変化が徐々に起っていましたし、また起ることを私はじっと待ってもいたのでした。

……それはこの島に来ることが決った初夏のある夕方のことでした。私は、突然、灼けつくような激しさで、「グスターフ侯のタピスリ」を見にゆきたくなったのでした。私は美術館に急ぐあいだ、そのタピスリについては何一つ考えまいとしました。私はただ自分のなかに刻々に高まってくる渇いた欲望のようなものをのみ下すだけで精いっぱいでした。美術館はいつものように人の気配もなく、広い大理石の階段や、大シャンデリアや、広間広間の磨かれたガラス・ケースが、美術館特有の冷たい理智的な光のなかで、しんと静まりかえっておりました。私は正面の大階段をのぼり、扉を幾つかすぎて、例のタピスリの間に入ってゆきました。何か判決を受けるような気持でした。

しかし私がそのタピスリの前に立った瞬間、一切は消えて、ただ葡萄葉文様がからみ合ってつくる不思議にしいんと澄んだ世界がそこに現われていたのでした。それは一年前に見た色褪せたタピスリでもなければ、美術学校の図書室でみた色刷りのタピスリでもありません。

そこにはこの布地やガラス・ケースや陳列室をこえた別の世界――異様に澄んだ甘美な別世界が、ちょうど水の底にゆらめき現われるように、現出していたのでした。私は自分が今どこにいるかということを忘れました。自分の見ているのが糸を織ってつくった布地にすぎぬことも忘れていました。私は、そうしたものの中を通って、不意に、その向う側へ出てしまったのでした。ですから、私の見ているのは、タピスリをこえて、そのタピスリのなかに湛えられた水底の世界のような、澄んだ別世界だということができるのでした。

私は息をつめて春の農耕図を見つめました。以前、そこに優美な中世風の様式を感じていましたが、いまこの種まき、耕作、飼育の三つの動作をする農民の男女を、後景から前景に開くようにして配列した構図を見ていると、そこに同じような線のつよさ、簡潔さ、いくらかのこわばりを感じました。その人物たちは写実風というより、ギニョールの人形のように眼も大きく、様式化され、それだけに、どこかおどけた様子、誇張された表情が感じられました。それだけにこの雄大で素朴な気分にふさわしく、煩雑な細部を無視した単純さのなかに、私は、後の時代の、写実風で、ただ優美さを狙った農耕図よりは、ずっと生活の本質に近い、瞑想的な、深い、暗い、重苦しいものを感じました。それは色彩版や写真版でみていたときに感じたゴシック国際様式風に優雅にまとめられた作品ではなく、織りの荒さ、粗野な生活の匂いのじかに残るかたい手ざわり、つまり石造の農家の裏の機屋で、生活の合間合間に織られた無意識の作品なのでした。もちろんそこには巨匠の手腕を感じます。無意識といっても、決して無技巧だというのではありません。枠組みの図柄はもちろんのこと、その構図の配置、配色、素描の確かさ、織りの技巧など、第一級品のもつ言いしれぬ品のよさ、洗練された軽み、洒脱さを含んでいるのです。だから、そういうものを認めたうえで、なおかつそれが無意識だというのは、そこに、まだ生活から切りはなされた孤立する芸術家意識がない、ということに他なりません。この織匠は、大工が家を建て、指物師が大机をつくるのと同じ気持で、せっせとこの織物を織りあげていったに違いないのです。彼は汗を流し、慎重に機《はた》の技巧を駆使したはずです。しかしそこには、どこか子供じみた無心さ、単純な熱中を感じます。彼はただ専心このタピスリを織っていたのです。私には、織り屑や、糸屑を身体につけた、この肥った好人物の巨匠を感じます。この巨匠には、可愛い忠実な妻と、五人か六人の子供がいたような気がしてなりません。おそらく何よりもこの人物は妻や子供たちとの生活を愛していたことでしょうし、時には狩りにいったり、隣りの靴職人と将棋をさしたり、織匠組合でビールを飲んで歌をうたったり、町ゆく小娘にうっとり見入ったりしたにちがいありません。ただこの織匠の心が人なみはずれて鷹揚《おうよう》であり、調和がとれていて、あたかも眠っているると、その自分の身体のなかを、農民や軍隊や町の商家の人々がぞろぞろ行列をつくってゆくような、どこか壮大なパノラマを無意識のうちに感じていて、構図をスケッチすると、そうした無意識の視野のなかに、この四季の人々の生活があらわれてくる、という結果になったのでしょう。この構図も、人物の形象も、情念が自然の運行と同じある自然な動きだとすれば、やはり自然の動きから生れたものを感じさせます。その織匠が生活や四季の自然の運行と一致し、その中に単純に無意識にとけこんでいて、それを愛し、そこに生きているので、その織匠の身体の律動や魂の動きを通して、おのずと、自然のリズムが伝達されているのだ、という感じがするのです。

夏の図では、私は、何よりも光への讃歌を感じます。汗と労働と休息がここでは生活の歓ばしい律動となっています。まるで牧畜という地を這う困難な仕事ではなく、太陽とたわむれ、大地の香りにむせびながら、羊たちの生殖や出産、成長や繁殖のなかにおのずと現われる変転する自然の生成に歓喜している姿として、それはえがかれているのです。秋の図でも冬の図でも、何よりもこの単純な、瞑想的な、その内面の生活感情、自然感情を表現しようとする態度は変っておりません。私はそこに人間の生の輪廓を感じます。

この肥った織匠が人生のすべてに対して、遠い森や雲や村落や教会に対して、また日々の農民の営みに対して、それを自分の外部にある、無関係な、独立した存在とは感じていたのではなかったことはたしかです。この織匠にとって、風や雨や季節の移りやそこで営まれる人間の黙々とした姿は、冷たく敵対する硬い存在物ではなくて、彼の心情の動きをうったえてくれる、表情にみちた色彩であり、形態であったのではないでしょうか。たとえば彼が早春に雪どけの川岸に黄色に花筒を開いて、雪の上に光っているクロカスを見ると、それはまぶしいような心の歓喜をあらわしているのであり、それは、単に花をそこに無感動に認めるのとは全く別のことなのです。このタピスリの表現の強さは、何よりも作者のそうした、この世界の万象に対する共感から生れているものなのです。畑も労働も農夫たちも、この肥った織匠の眼には、あるいきいきした見えないもの、神の歓ばしい意志のようなものを、表現しているように見えていたのです。たとえば寓意画のなかで、知恵が裸体の美しい女であったり、愛が寝そべる小肥りの女であったり、悩みは青ざめた老人であったりするような場合、裸体の美しい女は、かかる女体であると同時に、知恵でもあるわけだし、老人は同じく青ざめた破衣の老人であると同時に、悩みでもあるわけです。この種の絵では、その形態に意味があるよりも、裸女なり老人なりの表わす寓意の内容に意味があるわけです。私はなにもこのタピスリの寓意性を強調するわけではないのですが、ここに織りだされた農夫たちや遠い森や雲や村や教会は、ずっと後代になって描かれる同じモチーフ、同じ主題とまったく異なっていることを言いたいのです。なるほどその遠い雲を織りこんだ灰色や青や薔薇色は色もあせ、ところどころ糸のすりきれている部分もあり、全体の印象にのみこまれていて際立って見えるのではないのですけれど、ふと何かの拍子に、そこに眼がゆくと、私たちは、いつかずっと昔、そうした一切の風景に接したことのあるような、不思議ななつかしい気持をそそられるのです。それは何と言ったらいいでしょう、単なるなつかしさとも違った、妙に心をうつろにする郷愁のような感じです。いわば私たちも持っていたにちがいない調和した、落着いた、甘美な充実を、その織匠は生活のなかにおのずと持っていて、彼が花を見ても、家を見ても、人々の生活をみても、それがそのまま甘美な調和を表現している――そうしたおのずからなる表現のみずみずしさが、その形象の一つ一つ、色彩の織り目の一つ一つに感じることができたのでした。

こうして私はそのタピスリの前に立って、時間を忘れ、自分を忘れて、静かな、香りにみちた空気の中に没入しておりました。気がつくと、あたりは異様に赤く、タピスリそのものまで、いつもより、ずっと濃い赤みを帯びているのでした。私はおどろいてふりかえりました。すると、そこに――赤い見事な輝かしいもう一つのタピスリが、どこかコンスタンチノポリスの遠望でもあるような図柄を織りだしているのでした。私は一瞬そう思ったのでした。しかし次の瞬間、その四角いタピスリは、ただの開けはなった窓の外に、赤々と燃える夕映えが、雲を染めて拡がっているのだということがわかりました。しかしそうわかってもなお、私はその黄金色と赤に色どられた架空のコンスタンチノポリスを遠くに眺めるのでした。私はそこにあの甲冑の面頬《ヴイジエール》を深くかぶったグスターフ侯や兵士たちが輝かしい大十字架を担って行進しているように思いました。歓呼の叫びや、歌声がそこにみちわたるように思えました。ボスフォロス海峡に黄金の帆を張った軍船がみちみちていました。歌声や歓呼の叫びはそこからもおこっているようでした。美しく装った騎馬の行列が城門から黄金の馬具や剣や甲冑をきらめかせて入城していました。家々の窓は輝き、燃えたち、黄金のドームは焰のように赤みわたって輝いていました。やがてどこか遠い海の方から潮がさしてくるように、ある大きな影が、その燃えあがり輝きわたるコンスタンチノポリスの上にのびてゆきました。美しい騎馬行列は歓呼する群衆のあいだを駈けぬけて、そのあとに、あわい菫色の一すじの雲を残してゆきました。家々の窓はいつか少しずつ閉められてゆきました。あちらの広場、こちらの町角という風に、人々は話しかけ、挨拶し、うなずきあい、それから別れてゆきました。海峡の方には、青い海が、帆をおろしはじめた船団を浮かべて拡がっていました。いまではただ幾つかのドームが、菫色に沈む町々の上に薔薇色に染まって、それが次第に淡く白く変ってゆくのでした。歌声や歓呼はなお聞えました。遠く城壁をかこんでいる大軍団からまだ挨拶が送られてくるのでした。しかしコンスタンチノポリスは今は蒼ざめた菫色の一団の雲の群れでした。わずかに、進軍するトルコ軍の遠い樺色の旗が地平線にたなびいているだけでした……。

それは一枚の架空のタピスリの上に織りだされた風景なのでした。そしてその風景がもはや見わけもつかぬ暗灰色の空虚な宵空にかわってからも、私は、なおぼんやりと消えさった幻影をそこに追いつづけておりました。

そのとき、私はふと誰かが肩に触ったような気がしました。思わず振りかえると、そこには、顔見知りの守衛長が立っていて、片眼をつぶって閉館時間をしらせました。あるいはそんな時間はもうとうに過ぎていたのかもしれません。館内はすでに薄暗く、架空のタピスリばかりでなく、「グスターフ侯のタピスリ」ももはや見わけることができないほどでしたから。

たしかに、私は、このように現実の世界をありのままに見ること、そこに橋をかけダムをつくること、そこで役に立ち力になりうるように学ぶこと——そうしたことを、確実な、人間の生に価することだと思ってきました。それは今も変りありません。しかし今は同時に、こうして、現実を、ありのままの苛酷な事実という見地から見ることも、実は、現実を見る多くの見方のなかの一つだということにも気がついています。

ありのままの世界——無色な主体によって見られた平板な、凡庸な、退屈な世界——大まかな、埃りっぽい、共通の世界、そうした世界を認知する判別力はたしかに必要です。しかしそのために、私がそうであったように、自分の心情、自分の眼《まな》ざし、自分に属する世界を失うことがあったら、それも一つの頽廃だといわなければなりません。私たちがこの世にあるということは、私たち一人一人に与えられた世界を深く、意味深く生きることに他なりません。それはちょうど赤く燃える夕焼雲に、思わず我を忘れて、黄金のコンスタンチノポリスを夢みるような、たわいのないことかもしれません。あるいは貧困と不安の中世の農耕を、甘美な花の香りにみたして、太古的な剛直なふちかざりで取りかこんで、描きだすことであるかもしれません。しかしそのように生きた一人の人間の魂の高揚が、あたかも落日が地上の町々を美しく輝かすように、それら物言わぬ事物の上に光を投げ、彼らの眼には見えない言葉をそこに読みだすことだとすれば、それ以上に人間らしい仕事は考えられるでしょうか。

これが、あのアーケードの下のカフェで噴水を見ながら、あなたにお伝えすることのできなかった私の、残されていた言葉です。私は、ただこれだけのことを知るために「グスターフ侯のタピスリ」を見にきたのかもしれません。たしかにそれは、ある人にとっては徒労なことだと思えるかもしれません。また余りにも労多くして、かち得たものが少なすぎると考えるかもしれません。しかしそうしたことは、今の私には本当はどうでもいいのです。なぜなら私は、いまようやく生れてきたような気がするからです。あるいは、かつて在った自分の世界へ、いまようやく還ることができた、と言った方がいいのかもしれません。

いま、この白い硬い岩におおわれたS**諸島で風の音と波の音を聞きながら、私の感じているのは、こうした自分の世界とのめぐりあいの歓びです。かつて私は、夏、母や兄と島の家で、長い休みを送りました。時間のとまったような、甘美な遠い幸福な日々でした。その日々が、いま、厳しい、ほの暗い、この北の海の孤島で、戻ってきたような気がします。

……私はまだこの秋からの仕事について十分に考えぬいておりません。プランも図柄も何もかも投げだしたままにしてあります。

いま私の書いている窓の外で、いつか夜が明けようとしています。風が港の帆柱に鳴り、はしけのぶつかり合う音や、波が突堤に打ちあげられる音が聞えます。

ずいぶん長いお手紙になりました。やがて夜明けの光が、差しこんでくる時間です。でも私には、これからどのような夜明けがくるのかわかりません。ただ私には、自分がこれから本当の意味で制作の時に入るだろうことがわかっているだけです。

私の夜がこうして終ったとすると、いったいまたどういう夜があるのでしょうか――それはわかりませんが、私はこの手紙を書きおえたら、真昼の永遠の光の下で眼をさますために、深いねむりに入りたいと今はそれだけを考えているばかりです。〟

支倉冬子がエルスとこのS＊＊諸島を出航したのは九月十日の早朝である。ヨットは順風にのって峡湾をぬけ、大小の島影を眺めながら、K＊＊海峡を東進、バルト海に向っていた。その夜から朝にかけて、異常に早い秋の訪れを示す気圧の谷間がボスニア湾からバルト海にはりだし、海面は白い牙をむきだす波におおわれ、風は東北から冷たく雨を含んで吹きつのっていた。エルスたちはおそらくどこかスエーデン側の港に待避する予定であったらしい。しかし専門家の推測によると、この程度の天候で遭難した点からみて、不慮の事故を考えなければならないという。そして事実、操舵上の事故、もしくは他船との接触、坐礁等が考えられたが、しかしいずれもヨットの船体、それに二人の死体が確認されないところから、それらは単なる推測の域を出なかった。なんらかの形で遭難ということであれば、船体の一部ぐらいは発見されるはずだというのが専門家たちの一致した見解であった。

しかし一カ月に及ぶ捜索にもかかわらず、救命具の一部が確認されただけで、何の手がかりもつかめなかった。ジャーナリズムが騒いだ最大の原因はこの辺りにあったようである。しかし臆測はどのようであろうとも、ついに死体も船体も確認されないままに捜索は秋の終りに打ちきられた。

私もその最後の捜索船に乗ってフリース島付近まで行ってみたのである。船にはマリー・ギュルデンクローネも一緒だった。私たちは捜索というより、冬子やエルスが最後に見た海をこの眼で見て、それに別れを告げたいと思ったのである。

フリース島は白い岩から成る切り立った崖に囲まれた小さな島であった。専門家の推定ではこの島へ接触した可能性がもっとも強いというのである。

船が島に近づくと、無数の海燕が乾いた声をたてて岩から飛びたつのが見えた。それは黒い渦となり、海面を高く低く旋回しては、また岩肌に吸われるようにへばりつく。雲の低く垂れた空の下で海は荒れ、船首のくだく波しぶきが、冷たい烈風に吹きとばされて、甲板にいる私たちのそばをかすめていった。

「もうエルスも冬子も帰ってきませんね。ここにきて、やっとそんな納得できる気持です。」

私は海面を見つめているマリーにそう言った。

「本当にそうですわ。私もいまそんなことを考えていましたの。でも二人は何か一つのもので結ばれていましたのね。そのことも、ここへ来て、よくわかりましたわ。二人は同じものを愛していたのです。それを見つめたら、もう二度とこの世へ帰って来られないなにかを。」

私はマリーの言葉をどうとっていいものかよくわからなかった。その言葉から私は、あの手紙にある「深いねむり」という言葉を思いだした。私はポケットに押しこんだままの冬子の最後の手紙をとりだした。マリーになんとなくそれを話して聞かせたい気持がした。しかし私の手はそのままとまった。というのは私はなぜかその言葉にふれてはならないものをふと感じたからである。

私たちの船は島の周囲をゆっくりとまわり、汽笛を低く鳴らした。その音に驚いた海燕の群れが黒くいっせいに空を暗くして舞いたち、海面すれすれに不気味な旋回をつづけた。私は手紙をしまうと、そのまま、しばらく烈しい風のなかに立って、冬子の中を通っていったもののことを考えながら、島に波が白く砕けるのを眺めていた。その波は激しく身もだえしながら、岩に白く砕けていた。それはあたかも何か告げられぬ思いをそこに打ちつけては砕いている空しい努力のようにも見えた。私は最後の汽笛を鳴らして島を離れていく船から、その波の白さをいつまでも眺めつづけた。しかしそれもやがて、飛びかう海燕の群れとともに灰色の空の下に遠ざかり、孤島のようなフリース島もまもなく私たちの視野からその姿を消していった。

『夏の砦』創作ノート抄（註1）

I　（主人公のエピソード）（註2）

1　築山のかたばみ、さるすべり、夕方ボギー電車

2　一枚石の橋、ゴルフのボールのまりつき

3　土蔵のなかの水に落すローソク

4　西日が照って材木の匂いと（製材の）音

5　泥棒の話三つ、ママの出刃庖丁

6　ブランコをこぐと霜山さんの家がみえた

7　藤棚の下のガーデン・パーティ

8　ママの話「あっと思ったらブランコが（一回転して）綱が半分の長さになっていた」

9　池に落ちて鯉にぶつかった話

10　川に落ちた話

11　青い帽子と手ぶくろを写生した話

12　幸屋さんの洋服をはかる人（男色）

13　homme-femme の théorie. T子さんとTさんのエピソード

Ⅱ　ある若い父親。[註3]　実行の世界と思考の世界の間に入って悩む。結局、その祖父が死んで、会社をつぐ。しかし幸福になれない。といって、それをふり切れるだけ、思想の世界の本質を見きわめることができない。好きであるだけでは（その世界に）入ってゆかれない。「一方は実にたしかなんだ。自分が加えただけは社会のプラス（の価値）になっていると思えるんだ。」しかし戦争になり、会社は衰退し、ついに大邸宅は焼ける。「これで色々のことがわかった。自分がプラスだと思ったことは、結局は、こんなことでしかなかった。問題は実行とか思想とかではなく、何が人間を幸福にするかを、その働きの中で見ることなんだ。」主人公（若い女性）の内面の成長につれて、この劇が浮かびあがり、主人公が、（空襲で）火のふきあがる土蔵をみて、現実に達したところが、父の結論となる。「私はすでに私の外に出ることができた。私は今燃えているものが、私の過去であり、私の内部であることを知っていた。しかし未来がはじまるためには、それは焼けつくされなければならない。それはすぎさらなければならないのだ。」私が丘をのぼったとき、もうそこには夜の闇だけがあった。まだ火事は続いていた。しかし私は私でなくなっているのを感じた。しばらく歩いているうち、私たちは町が夜明け前の蒼白い薄闇につつまれてくるのに気がついた。私が町を出はずれたとき、日が町の向うからのぼった。私は日に照らされ、ながい道を黙った父とあるきつづけた。

Ⅲ 「島」(註4)のためのエピソード

1 もみじがのびる(前年に刈ったのが)。ブランコをかける枝。はじめの日にゆくと、枝が顔にあたる。
2 海水着を入れる大きなバスケット(女中部屋)。あけると、海水のにおいとカビのにおい。
3 おばあさまの海水着。ダブダブの黒。着てみると、年々それが小さくなる。今年は誰、誰ときめる。
4 浮きぶくろ。プスーと首が折れる。空気が出てゆくときのゴムの匂い。口金のところ。
5 桃のタネを植える。おしっこをかける。男の子のは大きくなる。札を立てておく。
6 物干の竿にみみずくがくる。
7 五位さぎが松の枝にとまり、魚をおとす。えびを松葉でさして焼き、醤油をつけてたべる。
8 松の木の上に家をつくる。夜もそこで寝る。松葉のえびをたべると、おしっこしろ、おしっこしろ、と言う。

9 夾竹桃、密林状。砂地。庭、空地。

10 人魚の話。駅からまっすぐゆく空地に、見世物小屋。看板。みどりの水槽。魚の胴、黒い髪。いつか見にいった気になる。

11 ボートをぬりかえる。冬のあいだ庭にあげておく。

12 桟橋があり、掘割がある。ボートと和船がある。

13 裏で泳ぎ、土、日は大きな和船で砂洲にゆく。

14 外海

15 外海。いろんなものが立ててある。風で砂が動く。木片、カサカサになったもの。化石。海水はからく、砂はバリバリ。ふんでもボリッと落ちない。砂こまかく固い。小さな池ができていたりする。大きな帆立貝がある。運動靴。次の日、片足をみつける。西洋の船から落ちたと思われる漂着物。

16 漁師町へ網を買いにゆく。カキの養殖。

17 エキリ。蠅がとまっていたものを喰べた。

18 従兄が本をとりあげて邪魔をする。センダンの木。センダンの実のハンコ。

19 夢遊病。おばから聞く。窓が低いのでそこから屋根に出てゆく。呼ぶと落ちてしまうという話。
20 おみやげ。その夏の病気の表。
21 おばあさま、仏壇がないのに、毎朝、お経をよむ。
22 宝さがし。変装ごっこ。紙芝居。
23 午前中勉強。午後昼寝。お八つを持って外海へゆく。三―五時まで。
24 水槽で刺身をつくる。
25 婆やのコンロ。はまぐりを焼く。「またわるさをなさって……」。黒いやかんで湯をわかす。煎じ薬。
26 ハーゲンベック。グレートデンを見て泣いたので家においてゆかれ、テントの外から見る。

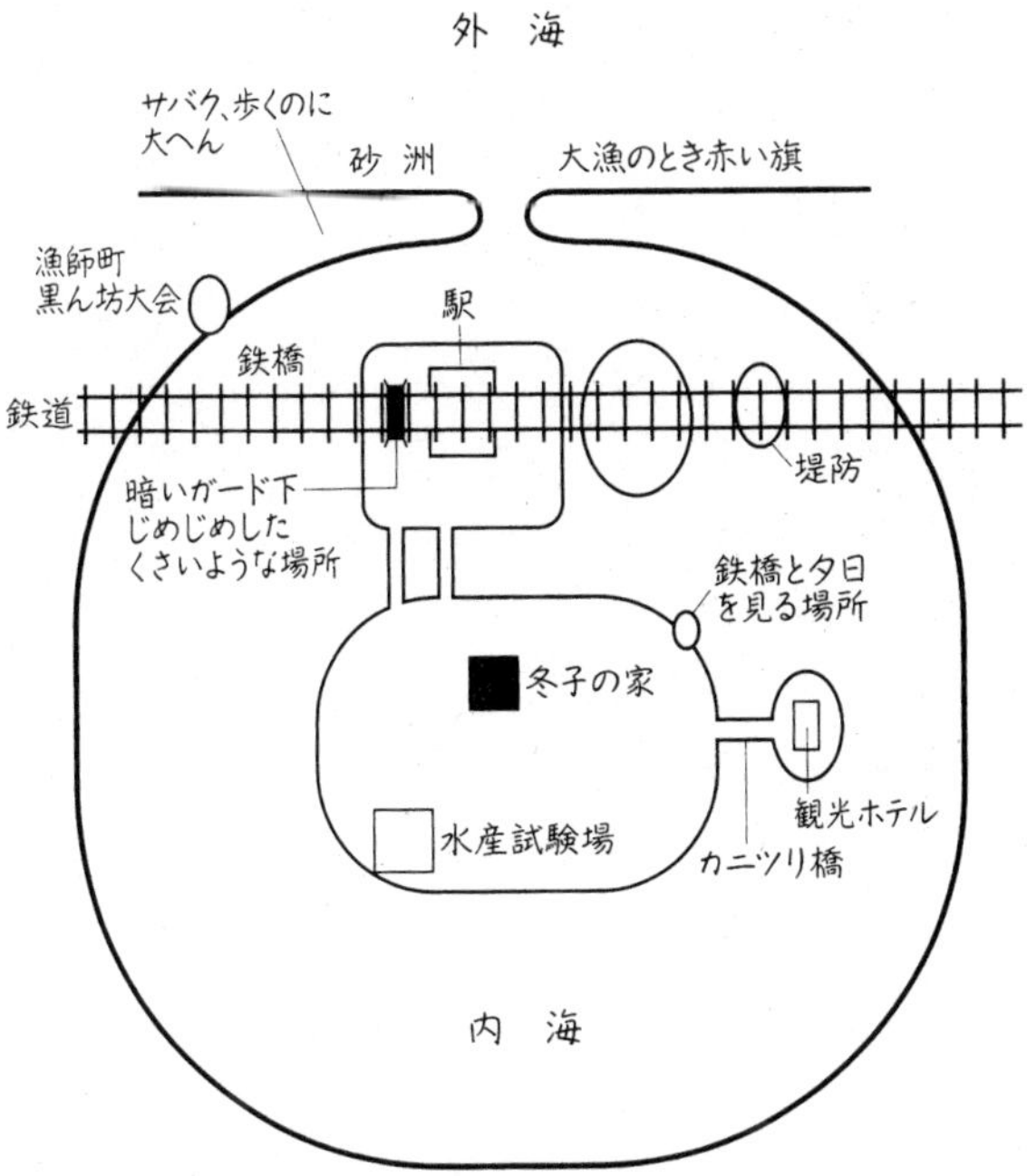
外　海
サバク、歩くのに
大へん
砂　洲
大漁のとき赤い旗
漁師町
黒ん坊大会
駅
鉄橋
鉄道
堤防
暗いガード下
じめじめした
くさいような場所
鉄橋と夕日
を見る場所
冬子の家
観光ホテル
水産試験場
カニツリ橋
内　海

Ⅳ（冬子の家のためのエピソード）（註5）

1　木戸、くぐり戸、身をかがめて入る。鎖、木のすりきれたおもし。自然に閉まるような仕掛け。ゴロゴロいう音。笹、コケの拡がり。

2　白い土塀、屋根のある。犬小屋からのぼって、いちじくの木。犬（お茶、マル）ばあやの犬。頑丈な犬小屋。

3　屋根のかぶさっている井戸。井戸をなおしにきた人夫は真っ青な顔をしていた。綱が長く、裏庭までまわる。

4　本のしまってある土蔵。広い土蔵。二階建。下には長持ち。大学ノートが入っていた。上り口を閉める戸。二階の四隅に鉄の甕。ローソクが置いてあって、それを持ってゆく。

5　格子窓。ガラス窓。落書がいっぱい。女中部屋、しがない感じ。半分廊下になっている。「針がおちているから危い」と婆やが言う。仕立師がきている。女中の持物の中に革の財布、犬の置物などがかくしてある。

6　頑丈な戸。土間。天井が高く、自転車がならんで置いてある。壁にそったところには下駄箱がある。風呂の焚き口。婆やが坐ってそこにいる。火掻き棒を、いたずらして、のばしておく。婆やはおこる。「婆やを殺してやる」「どうぞ坊ちゃま、殺して下さいませ」。焼きいもなどが灰の中にある。

7　タイル張りの広い風呂。シャワーから茶色の水が出る。「おばあさまのおっぱい」形の電燈。息をころしていると影がうつる。格子窓から便所が見え、違った匂いがする。

8　化粧部屋。窓、西日が当る。おばあさまの部屋、箪笥。のぞくと、女中にシッカロールをぬってもらっている。水屋。板張り。おからで拭かせる。黒い板で顔がうつる。お席、高くなっている。太い割竹の廊下。紫檀《したん》の机。床の間。おばあさまの障子にうつる影。

9　椿の林。垣根。山吹がある。山吹鉄砲。ポンという音。花は黄、黒い実。青桐、蟬が鳴いている。蟬のふりかけ（油蟬の殼を粉にして、出す）

10　お裏。子供の遊び場。ドブ（台所でなくしたものが出てくる）。船の形の匙。ドブ掃除用のズボン。鉄棒二つ。飛行とび。ブランコ。とびおり。張り板を渡して遊ぶ。

11　女中のための一隅。下のお蔵。店の書類の入っている土蔵。窓に金網が入っている。炭と米がある。自動車置場。婆やの花壇。竹でつくった棚。仏壇の花。たんぽぽがはえる。母の花壇、大きくてまるい。ひまわり、はげいとう。イチモジセセリがとぶ。チューリップ、スイートピー、藤棚。こわれかけた椅子。園遊会のとき、ここで模擬店がひらく。花盛りだった。

12　蟬の声。ツクツクホーシ。おばあさまの花壇、ぼたん、しゃくやく、あじさい。裏の土塀。枯葉を箱につめ、なわでしばり、たきつけにする。冬に火にあたったり、婆やが風呂にたく。温室。よしずを歯車装置で巻きあげる。机を置き、ねられるようにできている。中に入ってよく眺めた。むっとした湿気た匂い。熱帯魚、藻、デンデロビューム、蘭の蒐集。横浜の専門店からカタログをとり注文する。さまざまな道具。土を掘って、煉瓦でカマドをつくり、松葉を焼く。泥をこね、型金でぬいて矢車草をのせて、やいて遊ぶ。

13　正門、正月だけあける。大きな釜、雨水溜め。植込み。高い竹垣。破風屋根。菱形の黒い石。ゴルフのボールが高くとぶので、そこで遊ぶ。名刺受け。木彫りの虎。黄色と黒の牙。写真年鑑など置いてある。背中にのれる。口の中が赤く塗ってある。応接間、かざり戸棚。ガラスの中に入っている時計。ソファ。絨毯。本棚。西洋風の匂い。ヌード写真集。『月に吠える』『月に憑かれたピエロ』。世紀末。絵の本。刺繡。記念カップ。図鑑。(以下24まで略)

V　〔序詞〕(註6)

①「その頃、私がおちいっていたある種の重苦しい気持を、いまになって十分に再現することは自分にとってもむずかしい。その頃私はながいこと床にいる習慣がついていた……」日常生活における数々の出来事に感じる不安、暗さ、重苦しさ、無意味さ、時間によって寸断された生活、焦慮。「おねえさまはぜいたくよ」自分の「生」のなかに自覚されてくる空虚さ。つねに何ごとも中途半端で、それ自体でみたされておらず、他の何かに、従属している感じがする。精神化されたものにも満足できない。知ることにも嫌悪を感じる。かつてはよく昔

のことを考えたこともあったが、それも今はやめてしまった。

② これはかなり以前から生れていた状態だった。結婚によっても埋めつくせなかった。私は結婚を失敗とは思っていない。にもかかわらずそうなのである。

自然の中にいて、このように感覚のたのしみ、幸福感を味わいえた自分が、なぜ、いまは、まったく、ひからびた一片の木か石のように、これらを前にして立ちつづけなければならないのであろうか。私自身の中にその原因があるのだろう。いったい、いつごろそれがはじまったのであろうか。原因と始まった時期。

自分の分解した状況の提示〔カーテンのある部屋、霧、冷淡な周囲、自分の中の無為、空虚〕

自分の危機的な破滅的な状況。

（……）

この私は時間にひきさかれ、芸術の中にゆっくり浸りきれない。

Ⅵ

序章（註7） 夏の砦

第一章 古い町にて

第二章 冥府くだり 樟の周囲

第三章　母の手記

第四章　港にて

凹面的全体の中の宙吊り状態

……………………

主客分裂の苦しみ

夏の日の思い出

幸福感の存在と喪失

……………………

分裂の苦しみのなかで、そうした過去の日に、どうしたら辿りつけるかと考えた。

……………………

私の過去はたしかに分裂を味わっていたのではなかった。

……

父は……だった。

…

…

主客は分裂すべきだと考えたのだった。

母の手記

死により「主体」が限定されていること

海、「生」への帰還

Ⅶ　自分[註8]の全一的な生活、人との間のわれ目、女中部屋、えっこちゃん。

私が女中部屋に感じたこの「他人」の意識は、その後、私の生活のなかの、あるゼリー状に濁った黒い点となって、私のなかに残りつづけ、私は、それに対して、信じきれないような、同化できないような、異質感を感じつづけていった。それは私の家の中の奇妙な隅であったが、そこから廊下一つへだてている水屋と、それにつづくお席は、祖母のいるところだった。私が同じようにして祖母に感じた異質感をどう説明したらよいだろうか。

こうした解体の苦しみ、私をとらえるこの得体の知れない苦しみを、私は、味わう。（解体）

母の日記をよんだのは、こうした苦しみを見きわめたいと思ったからだったのか。（合一の試み）

母は、一瞬の美に生きることのすべてをかける。それは死へ通じている。（合一の試みの失敗）

といってとどまるとき、それは解体の苦しさ、手段の系列（の中）に置かれる。（解体への諦め）

海の夏（合一の啓示）

エピソード3　人形芝居。兄が部屋を暗くして何かしている。誕生日にやる（ことになっている）。まアきれい、といって、やりなおしになる。何回かやる。そのうち忘れる。私はある雨の日それを思い出す。恍惚となる。そして「もう決して忘れない」と思う。しかしいつそれは遠ざかったのであろう。私もまたそれを忘れたのだ。

エピソード1　本のなかに没頭したこと（それができなくなってしまった視点から見て描くこと）

エピソード2　他人の感じ、祖母の存在、母や、藤棚の感じ、女中たちの態度。祖母は何か不明なもの、よそよそしさ、謎みたいなもの（を持つ）。落着きと狼狽をかくしている。老木と一つになって感じられる。無意味なエネルギー、支配欲。私はどうしてもなじめなかった。が、今では（それが）なぜだかよくわかる——のトーン。

Ⅷ　どうして幸福が在ったのか？[註9]　次々に原因らしいものにぶつかる。

Ⅸ　追憶の甘美さ。[註10]　かつての旅の情感のように「過去」が甘美によみがえってくる。

細微な追憶の喚起が甘美さを保ちつづける。波の音と「永遠の現在」。

その追憶全体を味わおうとする心をつくる。

私は霧の中のように重い日々を送る。

ある思い出（固定したイデー）を持っている。ところが偶々、それと別の内容だったことを発見する。

人間、もの、の持つ味わいの厚みをたっぷりと描き、味わってゆく。

そういうものに従う、そういうものをおそれる。他人にしたがう。社会通念にしたがう

罪―父、祖母、母

破壊、物理的社会的力(学校)

母の苦悩、同性愛

失敗―叔父、父(政治、会社)

神秘、気に入りのもの、の否定
(人形をやくエピソード)

性、出生、知恵おくれ

祖母の死、不安、病気

自分から消えてゆくもの

他人の意志、思うとおりにならない

他人の存在、女中の存在

どうして私たちは時間とともに運びさられなければならないのか。私は不安な思いでそこに立ちつくした。

救済のイデー
自分の放棄と、「もの」を閉鎖し、それ自体で動かす。それに「甘美さ」が浮かびあがる。

〈過去の現前〉

偶然、私は幼年時代を思いおこす（夏の完全な生活）。私はかつては「みたされた生活」を持っていた。

〈家の解体の物語〉

どうして、そこから、いわばこの「失墜」がおこったのか。（種々な理由――私は時間のせいかと思った。時の相対性のエピソード。こうして私はある日、偶然、母の泣き声を思いだし、あの暗い家のことを思いだした。私はできるだけ母のことを知ろうと思った）。

私はそこに意味をさがしてみたいと思う。

家が解体し、安らかにその中に生きることができなかった。

〈失墜の意味と永遠の回復〉

かくしてそれらすべての意味が明らかになってゆく。

「その夕焼けは燦爛としていつまでも空から消えなかった。やがて夜がきて、私は今すべてが私の周囲に親しく近づくのを感じた。私はおそらく今こそあらゆるものと和解できるような気がした。夜が来、ふたたび朝がきて、すべてのものがくりかえされるのを、私は、今ほど親しく両腕に抱きしめるように感じたことはなかった。私は波の音がもはや単調なくりかえしには聞えなかった。それはある永遠の肯定だった。私はそれに抱かれ、そこに安らぐのを感じた。私は眼を閉じて、夕暮の中を吹きはじめる風に吹かれていた。私が踵をかえして小舟のほうに歩きはじめたとき、海はもうほとんど暮れようとしているところだった」

①「現在」が稀薄である。

②「過去」が濃密である。

③母もこんなことを感じたであろうか。しかし「過去」の中になぜか母の姿は見当らない。すくなくとも、こうした問いにこたえる姿はない。

④ところがある日不意に母が泣いているのを思いだす（鉄橋の音で）。それは（今までのとは）別個の姿なので、そのすべてをはっきり思いだしてみて、そこに何かがあるように思った。それから展開する夏の日。そのすべての結果に母は泣いたのだ。私はただ母（の記憶）を求めるだけではなく、その「過去」の厚味そのものを真にその深みから知りたいと思った。

⑤私の関心はさらに進む。私たちの家。その構造。

⑥父母のことを思いだす。

⑦家の燃える焔。

⑧再び海岸へ。「時」の意味の発見。

X　私は、（註11）はじめこの町についたときから、ある不安な予感があった。言葉が通じないこと。私が、自分の感覚のなかに入るようになったこと。町の古さ、家の古さになじめなかった。
肖像画——（家の古さ）——過去の肖像画
A、眼ざめの時間に惑溺したり、自己の中にとじこもってゆく不安
B、古さへの不安
C、微細なものへの不安

眼ざめに惑溺するのは町の古さのせいだ。
追いつめられたその生。
生のなかの宙吊りの状態。
どうしてこんな生活を強いられるのか。

私はそうした眠りの中にいた。しかしその眠りの中には、生きた「もの」があった。今はその外側に出てきてしまった。以前にはその内側で生きていた。水が湛えられていた。その水を消えさったものにせず、じかに残しておくには、それをそのままの形で残すほかない。

XI 夏の砦（註12）

シビルラの物語

感覚、こわれている。
大人になるためにそれをすてたのだ。
それだけでは生きられない。父母もそのことで失敗している。

現実での敗北

事件が起る

現実に敗北しないためには、感覚的なものをすてるのだ。
結婚して現実に生きる。それが現実の生活だと思おうと努力する。樟の木の家、幽霊から自由となったと思う。

ところが、外国にいて、それが崩れて、不安となる。なぜ不安か。自分が現実だと思ったものが現実ではない。かげとなる。過去が本当の存在に思えてくる。

XII 結婚して（註13）、現実に生きていると思っているその現実を疑わせるものが、あらわれてくる。
普通の生活だと信じようと努めたものを、そうでないと否定する激しいものがあらわれてくる。

「現代」に対する「中世的なもの」、「時間」対「無時間」、「認識」に対する「感覚、感覚的なもの」、「目的」対「手段」。良人の存在が影のように感じられる。シビルラの恋人の話が胸を打つ。「無数の本」対「一冊の豪華な写本」。つまり自分の現在の在り様が否定されている。不安となる。

それはあの樟の家、私が否定し、影だと信じたものと、妙に似ていた。私が樟の家を忘れようとしたのは、私が「感覚」の中に生きていた（からだ）。私の眼にうつったのは父母や私自身の生の困難さであった。私はなおそれにさからった。しかしまず母が敗れた。ついで父が決定的にそれをすてるようにと言った。

XIII　この不毛は何か(註14)

叔母の死のあと、私は、あの青い記憶を真剣に考えるようになった。叔母の不幸や私自身の徒労感は、あの「よろこび」を失ったところにあると思えたのだ。

私はそのころの家の生活を考えてみた。

父は現実に屈伏した人だったのだ。

母は知的な態度によって自分の作品をこわしたのだ。

叔父は現実を変えようとし、現実を夢と見たてて、やはり屈伏したのだ。

叔母は平凡さを美徳として現実と妥協したのだ。

そして私自身この「現実」の姿が刻々に大きくなった。

私は技術を学んだ。議論をする人は好きになれなかった。私は、現実から出ていって、そして打ちまかされた人を見たのだ。負けること、それは、私には、無価値なことに思えた。


不毛は現実への屈伏であったことを理解した

私はようやく現実の外へ出られた。

私はおそらく何かをするであろう。しかしそれが大したことでないにしても、この「美しさ」をのこすことができる。そこで人々が生きる欲望を感じ、この現実の不毛をこえて、何かビザンツの大都会を見るように。

私は波がくだけ空が夕焼けに赤くそまるのを見ていた。私はいまようやく自分がこの地上の「今」におりたったことを感じた。それは砂つぶほどの一点にすぎなかった。しかしいま私は、この自分の真の内部に入り、私は私になりきることによって、私は、広い宇宙、空や風や海を見ていた。私は叫びそうになった。おそらくそれを私は布におりこむことができるだろう。それを私は見知らぬ人に残すのだろう。それは、私の死後、私がそれに捧げた犠牲と細心さのゆえに、その中に生きることのできるものだ。私の前には一つの壮麗な落日を形どる図柄が浮んでいた。人々はすべてそこでは諧調をもって働いていた。私は血が高まるのを感じた。私が欲望を感じたのはほとんどその時だったといってよかった。私は波をすくって顔にあてた。その滴りの辛さは果して海水のためか涙のためかわからなかった。

註1　『夏の砦』のためのノートは最初の覚書に用いた小型手帖のほかは、初期はわら半紙、後期は上質のA5判西洋紙に、びっしり細字で書きこまれている。その形式は主として作品の素材となるためのエピソードを書きとめたもの（これは大半は妻の幼少期の思い出に作者自身の空想を混入させたもの）、作品の主題の発展を書きとめたもの（章ごとの題名の並列から各主題を図式化して整理したもの、さらには構成の検討のための下書きまで含まれる）、着想を具体化してスケッチしたもの（前記エピソードを主題の側から発展させたもの、または全く架空に書かれたもの）などが、素描的ノートとして全体の約十分の一程度であり、残りはすべて

この素描をもとに（あるいは突然の着想によって）書かれた荒書きの草稿である。その多くの部分は破棄されたり、変更を加えられたりしたが、たとえば主人公支倉冬子の追憶を構成する部分は、ほとんど草稿の筆勢がそのまま生かされている。このノートは一枚約千字から千五百字見当で、全体でほぼ五百枚に近い。四百字詰め原稿用紙だと千五百枚はこえようか。『夏の砦』はこのノートの山のなかから、さまざまな構成上の曲折を経て、現在の形に達している。作者がこの主題を漠然とした形で書きとめたのは『廻廊にて』と同じ一九五九年、六〇年頃であったが、実際に作品にかかったのは、『廻廊にて』を上梓した一九六三年半ばであった。その年の終り「河出書下し長篇小説叢書」の一冊となることが決ったが、六四年、六五年と無数のスケッチが書かれるだけで、構成上の最終形式が発見されなかった。六五年末に一応脱稿を見たものの、なお不満もあり、福永武彦氏や担当編集の坂本一亀氏の意見もあって、六六年春から初夏にかけて、とくに支倉冬子の留学地での部分を徹底的に変更、加筆した。この創作ノート抄は以上の各形式の覚書を任意に選び、こうした作者の創作過程のジグザグを示そうと試みたものである。むろん「作品以前」のこうした曖昧な素描を現在の時点で提示すべきかどうか、疑問もあるが、作品成立のプロセスに何らかの関心を持つ読者には多少の参考になるかもしれない。紙数の制約のため、これらのノートのうち、比較的初期のものを十数葉書きぬくほかなく、作品の主題についても遺憾ながら発展のプロセスを十分に示すことができなかった。

註2　パリで買ったポケット版の手帖に書きこまれている。『夏の砦』に関する最初のノート。これを書きとめたときは、単に妻の思い出を何らかの作品に使おうという程度の気持だったと思われる。

註3　この覚書は同じく右のポケット版手帖の二十四頁さきに書きこまれている。『夏の砦』の主題の最初の形。ちなみにこの小型手帖には、ごく数行の着想まで含めると八十八篇の主題、ないしストーリーが書きこまれている。いずれも一九六〇年から六一年春にかけパリで書かれたもの。このうち現在まで作品化されたのは『城』『廻廊にて』『夏の砦』『安土往還記』『夜』など十一篇である。

註4　このノートは妻の思い出を聞き書き風に書いていったもの。初期の、すでに変色したわら半紙に書かれている。心覚えのための地図や見取り図なども挿入されている。

註5　このノートも断片Ⅲと同じで、微細な記憶に到るまで記録されている。これにも家の見取り図がある。

註6　主題がかなり発展し、現在の『夏の砦』の輪廓が見てとれる。しかしここでは冬子の母と冬子はまだ同一人物として――というより冬子の母のドラマのほうが重いものとして把えられている。初期には冬子の祖父、母、父のあいだの葛藤を扱ったエピソードが、かなり大きな比重を占めたが、冬子の主題の発展とともに背景にかくれ、祖父と母の関係は最終的に廃棄された。

註7　かなり『夏の砦』の姿が浮びあがっているが、なお外国における冬子の主題が明確につかまれていない。

註8　この断片Ⅶに現われたような形での主題の取扱い方は、かなり長いあいだ続けられ、それを作品構成のための凝集力にしようとしている。

註9　断片Ⅷで行なっている主題は、さまざまに複雑化し、分化したため、何度も繰りかえして図式化してそれを整理しようと試みている。

註10　図式化などでかなり整理された主題の発展。とくに冬子が到達すべき「永遠」の素描がはじまる。これは最終的には「死」の主題のために背後に退くことになる。

註11　徐々に外国、ないし古い町の主題が濃くなりはじめる。とくに「失われた過去」の再生のための枠として、それは刻々に必然的なものとなってゆく。

註12　『夏の砦』の原型がかなりはっきりと素描されはじめる。シビルラの名で出てくるのは後のギュルデンクローネ姉妹に具体化されるすべてである。

註13　主題がいっそう明確化される。

註14　主題のディナミスムの整理。『夏の砦』の原型の輪廓のスケッチの一つ。むろんなお多くの主題がこの段階ではまだ前面に現われていない。

（一九七一年八月三十日　　辻　邦生）

（お断り）

本書は１９９６年に文藝春秋より発刊された文庫を底本としております。
あきらかに間違いと思われるものについては訂正いたしましたが、
基本的には底本にしたがっております。
また、底本にある人種・身分・職業・身体等に関する表現で、現在からみれば、
不当、不適切と思われる箇所がありますが、著者に差別的意図のないこと、
時代背景と作品価値とを鑑み、著者が故人でもあるため、原文のままにしております。

辻 邦生（つじ くにお）
1925年（大正14年）9月24日―1999年（平成11年）7月29日、享年73。東京都出身。1995年『西行花伝』で第31回谷崎潤一郎賞受賞。代表作に『安土往環記』『背教徒ユリアヌス』など。

P+D BOOKS

ピー プラス ディー ブックス

P+Dとはペーパーバックとデジタルの略称です。
後世に受け継がれるべき名作でありながら、現在入手困難となっている作品を、
B6判ペーパーバック書籍と電子書籍で、同時かつ同価格にて発売・配信する、
小学館のまったく新しいスタイルのブックレーベルです。

夏の砦

2016年5月15日　初版第1刷発行
2025年5月7日　第7刷発行

著者　辻 邦生
発行人　石川和男
発行所　株式会社　小学館
〒101-8001
東京都千代田区一ツ橋2-3-1
電話　編集　03-3230-9355
販売　03-5281-3555
印刷所　株式会社DNP出版プロダクツ
製本所　株式会社DNP出版プロダクツ
装丁　おおうちおさむ（ナノナノグラフィックス）

ISBN978-4-09-352266-3

P+D BOOKS